BLT

Mit der Welt
auf Buchfühlung

Linda Hogan

Linda Hogan, geboren 1947, entstammt dem Volk der Chickasaw-Indianer und wuchs in Oklahoma auf. Sie zählt zu den prominentesten Autoren der »Native American Poetry« und wurde für ihre Romane, Essays und Lyrikbände mehrfach ausgezeichnet, u. a. mit einer Nominierung für den Pulitzer-Preis. 1999 ist ihr Roman *Sonnenstaub* bei BLT erschienen.

Linda Hogan

WOLKENSCHATTEN

Aus dem Englischen von
Regina Rawlinson

BLT

B L T
Band 92 101

1. Auflage: Mai 2002

Vollständige Taschenbuchausgabe

BLT ist ein Imprint der Verlagsgruppe Lübbe

Die amerikanische Originalausgabe erschien 1998
unter dem Titel *Power* im Verlag
W. W. Norton & Company, New York

dort erschienen unter dem Titel *Der Blick des Panthers*
Lizenzausgabe: Verlagsgruppe Lübbe GmbH & Co. KG,
Bergisch Gladbach
Einbandgestaltung: Gisela Kullowatz
Titelfoto: Adam Woolfitt/Corbis
Autorenfoto: © by Gary Isaacs
Satz: hanseatenSatz-bremen, Bremen
Druck und Verarbeitung: Elsnerdruck, Berlin
Printed in Germany
ISBN 3-404-92101-1

Sie finden uns im Internet unter
http://www.luebbe.de

Der Preis dieses Bandes versteht sich einschließlich
der gesetzlichen Mehrwertsteuer.

Für die Panter in Florida –
möge ihre Gattung überleben

Das Geheimnis ist eine Form der Macht

Omishto

Hier ist der Ort, wo Wolken geboren werden, wo ich schwebe. Letzte Nacht, bevor ich in meinem Boot einschlief, blutete die Erde. Das rote Licht, das am Rand der Erde begann, bewegte sich nach oben, bis der ganze Himmel rot war. Mutter nennt es Sturmlicht, und wenn ich mich heute Morgen im Boot hinsetze, sieht es so aus, als ob sie Recht hat; es kommt ein Sturm. Ich sehe zu, wie sich die Wolken bilden. Sie sind hoch über mir, schwer und dunkel jagen sie über den Himmel.

Man würde meinen, die Wolken müssten ein Geräusch machen, so schnell und prall, wie sie sind, aber es ist still an diesem Morgen, und der Himmel ist nicht mehr rot; er ist jetzt fast grün, das erste Anzeichen eines heraufziehenden Sturms. Auch das Land hat ein modriges Meergrün. Ein Reiher steht auf einem dünnen Bein am Rand des Wassers, und sogar das Wasser, auf dem Samen schwimmen, die nach neuen Welten suchen, ist grün. Insekten laufen darauf. Spinnen schweben an seidenen Fäden darüber. Mir ist, als wäre mein algenbewachsenes Boot ein sich öffnendes Blatt, als begänne ich eben erst zu leben. Doch dahinter, etwas weiter entfernt, sind die Bäume dunkel, fast schwarz in den Schatten, die die Wolken auf sie werfen.

Es ist herrlich hier, an diesem Ort, den ich mein Eigen nenne, wo Wolken aus Wasser geboren werden. Meistens verschwinden die Wolken im Laufe des Vormittags wieder. Sie kehren an den Golf zurück oder wandern landeinwärts, aber heute kommen immer mehr, rastlos und schwer, und ich sehe zu, wie sie anschwellen und sich an dem Wasser, das es hier so reichlich gibt, gütlich tun. Sogar das Boot ist wie eine Wolke, die über das Wasser treibt.

Ich setze mich hin und lasse die Finger durch das warme, seichte Wasser gleiten. Eine Wasserschlange, eine Mokkassin, schlängelt sich auf das Boot zu und will hinein. Er ist zu lebendig und schnell für mich, dieser schmale Streifen Leben, und ich habe Angst vor Schlangen. Ich schiebe sie mit der Stange weg. Sie dreht sich um und gleitet zurück ins Wasser, und ich sehe sie nicht mehr, sehe nur, dass das Wasser dunkler wird, wie vor einem Sturm, wenn es anscheinend keine Spiegelung mehr hat, nur noch Tiefe.

Ich stake das Boot ans Ufer.

Aber als ich mich dem Land nähere, läuft es mir eiskalt über den Rücken. Ich fühle mich beobachtet. Nicht von der Schlange, das weiß ich. Ich spüre es in meinem Körper, dass etwas nicht stimmt, dass mich Augen verfolgen, dass sich zwischen den Bäumen etwas bewegt. Ich spüre es im Bauch, wie ein Tier – eine Gefahr. Ich sehe die Bäume an. Ich kenne manches, was dort lebt. In dunklen Nächten habe ich die Augen leuchten sehen. Aber in den Schatten ist auch vieles, was ich nicht kenne, was mich anspringen, packen oder festhalten könnte. Ich will nicht hinsehen, aber ich kann mich auch nicht entschließen, mich umzudrehen. Mir kommt der seltsam zusammenhanglose Gedanke, dass sich die Bäume hier nie bunt färben wie anderswo und dass sie ihre Blätter nur bei Sturm verlieren. Trotzdem kommen sie mir an diesem Morgen fast nackt vor, allen Schutzes beraubt, obwohl sich zwischen ihnen etwas verbirgt. Als ich das Boot ans Ufer bringe und auf Grund laufen lasse, höre ich meine Bewegungen im Wasser. Ich muss mich beherrschen, damit ich keinen Blick auf das werfe, was mich beobachtet. Tante Ama sagt, man wird, was man ansieht, deshalb sehe ich die Bäume nicht an. Ich will kein Schatten werden, der die Augen der Tiere verbirgt, der Insekten, Eidechsen oder Ausreißer beherbergt. Schatten sind für mich nicht ehrlich. Aber ich spüre es und bleibe wachsam, lausche und blicke mich verstohlen um.

Eine Flut von Erinnerungen spült über mich hinweg, als ich das Boot an Land ziehe. Daran, wie der alte Tate verschwand, von dem manche sagen, er sei immer noch hier draußen, wild und versteckt, zwischen Bäumen und Mulch. Ich erinnere mich auch daran, dass noch ein Bär in den Sümpfen lebt, so groß, wie ich noch keinen gesehen habe, dass er Pferde und Rinder frisst, die er von den Weiden unter die dichten Bäume schleppt.

Und an den Panter. Ama sagt, dieser Ort ist sein Revier, sein Territorium. Sie hält immer Ausschau nach ihm. Sie hat ihn gesehen, und sie glaubt an ihn. Nach den alten Bräuchen, sagt sie, ist die Katze ihre Verwandte. Sie ist auch meine Verwandte, weil wir zum selben Clan gehören. Ama weiß, dass es sie gibt. Manchmal, wenn sie nachts in die Dunkelheit hinausspäht, sehen sie einander in die Augen.

Ich habe noch nie einen Panter gesehen, nur vor kurzem einmal, als drei Schüler einen auf einen Baum getrieben hatten und Ama ihnen ihre Flinte abnahm, weil sie ihn sonst getötet hätten. Oder noch schlimmer, sie hätten ihn verwundet und eingehen lassen. Als die letzte Katze von einem Auto überfahren wurde, sagte Mutter, dass es hier keine mehr gibt, nur noch die Kranken, aber ich weiß, dass ab und zu eine den Weg zu uns findet. Man fühlt es mehr, als man es sieht, fühlt es mehr, als man es riecht. Es ist ein Gefühl, als ob der Raum Augen und Ohren hätte, als ob sie mit aller Kraft beobachtet und noch die leiseste Andeutung eines Geräuschs wahrnimmt, als ob sie sich langsam, lautlos bewegt. Auch wenn Menschen in der Nähe sind, so heißt es, beeilt sie sich nicht. Die Nackenhaare sträuben sich, wenn man daran denkt, dass da draußen in der Dunkelheit etwas umgeht, was sich anpirschen kann, ohne dass man es je zu sehen bekommt. Manchmal aber spüre ich es. Es heißt, dass die Panter die Menschen verfolgen, dass sie hinter uns herschleichen, um herauszufinden, was wir sind. Wir müssen ein Rätsel für sie sein. Als Tiere, meine ich.

Ich will nicht daran denken, weil es heißt, dass man, wenn man den Namen eines Tieres ausspricht, die Mächte anruft, die in ihm sind, und weil sich alles, unsere Worte und unsere Absichten, in der Luft fortpflanzt.

Auch wenn ich diesmal nicht erkennen kann, was im Schatten ist, weiß ich doch, was ich fühle, es sind Dinge, die andere Menschen nicht wissen und fühlen. Meine ältere Schwester sagt, als ich erst vier Tage alt war, hätte meine Mutter, die gerade ein Huhn ausnahm, mit dem Messer auf mich gezeigt und gesagt: »Dieses Mädchen wird uns noch Ärger machen. Seht doch nur ihre Augen.« Sie legte das Huhn weg und sah mich lange schweigend an. »Sie hat sie eben erst geöffnet, und sie ist nur ein Baby, aber sie beobachtet alles.« Und dann drehte Mutter mir den Rücken zu, weil ich nicht sehen sollte, wie sie weiterarbeitete, wie sie das Huhn zerlegte. Deshalb hat mein Vater mich Omishto genannt. Das bedeutet die Beobachtende, doch inzwischen rufen mich fast alle nur noch Sis oder Mädchen. Aber es ist wahr, ich beobachte alles und blicke tief in alles hinein, was mich umgibt. Ich habe einen starken Wind in mir, hat Großmutter gesagt. Einen Wind mit Augen. Früher haben sie es den Geist genannt, den Atem, und der Name, den wir dafür haben, ist Oni. Ich fühle das Leben und die Geister in den Wäldern, und ich sehe, was wächst. Aber ich kann nicht erkennen, was mich unter den Bäumen hervor beobachtet. Also passe ich auf, wie ich mich bewege, um nicht überrascht zu werden, um ihm nicht den Rücken zuzuwenden.

STURMLICHT

Heute ist es genau ein Jahr her, dass Abraham Swallow starb. Der alte Swallow starb entweder durch Zauberei oder vor Angst. Darüber streiten sich die Leute bis heute, und ich kann noch nicht sagen, was ich für wahrscheinlicher halte, obwohl ich meistens nicht glaube, dass es so etwas wie Zauberei überhaupt gibt.

Er starb unter den Bäumen, nicht weit von der Borgegrube entfernt, an der Stelle, wo dem Sumpf das Land abgegraben wurde, um eine Straße zu bauen. Eher geraubt als geborgt. An der Stelle, wo ich manchmal im Kanal Barsche fange, auch wenn man sie nicht essen kann. An diesem Morgen, als ich zu Fuß zu Ama Eaton gehe, denke ich an Abraham Swallow, und ich sehe ihn vor mir, einen gebückten Mann, unfreundlich bis auf die Knochen. Es war vor einem Jahr, und es war nicht weit von hier, das weiß ich noch, weil es ganz in der Nähe eine Quelle gibt, die die Spanier früher für einen Jungbrunnen hielten. Natürlich klingt das heute wie ein Witz, weil hier in der Gegend alle ziemlich alt aussehen. Aber wir nennen die Quelle trotzdem Immortality – Unsterblichkeit. Und das ist auch ein Witz, weil sie genauso vergiftet ist wie das ganze Land und man noch nicht einmal eine Tasse von dem schlechten Wasser trinken kann, das aus der Quelle sickert.

Aber daran kann man heute noch erkennen, wie es früher war. Genau wie an dieser Straße, der weißen Straße, auf der ich gehe. Fossilienstraße nennen wir sie, auch wenn sie bei manchen Leuten State Road 59 heißt. Die Straße, diese ganze Erdschicht, lag vor langer Zeit unter einem Meer, bis sie sich eines Tages von der Erde losriss und nach oben stieg, so wie alles nach oben steigt, die Wolken, die unser Wasser trinken, die weißen Vögel und sogar, wie Mutter behauptet, die Seelen der Menschen. Manchmal sehe ich es vor mir, wie das Land vom Meeresboden auftaucht, als ob es das Geheimnis des falschen Falls kennt, entgegen der Schwerkraft.

Aber darunter, unter uns, ruhen noch die Knochen und Zähne der Säbelzahntiger und Mastodonten, aus der Zeit, bevor es den Sumpf gab. Unten sind sie, wie wir, unter Gottes Himmel, nur dass wir unter dem, was die Geschichte uns aufgebürdet hat, überlebt haben und noch nicht verschüttet sind. Aber nur knapp, nur knapp haben wir die Flut der Geschichte überlebt, und wenn ich mich oder die anderen Taiga ansehe, denke ich manchmal, dass von uns im Grunde auch nur noch Knochen und Zähne übrig sind, wie von den Mastodonten und Säbelzahnkatzen. Wir besitzen kaum etwas, ein bisschen Land, ein paar Geschichten und die Alten, die oberhalb vom Kili-Sumpf wohnen.

Von der Fossilienstraße aus, in der Nähe von Amas Haus, kann ich den Baum erkennen, den alle Methusalem nennen. Sie nennen ihn so, weil er schon so lange überdauert hat mit seinem dunklen Wurzelgeflecht, wohl um die fünfhundert Jahre. Sie sagen, den Baum haben die Spanier mitgebracht und gepflanzt. Er ist nicht von diesem Kontinent. Deshalb gibt es auch nur den einen. Und niemand kann sich erklären, wie es ihm gelang, in der dünnen Erdschicht anzuwachsen.

Noch ein Stück hinter Methusalem steht Ama Eatons Haus, am äußersten Rand des Taiga-Landes, einer Grenze, die der Staat gezogen hat. Heute liegt es teilweise im Wolkenschatten. Es sieht roh zusammengezimmert und verlassen aus, dabei wohnt Ama in dem klapprigen Ding. Wegen der Hochwassergefahr steht es auf Hohlziegeln. Es ist ein viereckiges, einfaches Haus von gräulicher Farbe, und an einer Seite zieht sich eine Veranda entlang. Weil Ama das Dach mit Palmwedeln gedeckt hat, damit es innen kühl bleibt, wirkt es ein wenig wie eine Hütte im tiefsten Dschungel, obwohl die Zivilisation nicht weit ist. Es scheint sich an die Pflanzen und Bäume anzulehnen. Ich habe sie gefragt, ob sie mit den Palmwedeln auf dem Dach keine Angst vor einem Feuer hat, aber darauf lacht sie nur und sagt, dass sie sich, wenn es sein müsste, leicht ein anderes, besseres Haus bauen könnte, und wenn ich ehrlich bin, wäre es wirklich nicht schwer, ein besseres zu bauen.

Früher war Amas Haus so blau wie Meerwasser. Man würde es nicht merken, wenn nicht noch gerade so viel Blau übrig wäre, dass es wie Wolken auf den dunklen Wänden des Abendhimmels aussieht. Heute ist das Holz so rau, dass Moos darauf wächst, und die blauen Blüten und Triebe der Winde klettern daran hinauf und halten sich mit ihren kleinen klammernden Ranken verzweifelt daran fest. Unwillkürlich muss ich daran denken, dass meine Schwester sich gestern ein Kleid gekauft hat, das genau den gleichen Blauton hat. Als sie mich gefragt hat, ob ich es anprobieren will, habe ich Nein gesagt. Vielleicht habe ich sie gekränkt, aber ich wollte mich nicht erst fein machen und es dann gleich wieder ausziehen müssen, um in die Schule zu gehen, unscheinbar und dünn, so wie immer. Meine Schwester betrachtet mich als ihr Projekt. Sie möchte mich immer herausputzen, aber ich will zu Hause nicht schön sein, wo mich meine Mutter sehen kann und mein Stiefvater, der seine Augen überall hat und viel zu oft an Stellen, wo sie nichts zu suchen haben, und Mom ist eifersüchtig, als ob sie von mir verdrängt werden soll und es meine Schuld ist, meine Absicht. Sie nimmt es mir ziemlich übel. Meistens bin ich so selten wie möglich zu Hause, was anscheinend niemandem auffällt. Mom sagt, es ist nicht gut, dass ich im Boot schlafe, ich soll nicht draußen übernachten, dabei ist es nirgendwo sicherer als mitten auf dem Wasser. Es ist, als ob ich ein Erdteil wäre, ein ganzer Kontinent.

Als ich die Straße verlasse, um die Abkürzung durch das hohe, feuchte Gras zu nehmen, fliegen die Vögel von der Erde hoch und vor mir davon. Insekten bringen sich springend vor meinen Füßen in Sicherheit. Ich blicke hinauf zu den dunklen Wolken, die an diesem frühen Morgen über Amas Haus hinwegziehen, und sehe zu, wie ihre Schatten über Land, Bäume und Wasser gleiten, mal dunkel, mal hell, genau wie die Wolken. Hier gibt es immer Wolken, an manchen Tagen schlangendünne, an anderen pralle, volle. Ama liebt diesen Ort, wo sie geboren werden, diesen wolkigen Ort mit dem dichten Wald und den Sümpfen, den Eicheninseln, Moskitos, Schlangen und Gewässern. Auch ich liebe diesen Ort, die Millionen Jahre alten Flüsse, Moräste und den zerklüfteten Kalkstein, obwohl ich gerade erst alles durch Ama kennen lerne, das Land und das Strömen der unterirdischen Flüsse.

Im grünen Morgenlicht fällt der schwache Schein einer Petroleumlampe aus Amas Fenster nach draußen. Es ist die Art von Licht, die einen denken lässt, dass Ama wie die Flüsse aus der Zeit herausgefallen ist, dass die Häuser der Städte und Vororte nicht immer weiter vordringen und die Sümpfe austrocknen und mit Erde füllen, damit unsere Welt noch weiter vor ihnen davonläuft, bis sie ganz verschwunden ist.

Aber wir, das Taiga-Volk, sind nicht davongelaufen. Leise und fast unsichtbar sind die meisten von uns immer weiter zurückgedrängt worden, bis wir mit dem Rücken zur Wildnis standen. Und einige von uns sind noch dort, wie ein dunkler Fleck im Geist der Eindringlinge.

Ich nähere mich dem Haus so geräuschlos wie möglich.

»Herein«, sagt Ama, und als ich ihre ruhige, sanfte Stimme

höre, frage ich mich, woher sie weiß, dass ich so früh an einem Samstagmorgen zu ihr will, im Morgengrauen. Sie weiß es immer, auch wenn ich so leise wie die Luft zwischen den Bäumen hindurchgleite. Wahrscheinlich macht sie es genauso, wie sie auch jedes Tier hört, das vorbeiläuft. Man kann sie nicht überraschen. Normalerweise schleiche ich mich an das Haus an. Wenigstens einmal würde ich sie gern überraschen. Für mich ist es ein Spiel geworden. Aber sie ist nie überrascht, mich zu sehen.

Die unterste Stufe besteht aus Hohlziegeln, auf denen die anderen ruhen, die Erde darunter wurde bei einer Überschwemmung weggespült. Ich gehe die beiden hohl klingenden Stufen hinauf und klopfe leise an, bevor ich die Tür öffne. Eigentlich brauche ich nicht zu klopfen, weil Ama sagt, dass mir das Haus eines Tages gehören soll, dass es mir eigentlich jetzt schon gehört und ich kommen und gehen kann, wie ich will, aber ich bin gern höflich.

Ama steht am Schrank und räumt das Geschirr ein, fast jedes Teil ist angeschlagen. Sie trägt das Haar noch offen. Das Licht ist warm. Sie bewegt sich langsam und sieht in der niedrigen Küche größer aus, als sie ist. Wir lächeln uns an, aber ich sage nichts, weil eine Regel in diesem Haus die Stille ist, vor allem morgens. Dann bekomme ich eine Tasse Kaffee, guten, starken Kaffee, den mir meine Mutter zu Hause nicht erlaubt, und ich gehe wieder nach draußen, setze mich allein auf die Treppe und sehe mir die Welt an.

Recht bald kommt auch Ama heraus und setzt sich breitbeinig neben mich, die Ellenbogen auf den Knien, und dann sehen wir zu, wie die Wolken über die Bäume ziehen. Ama ist eine breitknochige Frau mit großen, dunkel leuchtenden Augen, und weil sie eine Lücke zwischen den Schneidezähnen hat, klingt sie manchmal wie ein Mädchen. Sie hat lange Arme, aber kleine Hände und kleine Füße. Sie scheint sich nirgendwo ganz wohl zu fühlen, nicht in Schuhen oder Kleidern, nicht in Häusern, nicht einmal in ihren eigenen Muskeln, nur in den wilden Sümpfen, Gräsern und Bäumen. Sie trägt die Sorte Kleider, die meine Schwester und ich »staatlich« nennen, noch von der Zeit her, als Mutter in der Anstalt war, als ihr Mann, nicht mein Vater, sie in die Anstalt abgeschoben hatte, weil er sie aus dem Weg haben wollte, um mit einer anderen Frau loszuziehen, was er nicht einmal heimlich machte. Wenn ich sie besuchte, erkannte ich meine Mutter kaum wieder, ungekämmt und das Gesicht von den ganzen Pillen verquollen. So sieht Ama heute aus, als ob sie im alten, abgelegten Kleid einer anderen geweint hätte, und mir fällt ein, dass Mutter sie einmal ein menschliches Wrack genannt hat, aber nur, weil sie nicht ihrer Vorstellung von einer Frau entspricht. Wenn ich die Wahl habe, ist mir das Wrack lieber.

Ich würde Ama gern fragen, was sie hat, aber sie ist nicht der Mensch, den man direkt etwas fragen kann. Genauso wenig, wie man den Stammesältesten der Taiga Fragen stellt. Hier gelten andere Sitten. Aber wenigstens spricht sie. Sie redet, während ich ihr helfe, mit der Sense das hohe Gras zu mähen. Oder sie erzählt mir, während wir die Ranken der Kapoubohnen ausreißen, von ihrem Hund, der von einem Alligator gefressen wurde, oder von einem Buch, das sie irgendwann gelesen hat. Am meisten interessiert sie sich für Geschichte. Früher ist sie ab und zu nach Consodine in die Bücherei gegangen, aber heute liest sie fast nur noch das Land und den Himmel. Wenn wir sie besuchen, höre ich manchmal gar nicht hin, was sie sagt. Hinter ihrer Stimme höre ich das gleichmäßige Quaken der Frösche und denke, dass sie Teil ihrer Geschichte sind, und so ist es tatsächlich, die Natur ist Teil ihrer Geschichte, und wenn sie spricht, so leise und ruhig, müssten die Frösche und Insekten eigentlich genauso still sein wie ich. Diese Wirkung hat ihre Stimme. Trotzdem sagt sie immer, was sie auf dem Herzen hat.

Durch Amas Kleid kann ich ihr Rückgrat erkennen, während sie auf der Holztreppe sitzt. Sie sieht stämmig aus, obwohl sie fast nur aus Knochen besteht.

Sie hat ihre Haarbürste auf dem Schoß. »Soll ich dir die Haare bürsten?« Ein feuchter Wind kommt auf, als ob er genau hier entsteht, bei Amas Haus.

Ich stelle mich hinter sie, bevor sie antworten kann, nehme die Bürste und führe sie mit langen Strichen durch ihr Haar, so wie meine Schwester es bei mir macht und ich bei ihr, so wie ich es früher bei meiner Großmutter gemacht habe, die sich ihr Leben lang das Haar nicht schneiden ließ. Es liegt im Wesen von Frauen und Mädchen.

Amas dunkles Haar ist sauber, glatt und warm, länger als meines, und es wird langsam grau.

Während sich am Himmel fast schwarze Flecken bilden, während ich mit der Bürste durch ihr Haar fahre, fragt sie mich, weil sie offenbar gerade an ihn denkt: »Glaubst du, sie haben Abraham Swallow durch Zauberei getötet?«

Darauf bin ich nicht vorbereitet. »Ich weiß nicht, was du meinst«, sage ich, obwohl es nicht stimmt, weil ich selbst gesehen habe, wie der Mann, Abraham Swallow, vor dem Tod davonlief. Ich bekomme einen roten Kopf, als Ama sich umdreht und mich ansieht. Vor Schuld. Vor Angst.

In Wahrheit waren meine Schwester und ich an jenem Tag ganz in der Nähe, auch wenn wir nie einer Menschenseele erzählt haben, was wir sahen. Wir hatten die Schule geschwänzt. Wir wollten uns einen toten Alligator ansehen, den größten, der je gefunden worden war. Donna, meine Schwester, sagte, womöglich würde es heißen, wir seien schuld an seinem Tod oder hätten zumindest etwas damit zu tun gehabt. Oder wir hätten früher die Polizei rufen müssen. Es beschäftigt uns noch heute – das weiß ich –, auch wenn wir es nie laut aussprechen, nicht einmal uns selbst gegenüber.

An jenem Tag vor einem Jahr, nicht sehr weit von Amas Haus entfernt, hörten wir auf der weißen Straße Abraham Swallows Atem näher kommen. Anders als heute, wo ein Unwetter heraufzieht, stand die Sonne fast zu hell am Himmel, und dann raste eine einzelne dunkle Wolke über sie hinweg. Wie bei einer Sonnenfinsternis. Ich kann mich noch genau daran erinnern, denn Donna sagte: »Sieht nicht heute alles seltsam aus?« Deshalb achtete ich besonders darauf. Auf der heißen Sonne lag ein kühler Schatten. Meine Hände wurden kalt, noch bevor ich Abraham Swallow sah. An die Kühle erinnere ich mich am Besten, weil sie bei der Hitze so ungewöhnlich war. Dann kam auch schon Abraham auf uns zugelaufen, die grauen Haare ganz zerwühlt, schwarze Vögel hochscheuchend, die aufgeregt lärmten. Er atmete schwer, und als er bei uns war, sprang ich an den Straßenrand und hielt Ausschau, ob jemand hinter ihm her war, aber da war nichts, da war niemand, nur eine Staubwolke, die hinter ihm herwirbelte, als ob sie ihn verfolgte. Darin eine Hand voll schwarzschwänziger Stärlinge. Weil bei uns jeder jeden kennt, sprach meine Schwester ihn an und fragte, ob wir ihn irgendwohin mitnehmen könnten. Das war eine seltsame Frage bei dem Gesicht, das er machte, so bleich trotz der Hitze, als ob ihm gerade das Fürchterlichste begegnet wäre, was es auf der Welt gab. Es war kurz nach Mittag.

Er sah uns an, als ob wir zwei Geister wären, die nicht in seine Welt gehörten. Ich dachte, er hätte Angst vor uns. »Nein, nein«, sagte er. »Sie haben mich getötet.« Und er lief an uns vorbei. Abe Swallow lief über die Fossilienstraße, hinein in das Wasser der Borgegrube und mitten hindurch, ohne sich darum zu kümmern, ob vielleicht ein Alligator darin lauerte, als ob er ein Gespenst gesehen hätte, so schnell rannte er.

Donna und ich warfen uns einen Blick zu, dann sahen wir zu, wie er auf die Bäume zuhielt. Donna sagte: »Jetzt wollte ich doch tatsächlich einen toten Mann mit dem Auto mitnehmen.«

Stolpernd verschwand er im Unterholz, der Blick zu klar, Hemd und Hose zu groß, den Staubwirbel im Nacken – ich spürte ihn vorbeiwehen –, die kräftigen braunen Füße nackt und staubig.

Dann war es, als ob die ganze Welt schwieg, und nach einer Weile wäre ich ihm fast gefolgt, weil ich gern gewusst hätte, wohin er wollte. Er war zu dem eingezäunten Immortality-Tümpel abgebogen, der Quelle ewiger Jugend. Die Vögel schreckten aus ihren Nestern hoch, und der Affe, der die Menschen hasst, der Affe, den jemand ausgesetzt hat, weil er ihn loswerden wollte, sprang unten im Sumpf schnatternd von Baum zu Baum.

Ich sagte zu Donna: »Hauen wir lieber ab«, aber jetzt wollte sie ihm folgen, um zu sehen, was er vorhatte. Er muss ihre Absicht erraten haben, denn er drehte sich halb zu uns um und rief:

»Bleibt weg. Sie haben mich getötet. Bleibt weg.« Dann drang er in das Unterholz ein.

»Gehen wir«, sagte ich. Mit jeder Zelle meines Körpers wollte ich nur noch weg.

»Wir müssen nachsehen, ob wir ihm helfen können«, sagte Donna. »Das ist das Mindeste.«

Aber ich wollte nicht mit, und allein traute sie sich auch nur bis zu den Bäumen, und nachdem sie ihn eine Zeit lang beobachtet hatte, während ich auf der Straße blieb, sagte sie, ihm müsse wohl schlecht geworden sein, er sei nämlich hingefallen.

»Dann rufen wir besser einen Krankenwagen«, sagte ich. »Komm. Gehen wir.«

Eigentlich hatten wir zu Fuß zum Laden gehen wollen, aber jetzt stiegen wir doch in den Wagen, und Donna fuhr los, aber als wir zur Tankstelle kamen, blieben wir sitzen, wir konnten nicht aussteigen, obwohl wir es wollten. Es war ein furchtbares Gefühl, als ob wir keine Macht darüber hätten. Ich sagte ein paar Mal: »Wir müssen anrufen.« Aber wir blieben sitzen, wir konnten keinen Muskel rühren und uns nicht erklären, warum wir uns nicht bewegen konnten.

Irgendwann gingen wir zusammen hinein, und ich stand neben Donna, während sie anrief. Sie verstellte ihre Stimme, damit niemand wusste, von wem der Anruf kam, als ob wir sonst Ärger bekommen hätten. Sie beschrieb, wo man den alten Mann finden konnte, und dann fuhren wir zurück in die Schule und machten uns vor, wir wären den ganzen Tag nicht weg gewesen. Wir taten so, als ob wir nicht geschwänzt und nicht gesehen hätten, wie Abraham Swallow, der tote Mann, vor dem Wind davongelaufen war.

Ich sehe Ama lange an, bevor ich ihre Frage über Abraham beantworte, und überlege, warum sie mich das fragt. Obwohl ich an jenem Tag die nackte Angst in seinem Gesicht gesehen habe, weiß sie ganz genau, dass ich nicht an Zauberei glaube. Ich glaube nicht daran, weil ich in der Schule lerne, dass es für alles einen Grund gibt. Das ist es, was mich von Tante Ama unterscheidet, dass sie, so klug, wie sie ist, nie zur Highschool gegangen ist, dass sie, obwohl sie liest, immer noch auf den alten Glauben schwört und die ganzen Taiga-Geschichten glaubt, die für sie wahr und wirklich sind.

In Wahrheit denke ich daran, wie Swallow gestorben ist, an den Ausdruck in seinem Gesicht und an den Wirbelwind, der ihm folgte, und es überläuft mich kalt, aber ich sage: »Nein, Ama. Ich glaube nicht, dass Mr. Swallow durch Zauberei getötet wurde. Ich glaube, er hatte einfach zu viel getrunken.« Mehr sage ich nicht, dann haben wir es hinter uns, dann müssen wir nicht mehr darüber reden, obwohl sie mich von der Seite ansieht, weil sie wissen will, ob ich lüge, und ich komme mir wie eine Lügnerin vor, aber ich habe nun einmal ihren

Glauben nicht, weil meine Welt eine andere ist, eine mit Häusern und Highways.

Aber obwohl der Sturm, den meine Mutter vorhergesagt hat, heraufzieht, schweige ich. Ich denke immer noch an den alten Swallow und daran, dass man seine Leiche etwas später in der Nähe der Quelle unter den Eichen gefunden hat, nicht weit von hier, wo Mr. Willard wohnt, bei Willards braunem Wohnwagen mit dem alten Schimmel davor.

Obwohl die Leiche des alten Abe unverletzt war, bestand seine Frau auf einer Untersuchung. Seine Frau, die ihn liebte, obwohl er sie schlecht behandelte, behauptete zu wissen, dass ihn die alten Taiga-Leute vom Kili-Sumpf zu sich gerufen und allein durch ihren Willen getötet hatten, und wenn der Leichenbeschauer keine Verletzung an seinem Körper feststellen könnte, müssten sie ihn eben an einer anderen Stelle angegriffen haben. Sie meinte seine Seele, und sie wollte, dass die Alten verhaftet wurden. Der Leichenbeschauer sagte, Swallows Herz wäre einfach stehen geblieben, er hätte sich eben überarbeitet, eine Meinung, der sich fast alle von uns anschlossen, weil nur ein überarbeiteter Mann seine Frau schlagen würde. Und überhaupt, wie sollte man eine Seele aufschneiden, sezieren und untersuchen? Aber seine Frau beharrte darauf, dass die Alten ihn verflucht oder ihm Angst eingeflößt hätten und dass sein Herz deswegen stehen geblieben wäre. Müsste man sie für seinen Tod nicht genauso zur Verantwortung ziehen, als wenn sie ihn mit einem Gewehr erschossen hätten? Sie sagte, die Alten hätten Lieder, die einen Menschen töten könnten, das wüsste sie genau. Das habe ich zwar schon früher gehört, aber wer glaubt denn wirklich, dass es ein Lied gibt, das die Macht hat, zu töten oder zu verletzen? Oder sogar, wie manche behaupten, ein Lied, das die ganze Welt am Leben hält.

Damit Mrs. Swallow Ruhe gab, fuhr die Polizei mit einem Dolmetscher in den Wald am Kili-Sumpf, um mit den verschwiegenen Alten vom Taiga-Volk zu sprechen. Alles nur, damit sie sich beruhigte, und die Polizisten kamen sich sehr albern dabei vor. Bei einer Tasse Kaffee machten sie sich sogar darüber lustig. Ich habe es selbst gehört, in dem Café, wo die Polizisten Pause machen. »Der Tante müsste mal einer erklären, dass wir im zwanzigsten Jahrhundert leben«, sagte einer von ihnen. Und manche der jüngeren Taiga-Leute, meine eigenen Cousins und Cousinen, lachten über Abrahams Witwe und sagten, sie sei bloß abergläubisch und hätte wahrscheinlich bloß zusammen mit ihrem Mann zu viel getrunken, aber dann merkte man, dass sie darüber nachdachten, ob es nicht vielleicht doch möglich war, einen Menschen auf diese Weise zu töten, und Ama sagt, rings um uns sind unsichtbare Mächte am Werk, von denen wir nichts wissen, und auf dieser Welt kann alles passieren, einfach alles. Danach zogen ein paar jüngere Männer zu den Alten nach Kili, um ihnen zur Hand zu gehen und die alten Sitten und Gebräuche der Taiga von ihnen zu lernen.

Später erfuhr ich von Mutter, es sei wahr, dass Abraham, ein Mann, der Ziegen hielt, seine zweite Frau schlug, und es sei auch wahr, dass die Alten, als sie davon hörten, dass er seine Frau und seine Kinder auch früher schon geschlagen und während der Schonzeit Hirschkühe getötet hatte, am Ort des alten Gesetzes in Kili ein Stammesgericht abgehalten und ihn zum Tode verurteilt haben. Sie sagte, manche Leute glaubten tatsächlich, dass ihn die Lieder und Gedanken der Alten getötet haben. Aber ich denke eher, seine Angst war so groß und stark wie der alte Baum Methusalem, und er ist daran gestorben. Er ist an seiner Angst gestorben. Das rede ich mir ein.

Ama ist ein schlichter Mensch, nicht wie meine Mutter, die so kompliziert ist. Meine Großmutter nannte das Gnade. Nicht schlicht im Kopf, sondern von ihrer ganzen Art her, und sie kann Geschichten erzählen. Es gefällt mir, wie sie erzählt, und ich bin ihre Freundin, ihr einziges Publikum. Einmal erzählte sie mir, dass sie gesehen hat, wie ein Alligator einen Schmetterling jagte und fraß und hinterher mit dem breiten Maul schmatzte, dass seine Zähne blitzten. Sie hat es so erzählt, dass ich lachen musste.

Manchmal sagt sie auch Sachen wie: »Vor der Erschaffung, vor dem großen Sturm. Bevor die Menschen auf die Erde kamen, war Sisa schon da, die große Katze.«

Sisa ist unser Name für die Raubkatze, den Florida-Panter. Der Taiga-Name.

»Sisa war der erste Mensch, der auf diese Welt kam. Sie war lange vor uns hier.«

Und dann sehe ich den geschmeidigen, goldbraunen Körper des Panters Sisa vor mir, so wie ich ihn nie in den Wäldern sehe, sondern nur von Bildern kenne. Die große Katze ist unsere Stammesälteste, und deshalb achten wir sie so sehr, obwohl man sie kaum noch zu Gesicht bekommt, nicht einmal die Alten vom Panter-Clan. Auch als sie noch zahlreicher waren, hat man sie nur selten gesehen.

Einmal habe ich einen goldenen Panter gehört. Er brüllte so laut, dass ich dachte, davon könnte die Welt einstürzen. Doch nun ist die Welt ohne einen Schrei eingestürzt. Auch die Welt des Panters, wenn es denn überhaupt eine andere ist als die unsere.

Ama liebt den Panter. Es macht sie traurig, dass er bedroht und krank ist, denn sie verehrt ihn. Sie sagt, eine der großen Katzen wurde neben ihr geboren, um ihr Stärke zu geben. So haben es die Alten früher erzählt, dass bei unserer Geburt auch ein Tier geboren wird, das in diesem Leben unser einziger Verbündeter ist. Es lieh uns seine Kraft, wenn wir sie brauchten. Ich frage mich oft, welches Tier in jener Zeit wohl mein Begleiter gewesen wäre, der in meinen Fußstapfen gegangen wäre so wie ich in seinen Pfotenabdrücken, der Haut an Haut mit mir geschlafen hätte, wenn ich damals geboren worden wäre. Ama sagt, es ist immer noch so, die Dinge haben sich nicht so stark verändert, wie es scheint, aber wenn das stimmt, denke ich nicht, dass es irgendein Tier besonders gut mit mir meint. Es hat sich mir weder gezeigt, noch hat es mich beschützt.

Aber Ama hält immer Ausschau nach dem Panter. Sie glaubt, dass er da ist. Wenn sie manchmal nachts in die Dunkelheit hinausblickt, glaube ich, dass es so ist, wie sie sagt, dass sie sich Blicke zuwerfen und einander in die Augen sehen.

Ama Eaton ist nicht meine richtige Tante. Ich sage Tante zu ihr, weil meine Mutter sie so genannt hat, als ich zum ersten Mal mit meinen Onkeln zu ihr kam. Ama ist ungefähr genauso alt wie meine Mutter, sie sind über viele Ecken miteinander verwandt, Cousinen zweiten Grades, glaube ich, aber Mutter nennt sie trotzdem Tante, als Zeichen des Respekts für das, was sie weiß und was sie ist. Mutter achtet und beneidet sie. Mutter hat sich entschieden, anders entschieden. Trotzdem würde sie am liebsten beides haben. Ab und zu sehe ich es ihr an. Sie würde gern von den Alten lernen und so leben wie früher, aber sie will auch auf das moderne Leben nicht verzichten.

Ama sagt, es kommt nicht auf die Entscheidungen an, sondern auf das Herz, und daran mangelt es Mama. Weil Ama so lebt, wie sie lebt, wird sie bewundert und verspottet, manchmal von denselben Leuten, manchmal in ein und demselben Moment. Man könnte sagen, dass sie eine Traditionalistin ist, obwohl sie keine heilenden Kräuter, Wurzeln oder Lieder besitzt. Jedenfalls nicht, dass ich wüsste. Sie hat nur sich selbst, sonst nichts. Sie besitzt noch nicht mal einen Stock, mit dem sie drohen kann, sagt meine Mom. Es ist wahr, sie hat kein Licht, keinen Fernseher und keine Waschmaschine, aber manchmal denke ich, sie hat trotzdem mehr als wir anderen, weil sie an sich glaubt und an das, was sie tut. Sie lebt im Einklang mit der Natur, am äußeren Rand unseres Lebens, wo sie, wie sie sagt, »den Umgang mit der Natur und der Geisterwelt pflegt«. Ich erlebe es selbst. Ich sehe es daran, wie sie hier lebt, an diesem Ort, wo kubanische Eidechsen auf die Bäume klettern, wo die Pflanzen im dunklen Schatten der schräg einfallenden Nachmittagssonne so sehr wie Gold schimmern, dass die Spanier glaubten, hier wären Reichtümer zu finden, an diesem Ort, wo der heraufziehende Sturm den Himmel verdüstert und es nach Regen riecht.

Seit meinem ersten Besuch bin ich oft wiedergekommen, aber inzwischen komme ich allein. Beim ersten Mal haben mich meine Onkel zu ihr geschickt, damit ich sie fragen sollte, ob sie in der Nähe ein paar Bäume fällen dürften. Ich stand vor ihr, ein kleines Mädchen, aber nicht so ängstlich wie meine Onkel. Ihre Augen hatten die Farbe von Flussschlamm, den ein Sturm aufgewühlt hat, ihre Brust wirkte fast platt unter dem Kleid, der Hals war zu knochig, ein Schlüsselbein sprang vor. Ich fand sie hässlich, aber ich stand recht tapfer vor ihr, auf dieser Veranda hier, und fragte sie nach den Bäumen.

Sie musterte mich, als ob sie genau das Gleiche von mir dachte wie ich von ihr, und fragte dann: »Welche Bäume?«

Hinter ihr roch es nach gebratenem Fisch, in ihrem Haus, das damals noch blau war.

Ich zeigte hinter mich, nach Westen. »Die abgestorbenen da hinten. Wir geben dir auch Holz ab«, sagte ich. »Onkel Sonny meint, du könntest bestimmt welches gebrauchen.«

»Von mir aus. Nur zu.« Mehr sagten wir nicht. Sie drehte sich um und ging zurück zu dem Fisch, der auf dem Ofen brutzelte. Damals hatte sie eine Fliegentür. Ich sah sie nur durch den Draht. Sie wirkte älter und dunkler, als sie war. Aber als ich wiederkam, um ihr das Holz zu bringen, rief sie mich herein und bot mir ein Glas süßen Tee an. Ich setzte mich zu ihr an den Tisch, und wir unterhielten uns, während meine Onkel das Holz aufschichteten. Jetzt wirkte sie schon netter, das schulterlange Haar glänzend und frisch gewaschen, die Augen sanft.

»Du kennst meine Mutter«, sagte ich, während ich ihr Haar betrachtete und ihre Hände, die so klein aussahen und von der harten Arbeit alt geworden waren. »Sie ist deine Cousine.«

Und sie sagte: »Ja, ich kenne sie, aber du bist überhaupt nicht wie sie.«

Damit hat Ama mich für sich eingenommen.

Danach sagten sie mir, ich solle nicht mehr zu ihr gehen. Aber ich komme trotzdem und helfe ihr, und keiner macht viele Worte darüber. Manchmal bringe ich ihr Eis, Zucker für den Tee oder andere Kleinigkeiten, die ich meiner Mutter stibitze, einen Dosenöffner zu Beispiel oder ein Sieb.

Meine Mutter weiß, dass ich zu ihr gehe und ihr helfe, obwohl sie sich ahnungslos stellt, aber Herm, ihrem Mann, sagen wir nichts davon, weil er in solchen Sachen komisch ist; er misstraut fast jedem.

Eigentlich müsste ich meiner Mutter böse sein, weil sie bei Herm bleibt, doch meistens tut sie mir Leid. Aber Herm ist mit ein Grund dafür, warum ich so oft bei Ama bin. Er und seine kalten Augen, die mich verfolgen und gierig an mir hinunter- und dann wieder hinaufwandern; es dauert immer nur zwei Sekunden, aber länger brauche ich auch nicht, um herauszulesen, was es bedeutet. Doch das ist nur ein Grund. Der andere Grund ist, dass Ama eine freundliche, gute Frau ist. Ich habe ihr nichts über Herm erzählt, aber sie sieht es ihm an und hat mir schon öfter gesagt, dass ich ihm aus dem Weg gehen soll. Sie meint, er kann jederzeit über mich herfallen. Und ich frage mich immer, warum er es ausgerechnet auf mich abgesehen hat, obwohl meine Schwester Donna so hübsch ist.

Ama hat mich gern um sich. Es ist besser, als zu Hause zu sitzen. Es ist, als wäre man ein Teil der Welt. Manchmal gehen wir fischen, oder sie bringt mir bei, die Fährte des schwarzen Fuchses zu lesen, der ein paar Meilen hinter der Straßenbiegung lebt, in dem Eichenwäldchen, wo der Blitz eingeschlagen hat. Am Fährtenlesen gefällt mir am besten, dass ich dabei lerne, wie ich mich bewegen muss. Schmal und stark gleite ich durch das Dunkel der Bäume. Und obwohl man den Fisch nicht essen kann, weil das Wasser, das von den Farmen und Zuckerrohrplantagen abläuft, vergiftet ist, kann man auch beim Angeln etwas lernen. Dabei lerne ich, still zu bleiben. Und still bleiben ist mir noch nie leicht gefallen. Ich lerne von Ama zu überleben und mich mit dem Land anzufreunden, wo sich ein Mädchen leicht verlaufen kann, um von den Sümpfen und Bäumen bei lebendigem Leib aufgefressen zu werden. Es ist eine gefährliche Gegend mit dunklen Winkeln. An den Tagen, wenn Ama schweigt, lerne ich die Stille von ihr. Nicht etwa, dass sie schlecht gelaunt wäre. Und es ist auch kein leeres Schweigen wie bei anderen Menschen. Es ist ein volles Schweigen, und ich lasse mich gern darauf ein, es ist eine Wohltat nach dem Geplapper von Donna und Mutter. Ich kann nicht sagen, was ich dabei lerne; es gibt keine Wörter dafür. Wörter machen Krach, aber die Stille ist etwas, dem man lauschen muss, dann nimmt sie einen bei der Hand und hält einen fest. Sie erklärt dir, was du wissen musst, wie sich Geräusche fortpflanzen zum Beispiel, von woher ein bestimmter Vogel ruft.

Doch ich gebe zu, dass meine Gefühle Ama gegenüber zwiespältig sind. Manchmal liebe ich sie, und in solchen Augenblicken finde ich sogar ihre Zahnlücke schön. Aber manchmal kann ich sie überhaupt nicht leiden, und dann finde ich sie hässlich. Ich kann diese Gefühle nicht erklären, aber ich glaube, es kommt darauf an, wie sehr mich die Welt gerade eingeholt hat. Wenn ich aus der Schule komme, erscheint sie mir oft unscheinbar und sonderbar. Ich sehe sie mit den Augen anderer Leute und stelle mir vor, was sie über sie denken würden. In ihren Augen wirkt sie wild und verrückt. Mutter sagt, dass Tante Ama einmal verheiratet war und ihr Mann sie verlassen hat, weil sie für eine Ehefrau nicht zahm genug war. Trotzdem würde ich am liebsten immer bei ihr sein. Vielleicht, weil ich vor allem Angst habe und sie vor gar nichts, vielleicht möchte ich das von ihr lernen. Dumm nennt Mutter ihre Furchtlosigkeit, und sie sagt, dumme Leute überleben bei uns nicht lange. Aber ich glaube, Ama ist eher mutig als dumm. Außerdem überkommt mich manchmal die Sehnsucht, das Heimweh nach den alten Sitten und Gebräuchen, nach denen sie lebt. Deshalb komme ich hierher. Ich fühle mich gerufen.

Heute ist Ama schön, auch wenn man es ihr nicht auf den ersten Blick ansieht. Wenn sie eine Blume wäre, dann eine von der zähen Sorte, die sich verzweifelt an die Erde klammern und so winzige Blüten haben, dass sie kaum zu erkennen sind, obwohl es sie gibt.

Ich trinke meinen Kaffee, und die Wolken werden immer dunkler. Ich beobachte die weiße Ziege und das Zicklein. Sie leuchten unnatürlich weiß im Sturmlicht. Das Zicklein rammt seine Mutter mit dem Kopf. Sie ignoriert es und knabbert weiter am Unterholz. Die Ziege hat früher Abraham Swallow gehört. Sie ist von allein hergekommen, niemand konnte sie zu Hause halten, und jetzt scheint sie Ama zu gehören. Seine Frau sagt, Ama hätte sie gestohlen, und sie will ihr die Polizei auf den Hals hetzen. Dabei haben Ama und ich schon versucht, Mrs. Swallow die Ziege zurückzubringen, aber sie kommt einfach immer wieder. Sie kann die Frau nicht leiden. Sie mag Ama. So einfach ist das. Und dabei fällt mir wieder ein, dass Donna und ich die Letzten waren, die Abraham Swallow lebend gesehen haben, und dass ich Donna schwören musste, nichts zu verraten, damit uns keiner Fragen stellt. Als ob wir etwas verbrochen hätten. Irgendwem muss ich immer schwören, nichts zu verraten, sogar Herm, dem Mann meiner Mutter, der sagt, es würde ihr das Herz brechen, wenn ich ihr erzählen würde, dass er mir nachstellt. Und er hat Recht, wenn ich mein Schweigen nicht breche, verrate ich mich selbst, wenn ich rede, verrate ich Mutter.

Dann sehe ich Ama an und bemerke zum ersten Mal, dass sie gar nicht so alt ist, wie ich denke. Ich denke bloß, dass sie alt ist, weil ich noch so jung bin. Ich bin sechzehn. Ich bin jung und klug, nicht hübsch, aber klug. Ich bin ein dünnes Mädchen, dessen Mutter gesagt hat, es soll nicht zu oft zu Ama in den Wald gehen, weil Ama noch nie einen Fuß in eine Kirche gesetzt hat und in die Hölle kommen wird. Mutters Gefühle sind auch zwiespältig, und sie denkt, dass Ama Eaton wie eine alte Frau an das Alte glaubt, was wahrscheinlich eine Sünde ist. Aber ich glaube, dass meine Mutter, die sich Mühe gibt, als Weiße durchzugehen, in Wirklichkeit Angst hat, ich könnte Ama eines Tages mehr lieben als sie. Für Mutter ist Liebe etwas, wovon es nicht viel gibt und was nie für alle reicht. Sie sieht in allem eine Gefahr für die Liebe in ihrer Welt. Meine Mutter dürstet nach Liebe. Aber obwohl sie weiß, dass ich herkomme und Ama zur Hand gehe, verliert sie kein Wort darüber, als ob sie es irgendwie doch gutheißt, als ob es ihr gefällt, wie einfach Ama ist, so stark und so stur wie ein Maultier. Mutter sagt, wenn Ama stirbt, wird sie nicht zu Staub, sondern zu Kies.

Ich sehe Ama an, die in die Sumpfbäume hinausblickt. Ich frage mich, warum sie mir alt vorkam, obwohl es gar nicht stimmt. Aber ich habe Recht, wenn sie mir wild vorkommt. Sie ist so wild wie das Land. Das hat Grandpa gesagt. Er hat sie aufwachsen sehen, deshalb wusste er es aus erster Hand. Er sagte, man hätte es ihr von Anfang an ansehen können. Daran, dass sie in die Sümpfe und die großen Bäume gegangen ist, dass sie nie viel mit den Leuten geredet oder gelacht hat und dass sie sich immer so aufgeführt hat, als ob sie eine Königin wäre, obwohl sie noch nicht einmal gut aussah. »Alles Pose«, sagt Mutter dazu. Aber bei Grandpa klang es nach Hochachtung für ihre aufrechte, gerade Haltung, nach Liebe sogar, obwohl er so viel älter war als sie. Ich glaube, er meinte, dass jeder, der sie sieht, sofort weiß, dass sie stark ist, und dass Ama sich dessen bewusst ist, daher ihre Distanziertheit und Größe.

Ama sieht mich schweigend an. Sie hat ehrliche Augen. »Hast du geträumt?«, fragt sie.

Ich schüttle den Kopf. Nein. Ich weiß kaum noch, wie es ist zu träumen. Aber früher konnte ich träumten, bevor Mutter Herm geheiratet hat. Früher habe ich jede Nacht geträumt.

»Aber ich habe geträumt«, sagt sie, und ich weiß, dass sie mir davon erzählen wird, aber zuerst steht sie auf und geht ins Haus. In den wenigen Minuten, die sie weg ist, wird der Himmel noch dunkler. Die Stimmen der Vögel klingen, als ob sie aus einem hohlen Loch kommen. Eine schwere, dicke Wolke legt sich über uns und dämpft die Geräusche des Landes.

Lange bevor ich Ama kennen lernte, hatte ich Geschichten über sie gehört. Sie war ein schwaches, kränkliches Mädchen, bis sie mit zwölf Jahren aus Walker Town verschwand. Hier kann man sich schon einen halben Meter neben der Straße so heillos verirren, dass man spurlos verschwunden bleibt, aber sie tauchte wieder auf, Wochen später stand sie neben einer Bambuspflanzung im hohen Gras. Sie hatte sich verändert, als sie zurückkam. Ihr Blick war ruhig, stetig und stark. Es war in der Regenzeit, und alle wunderten sich darüber, dass ihr das Kleid nicht nass am Körper klebte. Sie war irgendwo untergeschlüpft. Anfangs befürchtete man, der Einsiedler Tate, der südlich vom Kili-Sumpf lebte, hätte sie geraubt. Die Abergläubischen dachten, sie wäre von Elfen entführt worden, um den Medizinweg zu erlernen. Wie die Alten erzählen, kommt es in den Wäldern manchmal vor, dass die Elfen Menschen mitnehmen, um sie etwas zu lehren, und wenn sie zurückkehren, sind sie in der Medizin bewandert. Aber das ist auch nur ein alter Glaube, und dem Aberglauben messe ich sowieso keinerlei Bedeutung zu.

Andere Leute hatten Angst, dass sie von dem Pferde raubenden, Kühe reißenden Bären getötet worden war, der schon damals in dieser Gegend lebte, dass das, was zurückkehrte, gar nicht mehr Ama war, sondern nur so aussah, ein Geist, der ihre Gestalt angenommen hatte, so wie früher, als sich die Menschen noch in Tiere und die Tiere in Menschen verwandeln konnten. Manche Leute meinten wiederum, genau das hätte sie getan, sie hätte einen Panter geheiratet und wäre nun selbst ein Tier, das zurückgekehrt war, um uns zu beobachten und zu sehen, ob wir sie im Alltag auch angemessen und gut behandelten, und deshalb veränderten sich diese Menschen, von denen bis dahin einige grausam zu Tieren gewesen waren, wenn Ama in der Nähe war, so stark war ihre Ausstrahlung, als sie zurückkehrte, so groß die Angst vor ihren Kräften. Doch ganz gleich, was auch mit Ama Eaton geschehen war, niemand fühlte sich mehr wohl in ihrer Nähe. Bis auf mich und einige alte Leute wie Janie Soto, das Oberhaupt unseres Clans, und Annie Hide, die heilende Hände hat. Wenn ich mich für eine von diesen abergläubischen Geschichten entscheiden müsste, würde ich die letzte nehmen, aber nur, weil es die interessanteste ist. Doch ich vermute, dass Ama, als sie verschwand, zu den Alten am Kili-Sumpf ging und bei ihnen blieb. Sie hat nämlich erzählt, dass Janie Soto, die sie mit großgezogen hat, schon immer wollte, dass sie dort oben lebt, aber Ama sagte, die alten

Sitten und Gebräuche wären nicht genug, um uns heil durch diese Zeit zu bringen, und sie wäre zu etwas anderem berufen. Sie müsste zwischen der modernen und der alten Welt leben.

Meine Mutter war noch ein Mädchen, als Ama in die zivilisierte Welt zurückkehrte. Sie sagte, sie hätte noch nie einen derart ruhigen Menschen gesehen. Sie konnte sich nicht vorstellen, was sie die ganze Zeit gegessen hatte, außer wilden Pflanzen, und sie war überzeugt, dass niemand mehr wusste, welche wilden Pflanzen essbar waren, weil doch heute jeder im Supermarkt einkaufte und die Sümpfe so vergiftet waren.

Grandma sagte, man hätte meinen können, Ama käme aus einer anderen Zeit, als sie zurückkehrte, und seitdem hätte sie nie mehr in diese Welt gepasst, was fast jeder bestätigen würde.

Was ich weiß, was ich mir zusammenreime, ist Folgendes: Die Wildnis hat sie verändert, ganz gleich, was ihr dort begegnete oder was mit ihr geschah, in den Sümpfen und Bäumen und den tief hängenden Wolken.

In Wahrheit weiß ich nur sehr wenig über Ama, trotz der vielen Geschichten. Ich kann nicht behaupten, sie zu kennen oder zu verstehen, obwohl ich sie besuche, mit ihr umherziehe, vom Boot aus fische oder auf das Rascheln der Schlangen im Gras horche. Während ich mich vor Schlangen fürchte, sagt Ama, dass sie wichtige Wesen sein müssen, weil sie so viele natürliche, von Gott gegebene Waffen haben, und dass die Menschen sie in Ruhe lassen sollten. Janie Soto, die Älteste unseres Stammes und das Oberhaupt des Panter-Clans, die alte Frau, die nie ein Wort Englisch spricht und immer ein paar rote Perlenschnüre um den Hals trägt wie Feuer oder die Morgenröte, hat Ama und mich früher oft besucht, und wenn sie dann vor Amas abgesplittertem Haus auf dem Stuhl saß, haben sie gelächelt, die beiden Frauen, und alte Lieder gesungen, Lieder mit einem Echo, und ich dachte immer, so würde Ama auch alt werden, wie eine echte Taiga-Indianerin, die nichts mit der weißen Welt zu tun hatte und die Lieder und Tänze der Vergangenheit kannte. Stolz würde sie sein auf das, was sie ist, was wir anderen nicht sind, was meine Mutter nie war.

Ama kommt mit einem Teller Plätzchen wieder heraus. Sie hat sie schon gebuttert. Es ist heiß heute Morgen, obwohl ein Sturm heraufzieht, die Kekse sind gut und süß. Während ich esse und das Salz der Butter schmecke, sehe ich, wie sich noch mehr Sturmwolken zusammenbrauen. In der Ferne donnert es.

Ama erzählt: »Ich habe von einem goldenen Panter geträumt. Er kam im Traum zu mir. Er stand auf zwei Beinen und sagte, folge mir. Er stand da wie ein Mensch, und ich konnte seinen Bauch und die Augen sehen, und es winkte mir, dieses krummschwänzige Tier. Aber der Panter sah so dürr und krank aus, dass es mir das Herz zerbrach.« Es ist nicht das erste Mal, dass sie von einem Panter geträumt hat, aber es ist das erste Mal, dass einer mit ihr geredet hat. Selbst die Alten sehen keine Panter mehr, sagt Ama.

Während ich mir ihren Traum anhöre, bricht mit einem Mal ein Sonnenstrahl durch die Wolken und fällt auf die Straße, und in dem leichten, seltsam riechenden Wind, der auf uns zuweht, beginnen ringsum die Pflanzen zu rascheln, als ob auch die Welt Amas Worten lauscht.

»Du hättest ihn sehen sollen. Er stand da und sah mich an. So nah, dass ich ihn riechen konnte. Und als ich aufwachte, hing der Geruch immer noch in der Luft. Als ob der Panter tatsächlich bei mir im Zimmer gewesen wäre.«

Ich sitze neben Tante Ama und höre ihr zu. Die Heuschrecken ringsum zirpen tausend Lieder, und plötzlich kommen vier Frauen von einem anderen Stamm die Straße herauf, langsam wie ein Windhauch, sie schütteln ihre Rasseln und singen unter den schweren Wolken, die aus der gleichen Richtung kommen wie sie, als ob sie oben am Kili-Sumpf entstehen. Das müssen die vier Frauen sein, von denen mir Ama einmal erzählt hat, nur habe ich ihr damals nicht geglaubt, aber nun sehe ich sie selbst und höre sie singen, die Stimmen schriller als die der Heuschrecken, und ich stehe auf und sehe ihnen entgegen. Sie gehen eine Handbreit über der Erde, als ob sie schweben und keine Füße haben.

Ich kann kaum atmen, während ich sie sehe. Die vier Frauen halten sich aufrecht und bewegen sich wie ein einziger Mensch. So früh am Tag staut sich die Hitze schon auf der Straße, und stellenweise schimmert es wie Wasser. Es ist eine Luftspiegelung, eine Ansammlung von Wasser, das es gar nicht gibt. So sind die Augen eben, sage ich mir, sie sehen immer, was nicht da ist, doch so real, als ob es da wäre. Für mich aber sieht alles wahr aus, die Frauen, die erst langsam, dann schneller singen, so schnell, dass ihr Singen kraftvoll und mächtig genug ist, die Toten aus der Erde heraufzusingen, sogar Abraham Swallow, und dazu das Klappern der Rasseln aus Schildkrötenpanzer, und ich fühle das Lied in meinem Bauch, als sie über der Straße schweben und scheinbar ohne Füße auf uns zukommen.

Die knochigen Kühe in der Ferne verschwinden hinter der Hitzewand, und ein altes Oldsmobile kommt die Straße entlang, wie ein Schemen fährt es auf der alten Fossilienstraße an den Frauen vorbei. Die Frauen in ihren langen Kleidern verschwinden für einen Augenblick hinter dem Wagen, nur für einen Augenblick.

»Siehst du, wie sie gehen?«, fragt Ama. Sie sitzt da, blickt noch nicht einmal hoch und sagt: »Sieh sie dir an.« Sie richtet nicht den Blick auf sie. Es ist, als ob das Sehen von innen kommt.

Die Frauen in den Kleidern lassen den Highway und die

Hitze hinter sich. Fast tanzen sie in ihren alten Kleidern, die heutzutage kein Mensch mehr trägt, schwebend und singend kommen sie auf uns zu. Sie erinnern mich an Geister. Obwohl ich nicht glaube, dass sie da sind, weil sie nicht da sein können, frage ich: »Was meinst du, was sie wollen?«

Amas Stimme klingt fremd und schön. Sie sagt: »Sicher gibt es heute eine gute Nachricht. Die Botinnen kommen.« Sie sagt es, als ob sie die Frauen kennt.

Ich nicke, als wüsste ich, was sie meint. Dann sehe ich, wie die Vögel geflogen kommen, sie sind laut und aufgeregt wegen des aufziehenden Sturms, und der Himmel wird dunkler, und ich spüre, wie die Temperatur sinkt. Als ich wieder hinsehe, sind die Frauen nicht mehr da. Ich möchte wissen, wohin sie gegangen und woher sie gekommen sind, und während ich noch schaue, ist es, als könnte ich den Raum zwischen den Dingen erkennen, als ob es zwischen allen festen Dingen eine Stelle gibt, wo die Schöpfung stattfindet. Vielleicht kommt alles Leben dorther, um dann, schnell wie Wasser, wieder dorthin zurückzuströmen.

»Wer sind die Frauen?«, frage ich.

Sie antwortet nicht. Sie schließt die Augen, einen Ausdruck im Gesicht, den ich nicht benennen kann, als ob sie etwas Schreckliches und Schönes zugleich gesehen hat.

Als wir später an dem Tisch mit der neuen, stark riechenden Wachsdecke sitzen, erzahlt sie mir noch einmal von dem Panter, von dem sie geträumt hat. Sie glaubt, dass er sie in eine bestimmte Richtung leiten wollte. Ich höre nur halb hin und lasse den Blick wandern. Tante Amas Haus ist am Ende. Mutter sagt, es wird Zeit, dass es stirbt. Sie sagt, Häuser seien Lebewesen, deren Wünsche wir respektieren sollten, Amas Haus wolle sterben, und Ama solle es sterben lassen. Amas Haus hat

Termiten und einen Trampelpfad auf dem Boden, der vom Ofen bis zum Fenster führt, wo sie immer hinausschaut. Der Pfad geht zur Tür hinaus, über die Veranda, die beiden breiten Stufen hinunter. Ein Fremder könnte ihr Leben an diesem Boden ablesen. Wenn man genau genug hinsehen würde, könnte man zwischen den Dielen Fischschuppen finden, Straßenstaub und Teile von Blättern und Stängeln.

Durch das Fenster sehe ich, dass sich die Regenwolken hinter den großen Bäumen immer dichter auftürmen und auf uns zuwandern. Die Temperatur ist so stark gesunken, dass es kühl geworden ist. Die Wolken werden sich sammeln, wie immer an diesem Ort. Es wird Regen geben. Die Wolken werden sich vereinen, sich wie zwei kampfwütige Menschen aneinander klammern und einander die Kraft geben, einen Sturm auf uns herabzuschleudern.

Wir stellen uns an das Fenster, in den frischen Luftzug, und sehen zu, wie der Sturm näher kommt. Der Wind bläht die Baumwollvorhänge, die ich aus den alten blauen Mehlsäcken meiner Mutter genäht habe. Ama hält einen Vorhang fest. Die anderen tanzen im Wind.

Während wir hinaussehen, kommen von Westen her immer mehr Vögel geflogen, bis die Luft von ihrem aufgeregten Lärmen vibriert.

»Was meinst du, wie viele es sind?« Sie fragt, als ob sie nicht zählen kann. Dabei kann sie mit Zahlen sowieso nichts anfangen.

Es sind dunkle Vögel.

»Es müssen mindestens hundert sein«, sage ich zu ihr. Wie Ascheflöckchen kommen sie herunter, unruhig machen sie einander Platz.

Und dann klopft der Wind an die Tür, wie mit Knöcheln und Fäusten. Bald darauf fängt es an zu regnen, zunächst nur ein leichtes Nieseln, wie vom Wind getragen. Wir stehen da und sehen die nächste Regenwolke kommen. Wie die alten Frauen kommt sie auf uns zu, mit dem gleichen Schweben, und obwohl ich weiß, dass ein Sturm aufzieht, freut sich meine Haut über die Nässe in der Luft. Es riecht überwältigend frisch. Ein gutes Gefühl. Ich lächle, obwohl ich mich vor Stürmen genauso fürchte wie vor Schlangen, ich schließe die Augen und atme. In der Ferne atmen die weichen Konturen des Landes das Wasser ein, noch hat das Land Durst, und das Grün und Schwarz der Bäume nimmt das Wasser wie mit tiefen Zügen in sich auf. Das Land und die Bäume brauchen den Regen. Wir hatten eine Dürre. Es ist das Jahr, in dem es an Stellen brennt, wo früher Sumpf war, das Jahr, in dem der Lake Okeechobee geöffnet wurde und der Wasserspiegel hier unten bei uns so stark anstieg, dass alle Hirschkälber ertranken. Die Naturschützer mussten die hungrigen Tiere töten, die bis zum Hals im Wasser standen, und es brach mir das Herz, die kleinen Hirsche mit den weißen Bäuchen am Straßenrand aufgereiht liegen zu sehen, abgezählt wie Steine oder Münzen. Ich fand es grausam, auch wenn man angeblich nichts anderes für sie tun konnte und sie markierte, um später ihre leeren Mägen zu untersuchen. Als ich meiner Mutter sagte, dass ich wütend sei, weil ihnen eigentlich die Baustellen, Farmen und Zuckerrohrplantagen den Tod bringen, sagte sie: »Was regst du dich immer über alles so auf?« Sie meint, so einen kleinen Preis muss man für den Fortschritt eben zahlen. Ich meine, so tötet man eine Welt. Daran zeigt sich, wie verschieden wir sind. Bald höre ich, dass der Sturm auffrischt, der Regen wird heftiger, und als ich die Augen kurze Zeit später wieder öffne, liegt die Erde schmutzig weiß im prasselnden Regen, der Himmel bebt vom Krachen des Donners, und ringsum zucken Blitze nieder. So schnell ist das Unwetter da und reißt Amas Winden von den Stängeln. Wie blaue Schmetterlingsflügel liegen die Blüten auf dem Boden, zerfetzt und sterbend. Das Wasser umspült sie, dann trägt es sie fort, und der starke Wind erfüllt das nach Regen riechende Haus. Die Vorhänge wehen flatternd durch das Fenster. Es ist, als ob alles atmet, schwer und verzweifelt, das Land, das Haus, das Wasser.

Der Wind ist eine lebendige Kraft. Wir Taiga nennen ihn Oni. Er dringt bei der Geburt in uns ein und bleibt das ganze Leben lang bei uns. Er verbindet uns mit allen anderen Lebewesen. Ich denke an Oni und versuche, die Schiebefenster zu schließen, aber sie sind verzogen. So kräftig ich auch drücke, zwei wollen sich gar nicht nach unten bewegen.

Es kommen noch mehr lärmende Vögel. Sie finden die wehenden Vorhänge genauso unheimlich wie den Wind. Wir können sie im tiefer werdenden Dunkel kaum noch ausmachen. Sie stehen dicht aneinander gedrängt, trippeln, fliegen hoch und landen wieder unter den Bäumen, als ob sie uns etwas sagen wollen, sie stoßen und schieben sich gegenseitig weg, suchen Schutz, den es nicht gibt.

»Was meinst du, wie viele es jetzt sind?«, fragt Ama noch einmal.

Ich sehe mir die Vögel an und fange an zu schätzen. Inzwischen sind es mehrere hundert geworden, vielleicht sogar tausend. Sie könnten uns töten, denke ich, so viele Vögel, sie könnten uns vernichten, und ich frage mich, warum uns die Vögel und die anderen Tiere überhaupt verschonen, warum ich je vor ihnen sicher war. Ich frage mich auch, warum sie bei uns bleiben oder uns sogar helfen, wie zum Beispiel der rote Wolf, der meiner Mutter einmal den Weg nach Hause gezeigt hat, als ihr Mann Herm sie in der Nähe von State Line in den Wald gefahren und bei einem Gewitter aus dem Auto geworfen hat, nachdem er ihr gesagt hatte, sie solle ja nicht wieder heimkommen. Da kam der rote Wolf zu ihr, hat sie erzählt, und es muss wahr sein, weil sie Christin ist und nichts sagen würde, was unwahr ist. Sie glaubt nicht an die Tiere und auch nicht an die Geschichten, die die Alten über sie erzählen. Obwohl sie nicht glaubt, dass sie eine Seele haben oder besondere Kräfte besitzen, erzählte sie, dass der rote Wolf kam und sie an jenem Tag nach Hause brachte. Sie hat ihn ganz deutlich gesehen, und sie vertraute ihm, weil sie sich daran erinnerte, was Janie Soto und Annie Hide, eine andere alte Taiga-Frau, erzählten, dass nämlich die Tiere früher den Menschen manchmal halfen, dass sie ihnen beibrachten, welche Pflanzen Heilkräfte haben, dass sie ihnen Lieder vorsangen, die sie lernen sollten, und dass sie den Menschen zeigten, wie sie die zerstörte Welt erneuern konnten.

Amas sterbendes Haus riecht wie eine Muschel, durch die der Meerwind weht, oder vielleicht auch nach einem Wind in der Flasche. Draußen drücken Wind und Regen das Gras platt. Es ist mehr als nur ein Gewittersturm, davon bin ich überzeugt, weil ich durch die schweren Wolken und den peitschenden Regen die alte Hündin mit den langen Zitzen sehen kann, die für sich und ihre Jungen jaulend nach einem sicheren Versteck sucht. Das macht mir Angst, und die Vögel kommen nun auch von Osten her geflogen, als ob sie vor einem mächtigen Schatten fliehen, um sich bei uns zu verkriechen. Mir sträuben sich die Nackenhaare, und ein kalter Schauer läuft mir den Rücken hinauf. Ich stehe auf. Es ist mehr als nur ein Sturm. »Das ist ein Hurrikan«, sage ich zu Ama. Ich bin mir sicher. Plötzlich herrscht unruhige Spannung. Der Himmel ist dunkel. Das Haus knarzt. »Es wird schlimm. Wir müssen alles verrammeln«, sage ich. »Wir müssen den Hund und die Jungen holen.«

Ich habe es noch nicht ausgesprochen, da ist Ama schon aufgesprungen, um das Haus zu sichern, und als sie zum Fenster läuft, um die Läden zu schließen, und die Bretter holt, um die

Fenster zu vernageln, kann ich nicht einmal mehr ihre Füße auf den Dielen hören. »Schnell!«, ruft sie laut, und Panik ergreift mein Herz, als Wind und Regen in das Haus eindringen, als sich die Ränder der Tischdecke heben, als der Boden nass und glatt wird. Es macht mir auch Angst, dass die alte Hündin mit ihren Jungen weggelaufen ist und ich nicht weiß, ob sie in Sicherheit sind. Ich rufe: »Der Hund, Ama, hol die Hunde.« Aber sie kann mich nicht hören.

Draußen ist ein seltsames Licht, obwohl die Wurzeln des alten fremdländischen Baums, der Methusalem heißt, noch ein wenig Sonne abbekommen. In dem kleinen wandernden Bündel Sonnenstrahlen, das hinter einer Wolke hervorkommt, sehe ich Methusalems Wurzeln, verkrümmt wie Hände, die sich mit aller Kraft festklammern, wie alte Hände, die sich in die Erde krallen.

Ama läuft zum Schuppen. Ich folge ihr mit klopfendem Herzen. Während ich hinter ihr herlaufe, um Hammer und Nägel zu holen, huscht mein langer Schatten über das nasse Gras. Ich bin überrascht, dass ich bei dem Regen und der Dunkelheit überhaupt noch einen Schatten habe, aber das kleine Bündel Sonnenstrahlen zwängt sich noch immer zwischen den schwarzen Wolken hindurch, als ob jemand mitten in der Nacht mit der Taschenlampe leuchtet, und ich verstehe es nicht, aber wie die Strahlen auf dem düsteren Land liegen, könnte man meinen, dass sich das Licht in geraden Linien ausbreitet. Doch genauso plötzlich, wie ich es bemerkt habe, verschwindet es wieder, der Schatten, die Sonne, alles ist weg, nur die Dunkelheit bleibt, der Himmel bleischwer von tief hängenden, blauschwarzen Wolken.

Als ich zurückblicke, sehen die Vorhänge, die ich Ama aus den alten Mehlsäcken meiner Mutter genäht habe und die aus den beiden störrischen, offenen Fenster flattern, wie Segel aus. Als ob wir nach Osten geweht werden, immer weiter fort, und ich sehe vor mir, wie das Haus vom Wind davongetragen wird, die Vorhangsegel prall im Wind, gleitet es über das Land, genau wie die Frauen, schwebend, den Boden kaum berührend.

Dann hören wir die Sirene, ein Feuerwehrauto, das die dunkle Straße heraufkommt, um uns zu warnen, dass ein Sturm kommt, damit wir uns in Sicherheit bringen, eine Männerstimme aus einem Lautsprecher.

Mit dem Hammer laufe ich die Treppe wieder hinauf und helfe Ama, die Fensterläden zuzunageln. Ama kann gut mit Werkzeug umgehen. Für jeden Nagel benötigt sie nur einen einzigen Schlag, und ich brauche die Läden nur zu halten, Holz auf Holz, während der Wind mir die Haare ins Gesicht peitscht. Mir ist vor Angst eiskalt. Obwohl ich nur die Läden festhalten und ihr die Nägel reichen muss, fällt es mir bei dem Wind schwer, und noch schwerer fällt das Atmen, als ob die Luft unter dem Ansturm des Windes verschwunden wäre. In der Ferne höre ich den Himmel, die Bäume und das Wasser, alles brüllt, alles zerbricht und kommt auf uns zu, und mir fällt noch etwas Seltsames auf. Obwohl Amas Kleid schwer von Nässe ist, bläht der Wind den Rock auf, und ich sehe ihre Beine, die mich an die Beine eines jungen Mädchens erinnern, und sie kommt mir sehr verletzlich vor, verletzlicher, als ich es je für möglich gehalten hätte, während sie die Augen des Hauses zunagelt.

Der Regen ist heftiger geworden, schräg fällt er zu Boden. Ich bin nass und durchgefroren. Erde verwandelt sich in Wasser, der Geruch schwer von Lehm, und Wasser wird zu Schlamm. Alles ist nass, durchgeweicht, diese Welt verwandelt sich in eine andere, wie Sand in einer Sanduhr, die gerade jemand umgedreht hat, erneut hindurchzurieseln beginnt. Das sind meine Gedanken, und ich staune selbst, wie gefasst ich bin, während ich im peitschenden Wind einen Fensterladen zudrücke und der Regen auf mich einprasselt, während Ama versucht, den Nagel einzuschlagen und zum ersten Mal nicht trifft. Und während ich den Laden festhalte, fällt mein Blick zu Boden, und ich sehe die Klapperschlangen, und mein Herz macht einen Satz. Klapperschlangen, die auf uns zuschlängeln, so schnell, wie ich es ihnen nie zugetraut hätte.

»Ama, sieh doch!«, sage ich und lasse den Fensterladen los, lasse ihn fallen.

Die Schlangen wissen, was uns bevorsteht. Sie haben Angst zu ertrinken und flüchten in die Bäume. Manche winden sich die Treppe zur Tür herauf und sehen uns mit ihren blinden Augen an, während sie auf das sichere Haus zukriechen, schmale Schlangenmuskeln, die Rücken regennass und glänzend, und sie sehen uns an, als ob wir zwei der vier unwirklichen, schwebenden Frauen sind, nicht ganz real für sie.

Ama sieht sie nicht.

»Die Schlangen«, sage ich noch einmal und zeige mit dem Finger nach unten.

Nun sieht sie sie auch. Einige hängen schon in den Bäumen, silbern schimmernd um die Äste geschlungen, blitzschnell züngelnd, kaltäugig, aber andere versuchen, in ihr Haus einzudringen. Sie schreit etwas, kaum zu verstehen bei dem Wind und dem platschenden Regen, und ich glaube, sie sagt, dass die Schlangen ebenfalls Schutz brauchen und ich mich nicht weiter um sie kümmern soll, aber nachdem sie den letzten Fensterladen zugenagelt hat, laufen wir hinein, und sie schließt die Tür vor ihnen, sie schließt uns in der Dunkelheit ein, und selbst bei dem Tosen des Sturms kann ich hören, wie sie dumpf gegen die Wände stoßen, weil sie hereinwollen. Die Schlangen wollen herein. Wir sperren den Sturm aus, so gut wir können. Ama verriegelt sogar die Tür, aber bei dem Wind, dem Regen und der Dunkelheit fühlt es sich so an, als ob sich das Haus mit seinen von Termiten zerfressenen Dielen bewegt, und der Sturm wird lauter, deshalb lohnt das Reden nicht, und das Haus ächzt und knarrt. Ama zündet die Laterne an und stellt sie auf den Tisch, neben ein Glas mit weißen Blumen. Unsere Schatten fallen auf die Wände. Das Tosen des Sturms ist zum Brüllen geworden. Er ist jetzt ganz nah, und ich denke, wenn es ein Hurrikan ist, müssten wir hinauslaufen, weil das kleine Haus über unseren Köpfen zusammenstürzen wird. Dann steht Ama auf, geht zur Tür, öffnet sie einen Spalt und blickt zum Himmel. Wie eingerahmt steht sie in der Tür, den Wind in den langen Haaren, in dem nassen alten Kleid. Im Süden ist der Himmel dunkelblau, fast schwarz, als ob Rauch aufgestiegen ist.

»Lass keine Schlangen rein«, sage ich.

Ama schließt die Tür wieder, dann dreht sie sich zu mir um. »Hast du das Boot festgebunden?« Ihre Stimme verschmilzt mit dem Trommeln des Regens. Sie hat Recht. Ich habe das Boot völlig vergessen. Ich brauche das Boot. Es ist mein Leben. Es hat meinem richtigen Vater gehört, und es ist das Einzige, was mir von ihm geblieben ist.

»O nein!« Ich springe auf, fest entschlossen, mein kleines Boot zu erreichen, bevor der Sturm noch schlimmer wird.

»Vielleicht lässt du es lieber, wo es ist«, sagt sie, doch dann sieht sie mir ins Gesicht und weiß, dass ich das unmöglich könnte. »Na schön, ich komme mit und helfe dir«, sagt sie und zieht sich auch schon einen Pullover über, um mich zu begleiten. Als ob ein Pullover ein Schutz wäre.

»Nein. Bleib hier«, sage ich. »Ich bin schneller.« Ich finde, sie sollte das Haus nicht verlassen. Außerdem bin ich berühmt für meine schnellen Beine. Aber ich bin nervös und frage mich, ob es nicht doch besser wäre, das Boot zu vergessen, ihren Rat zu befolgen und es dem Sturm zu überlassen.

»Dann beeil dich!«, sagt sie. Sie macht sich Sorgen, weil ich gehen will. Sie hat Angst um meine Sicherheit. Das steht ihr ins Gesicht geschrieben.

Und ich laufe zur Tür hinaus, vorbei an den Schlangen, hinunter zum Wasser, zu den Seen, Sümpfen und Flüssen. Diesmal haben die Schlangen und ich keine Angst voreinander. Der Sturm ist ein größerer Feind. Während ich in das tiefer werdende Sturmdunkel laufe, erkenne ich die Gegend nicht mehr wieder, dieses Land, das schreit und ertrinkt, und ich weiß, dass dies erst der Anfang ist; die ganze Wucht des Sturms hat uns noch gar nicht erreicht. Nur einmal bleibe ich stehen. Den Bruchteil einer Sekunde lang denke ich daran umzukehren, und selbst dieser Bruchteil einer Sekunde kostet mich Zeit.

Das strömende Wasser klebt mir die Haare an Hals und Rücken, mein Kleid ist nass und schwer, ich habe so viel Wasser im Gesicht, dass ich kaum noch etwas erkennen kann, aber trotzdem schaffe ich es, nass und atemlos, die glitschige Uferböschung hinunter bis zum Boot, rutschend und fast blind hoffe ich, dass der Lehm mich nicht als Blutopfer fordern wird. Ich bin bis auf die Knochen durchgeweicht, als ich das braune, wirbelnde Wasser erreiche. Der Wasserspiegel ist hoch. Immer wieder im Schlamm ausgleitend, streiche ich mir die Haare aus den Augen, mache den Rücken krumm und zerre das Boot mit schmerzenden Armen so weit aus dem Wasser, wie ich kann, keuchend und weinend ziehe ich es mit letzter Kraft unter einen großen Baum, meine Füße verlieren den Halt, der Wind schlägt mir ins Gesicht, und ich weine, mein Herz klopft wie das der verängstigten Maus, die ich einmal in der Hand gehalten habe und die mir Leid tat, weil sie solche Angst vor mir hatte. Aber der Sturm, dieser Sturm, kennt kein Bedauern. Ihm ist es egal, dass ich klein und verängstigt bin.

Ich binde das Boot an einem großen Baum fest und lege Steine hinein, damit es nicht hochgeschleudert wird, obwohl es immer noch ertränkt werden kann, und dann laufe ich erschöpft wieder los, zurück zu Amas Haus, und hoffe, dass der Baum stark genug sein wird. Doch da passiert das Schlimmste, was bei einem Sturm passieren kann. Plötzlich herrscht völlige Windstille, die Ruhe vor dem Sturm. So drückend ist dieser Augenblick der Stille, dunkelgrau vor Schwere. Es ist totenstill, als ob ich im kalten Auge der Zerstörung stehe, in einem ruhig schlagenden Herzen, gekleidet in eine Haut aus Zorn, dabei ist es nicht einmal das Auge des Sturms, sondern die Ruhe vor dem Losbrechen, der Augenblick des Atemholens, der Sammlung. Ich hoffe, ich kann diese kurze Zeitspanne nutzen, um zu Ama zurückzulaufen, als ob sie die Sicherheit in sich birgt, als ob das Haus mich beschützen kann, obwohl es im Sterben liegt und halb verrottet ist. Dann frage ich mich erneut, ob es nicht doch besser wäre, die alte Bretterhütte zu verlassen. Aber wohin sollen wir gehen? Bei Stürmen, die so unberechenbar sind, dass sie jedermann den Besitz entreißen können, den Gerechten wie den Ungerechten, ist man nirgendwo sicher. Ich laufe los, so schnell ich kann, da bricht der Wind los.

Der Wind hat schiebende Hände, er hat einen Körper. Er brüllt wie ein durchfahrender Zug. Er schlägt so schnell zu, dass er mich aus vollem Lauf zu Boden wirft. Er presst mir die Luft aus der Lunge, und ich sehe, wie die toten und ertrinkenden Insekten vor meinem Gesicht von der Erde hochgewirbelt werden. Es bleibt keine Zeit, in dem düsteren Licht und dem peitschenden Sturmregen einen Unterschlupf zu suchen. Der Wind brüllt und schreit mich an. Irgendwo ist ein Geräusch wie das Klirren von Ketten und das Krachen von Gewehren. Ich versuche, aufzustehen und weiterzulaufen, aber er wirft mich wieder zu Boden. Ringsum beugen sich die Bäume nieder, die dunklen Blätter fliegen davon. Ich stürze und krieche auf allen vieren weiter, und ich denke, ich bin gerettet, wenn ich es nur bis zu Methusalem schaffe, der all diese stürmischen Jahrhunderte überdauert hat. »Bitte«, sage ich, als ob ich an Gott glaube und ihn um Hilfe bitte. »Bitte.« Vielleicht sage ich es zum Wind, dem Wind, der unser Leben ist, der unser Tod sein könnte. Aber der Wind hört nicht zu. Er lässt mich spüren, dass er eine Naturgewalt ist. Ich will aufstehen und davonlaufen, aber vor einem solchen Sturm kann man nicht fliehen. Ich rutsche ein Stück zurück, wie durch einen Geburtskanal aus Luft, ich quäle mich auf Ama zu, die mit der flackernden Laterne in dem dunklen Haus wartet. Ich versuche, den Baum zu finden, der sich durch so viele Stürme hindurch behauptet hat, dass sie kein lebender Mensch mehr zählen kann. Ich versuche, die Augen offen zu halten, aber es fliegen mir Regentropfen und Sandkörner hinein, und ich kann nichts mehr erkennen, und der Wind ist so stark, dass mir die Ohren weh tun. Ich kralle mich mit den Fingernägeln in den Boden, halte mich an den dünnen Möchtegernwurzeln von Gräsern fest, aber es ist ein Gefühl, als ob ich jeden Augenblick von der Erde hochgewirbelt werden könnte, genau wie die Ameisen und Käfer. Obwohl ich platt auf dem Bauch liege, kann es mich von der Erde blasen, hinauf zu den schwarzen Löchern und den brennenden Sternen am Himmel.

Die Bäume, die ich sehe, werden vom Wind wie Stöcke geschüttelt. Ein Stuhl kommt aus dem Sturm geflogen, seltsam störend an diesem Ort. Äste brechen ab und fallen dem Sturm vor die Füße, aber ich kann es nicht hören, nur das Heulen und Brüllen des Sturms, der lebt und mir meine ganze Luft geraubt hat, so dass mein Atem ihn stärker und mich schwächer macht. Doch auch ohne Luft rieche ich es, den Fischgeruch, der vom hochgeschleuderten Wasser ausgeht, ein Geruch nach Verwesung, vermischt mit dem Duft des Regens und der durchnässten Erde.

Ich versuche, mich zu Methusalem vorzukämpfen, und stemme mich gegen den Wind. Ich halte mich an einem anderen Baum fest, spüre den Druck, mit dem der Wind seinen Körper auf meinen presst, während ich am Fuß des Baumes bete, dass er nicht umgerissen wird. Ich klammere mich an die Wurzeln, es ist dunkel, und vom Festhalten tut mir alles weh.

Nur noch eine Minute, sage ich mir, um mich zu beruhigen. Nur noch eine. So meistere ich mein Leben. Mit der Zeit. Immer. Augenblick um Augenblick. Ich zwinge mich, daran zu denken, dass jeder Sturm ein Zentrum hat, ein Auge der Stille. Die Erinnerung daran beruhigt mich, als ob ich diesen Ort finden kann oder er mich finden wird. Was kann ich sonst tun, ich bin so klein, und alles, was größer ist als ich – alles also –, strömt von Wasser, wie bei einer Geburt, und es fliegen so viele Sachen an mir vorbei. Holzstücke, heulende Dinge, ein Vogel, dessen großer, grauer Flügel abgeknickt ist, und obwohl ich weiß, dass er im Sturmdunkel schreit, kann ich ihn nicht hören. Doch es vergehen mehr als nur Minuten. Es kommt mir wie Stunden vor, aber die Zeit hat keine Bedeutung mehr. Alles ist jetzt stärker und lauter als ich, und es fühlt sich so an, als ob alles gegen mich ist, alles weht auf mich zu, Kleider und Papier, Pfähle von Weidezäunen. Nester fliegen aus den Bäumen. Bäume werden zerbrochen, zerbogen, aus der Erde gerissen. Meine Arme zittern. Ich klammere mich an den Baumstamm. Ich bete, dass der Baum stehen bleibt. Wasser peitscht auf mich ein, scharf wie ein Messer. Mir tut alles weh, so anstrengend ist es, auf der Erde zu bleiben.

Doch dann wird es still, für einen Augenblick ist es vorbei, es ist unheimlich, dunkel wie die Nacht und ruhig. Ich hebe den Kopf und sehe einen Ring dunkler Wolken, die aufgewühlt durcheinanderwallen, und dazwischen klaren Himmel und Sterne. Es dämmert, und die Sterne leuchten friedlich. Ich stehe auf. Ich weiß nicht, wie lange ich so stehe und zum Himmel hinaufsehe, voller Staunen über den reinen Himmel, bis ich merke, dass dies meine Chance zur Flucht ist, und als das Auge des Sturms über mich hinwegzieht und ich wieder loslaufe, um zum Haus zu gelangen, beginnt es von neuem. Ich schreie, als ich sehe, wie unnatürlich blauschwarz der Himmel ist, und der Wind ist so stark, dass die Hirsche fliegen, das Grauen im Gesicht. Die Hirsche fliegen mit dem Sturm. Die hungrigen Hirsche, die sie erschossen haben. Sie werden vom Wind davongetragen, und alles ist wieder dunkel und wund, und zwei große Bäume neigen sich zur Seite und stürzen, schwarze Stämme, aus dem Boden gerüttelt von der Hand einer Macht, die größer war als sie. Schwarzstämmige Bäume, fast zwanzig Meter hoch, die dunklen Wurzeln in die Luft gereckt. Ich bilde mir ein, hören zu können, wie sie zu Boden krachen, dabei wird jedes Geräusch vom Sturm überdeckt. Ich kann nicht einmal das Peitschen des Regens hören oder die Angstschreie der Eulen, die bestimmt in der Nähe sind. Die Hirsche fliegen, und ich höre nur ein lautes Brüllen. Die Hirsche sehen so fremd und überrascht aus, die zappelnden Beine finden keinen Halt, finden nur den Körper des Windes. Dann kommen Äste und Teile von Häusern, ein Stück von dem geflickten Blechdach von Amas Hühnerstall. Ich will meinen Kopf vor den vorbeifliegenden Trümmern schützen, aber ich falle zu Boden und klammere mich an den nächsten Baum. Ab und zu hört es auf, als ob der Wind, dieses große Tier, den Atem wieder in sich hineinsaugt. In diesen Pausen, die wohl eher wie die Täler zwischen Wellenbergen sind, bewege ich mich mühsam vorwärts, um den großen Baum Methusalem zu erreichen. Mir tun die Ohren weh, so grausam drückt die Luft darauf.

In einer dieser Pausen schaffe ich es bis hinter das Haus. Ich habe Angst davor, die Lichtung zu überqueren, und während ich mich im Kreis langsam von Baum zu Baum vorarbeite, sehe ich Ama.

Sie steht kerzengerade da, vom Wind an die Hauswand gedrückt. Vielleicht wollte sie mir zur Hilfe kommen oder den nutzlos gewordenen letzten Fensterladen zunageln, und der

Wind hat sie zurückgeworfen, hat die Richtung geändert und sich gegen sie gestemmt. Aufrecht steht sie da, und groß wirkt sie, den Hammer noch in der Hand, als wäre er ein Anker. Sie hat die Augen geschlossen, und ihr dunkles Haar, das der Wind nach hinten weht, haftet wie angemalt am Holz. Die Kleidung klebt an ihrem Körper. Sie sieht unwirklich aus. Als wäre ihr Haar mit dem sterbenden Haus verwachsen, eine schwarze Schlingpflanze, die an der Wand entlangklettert, und als wäre sie selbst nur aus Holz geschnitzt. Ich bilde mir ein, durch den Stoff hindurch ihren Brustkorb sehen zu können, ihren Bauch und ihre Brüste. Sie steht am Haus wie angenagelt, wie gekreuzigt, und sie kann sich nicht bewegen, weil der Sturm sie festhält, und die Tür hängt schief in den Angeln. Mehrere tote Vögel werden gegen das Haus geworfen. Eine Schlange wird aus einem Baum gerissen und auf Ama geschleudert. Der Wind hält Ama fest, alles Mögliche kommt auf sie zugeflogen. Als ob wir in einem Meer wären, dessen mächtige Strömungen Pflanzen und Trümmer auf uns schleudern. Ama wird von angewehten Ranken und nassen, dunklen Blättern bedeckt, als ob die Welt sie begraben will, und sie hat die Augen geschlossen. Ich sehe, dass sie den Mund bewegt, aber ich höre nur das Kreischen des Sturms.

Gleich darauf ist es wieder vorbei mit dem Sehen. Ich schreie Ama etwas zu, obwohl ich meine eigene Stimme nicht höre, und dann kann ich sie durch den herabstürzenden Regen auch schon nicht mehr sehen. Ich sehe nur noch was vorbeifliegen, fühle nur einen Ast, der mich trifft. Ich höre nur die brüllende Stimme des Sturms. Die ganze Natur hat sich gegen uns gewendet. Sie stürzt auf uns nieder. Sie wirft sich auf uns. Da sage ich: »Gott!«, rufe an, was mich noch nie erhört hat, denn in diesem Augenblick fällt Methusalem in der Dunkelheit des Sturms, und ich höre nichts, sondern sehe nur, dass etwas, was so lange überdauert hat, umgerissen wird, als ob es nichts wäre, als ob es nie etwas gezählt hätte. Der Baum, den die Spanier gepflanzt haben, dessen Samen von einem anderen Erdteil stammt. Ich hoffe, dass ich träume, dass ich gleich mit heißem Gesicht aufwachen werde, die verschwitzten Haare ins Gesicht geklebt, aber obwohl ich mich mit aller Kraft daran klammere, dass es nur ein Traum ist, weiß ich doch, dass der alte Methusalem dort liegt, schwarz und entwurzelt, aus der Erde gerissen, die ihn hielt. Es kommt mir so vor, als wären Tage vergangen, Tage des schlammigen, rauschenden Wassers, bis der Sturm mit brüllender Stimme sprach und sein Urteil verkündete, denn nun dreht der Wind und läuft davon, und als er abflaut, atmet die Erde erleichtert auf, dass der Sturm vorbei ist, schneller als die meisten, und ich weiß nicht, ob ich mich freuen soll, dass ich noch einmal Glück gehabt habe.

Nach dem Sturm ist es seltsam ruhig. Es scheint, als ob alles auf der Erde liegt. Ich blicke mich um, besehe mir die Schäden. Der Boden ist mit Trümmern übersät und nass. Ich weine. Ich drehe mich um und erkenne den Ort nicht wieder. Links steht Amas Haus, das ich fast erreicht hätte, wenn ich nicht, ohne es zu wissen, zur Seite abgetrieben worden wäre, immer weiter fort.

In einem Baum, der aus irgendeinem Grund noch steht, hängt eine Frau, und ich kann nicht einmal mehr schreien, als ich sie sehe. Doch dann erkenne ich, dass nur ein leeres Kleid im Baum hängt, und ich atme weiter. Wie die Erde und die Bäume bin auch ich erleichtert.

Ich weiß nicht, wie Amas Haus den Windstößen und den umherfliegenden Ästen getrotzt hat, es war noch nie besonders stabil. Die Palmwedel auf dem Dach sind verschwunden. Der Schuppen liegt in Trümmern. Die Tür hängt schief in den Angeln. Ein Fensterladen ist abgerissen, die Scheibe zersplittert. Aber das Haus steht noch.

Tiere wandern benommen vorbei, sie haben keine Angst vor uns. Zwei Reiher, die nicht mehr fliegen können, staksen langsam umher. Normalerweise kommen sie uns nur in ihren Träumen so nahe, und während sie uns mit blinden Augen ansehen, müssen sie glauben, dass diese Stille nicht die wache Welt ist, die Zeit des Wachseins. Amas Ziegen sind nicht mehr weiß, ihr Fell ist nass und verfilzt, und sie irren wie Schlafwandler zwischen den zerfetzten Bäumen, den zerschlissenen Moosen und den Trümmern umher. Es ist eine Laune des Schicksals, des Windes, dass sie überlebt haben, dass überhaupt einer von uns überlebt hat. Da steht ein Huhn, es lebt noch, aber es blutet aus dem Schnabel. Ein totes Pferd liegt auf der Erde, so dick mit Schlamm bedeckt, dass ich nicht sehen kann, welche Farbe es hat. Die einzigen Pferde in der Nähe sind die spanischen Pferde auf der Sanchez-Ranch, die mehrere Kilometer entfernt liegt, aber ich kann mir nicht vorstellen, wie es hergekommen ist. Vielleicht hat es der Wind hergeweht, so, wie er die Hirsche durch die Luft getragen hat, aber dafür ist es zu schwer. Wahrscheinlich ist es in Panik weggelaufen, von einem Baum getroffen worden und hier verendet. Jetzt sitzt das Pferd auf der Erde, die Beine unter sich, den Kopf auf dem Boden, den Hals leicht gebeugt von sich gestreckt. Ich sehe die weichen Rundungen seines Körpers, die eckigen Hüftknochen. Schlamm und dunkles Laub decken es zu, inmitten von entwurzelten Bäumen und Teilen von zerstörten Häusern, die es an diesen von Ranken überwucherten Ort geweht hat.

Dann blicke ich an mir hinunter und sehe, dass ich nackt bin.

Ama steht auf der obersten Stufe. Sie sieht genauso benommen aus wie die Tiere, und ich gehe zu ihr und sage: »Das ist mein Kleid, das da im Baum hängt. Der Wind hat mir die Sachen vom Leib gerissen. Das ist mein Kleid da oben im Baum.«

Niemand könnte überraschter sein als ich. Aber ich spüre noch die Nachwehen des Sturms, und es spielt keine Rolle, dass ich nackt bin. Es kümmert uns beide nicht. Sie hört, was ich sage, aber nicht, was ich meine, und sie hat noch nicht bemerkt, dass ich nackt bin. Ihr Gesicht ist blutleer und weiß.

Der Wind hat die Schlangen mit großen, wütenden Händen gegen das Haus geschleudert. Es sind drei, von denen eine noch lebt, ein brauner, langsam kriechender Streifen Fleisch. Auch sie ist mit Schlamm bedeckt. Sie bewegt sich, als ob sie gerade ins Leben zurückfindet, vom Tod erlöst. Ama hat einen Bluterguss am Arm, vielleicht ist sie von der Schlange getroffen worden. Der Prediger würde sagen, dass es ein schlechtes Zeichen ist, Schlangen zu den Füßen einer Frau, aber Ama glaubt nicht an den Prediger. Sie glaubt, was Janie Soto, Annie Hide und die alten Frauen sagen würden, dass die Schlangen ein Zeichen Gottes sind, schon immer, bis heute. Sie sind Gott, behauptet Janie Soto. Und Janie muss es eigentlich wissen, sieht sie diesen Gott doch schon ihr Leben lang von Angesicht zu Angesicht. Ich weiß selbst nicht, warum ich plötzlich an diese alte Frau denken muss, aber plötzlich frage ich mich, wie wohl die Alten in ihrer Siedlung am Kili-Sumpf den Sturm überstanden haben. Und meine Mutter, ich frage mich, ob ihr Haus heil geblieben ist, ob es ihr gut geht, ob sie Angst um mich hat, oder ob ihr Glaube ihr auch diese Sorgen abnimmt.

Ein Fischadler, ein Überlebender, fliegt über uns hinweg. In den Krallen hält er einen Fisch, den der Sturm aus dem Wasser auf das Land geworfen hat. So nimmt Gott uns auf, denke ich, aus unserem Element gerissen, festgehalten und hilflos. Er frisst uns, der Gott meiner Mutter. Die Gedanken des Predigers sind anders als die der Taiga. Er denkt, die Schlange ist der Teufel. Die Alten denken, sie ist ein Gott. Er glaubt an Engel, an Kinder mit Flügeln im Himmel, aber er glaubt nicht an das, was auf der Erde ist, oder an die Vögel; er sagt, es ist eine Täuschung, dieses Leben auf der Erde, ein Traum, ein Jammertal, dem wir eines Tages entfliehen werden, um in die goldenen Himmelsstraßen einzuziehen. Ich würde auch gern so denken. Dann könnte ich glauben, was ich nur vermute und mir wünsche, dass dieser Sturm nicht wirklich war. Die schwarzen Wolken, die geborstenen Bäume. Ich bin in der Welt, sagt der Prediger, aber nicht von ihr. Früher habe ich dem Prediger geglaubt, aber bei solchen Ereignissen kann ich selbst nicht sagen, was ich noch glaube. Ich kann nicht einmal mehr sagen, was ich denke oder weiß. Glauben und Wissen sind zwei voneinander entfernte Länder.

Die Tür hängt schief in den Angeln, aber ansonsten ist Amas wackeliges, verrottetes Häuschen bis auf die zerschlagene Scheibe heil geblieben. Ich gehe hinein und passe auf, dass die Tür nicht auf mich fällt. Weil sich der eine Fensterladen losgerissen hat, sind von den Vorhängen nur noch Fetzen übrig, schwer und nass vom Lehm. Auf dem Fußboden und der Fensterbank liegen Moos, Laub und Glassplitter, und mir fällt nichts Besseres ein, als mir, nackt wie ich bin, den Besen zu nehmen und zusammenzufegen, was der Wind hereingeweht hat.

Der Boden ist nass, und unter dem Fenster liegt ein totes Huhn, die nassen roten Federn glänzen, ein gelbes Auge steht offen. Ich bin zu benommen, um zu weinen, ich kann nichts tun, nur sagen: »Ich muss es begraben«, als ob es bloß den toten Vogel gibt, als ob draußen kein totes Pferd unter einer Schlammdecke liegt, das so aussieht, als ob es schläft. Aber ich kann meine Stimme kaum hören, so taub sind meine Ohren noch vom Sturm.

Dann sehe ich an mir hinunter und sage noch einmal: »Ama, der Wind hat meine Sachen weggeweht.« Ich versuche nicht, mich zu bedecken. Ich stehe zu stark unter Schock, um mich meines dünnen, kleinen Körpers zu schämen, der so verletzlich aussieht, so jung und nackt. Nackt will ich wieder nach draußen gehen, um unter den Trümmern und dem Schlamm eine Schaufel zu suchen.

»Warte«, sagt sie, wie aus großer Ferne.

Ich warte nicht. Ich gehe hinaus. Mager und klein wühle ich im Schutt des Schuppens, zwischen den Ästen, Blättern und Stöcken der Welt, und ich denke daran, dass der Schuppen zerstört wurde, obwohl das Trockenhaus noch steht, das nutzlose Trockenhaus, das von Siedlern gebaut wurde, die glaubten, sie könnten hier die Bäume roden und in dieser nassen Gegend Tabak anpflanzen. Aber noch während ich das denke, würde ich am liebsten schon Löcher für die toten Tiere graben. Das ist alles, was ich will, die Toten verbergen.

Ich finde die Schaufel, der Stiel ragt aus einem Haufen Schutt und Schlamm heraus, aber Ama kommt zu mir und nimmt sie mir behutsam aus der Hand.

»Komm mit«, sagt sie ruhig und führt mich aus der Ruine des Schuppens hinaus.

Nackt wie an dem Tag, als ich auf die Welt kam und meinen ersten Atemzug tat, gehorche ich ihr. Schwer atmend vor Erschöpfung folge ich ihr zum Haus. So wie ich vorher an Gott und an Tabak dachte, denke ich nun wieder an den Atem und daran, dass wir Taiga nur ein Wort – Oni – für Atem, Luft und Wind haben. Oni ist eine Macht. Oni ist wie Gott, überall und unsichtbar. Ich glaube, ich habe das Wort im Tosen des Unwetters gehört. Ich bin mir sicher. Der Wind hat seinen Namen ausgesprochen, »Oni«. Aber ich sage Ama nichts davon; sie würde mich für verrückt halten. Ich folge ihr einfach zum Haus, schweigend und friedlich, vorbei an den gelbäugigen Ziegen, die nass und platt auf der Erde hocken und mich beobachten, den ersten nackten Menschen, den sie je gesehen haben.

Ama geht hinein, um ein Kleid zu holen. »Da, zieh das an.« Sie gibt mir das Kleid.

Ich lese es ihr eher von den Lippen ab, als dass ich es höre. Ich komme mir albern vor. Es ist ein blassgrünes Kleid mit Knöpfen. Es ist so sauber und sieht so unschuldig aus, es passt so gar nicht zum Sturm und allem, was gerade passiert ist, dass ich lachen muss, auch wenn es schrill klingt, selbst für meine Ohren. »Das soll ich anziehen?« Da liegt ein totes Pferd, die Welt ist ein Trümmerfeld, und ich soll dieses hübsche, saubere Kleid anziehen.

Ama lächelt ebenfalls. Vielleicht freuen wir uns einfach, dass wir noch am Leben sind.

Aber ich steige hinein und ziehe es hoch. »Es ist zu groß«, sage ich. Ich lache nicht mehr, aber ich trage es trotzdem. Es wird dunkel, und ich denke, dass es Abend ist. Ich knöpfe das Kleid zu. Es ist frisch gebügelt. Und während ich den Rock glatt streiche, spüre ich, wie schwer die Luft auf mir lastet. Ich spüre ihren Atem und ihre Schwere bis in die Brust hinein, als ob sie mich fest umspannt, und ich habe das Gefühl, dass sie mit mir spricht und noch immer die Kraft des Windes ausatmet, und als ich den Kopf hebe, sehe ich, dass die Sonne in der falschen Hälfte des Himmels steht, als ob sich ein Tag am Sturm vorbeigemogelt hat. Ama setzt mich auf einen Stuhl und wickelt mich in eine Decke. Dann stellt sie sich an die schiefe Tür und sieht auf das zerstörte Land hinaus, wo sich nichts regt und alles in Trümmern liegt. Alles scheint tot zu sein, die Erde, die Bäume, alles. Stumm blickt sie hinaus. Und ich sehe sie an und denke, ja, sie ist Taiga, meine Gedanken kehren aus dem Sturm zurück, und es ist genauso, als käme sie von den Calusa, so hießen sie, glaube ich, ein altes Volk, das aus Austernschalen Hügel gebaut und Ponce de León mit einer Pflanze getötet hat, und nun weinen wir beide.

So wurde die Welt erschaffen, hat Ama mir einmal erzählt, aus Wind und peitschendem Regen. »Am Anfang wurden wir von einem Sturm zusammengeweht.« Alles entstand aus Stürmen. Der Schlamm wurde herangeblasen, die Bäume und Samen der wachsenden Dinge bereits hineingepflanzt. Sie sagte auch, dass die weißen Reiher 1927 im Auge eines Sturms über das Meer aus Afrika zu uns herübergetragen wurden. Vorher gab es hier keine weißen Reiher. Ich blicke mich um und frage mich, ob auch uns Taiga ein Sturm hergebracht hat, ob er uns in sein alles sehendes, ruhiges Auge hinaufgehoben und an diesem gottverlassenen Ort wieder abgesetzt hat. Mutter hat früher immer gesagt, bei mir wäre sowieso jeder gute Rat in den Wind geredet.

Ama blickt ein Stück in die Ferne. Es sieht so aus, als ob sie hinter dem umgestürzten alten Baum etwas sucht. Und dann zeigt sie mit dem Finger darauf. Ihr Haar ist noch nass und vom Sturm verfilzt. Sie blickt hinaus über das Land, und sie sieht einen Hirsch. Sie fragt: »Siehst du da hinten den Hirsch mit dem gebrochenen Bein?«

Ich sehe in die Richtung, in die sie zeigt. Der lahmende Hirsch schleppt sich mühsam vorwärts. Der Anblick zerreißt mir das Herz.

»Dem folgen wir«, sagt sie. »Das ist er.«

Ich denke, sie will den mageren, halb verhungerten Hirsch jagen. Es kommt mir richtig vor, das hungrige, verletzte Tier zu töten, von seinem Elend zu befreien, zu essen. Aber sie muss doch müde sein, denke ich. Woher will sie die Kraft nehmen, dem Hirsch zu folgen, ihn zu töten oder auszuweiden, auch wenn er noch so klein ist, nachdem uns erst eben der Wind fast den Lebensfunken ausgeblasen hat?

Auf seinen drei Beinen hinkt der Hirsch zwischen die übrig gebliebenen Bäume und ist verschwunden.

Meine Beine sind schwer. Ich setze mich hin und ziehe fröstelnd die Decke um mich. Und da erinnere ich mich, dass ich doch etwas geträumt habe. Plötzlich kann ich einen Teil dieses Traums sehen, und ich habe ein seltsames Gefühl in der Brust. Ich habe von dem Sturm mit dem fliegenden Hirsch geträumt. Genauso fühlt es sich an, als ob ich es schon einmal gesehen habe. Ich erinnere mich daran, und mir läuft ein Schauer über den Rücken. Die feinen Härchen stellen sich auf. Und ich erinnere mich daran, dass Ama wie vor vielen Jahren, wie in einer anderen Zeit, das Gleiche schon einmal gesagt hat, als sie den Hirsch mit dem gebrochenen Bein entdeckte: »Das ist er.« Als ob alles schon einmal passiert ist und wieder passieren könnte.

Ich stehe wieder auf, gehe zu ihr, wickele mich so fest wie möglich in die Decke und sehe zu der Stelle hinüber, wo der Hirsch verschwunden ist. Dann sage ich, was ich in dem Traum oder in einer anderen Zeit gesagt habe – und ich weiß selbst nicht, warum. Es ist, als spräche etwas anderes durch mich. Ich sage und weiß nicht einmal, was es bedeutet: »Ich weiß, was passieren wird«, während sie an der Tür zieht, während sie daran zerrt, um sie hinter uns zu schließen. Sie sieht mich offen und ehrlich an, und sie sagt: »Ich weiß es auch.«

Beute

An manchen Tagen steigen die Wolken wie Atem oder Geister aus dem Wasser, und in den Bäumen kann man den Vogel hören, der wie eine alte Frau schwatzt. An anderen Tagen sehen die Wolken wie ein Fluss aus, der sich aus einem Himmelstal ergießt. Aber heute, nach dem Sturm, hängen die Wolken tief auf Wasser und Land. Sie schämen sich für das, was der Himmel getan hat, und versuchen, den Schaden, den der Sturm angerichtet hat, vor unseren Augen zu verbergen.

Nach dem Sturm liegt selbst der Himmel erschöpft da. Es ist so dämmerig im Nachdunkel des Sturms, dass Ama die Laterne wieder angezündet hat. Die blaue Wachsdecke ist ordentlich über den Tisch gebreitet, und doch scheint es so, als wären wir gar nicht in einem Haus. Der Sturm hat Zweige und Blätter durch das offene Fenster geweht und an die Wände und auf den schlammigen Fußboden geklebt. Es ist, als wären wir in einem Wald. Die Tür ist aufgesprungen. Trotzdem kommt mir das Haus seltsam unversehrt vor, auf eine Art sicher, die ich nicht in Worte fassen kann. Vielleicht hat es damit zu tun, dass die Kaffeedose mit dem Schweineschmalz neben dem Spülbecken steht, dass das Geschirr ordentlich weggeräumt ist oder dass ich mir die Hände wasche und am Rock abtrockne, wie an jedem anderen Tag.

Angelockt vom trüben Schein der Laterne, kommen Junikäfer und Motten durch das offene Fenster und fliegen im Haus um uns herum. Sie wollen zu Licht werden. Wie vorher der Sturm kommen sie durch das Fenster und durch die schief in den Angeln hängende Tür. Wie einfach es nun ist, in das Haus einzudringen, in das sterbende Haus, wie meine Mutter sagt.

Ich sehe aus dem eingeschlagenen Fenster und beobachte, wie sich die Wolken allmählich heben. Die starken Winde haben das ganze Land mit Wasser bedeckt. Es gibt keine Ränder, keine Grenzen zwischen den Elementen, alles ist Wasser, silbern und gläsern. Die Erde bewegt sich und schimmert, als ob sie lebt. Die Straßen sind nur noch gespiegelter Himmel. Fische, die aus dem Wasser gerissen wurden, sind über das Land geschwommen, und ab und zu blitzt verzweifelt ein weißer Bauch auf. Der Himmel ist niedergestürzt.

In der Ferne liegen wolkendunkle Sümpfe. Ein Reiher schreit wie eine verlorene Seele, dabei sind es normalerweise stille Vögel. Ich kann ihn kaum hören, ich habe immer noch das Kreischen des Sturms in den Ohren.

Ich würde gern wissen, wie meine Mutter und Schwester den Sturm überstanden haben. Ich habe ein schlechtes Gewissen, weil ich nicht bei ihnen bin. Aber es gibt jetzt kein Durchkommen zu ihnen. Von Amas Haus ist es nur eine halbe Meile bis zur Tankstelle, aber ich kann sehen, dass die Straßen mit umgestürzten Bäumen und Trümmern blockiert sind. Sicher wurden auch die Telefonleitungen heruntergerissen. Ich lasse den Blick über die Sturmfelder schweifen. Der Sturm hat überall neue Bäche und Teiche hinterlassen, und ich mache mir Sorgen um den verwundeten Hirsch und um all die anderen Tiere und Lebewesen, die keinen Schutz haben.

Bald kommt die Sturmflut, und das Wasser steigt. Wir sind im Landesinneren, ein gutes Stück entfernt von unserem gefährlichen Nachbarn, dem Golf, aber der Sturm war so stark, dass sich das Wasser sogar von dort und aus den oberhalb von uns gelegenen Seen in einer breiten Welle heranwälzt. Langsam breitet es sich über das Land, und es steigt höher. Hier hat es schon immer Wasser gegeben. Das Land möchte wieder darunter liegen, so wie früher, nicht allzu viele Jahre vor unserer Zeit.

Als die Sturmflut Amas dunkles, wackeliges Haus erreicht, sage ich: »Es steigt.« Ich sehe sie an, aber sie rührt sich nicht, sie will noch nicht einmal sehen, wie das Wasser näher kommt. Sie hat sich der Natur ergeben oder etwas, was in ihr ist. Sie will sich nicht dagegen wehren. Aber Ama hat sich schon immer besonders gut darauf verstanden, mit der Welt und nicht gegen sie zu leben. Trotzdem sieht sie traurig aus.

Wasser und Schaum bedecken die Palmwedel, die vom Dach geweht wurden, und dann klettert das Wasser herauf, das braune Wasser steigt an den Betonklötzen empor, auf denen Amas Haus steht, und kommt seelenruhig die zwei Stufen herauf, wie ein Besucher. Es kriecht über die Veranda, breitet sich aus, braun und schlammig.

Ich sehe zu Ama hinüber. Sie ist so still, als ob sie sich auf etwas vorbereitet und ihre Seele zu sich ruft. Es ist ihr so deutlich anzumerken, als spräche sie es laut aus: »Alle Teile von Ama Eaton herkommen, nach Hause kommen.« Auf dem Ofen kocht der Kessel, der Dampf schlägt sich auf dem Fenster über dem Spülbecken nieder, aber sie bemerkt davon genauso wenig wie von dem eindringenden Wasser, das über den Fußboden fließt.

Also gehe ich und schalte den Herd ab, hebe die Stiefel auf und stelle sie auf den Tisch, dann ziehe ich die schwere, schiefe Tür zu, so fest ich kann. Ganz allein suche ich Handtücher und eine alte Decke zusammen und lege sie vor die Tür, aber das braune Wasser kommt trotzdem an den Wänden herein, und ich kann nichts dagegen machen, nur zusehen, mich auf einen Stuhl setzen und die Füße hochheben, während die trübe Brühe auf mich zukriecht. Wir stehen noch unter Schock, und wir benehmen uns nicht normal. Aber ich denke an die Schlangen, die sich wieder in die Bäume flüchten müssen, und diesmal tun sie mir Leid. Eines Tages wird man unter einer Schicht aus Kalkstein oder Schwemmsand diese Welt finden, unsere Welt, unsere Zeit, unsere Überreste. Man wird Schlangenknochen mit Hunderten von Rippen finden. Dann werden sie Fossilien im Kalkstein sein, genau wie die alten Mammutknochen, die noch heute unter diesem Land liegen. Das wird zumindest erzählt. Wenn man uns findet, wird es so sein wie bei den Schatzsuchern, die, als sie vor den Keys nach dem Wrack einer spanischen Galleone suchten, auf Säbelzahntiger und Mammuts stießen. Sie drangen durch eine Kalksteinschicht und fanden den Stoßzahn eines großen Tieres, das vor uns hier gelebt hat, Spuren von Lebewesen, deren Überreste unter dem warmen, klaren Wasser, den jüngeren Mangroven und der Hitze der Sonne ruhen. Die Welt besteht aus Schichten. Und mit der Zeit verändert sich die Welt, eine neue Schicht bildet sich, eine alte versinkt oder verschiebt sich. Darauf zumindest ist immer Verlass.

»Warum bist du so schweigsam?«, frage ich Ama, doch am liebsten würde ich die Frage sofort wieder zurücknehmen. Ich will ihre Gedanken nicht stören. Aber ich bin nervös, weil sie vorhat, den Hirsch zu verfolgen, und weil sie so stumm dasitzt, ohne das Wasser zu bemerken, das ihre Füße umspült. Ich betrachte ihr Gesicht. Es ist, als ob sie sich auf etwas vorbereitet, als ob sie ihren Körper verlassen hat und ganz woanders ist. Obwohl der Sturm abgezogen ist und die Bäume allmählich wieder zu sehen sind, spüre ich die Gefahr, die draußen lauert, wo nichts mehr am richtigen Ort ist und das Wasser die leeren Stellen erobert.

Sie sagt nichts, aber ich merke ihr an, dass es in ihr arbeitet. Ich blicke nach draußen, wo die Welt auf dem Kopf steht. Alles riecht nass, nach Holz, nach Lehm.

Als das Wasser nach einer Weile wieder abläuft, steht Ama auf und fängt an, den Boden zu kehren, als ob sich Schlamm und Wasser wegfegen lassen, so einfach wie Staub. Die Trauer über das Ausmaß der Zerstörung überwältigt mich, vor allem aber bin ich erschöpft. Ohne es zu wollen, ohne mir dessen bewusst zu sein oder auch nur daran zu denken, lege ich mich auf das Bett, und bevor ich weiß, wie mir geschieht, träume ich von den fliegenden Körpern von Hirschen und Hunden. Ich träume, dass meine Schwester in ihrem neuen blauen Kleid vom Sturm zerzaust wird, als ob sie nicht mehr als ein Pflänzchen Unkraut ist. Ich träume von Baumwurzeln, die nach oben wachsen, zum Himmel, in einer auf dem Kopf stehenden Welt wurzeln sie in der Luft, und ihre stark duftenden Blüten blühen unter ihnen in der Erde. Und unter der Schlafschicht sehe ich weiße Schnecken, die langsam über die Blätter kriechen, wie Sterne am dunklen Himmel.

Als Ama mich weckt, weiß ich nicht, ob es Morgen oder Abend ist oder wie lange ich geschlafen habe. Dunkelheit umfängt uns, die Luft ist feucht und riecht nach Schimmel. Mir ist kalt.

»Es wird Zeit«, sagt sie, als ob ich mich lange genug ausgeruht habe. Mein erster Gedanke gilt Methusalem, den es nach so vielen Jahren nicht mehr gibt, dem Baum, von dem wir dachten, er würde immer da sein.

Ich habe das Kopfkissen im Arm, die Laken um mich gewickelt, und ich glaube, dass ich die ganze Geschichte nur geträumt habe, den Sturm mit dem fliegenden Hirsch und Ama, die, als sie den Hirsch mit dem gebrochenen Bein sah, sagte: »Das ist er. Dem folgen wir.«

Das Kleid, das ich trage, fühlt sich klamm an. Ich stehe auf und sehe nach draußen. Offen und weich, wie es die Menschen am frühen Morgen sind, bevor sie die Mauern für den Tag errichten, blicke ich in das graue Licht hinaus und erwarte fast, dass Methusalem wieder in der Erde wurzelt, aber da ist nichts, nur Zerstörung und umgestürzte Bäume, wenn auch einige Jüngere überlebt haben.

Es scheint, als ob es zwischen den jungen Bäumen hell ist. Ein Stuhl mit zerbrochenen Armlehnen steht neben dem gefallenen Methusalem, als ob jemand darauf gesessen hat, und ich bilde mir ein, in mir ein Geräusch zu hören, ein Schmatzen wie von Wurzeln, die von unsichtbaren Händen aus der Erde gerissen werden.

Hinter mir macht Ama sich in der fast völligen Dunkelheit bereit. Sie sagt: »Alte Großmutter, ich komme.« Und sie packt ein paar Kleidungsstücke in ein rotes Tuch und schnürt das Bündel mit Zwirn zusammen.

Ich drehe mich um und sehe sie an, aber ich kann nicht verstehen, was sie mit ihren Worten meint oder warum sie ihre Kleider und den Kamm in das viereckige rote Baumwolltuch packt, als ob sie vorhat, für länger fortzugehen.

»Wohin gehst du?«, frage ich.

Das Haus riecht nach nassem Holz. Es ist nicht warm genug. Ich fröstele.

»Hier, zieh dir das an.« Ama gibt mir einen Pullover, der zu oft gewaschen worden ist. Ihre Augen leuchten im Schein der Laterne. Unsere Schatten bewegen sich wie unfertige Zwillinge unserer selbst an der Wand entlang, und mir kommt der Gedanke, dass wir zu viert sind, wie die vier Frauen, die vor ungefähr einem Tag die Straße herunterkamen.

»Wohin gehst du?«, frage ich sie noch einmal. Ich bin verschlafen, meine Haare sind ungekämmt.

»Wir«, verbessert sie mich. »Wir gehen.« Sie stellt eine Tasse Kaffee auf die blaue Wachsdecke. Sie beantwortet meine Frage nicht. Sie nimmt das Messer aus der Schublade und legt es neben die Tasse auf den Tisch, dann schlägt sie es in ein Stück Hirschleder ein.

»Wozu brauchst du das Messer?«

In dem grauen Licht geht sie, ohne zu antworten, die Treppe hinunter, planscht durch das Wasser und den Schlamm. Ohne zu wissen, warum, folge ich ihr zum Trockenhaus – es steht noch –, und als sie hineingeht, fliegt eine weiße Schleiereule so leise heraus, dass ich sie nicht hören kann, obwohl sie so nah an mir vorbeistreicht, dass ich spüre, wie die Luft vor ihr zurückweicht.

Ich warte draußen, und nach einiger Zeit kommt sie wieder heraus, einen Strick und einen Jutesack in der Hand. Die Insekten in den stehen gebliebenen Bäumen beginnen zu singen, als ob Ama sie geweckt hat.

»Was machen wir? Wozu brauchst du den Strick?«

Ich vermute, dass sie damit den Hirsch aufhängen will, um ihn auszubluten, aber sie antwortet nicht.

Während ich ihr zum Haus folge, überkommt mich das Mitleid für die gestrandeten Fische, denn das Wasser geht schon wieder zurück. Ich hebe einige von ihnen auf und lege sie an die nassesten Stellen, die ich finden kann, dann gehe ich hinter Ama die zwei Stufen hinauf und frage mich, ob die Fische wohl glauben, dass es die Hand Gottes war, die sie gerettet hat, und mittlerweile sind die Insekten so laut geworden, dass ich fast Angst bekomme. Vielleicht rufen sie nach ihren Liebsten, die der Sturm verschleppt hat.

Ama trinkt noch einen letzten Schluck Kaffee und spült die Tasse aus. Sie nimmt die Flinte, die mein Großvater ihr geschenkt hat. Sie bewegt sich schnell, als ob uns die Zeit davonläuft, und vielleicht ist sie nervös. Sie hat die Flinte und das Messer in der Hand. Sie legt das Messer und den Strick in den Jutesack. Aber sie sagt mir nicht, was sie vorhat.

Weil mir immer noch kalt ist, gibt sie mir eine blaue, abgetragene Jacke. »Zieh dir das an. Dann holst du uns frisches Wasser.«

Ich tue, was sie sagt. Folgsam gehe ich zum Spülbecken, drücke den Pumpenschwengel nach unten und fülle zwei Plastikflaschen mit Wasser.

»Hier. Zieh dir meine Stiefel an. Du wirst sie brauchen«, sagt sie. Eilig rückt sie die Stiefel auf dem Tisch näher an mich heran. Dann holt sie eine Decke aus dem obersten Schrankfach und stopft sie in den Sack.

Ich ziehe ihre Stiefel an und beobachte jede ihrer Bewegungen.

Sie bindet eine Schnur um die Flaschen und hängt sie mir um den Hals, unter den Jackenkragen, damit ich beim Tragen die Hände frei habe. »Gehen wir«, sagt sie noch, dann läuft sie auch schon die Stufen hinunter und marschiert los, die Flinte in der Hand, den Sack mit der Decke und dem Messer über der Schulter.

Und obwohl ich nicht fort möchte und nicht weiß, wohin sie geht, folge ich ihr. »Und wenn wir nicht genug Patronen haben?«, frage ich, als ich hinter ihr bin. Ich frage es, weil ich einmal gesehen habe, wie mein Vater auf einen Hirsch geschossen hat, und er war nicht tot, und mein Vater hatte keine Patronen mehr, und es hat mich hinterher lange nicht mehr losgelassen, wie lange das Tier zum Sterben brauchte. Er hätte ihm die Kehle durchschneiden und ihm den Tod schneller und leichter machen können, aber er hat es nicht getan. Ich habe es nie verstanden, und der einzige Grund, der mir einfiel, war der, dass er nicht den Mut hatte, ihn mit eigener Hand zu töten.

Wieder antwortet Ama nicht. Und dann gehen wir los, ich hinter ihr her. Sie folgt dem verletzten Hirsch, als ob sie trotz des gestiegenen Wassers seine Spuren sehen kann.

Anfangs sieht der Boden wie vom Sturm geebnet aus, aber das ist nicht so. An manchen Stellen gibt es tiefe Pfützen. An anderen Stellen, wo das Wasser versickert, ist es fast schon wieder trocken. So ist der Boden in dieser Gegend, Kalkstein, Humus und Lehm, die ihren ganz eigenen Durst und ihr eigenes Bedürfnis nach Wasser haben. Der Kalkstein schluckt es schnell. Das Wasser fällt hindurch wie durch Knochenhände, die es nicht festhalten können.

Einige Bäume müssen beseitigt worden sein, während ich schlief, denn als wir auf der Straße sind, kommt ein Auto an uns vorbei, Blätter und Äste auf dem Dach. Die Scheinwerfer leuchten, und in dem seltsam grauen Licht, das Morgen oder Abend sein könnte, erinnern sie mich an die Augen eines wilden Tieres. Der Fahrer hupt uns an, aber wir winken noch nicht einmal zurück, und ich folge Ama, die den mageren, lahmenden Hirsch jagt, und ich finde, es ist eine Schande, so ein jämmerliches Tier zu jagen, das vielleicht auch mit nur drei Beinen überleben könnte, so wie früher unser alter Hund Puppy.

Um uns ist alles Schutt und Trümmer. Ama bewegt sich fast anmutig vor mir her, obwohl es schwierig ist, über die umgestürzten Bäume zu klettern und durch den Schlamm zu waten. Ich sehe einen toten Hirsch unter einem Baumstamm liegen, und mir tut alles weh, nicht nur der Körper, sondern auch das Herz, so groß ist die Verwüstung, überall begrabene Bäume und zerbrochene Zäune, umgeknickt wie dünne Stöcke und nicht mehr die Hüter der Ordnung, zu denen sie bestimmt waren. Der weiter entfernte Ölförderturm ist ebenfalls umgerissen worden, und die größten, ältesten Bäume sind dem Wasser und dem Wind zum Opfer gefallen. Methusalem, fort nach fünf Jahrhunderten. Überlebt haben nur die jüngeren Bäume. Es sind die Jungen, die bleiben, und wieder mache ich mir Sorgen um meine Familie, wie es meiner Schwester und Mutter bei dem Sturm ergangen ist, und alles riecht nach ertrunkener Erde.

Ama ist mit Schlamm beschmiert. Sie sieht mich an. Sie hat die Flinte in der Hand. »Hörst du das?«, fragt sie, als ob irgendwo jemand ruft. »Hörst du was?« Aber ich höre nichts, und ihre Frage macht mir Angst. Lehm und Zweige kleben an ihren alten Schuhen. Sie sieht wie eine Kreatur aus. Nicht wie ein Mensch. Ab und zu rufe ich ihr etwas zu. Ich sage: »Ama«, und warte, dass sie langsamer wird. Oder ich frage sie mit leiser Stimme, was sie vorhat. Aber sie antwortet nicht. Sie blickt sich nicht einmal nach mir um. Als ob ich gar nicht da bin. Die einzige Stimme, die ich höre, ist die eines Vogels. Er ruft von den Austernschalenhügeln her, die ein anderer Stamm vor langer Zeit aufgehäuft hat, und ich folge Ama, ich folge ihr, als ob ich nicht mehr weg kann, als ob ich ihr Schatten bin, der fester mit ihr verwachsen ist, als der alte Methusalem in der Erde verwurzelt war, obwohl ich weiß, dass es mehr brauchte als einen Wind, um mich von Ama fortzureißen, um mich zu entwurzeln, denn ich folge ihr wie unter Zwang, als ob mich etwas festhält, wie an dem Tag, als Donna und ich beim besten Willen nicht aus dem Auto aussteigen konnten, um für Abraham Swallow Hilfe zu holen.

Ab und zu erkenne ich, wo wir gerade sind. Wir kommen an Willards braunem Wohnwagen vorbei, der gegenüber der Quelle steht, wo Abraham Swallow gestorben ist. Eine Seite von Willards Wohnwagen fehlt, und ich kann die Küchenschränke sehen, die Spüle und den Ofen, schutzlos an der freien Luft, als ob sie immer schon dafür bestimmt gewesen wären, als ob es ganz natürlich wäre, wenn ich einfach hineinginge, mir ein Glas aus dem Schrank nähme und etwas Wasser tränke. Willards magerer Schimmel steht davor, nass und angespannt, noch völlig verstört von dem, was er noch nie zuvor gesehen hat.

Der Wind hat das Gras zu Boden gedrückt. Es ist feucht und riecht muffig. Dicht vor uns fällt ein Ast herunter. Ich höre ihn fallen, merke aber, dass es lauter ist, als ich es höre. Der laute Sturm hat mein Gehör geschädigt. Ich sehe es mehr, als dass ich es höre, aber ich springe noch nicht einmal davor weg. In dieser gestörten Welt bin ich wie in Trance, und ich empfinde keine Gefahr. Schon bald, im Handumdrehen, wird mein Gehen automatisch, und ich bleibe nicht mehr stehen. An einem Kanal zeichnen sich zarte Vogelspuren im Schlamm ab, so schön wie Sterne. Und hinter dem Kanal erstreckt sich das nächste Meer von niedergedrücktem Gras. Irgendwo in der Ferne klingt es nach Ölpumpen, dem Puls der Maschinen, die in dieser Wildnis, durch die wir stapfen, unmöglich so nah sein können. Das Geräusch scheint aus dem Boden selbst zu kommen.

Ama behält die Fährte des Hirschs im Auge. Ich kann sie nicht sehen, aber sie kann es; obwohl sie von der Sturmflut überspült wurden, kann Ama sie wie durch Zauberei sehen und wittern. Sie weiß, wo ein Tier gegangen ist. Früher habe ich sie Bluthund genannt, um sie zu ärgern, dabei hat sie nur eine besondere Gabe dafür, und ich kann mich noch so sehr anstrengen, es zu lernen, ich sehe höchstens frische Spuren oder gerade erst abgeknickte Zweige. Sie hat einen Sinn, der mir fehlt. Nun scheint sie die Witterung des Hirschs aufzunehmen, aus dem Geruch der Fische heraus, die von dem Hurrikan an Land geschleudert wurden, aus dem nassen Geruch, den der Sturm auf dem Boden hinterlassen hat.

Ich weiß nicht, wie lange wir schon gehen oder wie viel Zeit vergangen ist, als Ama reglos stehen bleibt und das Land erspürt, sich in das Unterholz und das Riedgras hineinfühlt, in den Eichenwald. Ich bleibe ab und zu stehen, um etwas Wasser zu trinken, aber Ama nicht. Sie geht, als ob sie gezogen wird, wie an Schnüren, als ob sie keine Wahl hat, so wie die Schwerkraft an uns zieht und uns hält.

Auf einem Schilfrohr sitzt eine Amsel. Sie fliegt auf, als wir vorbeigehen.

Ich habe das Gefühl, dass wir auf einer Reise durch die Vergangenheit sind, obwohl wir spanische Pferde und magere braune Hunde sehen, die früher Wölfe waren, Hunde, die vor uns zurückweichen, als wir vorbeigehen. Sie knurren, herrenlos und hungrig. Ich behalte sie im Auge. Auch ich bin herrenlos, misstrauisch.

Wir kommen an einer zerstörten Zitrusplantage vorbei, wo die Bäume in genau abgemessenen Abständen gepflanzt waren, und die grünen Orangen liegen auf der Erde, die zerbrochenen Äste und Zweige liegen wirr durcheinander, wie zum Hohn auf Dinge wie Millimeter, Zentimeter und Meter.

Ich drehe mich zu den Spuren um, die wir auf dem nassen Boden hinterlassen haben, als ob wir aus ihnen gewachsen wären, als ob sie uns erschaffen hätten und wir nach oben gewachsen wären, wie aus den Fußstapfen unserer Ahnen erstanden, um Fleisch einer Frau und eines Mädchens zu werden. Ama geht so, als ob es einfach wäre, fast lautlos fallen ihre Schritte. Ich hefte meine Augen auf ihren Rücken. Er ist gerade.

Dann bemerke ich bald, dass wir an der Stelle sind, wo die Steine wie ein Rückgrat aussehen. Manche Leute sagen, dass es Gottes Rücken ist, aber wir nennen es die Geburtsstätte der Taiga. An dieser Stelle, an diesem Ort der zweiten Schöpfung, glaubt man, dass es wahr ist, dass wir auf die Füße jenes Geistes zugehen, auf etwas zu, was sich fest und massiv mit dem Boden trifft. Es könnte eine andere Welt sein, eine andere Zeit, wenn ich nicht in der Ferne ein Radio hören könnte, was mir sehr sonderbar vorkommt. Noch sonderbarer, dass hinter all den Bäumen, die hier noch stehen, ein Haus sein muss, und ein Haus gehört nicht hierher, denn mir ist so, als bewegten wir uns in einer Zeit, bevor es Häuser und Drähte gab. Ich habe bereits vergessen, dass es so etwas wie Musik überhaupt gibt. Ama aber hört sie nicht, sie hört nur den Hirsch. »Hörst du die Hufe?«, fragt sie, und ich frage mich, wie sie es immer schafft, diese Welt beiseite zu legen, als ob es sie nie gegeben hat, und wie sie die kleinen Füße des Hirschs hören kann.

Das ist es, was meine Mutter am meisten an Ama fürchtet, dass sie so lebt, als ob nie etwas geschehen ist, als ob es kein Amerika, keine Schulen oder Kirchen gibt. Aber das ist es auch, was ich an ihr mag, dass es so ist, als ob wir in unterschiedlichen Welten leben, obwohl nur zwanzig Jahre zwischen uns sind. Wir hören nicht einmal dieselben Geräusche. Obwohl ich mich anstrenge, kann ich kein Tier hören, das sich bewegt, und sie hört das Radio nicht. Aber die vier Frauen habe ich ebenfalls gesehen und gehört. Das muss etwas bedeuten. Vielleicht bedeutet es, dass ich zumindest in einer Weise so stark mit der Vergangenheit verbunden bin wie Ama. Ama hat einmal gesagt, der Raum sei voll und die Zeit sei leer; ich glaube, ich verstehe es jetzt. Wir sind von Materie umgeben, aber die Zeit verschwindet. Oder vielleicht gibt es, wie Ama sagt, immer andere Welten neben uns, in die wir hin und wieder hinüberwechseln und von denen manchmal auch eine zu uns herüberkommt.

Als ich hochblicke, ist ein Loch im Himmel, so wie in den alten Geschichten, in denen es heißt, ein Vogel hätte ein Loch hineingepickt, durch das unsere ältere Schwester, der Panter, Sisa, wie wir sie in der Taigasprache nennen, in diese Welt gelangt ist. Gerade sind die Schlangenhalsvögel mit hängenden Flügeln durch das Loch heruntergekommen; mehrere von ihnen sitzen in den Bäumen und sonnen sich. Sie bewegen sich nicht, als wir unter ihren Flügeln hergehen. So entschlossen sind wir, so sehr mit der Natur im Einklang. Sie können uns lesen. Auch ein unversehrter Sonnenstrahl scheint durch das Loch, aber es fängt wieder an zu regnen, ganz leicht fällt der Regen auf das überschwemmte, aufgeweichte Land. Man würde denken, dass bei so viel Wasser keine Aussicht oder Hoffnung auf festen Boden besteht, aber das Land schluckt alles. Nur die Sümpfe und

Moore nicht, aber ansonsten nimmt das Land alles Wasser auf. Das Land ist durstig. Es ist auch ehrlich. Es lügt nicht und verbirgt nichts. Genau wie Ama. Was sie ist, was sie vorhat, kann man in ihrem Gesicht, ihren Bewegungen und Worten lesen. So wie alles offen daliegt, wenn die Sonne durch das Loch fällt, aus dem das Leben in diese Welt gekommen ist.

Über uns zetern kleine Vögel in den Bäumen, die sich zu uns herunterzubeugen scheinen, als ob die ganze Natur weiß, was wir tun; wir sind auf der Jagd, wir sind alt.

Dann zieht der Regen ab, und das Loch im Himmel weitet sich. Die Regenwolke entfernt sich von uns, und es beginnt im Süden zu regnen, wohl auch auf das Haus meiner Mutter, die Wasserwand fällt aus dem Himmel und bewegt sich von uns fort. Nun besteht die offene Welt aus heißer Sonne. Es ist ein gutes Gefühl auf dem Rücken und auf der Haut, denn mir tut alles weh, wegen der Feuchtigkeit und weil ich mich während des Sturms so fest an die Bäume geklammert habe. Die nassen Kleider haben meine Haut wund gescheuert. Aber schon wird es schwül und heiß, es geht nicht die leiseste Brise, und bald höre ich es im Unterholz klappern, das langsame Rasseln einer Schlange. Ich kann sie nicht sehen, aber auch sie erwacht in der Wärme allmählich wieder zum Leben.

Ich weiß nicht, wann es Abend geworden ist oder wie lange wir schon unterwegs sind, aber irgendwann scheint die Sonne am Himmel unterzugehen. Wir bewegen uns nur langsam vorwärts; das Durchkommen ist nicht leicht, weil die alten Bäume auf dem Kopf stehen und überall Zweige und Büsche liegen, wo vorher keine waren. Schwitzend folge ich Ama, die einen Weg um das Wasser herum sucht. Ich zerkratze mir die Beine an zersplitterten Ästen. Ich weiß nicht, wie spät es ist oder wie die Zeit vergeht, aber die Sonne wirft nur noch Flecken auf den Boden, unterbrochen wohl vom Abenddunkel und von gelbem Licht.

Plötzlich ist vor uns ein Geräusch. Das feuchte Gras teilt sich. Etwas ist vor uns, ich höre es, ich sehe seine Spuren. Ich hoffe, dass es der Hirsch ist, damit wir es endlich hinter uns bringen können. Das ist das einzige Anzeichen dafür, dass sich etwas bewegt, und dann schreit es hinter mir, vielleicht ist es der Hirsch, aber da raschelt hinter meinem Rücken das Gras. Ich drehe mich um. Etwas im Gras verfolgt mich. Mein Atem geht schwer und keuchend. Ich habe Angst, ich bin müde, meine Arme und Beine sind wund und zerkratzt. »Ama«, sage ich. Sie hat sich ebenfalls umgedreht und hält Ausschau nach dem, was mich verfolgt. Sie geht ein paar Schritte darauf zu.

Da knackt es neben mir im Unterholz. Der Hirsch schreckt auf. Ich sehe seine dunklen Augen, so sanft und lebendig.

Aber Ama achtet nicht auf den Hirsch, sie sieht auf den Boden. »Da«, sagt sie. Eine Hand hat sie mir auf den Arm gelegt, mit der anderen zeigt sie auf die Erde. Im schwindenden Schein der Sonne sehe ich den Pfotenabdruck. Wie aus dem Nichts sind die Abdrücke aufgetaucht. Erst jetzt wird mir plötzlich klar, dass wir gar nicht den Hirsch jagen, sondern dass wir, dass sie die Katze jagt, dass der Hirsch nur der Köder ist, weil die große, hellbraune Katze sich eine so leichte Beute wie einen lahmen Hirsch nicht entgehen lassen würde. Ich wundere mich, dass ich darauf nicht schon gekommen bin, als ich gesagt habe: »Ich weiß, was passieren wird«, dass ich es nicht gesehen habe, obwohl wir die ganze Zeit im Revier der Katze waren. Ama redet schon so lange über den Panter, dass ich mich gar nicht mehr daran erinnern kann, wann sie damit angefangen hat, aber jetzt fällt mir plötzlich alles wieder ein, auch dass sie geträumt hat, ein Panter hätte sie zu sich gerufen. Was passieren wird, war ihr von Anfang an ins Gesicht geschrieben, aber erst jetzt erkenne ich es wirklich.

Sie. Sie hat immer nach ihm Ausschau gehalten. Sie hat immer an ihn geglaubt. Manchmal hat sie nachts im Dunkeln seine Augen gesehen. Sie haben Blicke ausgetauscht.

Ama versucht, ihren Fuß in die Spur des Panters zu stellen. Er hat große Pfoten, es ist eine große Katze, aber Amas Fuß ist größer, zu groß, und mir fällt auf, wie zart und klein der Abdruck des Furcht erregenden Raubtiers ist, der verhassten Katze, die heute vom Menschen verdrängt wird.

Ich habe noch nie einen Panter gesehen, nur einmal, letzten Monat, als die weißen Jungen von meiner Highschool einen auf einen Baum getrieben haben. Hinter dem Laubvorhang leuchteten seine Augen wie Sterne. Vollkommen ausdruckslos bis auf den einen Befehl: verschwindet. Aber er hatte keine Angst vor uns. Ich glaube, sie hätten ihn getötet, die Jungen, wenn Ama sie nicht weggejagt hätte, wenn sie nicht dem einem von ihnen die Flinte abgenommen und sie vertrieben hätte.

Die Jungen waren laut, als ob sie betrunken wären. Und sie merkten nicht, dass ich hinter Ama im Unterholz stand, obwohl ich »Nicht« sagte, als Ama auf sie zuging. Weil ich weiß, wie gefährlich junge Männer sein können. Wahrscheinlich sahen sie Amas Gewehr im Dunkeln aufblitzen, denn sie wurden plötzlich still, gaben ihr die Flinte und verschwanden, als ob sie ein Gespenst gesehen hätten, wie ein geölter Blitz. Als ob die Dunkelheit Ama hervorgebracht hätte, wie einen Geist oder eine Erscheinung.

Meine Mutter und die meisten anderen Leute sagen, dass es keine Katzen mehr gibt, obwohl ab und zu doch noch eine den Weg zu uns findet. Das reden sich die Leute gern ein. Dann haben sie das Gefühl, dass ihre Welt sicher und zahm ist. Die Katzen verstecken sich, aber man kann spüren, dass sie da sind. Es ist, als ob der Raum Augen und Ohren hat. Er beobachtet alles. Er lauscht, und seine Ohren nehmen noch die leiseste Andeutung eines Geräuschs wahr. Wenn draußen in der Dunkelheit so etwas lauert, sträuben sich einem die Haare. Es ist das gleiche Gefühl, das ich am Tag des Sturms hatte, als ich aus meinem Boot stieg, dass ich unter den Bäumen hervor beobachtet wurde. Manchmal habe ich es auch schon in der Nacht gespürt, dass es mich beobachtet, sogar durch die Fenster eines Hauses. Als ich es zum ersten Mal brüllen hörte, wusste ich nicht, woher es kam, und mir lief ein Schauer den Rücken hinunter.

Ich weiß nicht, warum mir die Worte in den Sinn kommen, dass dies ein Ende oder ein Anfang ist. Ich weiß nicht, warum, aber innerlich spreche ich sie aus. Was passieren wird, lag von Anfang an in der Luft, es stand Ama ins Gesicht geschrieben, und nun geht es mir im Kopf herum. Und noch immer folge ich Ama. Sie hört, dass etwas zu ihr spricht, und sie ruft, ich höre nichts, aber ich gehe mit, als ob mir nichts anderes übrig bleibt. Vielleicht ist auch nur die Witterung so stark, dass sie ihr folgen muss. Was es auch ist, sie hat sich ganz in sich verschlossen, sie konzentriert sich, Haut, Rücken, Hände, angespannt und klein, sie geht in der Bewegung der Katze auf, die dem armen Hirsch mit dem gebrochenen Bein folgt, so eng ist sie mit ihr verbunden, und sie kennt den Weg, und ich weiß, was sie vorhat, und ich will nichts damit zu tun haben, aber ich folge ihr. Am liebsten würde ich mich zweiteilen, damit ein Teil von mir umkehren und nach Hause gehen kann, wo es Radios gibt und Schulbücher, randvoll mit Wissen, mit dem mein Leben beginnen wird, aber an eine Umkehr ist nicht zu denken. Und dann rede ich mir ein, dass sie doch nicht die Katze jagt, das ist ausgeschlossen; es gibt nur noch so wenige, so wenige wie von uns. Dreißig sind noch übrig, vielleicht noch weniger, niemand kann es mit Sicherheit sagen, aber sie sind vom Aussterben bedroht, und ich will nichts damit zu tun haben, der Welt eine von ihnen zu rauben.

Wir kommen an eine Grube, wo für den Straßenbau Steine gebrochen wurden, dann überqueren wir den Highway. In der

Ferne leuchten Scheinwerfer, weit weg von uns. Fast muss ich lachen, dass wir, die wir durch die wilde Natur streifen und in etwas gefangen sind, was uns wie mit unsichtbaren Händen antreibt und schiebt, einen geteerten Highway überqueren, genau wie vor uns die wilde Katze und der Hirsch, denen wir folgen.

Eine Weile gehen wir an dem Kanal neben der Straße her. Etwas fällt platschend ins Wasser, und mein Herz fängt an zu pochen. Ich bin überzeugt, dass es ein Alligator ist. Ich halte Ausschau nach ihm. Es sind flinke Tiere, obwohl man es ihnen nicht ansieht. Ich weiß genau, wie schnell ein Alligator mit seinen muskulösen Beinen auf mich zurasen könnte, das breite Maul aufgerissen, um mich in Stücke zu reißen.

Ich höre einen Hund bellen. Wieder fühle ich mich beobachtet, wie vor dem Sturm. Diesmal glaube ich, dass es die Natur ist. Sie war es, die mich beobachtet hat, von Anfang an. Sie kennt uns. Sie beobachtet uns. Die Tiere haben Augen, die uns sehen. Die Vögel, die Bäume, alles weiß, was wir vorhaben.

Ama dringt in das Unterholz vor. Ich höre, wie sie sich vorwärts bewegt, und ich will umkehren, nach Hause laufen, aber ich folge dem Geräusch. Sie weiß, dass dort die Katze ist. Sie hat keine Angst vor ihr. Während sie geht, redet sie leise auf sie ein. Sie sagt ihr, dass sie kommt. Für eine Katze hat sie große Pfoten, auch wenn sie kleiner sind als Amas Füße, und was wir vorhaben, ängstigt mich mehr als der Panter.

Ich sehe die Augen der Katze vor mir, die die Jungen auf den Baum gehetzt haben. Ama sagte, es sei ein Panter, den sie kenne. Sie habe schon seit Jahren auf ihn aufgepasst. Sie hätten einander im Auge behalten, sagte sie.

Als die Jungen am nächsten Abend zurückkamen, war ich bei Ama zu Besuch. Sie standen vor dem Haus und riefen, sie solle ihnen die Flinte zurückgeben. Ich hatte Angst, doch als ich merkte, dass ich sie aus der Schule kannte, ging ich auf die

Veranda hinaus und sagte ihnen, Ama Eaton sei nicht da. »Und was machst du dann hier?«, wollte einer von ihnen wissen. »Ich versorge ihre Tiere«, sagte ich. Sie sahen die Hühner, mich und die Ziegen an, drehten sich um und gingen weg. Hinterher sagte Ama, es sei sehr leichtsinnig und verrückt von mir gewesen. Aber ich habe mehr Angst vor diesem Ding, dem wir folgen, auch wenn meine Angst mit einer seltsamen Aufregung vermischt ist.

Es wird Nacht, Dunkelheit umgibt uns, während wir fast geräuschlos die weiße Straße entlanggehen, die so aussieht, als ob sie weiß getüncht wäre, aber in Wirklichkeit aus Kalkstein besteht und aus den alten Fossilien von Tieren, Fischen und Muscheln.

Im Mondschein sehe ich die Augen des schwarzen Fuchses. Er lebt schon seit Jahren an dieser Kurve. Nun habe ich wieder ein Gefühl dafür, wo wir sind. Wir sind weit und tief in die Bäume vorgedrungen, von deren Ästen das Moos wie vergessen herunterhängt, vom Wind unberührt. Vielleicht kommt nicht einmal der Wind gern hierher.

Das Dunkel um uns ist voll von seltsamen weißen Dingen. Da sind Vögel: Ibisse, Reiher, ein Storch, die in der Nacht alle weiß aussehen, schlafen in der dunklen Welt der Bäume und am Ufer schwarzer Gewässer. An manchen Stellen leuchten weiße Kieshaufen auf, die vom Straßenbau liegen geblieben sind. Die Knochen der Erde, nach außen gekehrt. Hin und wieder gehen Hitzeblitze nieder, die den bleichen Bauch der Wolken über der dunklen Erde aufscheinen lassen. In dem hellen Zucken des Wetterleuchtens am schwarzen Himmel verwechsele ich die Steine und die abgebrochenen Bäume, die aus dem Boden ragen, mit Tieren. Zuerst erschrecke ich über den Stein, der ein Bär ist, über den Baum, der ein Hirsch mit verzweigtem Geweih ist, über die Eule, die auf dem Boden steht. Ich kann meinen Augen nicht trauen, das macht mir Angst, und ich fange an zu weinen. Der Anblick rührt mich zu Tränen, zumindest einen Teil von mir, der andere nimmt die Welt so wach und aufmerksam wahr wie nie zuvor.

Ama dreht sich um und sieht mich an. »Bald können wir uns ausruhen«, sagt sie mit spröder Stimme, doch eher, um mich zu trösten, als es wirklich zu meinen.

Da sehe ich, dass sie ebenfalls weint. Die Tränen wollen nicht aufhören. Ihr Gesicht ist nass, obwohl sie weiß, was sie vorhat und warum sie es tun muss. Alles an ihr verrät, dass sie es nicht will, aber dass ihr keine andere Wahl bleibt, als sei es Bestimmung oder Schicksal, als wären alle Geschichten wahr.

Obwohl es dunkel ist, kann ich sie sehen. Sie scheint weit fort zu sein, aber sie ist ganz da, ganz wach. Sie ist wie erstarrt, so wie man es sich manchmal von den Leuten in Mutters Kirche erzählt. Ich sehe sie im Mondschein, sie stolpert nicht, sie verliert weder den Halt noch die Orientierung. Nicht ein einziges Mal, obwohl sie so heftig weint. Sie geht wie eine starke Frau, die ihrem Gott nachläuft, und ich bin überrascht, wie schnell sie sich bewegt. Meine Gefühle für sie ändern sich. Einen Augenblick lang denke ich, sie ist eine Fremde, eine Wahnsinnige. Ich kenne sie nicht mehr. Sie ist sich selbst fremd geworden. Im nächsten Moment bin ich überrascht und stolz und würde gern einen ebenso starken Glauben haben, um dem Blut folgen zu können und den Spuren, und ich wünsche mir, ich hätte auch eine Berufung wie sie. Dann versuche ich, mit ihr Schritt zu halten, überrascht und stolz, dass sie so stark ist und an den nackten Armen nicht friert, dass sie noch immer die Flinte, die Decke und den Sack trägt, die inzwischen immer schwerer geworden sind, ohne Anzeichen von Schwäche, während ich völlig erschöpft hinter ihr herstolpere und nur noch nach Hause will.

Ich bleibe kurz zurück, um einen letzten Schluck Wasser zu trinken, und lausche auf das tiefe, laute Trommeln der Frösche.

Dann geht es weiter, hinein in die Bäume, in das dichte, zerrupfte Unterholz, Trauben von Glühwürmchen in Dickicht und Dunkel. Ihr Schein ist verlockend schön, er zieht uns hinein in die fast vollkommene Stille, in ein gestirntes Universum in ungeordneter Bewegung. Während wir gehen, springt vor uns ein Frosch ins Wasser, und eine Wolke gibt das Gesicht des Mondes frei, es wird heller, und ich sehe, wie sich das Wasser kräuselt, und Ama laufen noch immer die Tränen über das Gesicht, obwohl sie nicht so aussieht, als ob sie weint. Es ist nur Nässe, die auf ihre Haut fällt. Vielleicht habe ich mich geirrt, und sie weint gar nicht, vielleicht regnet es nur so leicht, dass ich es nicht bemerkt habe. Was sie im Gesicht hat, muss Regen sein. Aber ich blicke zum Himmel, und es fällt kein Regen.

Sie weiß, dass die Katze vor uns ist. Sie spricht während des ganzen Weges mit ihr. Dann dreht sie sich zum ersten Mal um, sieht mich richtig an und redet mit mir, als ob sie weiß, dass ich am liebsten umkehren würde, dass ich auf keinen Fall mit ansehen will, was sie vorhat. Sie sagte: »Wir müssen es tun. Ihn einfach sterben zu lassen ist schlimmer.« Vor Hunger, meint sie, an einer Krankheit. Ich folge ihrer Stimme, froh, dass sie endlich mit mir spricht, und gehe schneller, um ihr näher zu sein. »Dort ist Gott«, sagt sie, und ich frage mich, ob sie meint, dort, wohin wir gehen, oder dort, in dem Mord, den sie begehen will.

Einmal habe ich zu meiner Mutter gesagt, dass wir das, was wir nicht kennen, Gott nennen. Meine Mutter hat gesagt, ich solle über solche Sachen nicht nachdenken, ich wäre noch zu jung dafür, aber ich glaube, Ama Eaton folgt diesem Unbekannten und kommt ihm immer näher. Ich versuche, sie zu verstehen. Aus dem, was sie sagt, aus ihren Worten, schließe ich, dass sie nicht will, dass Fremde diese Katze töten. Sie will nicht, dass sie vergiftet oder überfahren wird, wie die anderen.

Damit hat sie vielleicht Recht. Aber sie hat auch Unrecht. Ich blicke mich in dieser Welt um. Das Land lügt nicht, auch nicht im Mondschein, auch nicht vom Sturm verändert. In diesem ehrlichen, anständigen Land ist außer uns niemand, der stiehlt, und was Ama vorhat, widert mich an, diese Tat, die ich noch nicht begreife, von der ich nur weiß, dass sie Gnade und Verhängnis ist, Recht und Unrecht. Aber was es auch ist, es ist eine Tötung, und ich denke, kann denn der Mensch nicht entscheiden, was er tun und was er lassen soll? Kann Ama nicht umkehren, kann ich nicht nach Hause gehen, zu meiner Mutter und Schwester, die der Sturm vielleicht obdachlos gemacht hat? Ich kann es nicht, und ich tue es nicht. Ama kann es genauso wenig, das weiß ich. Wir werden von einer größeren Macht getragen.

Ama weiß, dass wir fast da sind. Sie hat keine Angst. Sie ist nicht einmal außer Atem. Ich kann sie nicht atmen hören. Auch ihre Schritte auf der Erde höre ich nicht. Ich höre nur mich selbst atmen und gehen. Sie ist auf der Hut. Ich gehe langsamer, ruhig und leise. Wir bahnen uns einen Weg durch Riedgras und Dickichte, wieder werde ich zerkratzt, und ich denke, dass ein hungriges Wesen das Blut, das ich vergieße, riechen und mir folgen kann. Da draußen ist etwas, wir folgen einem Etwas, das sich geräuschlos vorwärts bewegt und vom Blut angelockt wird. Wie schon zuvor fühle ich mich auch jetzt wieder beobachtet, und ich blicke über meine Schulter zurück, dann drehe ich mich ganz um und bleibe einen Augenblick stehen, um zu lauschen, und erinnere mich an Amas Erzählungen, dass die Taiga in der alten Zeit die Haut der Menschen bei Zeremonien und Krankenheilungen mit einer Panterkralle geritzt haben.

Wir stehen tief im Schutz der Bäume, von denen das schwarze Spanische Moos herabhängt, als ich die Katze erblicke. Sie steht am Wasser, duckt sich zum Saufen. Ich sehe sie jetzt so deutlich wie den Mond, der zwischen den Wolken hervorscheint. Sie ist verletzlich, schön und nackt. Ich bleibe stehen und beobachte sie gebannt. Es wäre ein einfacher Schuss, aber auch Ama beobachtet nur. Sie könnte den Panter erschießen, aber sie tötet ihn nicht, nun da es möglich und so einfach ist. Und ich bin erleichtert. Ich denke, dass sie ihn doch nicht töten wird, und ich atme weiter, stehe da und beobachte ihn. Wie schön er ist, als er den Kopf hebt und mich direkt anzusehen scheint, die Augen werden zu Licht, rund und glitzernd, der Körper ganz Tier und Muskelfleisch, das Gesicht so schmal.

Die hellbraune Katze duckt sich noch einmal, um Wasser zu trinken, als ob sie uns nicht gesehen hat. Ama geht auf sie zu. Sie ist leiser als eine Schlange in der Erde. Ich höre nichts, als sie sich bewegt, nicht ihre Schritte, nicht das Rascheln von Stoff auf Strauch, gar nichts. Ich sehe sie nur im Mondschatten, zum Sprung geduckt. Der Panter weiß, dass sie da ist, und lockt sie mit einem Blick hinter sich her, bevor er sich umdreht, ins Wasser springt und leise auf die andere Seite hinüberwechselt. Ama folgt ihm in einigem Abstand, wie die Katze geht auch sie ins Wasser. Vor mir taucht Ama mit dem ganzen Körper unter, wie bei einer Taufe, nur das Gewehr hält sie aus dem Wasser, so dass es einen Augenblick lang das Einzige ist, was ich von ihr sehen kann. Als sie wieder auftaucht und aus der Haut des Wassers hervortritt, fließt ihr das lange Haar den Rücken hinunter, und der Mond spiegelt sich auf ihrer nassen Silhouette, und ich bemerke zum ersten Mal, wie fraulich sie ist, dass sie einen starken, gerundeten Körper hat.

Dann folge ich ihr, und das Wasser ist seltsam warm, lauwarm wie Haut, und es fühlt sich an, als wäre es nichts, aber mein Kleid ist nass, und die Kratzer auf meiner Haut brennen. Ängstlich blicke ich über die Wasserfläche. Ich horche, ob Alligatoren kommen. Wenn ich das laute Atmen und das Platschen höre, weiß ich, dass ich die Beute bin.

Nun ist alles still. Die Katze sieht sich nach uns um. Sie läuft nicht weg. Ihre Augen leuchten im Dunkeln, ich kann sie sehen. Die Augen. Sie scheint durch uns hindurchzublicken. Sie durchschaut uns. Dann entfernt sie sich langsam und gemächlich, als ob sie genau weiß, dass wir ihr folgen werden. Sie ruft uns hinter sich her. Das erkenne ich daran, wie sie sich ab und zu nach uns umsieht, wie ruhig sie ist. Sie versteckt sich nicht, obwohl sie es könnte. Sie läuft nicht davon und verkriecht sich nicht im Unterholz. Sie ist sich unser sicher und der Tatsache, dass wir ihr folgen werden.

Manchmal verlieren wir sie aus den Augen, und ich weiß nicht, wie Ama sie wieder aufspürt. Für mich ist alles, was sie tut, heimlich und verstohlen, anders als das Land, das sich im hellen Mondlicht offen vor uns ausbreitet, anders als die Katze, die sich nicht verbirgt, obwohl sie es könnte. Stattdessen scheint sie uns immer weiter zu führen, als ob sie genau weiß, was sie tut. Sie könnte jederzeit verschwinden. Ab und zu leuchten ihre Augen auf. Dieses Licht ist ihr einziger Protest. Das Augenleuchten ist ihr Zeugnis, ihre Stimme, sind ihre Worte.

Und ich denke, dass Ama todbringender ist, als ich ahnen kann, gefährlich und hungrig, wie sie sich geduckt anpirscht und ausgleitet zwischen Büschen und Bäumen. Die Gejagte weiß das, sieht wieder zu uns her und zeigt sich in dem schwachen Mondlicht.

»Diese Katzen sind wie Geister«, sagt Ama, und ihre Worte durchschneiden die Nacht.

Tote Kanäle und Flussarme, die von Süden kommen, durchziehen das Land. Wir halten uns eine Zeit lang neben dem Wasser. An einer Stelle, wo wir auf einen Fluss stoßen, biegen wir nach Westen ab, und ich weiß nicht mehr, wo wir sind. Im Lehm und Sand sind Fußspuren. Eine Regenwolke zieht über uns hinweg, und weil ich Durst habe, drehe ich das Gesicht zum Himmel und versuche, den Regen zu trinken. Die Wolke wandert weiter, und dann ist wieder der Mond über uns.

Und dann ist da ein Hirsch. Er bricht unter einem Baum hervor, und Ama sagt: »Da.« Sie bleibt abwartend stehen, und wir sehen den Hirsch nicht mehr, aber nachdem ich eine Weile möglichst lautlos geatmet habe, höre ich einen Schrei in der Dunkelheit, und ich weiß, dass es der Hirsch ist. Dann höre ich den Gesang. Er kommt zwischen den Bäumen hervor, und es wäre gelogen, wenn ich behaupten würde, dass ich keine Angst habe. Denn es ist nicht ihre Stimme. Es ist nicht sie, die singt. Es klingt, als käme es von alten Frauen, ein Lied, das ich kennen müsste, aber nicht einordnen kann. Ich richte mich gerade auf, und sie steht da wie eine Königin, wie Großvater es gesagt hat. Reglos steht sie da und sucht nicht mehr nach Spuren, sie wittert nicht mehr nach dem Hirsch oder der Katze, sie schließt die Augen, als ob ein starkes Gefühl sie überkommt, als ob sie es mit der Haut fühlt, mit den Händen oder dem Herzen. Sie braucht ihre Augen nicht mehr. Sie weiß nicht einmal mehr, dass ich bei ihr bin. Dass ich sie beobachte.

Bald ist es wieder still, und im Schatten erblickt Ama die Katze. Am Saum des Waldes. Ich sehe sie auch. Sie steht im Schutz der dichten Bäume. Unbewegt, die Augen halb geschlossen, atmend, richtet sie ihre leuchtenden Augen auf uns. Sie steht auf dem toten Hirsch und bewacht ihr Eigentum. Der blasse Bauch des Hirschs schimmert in der Nacht, und ich rieche Fleisch und Fell. Ama lässt die Katze fressen. Ein kleines Stück von ihr entfernt warte ich reglos im Schatten eines Baumes. Wir sagen nichts. Wir sind still, vollkommen still. Ama beobachtet, lauscht und wartet. Dann sagt Ama: »Omishto, komm, stell dich neben mich«, und ich gehorche. Die Katze sieht hoch, und sie zeigt mich der Katze, sie stellt mich ihr vor, sie stellt sie mir vor. Sie sagt meinen Namen und sieht mich an, als ob ich zugleich ein Opfer und eine Freundin bin.

Als Ama die Flinte abfeuert, springe ich zurück und schlage mir die Hand vor den Mund, und die Welt zerbricht in das panische Kreischen kleiner Tiere. Die Vögel in den Bäumen wachen auf und schreien. Doch nach dem Schuss kehrt Ruhe ein. Eine tiefe Stille breitet sich über das Land. Es blutet Stille. Als ob der ganze Ort, als ob die Bäume, die Vögel und der Boden wissen, dass hier ein Tod geschehen ist. Die Frösche schweigen. Dann rutscht Ama auf Knien durch den Schlamm auf den goldenen Panter zu, der zwischen den Bäumen liegt. Sie bleibt einen Augenblick bei ihm, um zu sehen, ob er getroffen ist.

Ich habe Angst zu atmen. Genau wie der Rest der Welt. Nun schweigen sogar die Insekten. Kein Geräusch ist zu hören. Ama senkt den Kopf, und ihr Haar fällt nach vorn. Sie lauscht, als ob es etwas zu hören gibt. Selbst von dem nahen Wasser dringt höchstens ein Plätschern herüber. So ruhig ist es. Ich fühle mich nicht wohl inmitten der Stille und des Todes, und Ama weiß das, und sie sagt: »Du brauchst nicht hinzusehen.« Ich sehe zum Himmel, und es tut mir Leid, dass ich ein Mensch bin, und ich hoffe, dass wir Vergebung finden.

Wieder stört Ama die Stille, sie spricht mit der Katze, aber ich weiß nicht, was sie sagt. Plötzlich blitzt es, und mit einem Mal ist es taghell, nur einen Augenblick lang ist der Himmel so klar und blau, dass man vergisst, dass es Nacht ist. Es erinnert mich daran, wie ich in das klare Auge des Hurrikans geblickt habe, in die Öffnung der Welt. Es dauert nur ein, zwei Sekunden, aber der Blitz zuckt über den gesamten Himmel, und ich sehe den Panter im zuckenden Licht auf der Erde liegen, nur Haut und Knochen, das Fell mattgrau, der Brustkorb breit und knochig.

Zuerst kann ich nicht erkennen, ob er noch lebt oder nicht. Ama kann es auch nicht. Sie setzt sich hin, wartet ab und beobachtet ihn. In der Nacht ist die goldene Katze blassgrau und groß und wild, räudig. Nach allem, was ich sehen kann, hat sie auch die Weichheit von einer, die leben wollte und es nicht konnte. Sie ist schön, die Haut ist schlaff, der muskulöse Hunger ihres Körpers, der nicht zu atmen scheint. Ich hoffe für uns drei, dass es gut gegangen ist, dass die Katze tot ist und nicht mehr leiden muss.

Ich sehe in die dunklen Bäume. Ich weiß nicht, wo wir sind. Ich blicke mich um, und alles sieht gleich aus, aber Ama hat die Orientierung nicht verloren; sie weiß, wo wir sind. Ohne sie wäre ich verloren. Ich habe mein ganzes Leben hier verbracht und bin verloren. Aber sie hat sich gefunden. Es scheint mir, dass sie den Panter gesucht und zu sich selbst gefunden hat, wie ein Mensch mit einer Berufung. Als ob der Panter ein Ort ist, der sie festhält, als ob sie einander schon immer gekannt und schon immer ineinander gelebt haben.

Als sie auf die Katze zugeht, sage ich: »Nein, Ama, ich habe Angst. Was machst du?« Ich fange wieder an zu weinen. Ich sage: »Komm ihr nicht zu nahe. Du weißt nicht, ob sie noch lebt.« Aber meine Stimme klingt schwach und dünn, und ich merke, dass ich nur flüstere. Ich kann es nicht so laut sagen, dass sie es hört. Nach einer Weile setze ich mich hin und denke daran, dass sie einmal zu mir gesagt hat: »Was weißt du, und was glaubst du bloß?« Ich habe lange darüber nachgedacht. Ich weiß nichts, ich glaube nur. Und jetzt glaube ich an die Kraft des Sturms, an seine Gewalt, und an die Katze, die tot oder halb tot unter den Bäumen im Gebüsch liegt, und dass es falsch ist, was wir tun, obwohl wir nicht anders können.

Ich kann nicht sehen, was Ama macht, aber ich weiß es. Es klingt nicht nach Kampf oder Tod, aber ich fühle es im Bauch, wie das Schicksal selbst, das in einem Wirbelsturm gefangen ist, ein dunkler Wind, der schnell hereinbricht, sich wild dreht, abzieht und verschwunden ist. Aber der Wind lässt einen verändert zurück, und man weiß nicht, wie, weiß nur, dass sich etwas Unsagbares verändert hat, und zwar für immer, und man kann nicht mehr zurück, kann nie wieder der Mensch sein, der man noch am Tag zuvor gewesen ist.

Ich stehe auf, gehe zu Ama und der toten Katze, sehe ihr in die Augen und sage: »Du hast dich selbst getötet, Ama.« Ich staune, wie leise meine Stimme klingt, wie stark ich mich fühle.

Und sie sagt: »Ich weiß. Und ob ich das weiß.«

Es ist erst ein, zwei Tage her, dass meine Schwester in die Stadt gefahren ist und sich ein neues blaues Kleid gekauft hat, und nun stehe ich hier mit der Frau, die die Katze getötet hat, und denke, ohne es noch einmal laut auszusprechen: »Ach, Ama, was hast du bloß gemacht? Du hast dich selbst getötet.«

Der Mond scheint nicht mehr, und das Wetterleuchten hat aufgehört. Das bedeutet, dass sich die Temperatur geändert hat.

Nach all dem Jagen und Töten bin ich müde und schläfrig, ich setze mich hin und lehne mich mit dem Rücken an einen Baum, und obwohl mich die Frage quält, was wohl mit uns passieren wird und mit der schönen Katze, die tot vor uns liegt, kann ich mich nicht dagegen wehren, dass ich einschlafe. Und einmal träume ich, dass ich Janie Soto sehe, das Oberhaupt des Panterclans. So deutlich, als wäre sie real, beobachtet sie uns hinter den Bäumen hervor.

Irgendwann vor Tagesanbruch dringt das Brummen eines Flugzeugs, das über uns hinwegfliegt, durch meinen Schlaf. Ich öffne die Augen und sehe Ama dicht neben mir sitzen, das Licht hat sich verändert, es muss schon fast Morgen sein. Vom Wasser steigt gespenstischer Nebel auf. Es sieht aus, als ob der Boden in Stücke gerissen und auf die Welt geschleudert worden ist. Wie auf Knien rutschend, kommt von der Seite allmählich die Sonne durch das Gras und breitet sich über dem Land aus. Es riecht nach nassen Bäumen.

»Ich weiß, was du tun musst«, sagt sie zu mir, noch bevor ich ganz wach bin. »Ich weiß, was du sagen musst.«

Und ich schlafe wieder ein, und ich glaube, ich habe ihre Worte nur geträumt, so wie ich glaube, Janie Soto geträumt zu haben und das Brummen des kleinen Flugzeugs über mir. Ich bin dankbar für den Schlaf.

Dann ist es wirklich Morgen, nass und heiß. Ich habe einen trockenen Mund. Ich bleibe still liegen, leer und wund. Ich spüre die Sonne auf der linken Schulter, später auf der Brust. Ihre Kraft ist das Feuer, aber in der Mitte muss es kalt sein wie der Tod. Bitte, Gott, denke ich, mach, dass es nicht wahr ist, aber ich fühle meine Blutergüsse und sehe meine zerkratzten Arme. Zumindest mein Körper kann bezeugen, was wir getan haben.

Die Tautropfen in den Gräsern funkeln wie Edelsteine. Dunkelgraues Moos hängt über den Zweigen. Alles wirft einen ersten, frühen Schatten auf die Erde. Das Licht zeigt mir sein Gesicht, aber das ist nicht alles, was ich sehe. Ich stehe auf und sehe die Katze. Ach, was für ein armes Ding, wie sie da leblos im Gras auf der Seite liegt, Tau, Lehm und Regen auf dem glanzlosen Fell. Wie schwach und klein sie aussieht.

Ama kniet sich hin und nimmt den Panter wie ein Kind auf den Arm, hebt ihn hoch, als ob er gar nichts wiegt, damit der Himmel ihn sehen kann, wie eine Opfergabe, dann legt sie ihn wieder auf die Erde.

Er hat ein kaputtes Gebiss, Flöhe und Zecken verlassen noch immer den leblosen Körper. Ich kann seine Rippen sehen. »Er hatte Hunger«, sage ich. Das Fell am Hals ist ganz platt, fast nicht mehr vorhanden, wie abgewetzt.

Ama muss weinen, wenn sie ihn nur anschaut. Ich weiß, warum sie weint. Weil die Panter einmal schön und groß und stark waren. Aber diese Katze ist genau wie sie, die Frau, die alte Jungenschuhe trägt, weil sie arm ist und sich keine teureren leisten kann, und sie ist so wie ich, die ich mit aller Macht versuche, Herm aus dem Weg zu gehen, und nicht weiß, was für ein Leben mich erwartet, und sie ist auch so wie das verwüstete Land, und ich sehe in ihr, was aus uns dreien, die wir hier sind, geworden ist. Wir sind geschwächt und bedroht.

Das lange Gesicht des Panters ist zernarbt. Er hat Moos und Laub auf dem Rücken. Er ist groß, aber mager. Sehr mager. Von weitem hätten wir nie erkennen können, wie kränklich er war, aber Ama muss es gewusst haben. Erst aus der Nähe sieht man, was für ein elendes Geschöpf er ist. Das schmerzt Ama mehr als die Tatsache, dass er tot ist, weil der Tod für ihn vielleicht das Beste war, der Tod durch ihre Hand, durch die Hand der Frau, die ihn geliebt und verehrt hat, wie ich nun glaube. Sie sieht ihn nur an. Er hat einen großen dunklen Fleck auf der Flanke, eine fast halbkreisförmige kleine Stelle, wohl ein Fehler im Fell oder eine alte Wunde – wie von einer Berührung mit Feuer –, aber das Fell ist dunkler dort, fast schwarz. Es ist so ein trauriger Anblick, und doch sieht man noch die schöne Rundung seines Rückens und die großen, leblosen Pranken, deren Krallen bis vor einem Tag so gefährlich waren, aber nun harmlos wirken, verletzlich.

Und ich sehe den Hirsch. Es ist nicht der Hirsch mit dem gebrochenen Bein, und das stört mich, auch wenn ich nicht sagen kann, ob es daran liegt, dass der Verletzte nun weiter leiden muss oder dass die Katze trotz ihrer scheinbaren Schwäche einen vierbeinigen Hirsch erlegen konnte, der so gesund war, dass er eine Überlebenschance hatte, weil das vielleicht bedeuten würde, dass die Katze für sich selbst hätte sorgen können und doch nicht so krank und alt war, wie sie aussieht.

Daran, dass rings um den Hals der Katze das Fell ganz platt gedrückt ist, erkenne ich, dass Ama ihr den letzten Atem mit den eigenen Händen abgepresst haben muss, und daraus schließe ich, dass sie sich noch nicht einmal vor seinen zersplitterten, schmutzigen Krallen gefürchtet hat, und diese Tatsache treibt endgültig einen Keil zwischen uns und lässt mich an Ama zweifeln. Wie konnte sie nur so kaltblütig sein? Aber ich sehe auch, dass sie dem Panter, wie es sich gehört, in einem Schnurkreis ein Lager aus Blättern bereitet und ihn mit Tabak und Speisen versöhnt hat, während ich schlief. Die Katze war sehr arm, und Ama hat ihr ein Lager aus Blättern bereitet. Sie hat die alte Tradition beachtet, dass man die erjagte Katze, die Beute, gut behandelt und ihr den gebührenden Respekt entgegenbringt. Sie hat ihr sogar Pollen und Mais dargebracht, damit die Seele sich stärken konnte, bevor sie den Körper verließ. Trotzdem starre ich sie an, als ob sie mir vollkommen fremd ist. Ich habe sie nie wirklich gekannt. Das habe ich plötzlich im Gefühl und auch, dass ich sie nicht mag. Am liebsten würde ich fortlaufen, aber ich bin nun einmal da und stecke mit ihr in dieser Sache. Was würde es jetzt noch nützen, von diesem Ort davonzulaufen, wo der Boden nach dem Sturm noch nass ist und die Regentropfen wie Perlen in den niedergedrückten Gräsern hängen und wo Sisa, Pollen an Schnurrhaaren und Pfoten, tot zu unseren Füßen liegt.

Ich gehe zu einer Stelle, die mir günstig erscheint, und beginne, ein Loch in den Kalkstein zu kratzen, um an das Wasser zu kommen, das sich unter uns sammelt, um ins Meer zu fließen. Mit einem Stock gelingt es mir, und nachdem das Wasser in dem Loch gestiegen und klar geworden ist, schöpfe ich es in das Marmeladenglas, wie befreit, weil ich nicht mehr bei Ama und der Katze sein muss, und an der Luft, die mich umgibt, merke ich, dass eine Kaltfront aufzieht.

Als ich zu Ama zurückkehre, hat sie Blut an den Händen und auf der Bluse. Während ich fort war, hat sie den Kopf gehäutet, aber die Augen stecken noch im Schädel. Der Panter hat große Zähne. Das macht mir Angst, und ich denke, dass sie vielleicht wahnsinnig geworden ist; ich sehe sie an und versuche zu beurteilen, ob sie noch normal ist oder nicht. Als sie zu reden beginnt, nennt sie den Panter »sie«. Er wird schon steif. Ganz praktisch sagt sie: »Ich will sie nicht häuten, bis wir wieder zu Hause sind, aber es kann sein, dass ich es muss.« Und ich weiß nicht, warum.

Die Bäume sind dunkel und stumm, aber es ist, als ob der Boden spricht. Ich höre ein Summen, als ob er uns etwas sagen will. Vielleicht sind es die Stromkabel, die nicht an diesen Ort gehören. Vielleicht ist es die Erde, die um die Katze weint.

Nachdem wir die Katze eine Zeit lang nur angesehen haben, bekomme ich Mitleid mitAma, so niedergeschlagen sieht sie aus. Ich sage: »Hier, du muss etwas trinken.« Ich gebe ihr das Glas.

Sie trinkt einen Schluck, mehr nicht, und sprenkelt den Rest des Wassers auf die große Katze. Es ist ein Opfer für sie. Ich weiß, wie ausgetrocknet sie sein muss. Und wieder kreist das kleine Flugzeug über uns am Himmel, und es ärgert mich, wie laut es ist, denn unten auf der Erde ist es auch so schwer genug.

Ich sehe mich um, weil ich wissen will, wo wir sind. In der Nähe sind einige Kiefern. Ich weiß nicht, wie sie dort hingekommen sind. Da ist eine große Wasserschildkröte mit glänzendem Rücken. Wie mein Stiefvater Herm sagt, sollen sie gut schmecken, aber zäh sein. Das alles sehe ich, während Ama die Katze in den Sack steckt. Nachdem sie ihn sich über die Schulter geworfen hat, hält sie ihn mit beiden Händen fest und macht sich auf den Rückweg. Und obwohl ich so müde bin, trotte ich wieder hinter ihr her, und diesmal folge ich ihr nach Hause. Ich sehe, dass wir in der letzten Nacht teilweise im Kreis gegangen sein müssen, ohne dass ich etwas davon gemerkt habe. Wir sind nicht weit von ihrem Haus entfernt, jedenfalls nicht so weit, wie ich vermutet hätte, aber trotzdem muss sie die Katze über die Weidelichtungen und die Straße tragen.

Die Gedanken schwirren mir im Kopf herum. Was, wenn wir erwischt werden? Was, wenn uns jemand sieht? Schließlich weiß ich, dass das, was Ama tut, was wir getan haben, nicht recht ist, nicht nur, weil es gegen das Gesetz ist, sondern weil es einfach nicht recht sein kann.

»Wie kannst du die Katze bloß tragen?«, frage ich, und damit meine ich nicht das Gewicht, denn sie wiegt nun nicht mehr als ein Kind, und Ama antwortet: »Es ist ein Opfer. Alles hier. Das Ganze.«

Aber was ist das für ein Ganzes, das würde ich gern wissen. Ama hat einmal gesagt, dass wir Menschen nur eine Vision der Götter sind. Wir sind nur ein Lied, nur eine Geburt dieser einzigartigen Welt und auch nur ein Tod, von Sturmwinden zusammengeweht. Ich weiß nicht, warum es mir jetzt wieder einfällt, aber es ist so, und ich denke, dass an dieser ganzen Sache nichts Ganzes ist, nichts Heiles.

Als ob sie weiß, dass ich sie verurteilt habe, bleibt sie mit ihrer Last kurz stehen, schaut mich an und sagt: »Sieh dir die Geschichte an, und dann sagst du mir, dass es grausam ist, dass es der Tod ist. Sieh dir die Zeit an, und dann sagst du es mir, denn es ist wahr, was die Überlieferungen erzählen, darum und nur darum dreht sich die Welt.« Und ich weiß, sie meint das Töten und Getötetwerden. Ich habe sie noch nie so beredsam erlebt. Ich verstehe es noch nicht ganz, aber was sie sagt, ist wahr. Gleichzeitig weiß ich aber auch, dass alles verraten wurde. Und dass jetzt alles anders ist. Alles auf der Welt ist anders und verraten. Nur ein Tag war genug, nur eine Tat, und nichts wird je wieder so sein, wie es war.

Ich sehe zum Himmel hoch. Nichts deutet mehr auf den Sturm hin, kein Anzeichen von Regen, keine einzige Wolke. Die Straße ist trocken, die weiße Straße mit ihren Fossilien und den Resten aus alter Zeit liegt bleich und flach im Sonnenschein. Durch Amas Stiefel hindurch verbrennt sie mir die Füße, und wieder fliegt ein kleines Flugzeug über uns hinweg, sehr laut, sehr nah; gewiss überprüfen sie die Sturmschäden.

»Du musst es erzählen«, sagt sie, als wir weitergehen. »Sie werden dich danach fragen, und du musst es ihnen erzählen.«

Ich kann sie kaum hören, so laut ist das Flugzeug. Dann landet es irgendwo hinter uns. Aber bei ihren Worten wird mir klar, dass der Bann, unter dem wir gestanden haben, zu Ende ist. Es ist aus und vorbei, verschnürt und verknotet, wie der Strick um den Sack. Fest verschlossen. So heißt es doch vom Schicksal, dass es hermetisch versiegelt ist. Nun können wir beide nicht mehr zurück, und ich werde alles über Ama und die von Zecken zerbissene alte Katze erzählen müssen, dieses elende und bedrohte Tier. Die Polizei wird mich danach fragen. Nicht, weil sie es wissen will, sondern weil es Gesetz ist, weil man keine von ihnen töten darf.

Es ist vorbei, und in der Zeit gibt es keinen Weg zurück, man kann nicht einen Tag zurückgehen, zu dem Tag, an dem noch etwas hätte verhindert werden oder sich anders hätte entwickeln können. Ich versuche zu denken, aber in mir ist nur Leere. Der Sturm war nicht nur Wind und Regen, nicht nur ein Haus mit einem aufgerissenen Fensterladen und einer aus den Angeln gehobenen Tür. Nicht nur ein sterbendes Haus mit einem eingeschlagenen Fenster und hereingewehten Ästen und Blättern. Es war ein Anfang und ein Ende von etwas. Das fühle ich, auch wenn ich dafür noch keine Worte habe. Aber wenn ich welche hätte, würden sie aussehen wie die Geschichte, wie blumenbedeckte Länder und Menschen mit schönen Sitten, wie wir Taiga sie hatten, bevor die Geschichte alles zerstörte. Die Geschichte ist der Ort, wo die Spanier meinen Vorfahren die Hände abgeschnitten haben. Die Spanier, die über unsere Verzweiflung und unser Sterben lachten, und ich kann nichts dagegen machen, aber diese Geschichte erschreckt und ängstigt mich noch heute, sodass ich sie in meinen Träumen sehe, unter einem flaschengrünen Himmel. Doch ihnen zum Trotz bin ich irgendwie durchgekommen.

Ich sehe Ama an, die sich verändert hat. Sie kommt mir älter vor; sie ist dunkler in dieser anderen Welt. Und ich spüre, was sie gesagt hat, dass wir die Visionen der Götter sind. Vielleicht ist es gar nicht die gewöhnliche Welt, sondern eine andere, in die wir gekommen sind, die wir gefunden haben. Die Insekten und Frösche hinter uns sind verstummt. Nicht nur, weil es Morgen geworden ist, sondern weil sie es ebenfalls fühlen, das weiß ich, die ganze Erde fühlt es. Was immer geendet, was immer begonnen hat, es liegt fast greifbar in der Luft.

»Sisa«, so heißt die Katze auf Taiga. Das ist unser Name für sie. Es bedeutet gottähnlich, allmächtig. Die Katze ist das Tier, das vor uns kam und uns das Wort Oni gelehrt hat, das Wort für das Leben selbst, für Wind und Atem. Daran denke ich, während Ama die Katze trägt, als ob sie ohne Atem kein Gewicht mehr hat. Aber ihr Atem ist jetzt in uns. Ama war schon vorher stark – sie konnte sich mit den Armen aufs Dach ziehen, wenn sie ein Loch reparieren musste, sie konnte Wassereimer tragen –, doch so stark wie jetzt habe ich sie noch nie gekannt, von den Anstrengungen der langen Jagd ist ihr nichts anzumerken, als ob es für sie ganz natürlich ist.

Sie trägt die Katze den ganzen Weg zurück, teils auf dem Rücken, teils auf dem Arm, das große Tier in dem alten Jutesack, wie ein Baby, und sie geht, als ob sie nicht müde ist. Sie hält sich aufrecht, obwohl sie ein Bein leicht nachzieht; sie hat sich unterwegs am Knöchel oder am Fuß verletzt und hinterlässt eine blutige Spur. Es ist ihr Blut, nicht Sisas, die zu meiner Verwunderung nicht stark zu bluten scheint. Und das alles nach dem Zunageln der Fensterläden, dem Sturm, dem Wegräumen von Schutt und Trümmern. Wie lange mag es wohl her sein, dass sie zuletzt geschlafen hat? Vielleicht ist sie vor Schlafmangel wahnsinnig geworden. Das habe ich einmal gehört, dass man wahnsinnig wird, wenn man nicht schlafen kann.

Auf dem Rückweg kommen wir wieder an Willards braunem Wohnwagen und den verwüsteten Zitrusplantagen vorbei. In der Luft schnappen rote Libellen nach Moskitos. Willards magerer Schimmel steht neben dem umgerissenen Zaun. Obwohl Ama das Pferd nicht gehört, nimmt sie es mit, was ihr gar nicht ähnlich sieht. Aber sie hinkt, und sie braucht es für die Katze, und sie glaubt, dass Willard es verstehen wird. Sie entschuldigt sich bei dem Pferd, als sie ihm die Katze, die so dünn ist wie ein kranker Hund, aber länger, auf den Rücken hebt. Der Schimmel scheut unter der Last. Sie redet auf ihn ein. Er atmet schnell und keuchend, er hat Angst, aber er tut, was der Mensch will; er hat gelernt, alles zu tun, was die Menschen von ihm wollen. Rote Libellen schweben vorbei, und das Pferd kommt mit, obwohl es das gefährliche Tier auf seinem Rücken wittert, und wir gehen weiter. Wo einmal schwarze Blätter, violette Blumen und eine dunkle, sumpfige Ecke waren, ist jetzt nur noch eine grasige Lichtung.

Ich schweige. Ich helfe ihr nicht. Ich berühre die Katze nicht, nicht ein einziges Mal. Ich habe Angst davor. Nicht, weil ich glaube, dass sie wieder plötzlich lebendig wird. Sondern weil sie, obwohl sie tot ist, Macht über uns hat, Kontrolle. Es wird Strafe und Vergeltung geben, das weiß ich. Das sind Worte aus der Kirche meiner Mutter. Ich mag sie nicht, aber mir fallen keine anderen ein. Und ich weiß auch, dass in Amas Herzen nicht der leiseste Zweifel ist, dass dies die Erlösung ist. Es steht ihr ins Gesicht geschrieben, so ruhig und gefasst sieht sie aus.

Rings um Amas Haus liegen zerstörte Bäume, nur die kleineren, die überlebt haben, stehen noch so da, als ob nichts an ihnen gerüttelt hat. Im Haus ist alles, wie wir es verlassen haben. Der weiße Schildkrötenpanzer liegt auf dem Regal, und hinter der Wand hallt das Schilf vom Quaken der Frösche wider. Die Hühner picken außerhalb ihres Geheges zwischen den abgebrochenen Ästen herum, und eines hockt auf einem alten Stuhl, der auf der Veranda steht.

Im Haus sieht Ama mich an und sagt noch einmal: »Wenn sie kommen, musst du ihnen die Wahrheit sagen.« Ich soll den Leuten sagen, dass sie es tun musste. Ich stelle ihr keine Fragen. Ein Auto fährt vorbei. Das Bett ist gemacht und mit einem zerschlissenen Quilt bedeckt. »Die Wahrheit«, sagt sie. »Alles, nur eines nicht.« Und wieder muss ich ihr versprechen, dass ich niemandem erzählen werde, wie die Katze aussah, dass sie krank und halb verhungert war. »Versprich es mir jetzt«, sagt sie. »Versprich mir, dass du es nicht erzählst. Keinem Menschen.«

Herm, der Mann meiner Mutter, sagt, dass Versprechen nur dazu da sind, um gebrochen zu werden, aber der Meinung bin ich nicht, und deshalb denke ich lange und gründlich darüber nach. Ich sehe sie an und prüfe das Versprechen gut, bevor ich es ihr gebe. Ich muss genau abwägen, welchen Preis womöglich jemand anderer dafür wird zahlen müssen, aber mir fällt kein Grund ein, warum es für jemand anderen außer ihr von Bedeutung sein sollte, wobei ich sogar glaube, dass es ihr helfen würde, wenn ich es erzählen dürfte, aber schließlich sage ich: »Okay.« Und ich sehe ihr in die flussbraunen Augen, damit sie weiß, dass ich entschlossen bin, mein Wort zu halten. Obwohl ich es nicht will, frage ich mich, ob sie nicht vielleicht doch wahnsinnig ist, wie manche Leute meinen. Ich sehe sie nicht sehr lange an, damit sie mir diesen Gedanken nicht an den Augen ablesen kann. Ich drehe mich lieber zu dem Pferd um, dem weißen Pferd mit dem roten Fleck auf der Flanke, wo das Blut durch den Sack gesickert ist, das so angespannt dasteht, als ob es jeden Augenblick durchgehen will. Ich gehe zu ihm. Ich berühre es. Ich sage: »Pst. Alles ist gut. Es ist gut.« Und es kommt mir so vor, als ob die ganze Welt um uns zu atmen beginnt.

Dann gehe ich ins Haus. Ich kann mich nicht dagegen wehren, ich schlafe ein, obwohl über uns wieder das Flugzeug brummt.

Es ist Abend. Ich sitze auf der Veranda, den Blick auf das Haus gerichtet, als die Polizei kommt, mit eingeschaltetem Blaulicht. Mir fällt ein, dass einige Straßen geräumt worden sind. Zuerst schien mir das sterbende Haus den Sturm unversehrt überstanden zu haben, aber als die Polizei kommt, sehe ich, dass es zerstört ist, als ob ihm etwas zugestoßen ist, als wir fort waren. Es ist über und über mit Blättern und Ästen bedeckt, mit dunklen Dingen, die der Sturm herangetragen hat. Ich frage mich, ob ich es früher vor Verwirrung und Schock nicht richtig gesehen habe oder ob noch ein anderer Sturm losgebrochen ist, während wir durch die Sümpfe und Wälder gepirscht sind.

Ama wusste, dass sie kommen würden. Sie ist bereit. Es war von Anfang an eine ausgemachte Sache – oder soll ich es Schicksal nennen? Als sie kommen, wäscht sie sich in einer Schüssel das Gesicht. Es sind zwei Autos, in dem einen der Sheriff und der Deputy, in dem anderen ein Mann von der Naturschutzbehörde.

Tom Sheedy, der Sheriff, ruft etwas. »Mrs. Eaton«, sagt er und kommt auf sie zu. Ich habe noch nie gehört, dass jemand sie so nennt. Ich denke nie daran, dass sie einmal verheiratet war, wenn auch nicht lange. Aus irgendeinem Grund verändert sie sich dadurch für mich. Sie erscheint mir angepasster, als ob sie etwas an sich hat, was ich nicht kenne, eine ganz alltägliche Seite. Wieder sehe ich sie an, als ob sie eine Fremde ist, die kleinen Hände, das noch immer gefasste Gesicht, während sie sich die Hände abtrocknet und so tut, als ob sie den Sheriff nicht gehört hat. Ich sehe sie an, als ob ich sie noch nie gesehen habe, eine Frau, die ich nicht kenne.

Tom Sheedy sagt, er muss sie mitnehmen, um ihr einige Fragen zu stellen. Er, der so oft mit meinem Stiefvater Witze reißt, ist sehr ernst.

»Ich weiß, Tom. Ist schon in Ordnung«, sagt sie, fast als wolle sie ihn trösten, während sie sich das Gesicht abtrocknet.

Und die anderen Männer suchen auf dem Grundstück nach der Katze. Die Junikäfer fliegen in die Scheinwerfer der Polizeiautos, die mit brennendem Licht auf der Straße stehen.

»Hallo, Ma'am«, sagt Sheedy zu mir. Es hört sich herablassend an.

Jetzt spricht Jimmy Eights, der Deputy. »Miss Ama?« Mehr hat er nicht zu sagen, und es klingt wie eine Frage. Er kennt sie. Bei uns kennt jeder jeden. Ich weiß nicht, wie sie von der Tötung erfahren haben können. Und so schnell. Irgendjemand muss es ihnen gesagt haben. Jemand muss Ama gesehen haben, und mich auch. Jemand muss sie verständigt haben. Das heißt, dass wir beobachtet wurden. Vielleicht von Willard, der wütend war, dass Ama sein Pferd mitgenommen hat, den Schimmel, der jetzt an der Straße steht, rosa und blau leuchtend im kreisenden Licht der Polizeiwagen, das die Bäume peitscht und die Welt unnatürlich und unheimlich aussehen lässt. Ich sehe die Frösche im Scheinwerferlicht über die Straße hüpfen.

»Ihr könntet wenigstens das Licht ausmachen«, sage ich zu Jimmy. Er ist ein Halbblut. Ich kenne ihn seit Jahren. Er geht los und schaltet es aus.

Ama hat ihre wenigen Sachen bereits gepackt, Kleider und

Kamm sind in ein Stück roten Stoff eingeschlagen, als ob sie schon vorher wusste, dass sie fortgehen würde.

Nachdem sie alles nach der Katze abgesucht haben, sagt Tom Sheedy: »Was haben Sie damit gemacht, Mrs. Eaton?«

Sie schweigt.

Er blickt sich um. »Wo ist der Panter?«, fragt er sie. »Wo ist Ihr Gewehr?« Er ist sich ihres Verbrechens sicher. Ich frage mich, woher sie diese Gewissheit nehmen.

Als der Mann von der Naturschutzbehörde mit ihr spricht, ist ihr Gesicht ausdruckslos. Sie schweigt, müde, fast mürrisch.

Sie durchsuchen die Umgebung des Hauses noch einmal, doch sie finden nur den blutigen Sack und die Flinte, die Ama den drei Jungen abgenommen hat, und legen beides in den Wagen, und ich denke, es ist noch nicht mal das richtige Gewehr. Aber es ist etwas in dem Sack, etwas Kleines, vielleicht der Kopf der Katze oder ihre Eingeweide, vielleicht aber auch nur ein Handtuch oder eine kleine Decke. Die Katze ist es jedenfalls nicht. Das kann ich erkennen.

»Was haben Sie mit der Leiche und dem Fell gemacht?«, fragt Tom Sheedy.

Sie schweigt. Sie streicht mit den Händen über ihr schmutziges Kleid, streicht es sorgfältig glatt, als ob niemand auf sie wartet.

Er dreht sich zu mir um. »Du bist doch Herms Kleine, oder? Wo hat sie die Katze hingetan?«

»Das weiß ich nicht. Ich habe geschlafen.«

Und dann stellt er mir zu meiner Überraschung keine Frage mehr. Ich interessiere ihn gar nicht.

Ama kippt das Wasser aus der Schüssel auf die nasse Erde. Zum Aufbruch bereit, greift sie wie selbstverständlich nach dem roten Tuch, in dem ihre Sachen sind, und geht zum Wagen, als ob sie von vornherein gewusst hat, was passieren würde. Sie regt sich nicht auf. Ich beobachte sie genau. Ihr Gesicht verrät mir nichts, keine Überraschung, aber auch kein Bedauern und keine Schuld. Sie ist mit sich selbst im Reinen, auch als Jimmy Eights ihr in den Wagen hilft, sie ruht mehr in sich, als ich es je bei einem anderen Menschen gesehen habe, mehr noch als die Frauen in Mutters Kirche.

Ich sehe ihre viel zu großen, abgewetzten Schuhe und die schweren, zerkratzten Arme, als sie in den Polizeiwagen steigt.

Ich fühle, dass die Männer auch mich beobachten, als sie Ama zum Wagen bringen. Ich stehe nicht auf, und ich erwidere ihre Blicke nicht. Ich bleibe sitzen und sehe auf den Boden. Später werden sie mich holen, davon bin ich überzeugt, aber im Moment bin ich nur ein Mädchen für sie, das vielleicht eben erst gekommen ist oder bis vor kurzem noch geschlafen hat, wie ich es gesagt habe. Aber als sie mit ihnen wegfährt, denke ich schon an die Geschichte, die ich ihnen erzählen muss. Sie sieht nicht mehr zu mir zurück, nicht ein einziges Mal. Es ist, als ob sie mich nicht kennt. Als sie die Scheinwerfer einschalten, springen die Frösche immer noch über die Straße. Sie versuchen nicht, ihnen auszuweichen. Sie fahren mitten hindurch und überrollen sie, und ich wende mich ab und weine.

Als sie fort ist, bleibe ich im Dunkeln sitzen und lausche den Ochsenfröschen, dem Wasser und den Insekten, den Geräuschen ihres kleinen, sterbenden Hauses, das in einer Zeit gebaut wurde, als es noch keine Zäune gab. Als es Nacht wird, kommt es allmählich zur Ruhe. Ich sitze da und frage mich, woher sie wusste, dass die Polizei kommen würde. Sie muss es gewusst haben, denn sie hatte ihre Sachen schon gepackt, bevor wir uns auf die Jagd nach der Katze machten. Vielleicht hat es ihr der ferne Donner verraten. Ich sitze da und frage mich, warum sie die Katze und die Flinte nicht finden konnten. Ich selbst habe Angst, danach zu suchen. Womöglich sind sie noch da und beobachten mich aus dem Unterholz, und ich will sie nicht hinführen.

Also bleibe ich einfach sitzen.

Die Veranda, wenn man sie überhaupt noch so nennen kann, wird bald in sich zusammensinken. Ama hat das Blechdach ihres Hauses rot gestrichen, die Farbe von Ochsenblut, aber das meiste ist inzwischen längst abgeblättert. Das erinnert mich an sie, keine Tünche, kein übertriebener Aufwand, nur das Allernötigste, um nicht zusammenzufallen.

Das Haus versinkt wieder in der Erde, und Ama würde nichts dagegen tun. Das liegt in der Natur der Dinge, und ohnehin wird sie selbst nicht mehr lange da sein, wie sie einmal gesagt hat, als ob sie ans Fortgehen dachte. »Und wohin willst du?«, fragte ich sie, aber sie zuckte nur mit den Schultern, und ich dachte, es wäre ein Witz, weil ich sie mir nirgendwo anders vorstellen konnte, nur hier. Jetzt glaube ich, dass sie schon immer Bescheid gewusst hat über die Jagd und die Verhaftung, als ob es ihr eigener Plan war.

Von der Veranda aus sehe ich, dass die Kletterpflanzen wieder an der Seitenwand emporwachsen, nicht die Winde, sondern die hartnäckige Kapoubohne, eine exotische Art, die nicht hierher gehört, aber alles überwuchert. Sie wächst so schnell, dass man ihr dabei zusehen kann, eine Handbreit am Tag, manchmal mehr.

Nach einer Stunde, vielleicht sind es auch zwei, gehe ich hinter das Haus und suche nach dem Gewehr. Mit der Taschenlampe leuchte ich im Dunkeln nach der Katze, nach der Flinte, weil ich wissen will, wo Ama sie versteckt hat.

An einer Stelle ist die Erde aufgewühlt, und ich glaube, sie hat sie hier vergraben, aber es sieht auch so aus, als ob noch jemand darin gescharrt hat, denn der Boden ist etwas gelockert. Ich beginne zu graben. Über mir hängt noch mein Kleid im Baum, wie eine Frau, wie an Fäden. Während ich grabe und den Lehm rieche, zwinge ich mich dazu, die Katze nicht so zu sehen, wie sie war, die Augen voller Leben, das wie Wasser aus einem Glas vergossen wurde. Ich finde nichts in der nassen Erde. Bevor die Taschenlampe ausgeht, sehe ich mich noch nach Spuren um. Ich glaube, einen frischen Fußabdruck zu erkennen, anscheinend den einer Frau, größer als Amas, aber trotzdem klein und irgendwie plump. Entweder stammt der Abdruck vom Deputy, oder es muss noch jemand anderer da gewesen sein. Der mich beobachtet. Vielleicht waren es auch die Jungen, die sich ihre Flinte zurückholen wollten. Es läuft mir eiskalt den Rücken hinunter. Ich sehe keine Spur von der Flinte oder dem Fell, nur den Fußabdruck.

Am nächsten Morgen gehe ich die Straße hinunter bis zur Telefonzelle an der Tankstelle, um meine Schwester anzurufen, damit sie mich abholt, nun, da die Straßen geräumt sind.

Die Angestellte, eine Frau aus Mutters Kirche, die einen roten Pullover und eine Brille trägt, leiht mir einen Vierteldollar, und während sie mir beim Telefonieren zusieht, wird mir bewusst, wie ich aussehe, das Kleid zu groß, Arme und Beine zerkratzt, die Stiefel verdreckt, das Gesicht geschwollen. Sie denkt, ich habe mich bei dem Sturm verletzt. »Alles in Ordnung mit dir?«, fragt sie. »Es ist ziemlich viel verwüstet worden.«

»Ja, ich will mich nur abholen lassen.«

»Also, die Telefonleitungen funktionieren wieder. Da hast du Glück gehabt. Bei uns ist fast alles heil geblieben.«

Meine Stimme ist ruhig, und meine Schwester Donna sagt: »Wer ist das? Sis? Bist du das?« Sie erkennt mich genauso wenig, wie ich Ama erkannt habe. Dann dreht sie sich vom Telefon weg, legt die Hand auf den Hörer und ruft Mama zu, dass mir nichts passiert ist.

»Kannst du mich abholen?«

»Es wird ein Weilchen dauern. Ich warte darauf, dass Dave den Wagen zurückbringt.« Dave ist ihr Freund. Er ist groß und hat früher für die Blues gespielt, ein halbprofessionelles Baseball-Team.

In dem Laden, der nach Motoröl riecht, sehe ich die Süßigkeiten, die Limonade und die Chips mit ihren bunten Verpackungen. Sie kommen mir unwirklich vor.

»Das Geld bekommen Sie zurück«, sage ich zu der Frau.

Auf dem Rückweg merke ich, dass mir Willards Pferd gefolgt ist. Ich erschrecke, als ich es auf der Straße stehen sehe. Es folgt mir mit laut klappernden Hufen. So gehen wir zurück, das Pferd und ich.

Ich fange an, das tote spanische Pferd zu begraben, das vor Amas Haus liegt und noch immer mit Schlamm bedeckt ist. Ich überlege mir, dass ich unter und neben ihm graben muss, damit es hineinrollen kann. Ich plane die Grube so, dass das Pferd von selbst hineinstürzt, und während ich grabe, fange ich an zu weinen. Mit der Schaufel suche ich nach einer Stelle, wo der Boden nachgibt. Er ist nass und lehmig, und obwohl mir alles wehtut, grabe ich immer weiter, und Willards Pferd, das neben mir steht, sieht zu, wie ich die Erde aufwühle, und hört das Scharren der Schaufel. Als ich auf Stein stoße, muss ich daneben weitergraben. Ich habe Angst, dass das Pferd in das Wasser unter dem Kalkstein fällt und von einem unterirdischen Fluss ins Meer getragen wird, um irgendwo, in seine einzelnen Knochen zerlegt, an Land gespült zu werden.

ABSTIEG

Meine Mutter hat immer gesagt: »Willst du ein Loch bis nach China graben?« Und ich glaube fast, sie hatte Recht. Bei dem kleinsten Fleckchen Erde fing ich an zu graben. Ich hatte den Wunsch, dieser Welt zu entfliehen. Ich machte mir vor, dass ich mir einen Tunnel aus einem Gefängnis grub oder mich zu einem unterirdischen Fluss vorarbeitete, der mich davontragen würde. Ich dachte, es würde sich mir ein Fluchtweg öffnen, der Eingang zu einer anderen Welt, in die ich frei und allein hinübergehen würde.

Manchmal sehe ich, wie es vor dieser Welt war, zur Zeit der ersten Menschen. Nicht nur vor den ersten Häusern, den Bodenaufschüttungen, den Trockenlegungen. Sondern lange vorher, als wir noch keine Kanus und Fackeln hatten und wie erdgebundene Sterne durch die nasse Nacht zogen, langsam und wie verzaubert auf unserer menschlichen Bahn, unseres Weges gewiss, war er doch, wie Ama sagte, schon immer unser Weg gewesen. Ich sehe diesen Ort des Anfangs, als die Welt ein Meer war. Sogar der Himmel war Wasser. Das Land war noch nicht erschaffen. Dann wehte ein Lufthauch hindurch, ein lebendiger Wind, der etwas suchte, dem er sein Leben einhauchen konnte, doch er vermochte bloß, das Wasser zu Wellen und Fluten zu rühren, und das Wasser stand nicht auf, obwohl es sprechen konnte.

Es gab noch keine Ameisen, die die Flut überlebten, indem

sie sich aus aneinander geklebten Stöckchen schwimmende Flöße bauten. Am Anfang gab es nicht einmal einen Stein. Es muss so gewesen sein, dass ein träumender Gott, ein Erzeuger, im Traum etwas Festes, Verwurzeltes ersann. Dann stieg die erste Insel wie Kalkstein vom Meeresboden herauf, so wie jetzt, in dieser Zeit, und sie begann zu atmen. Bald schoben sich die zusammengerollten Wedel grüner Farne aus dem Boden und öffneten sich. Die Frösche kamen aus dem Schlamm, und die Insel im Meer atmete. Und in allem atmete der Wind. Das war zu einer Zeit, bevor der Himmel auch nur erdacht war. Vielleicht war es das Zeitalter der ersten Bäume, hoher Zypressen oder der Mangroven, die heute das Land bilden.

In dieser Wasser- und Nebelwelt, die nur eine Farbe hatte und nur den Hauch des Lebens, brach der Schlangenhalsvogel mit den großen, schweren Flügeln durch die wässerige Himmelswelt, mit dem Schnabel stieß er hindurch, wie durch eine Eierschale. Der Sonnenvogel, wie sie ihn nennen, breitete im Licht seine Flügel aus, welche die Sonne herabriefen, wie Ama sagte. Und von dieser Welt aus muss der erste Anblick der Sonne ebenso schön wie blendend gewesen sein. Und während der große Vogel ruhte, kam der Panter durch die zerbrochene Schale, das Schöpfungsloch, mit goldenen Augen, voll von heimlichem Stolz und ruhiger Geschmeidigkeit, und sein Gang war so, als wäre jede Zelle seines kraftvollen Körpers wachgeatmet und gesund. Sisa, Göttin der Götter, kam mit Anmut und Sonnenschein und Schönheit in diese Welt, die vom Wind, von der Leben gebenden Luft, erfüllt war. Und alles darin begann zu atmen und sich zu regen.

Früher haben die Leute geglaubt, was aus dem Boden steigt oder vom Himmel fällt, öffnet die Augen und lebt, wie die ersten aufrecht Gehenden, wie Bäume und Vögel. Nun scheint es, als sei die ganze Welt gefallen. Nicht so, wie das Licht auf die Baumstämme fällt, nicht wie der Schatten, den die Sonne wirft, und nicht einmal wie die ersten Anfänge des Lebens, tief unten im Gestrüpp von Wurzeln und Samen. Diese vergiftete, zerschnittene Welt ist am Ende. Sie ist heruntergekommen. Ungeliebt, entehrt, zerrissen. Es ist eine gefallene und verratene Welt.

Manche sagen, auch wir sind am Ende. Wir sind Taiga-Indianer, die niemand kennt. Wir sind ein kleiner Stamm, wir sind Sumpfbewohner. Früher lebten nördlich von uns die Tocobaga. Im Westen die Calusa. Im Osten die Tequesta mit ihrer Maiskornkeramik. Die meisten anderen Stämme, die Seminolen und Mikosukkes, erinnern sich nicht mehr an uns, aber die alten Leute sagen, dass wir wie sie mit dem Panter verwandt sind, mit Sisa, einem der ersten Menschen hier. Und auch ich bin mit dem Panter verwandt. Weil ich zum Panterclan gehöre, bin ich so etwas wie Sisas Enkelin oder Nichte. Genau wie Janie Soto und Annie Hide, die Cousine meiner Mutter, stamme ich mütterlicherseits vom Panterclan ab. Das ist meine Herkunft. Wir sind Sisas Nachkommen, wir alle. Wir, meine Familie, mein Clan und ich, machen ein Drittel aller Taiga-Indianer aus, die es auf dieser Welt noch gibt. Ich denke nicht gern darüber nach, weil ich es kaum ertrage, aber manchmal liegt mir dieses Wissen schwer auf der Seele.

Als Donna kommt, grabe ich immer noch. Das blaue Auto ihres Freundes ist übel zugerichtet, das Dach von einem Ast verbeult, die Motorhaube von Hagelkörnern zerhämmert. Ich lehne die Schaufel an die Treppe.

Donna steigt wie eine Königin aus und kommt auf mich zu. Die gelockten Haare umspielen sanft ihr Gesicht. Sie sieht hübsch aus unter der Schminke. Sie sagt erst einmal nichts, und auch ich schweige, während sie wieder zum Wagen geht und mir die Tür aufhält. »Komm«, sagt sie. »Aber zieh dir die schlammigen Stiefel aus.«

Ich trage immer noch Amas Stiefel, an denen Erde klebt, und mir wird klar, dass ich in den Stiefeln geschlafen haben muss. Ich ziehe sie aus und stelle sie neben die Tür. Dann hole ich schnell meine Schuhe aus dem Haus.

Als ich eingestiegen bin, schweigt sie eine Weile, aber dann sagt sie auf einmal: »Auf dem Rückweg haben wir Janie Soto gesehen. Am Tag nach dem Hurrikan. Kurz bevor die Straßen geräumt wurden.« Die ersten Worte aus ihrem Mund. »Wir wollten dich suchen. Sie hinkte die Straße hinunter. Ich glaube, sie hat zu Mom gesagt, dass sie telefonieren war, aber sie hat es nicht auf Englisch gesagt.«

Soto wohnt oberhalb vom Kili-Sumpf, wo die anderen leben, fast nur alte Leute. Soto, die Frau, die nie in die Stadt geht und sich von der Welt, die jenseits der unsichtbaren Grenze des Indianerlandes liegt, lieber fernhält. Eine Frau, die Ama überreden wollte, auch nach Kili zu ziehen. Die Frau ist zu allem fähig, sagt meine Mutter, wenn sie uns dadurch zurückholen kann.

Ich würde von Donna gern mehr über sie wissen, weil es mich nervös macht, dass Soto, die Frau, die für alles verantwortlich ist, was mit dem Panter zu tun hat, Ama und mir so nah war. Ich frage mich, ob sie etwas weiß.

»Sie hat telefoniert. Glaube ich zumindest.« Donna lacht verkrampft. »Wir haben uns gewundert. Die ganze Strecke zu Fuß, und das mit ihrem Holzbein. Sie konnte kaum noch gehen, so müde war sie, auch vom Schleppen. In der einen Hand einen großen Sack, in der anderen ihren Stock. Wir haben sie ein Stück mitgenommen.«

»Was wolltet ihr hier?«, frage ich.

»Wir haben dich gesucht.« Zögernd berührt sie meine

Hand, und ich überlege, wo wir waren, als sie zum Haus kamen. Ich glaube, ich muss todmüde im Bett gewesen sein, aber wo war Ama? Ich habe nicht einmal ein Klopfen an der schiefen Tür gehört.

»Sie hat sich nach hinten gesetzt und kein Wort mehr mit uns gesprochen.«

So nah bei der Stadt ist Janie Soto sonst nie. Das sieht ihr gar nicht ähnlich. Sie meidet die Leute aus der Stadt. So wie alle Leute aus dem Sumpf.

Janie Soto, die alte Frau, ist das Oberhaupt des Panterclans, und sie hat ein Holzbein, das aus einem Baum geschnitzt ist und früher geblüht hat. Als sie es noch nicht lange trug, soll es tatsächlich ausgeschlagen und geblüht haben. Grüne Blätter sprossen daraus hervor. So ging sie herum, und der Baum glaubte, er lebe noch. Wenn ich an sie denke, sehe ich jedes Mal das Holzbein vor mir, aus dem Blätter sprießen und das immer neue Blätter- und Blütenknospen hervorbringt, während sie geht. Meine Mutter hat gesagt, im Vierten Buch Mose in der Bibel steht, dass Aaron einen Stab hatte, der Blüten trug, und dass Gott ihn deshalb zum ersten Priester Israels gemacht hat. Janie Soto ist selbst wie ein Baum, ihre Kleider sind immer dunkelgrün und braun. Und sie trägt die roten Perlen, ich glaube, es sind Korallen, die nicht von hier sind. Unser Stamm hat sie vor langer Zeit bei einem anderen eingetauscht, bevor die Spanier kamen.

»Wir haben dich überall gesucht. Mama hatte furchtbare Angst«, sagt Donna, um mir zu zeigen, dass sie mich liebt, auch wenn sie sich wegen meiner Unbesonnenheit auf Mutters Seite schlägt. »Mama dachte, du wärst bei dem Sturm umgekommen. Wir sind so weit gefahren wie möglich, vier Mal, aber am Anfang lagen noch überall Bäume auf der Straße. Als wir es schließlich geschafft hatten, war das Haus leer. Und später dachten wir, es wäre zwischendurch jemand da gewesen, aber wir konnten dich nicht finden. Da hat Mama dann die Polizei gerufen.«

Ich sehe sie an, während ich mir den letzten Satz noch einmal wiederholen lasse. Nicht, weil in der Ferne Kettensägen kreischen, sondern weil ich, noch bevor sie ausgesprochen hat, an ihrer Stimme merke, dass sie und Mutter über den Panter, mich und Ama Bescheid wissen. Es schwingt etwas in ihrem Ton mit. Misstrauen oder Zweifel. Ich gehe davon aus, dass ihnen die Polizei gesagt hat, wo sie mich finden können, auch wenn sie mich sowieso nirgendwo anders vermutet hätten. Und ich nehme an, dass Janie Soto ebenfalls Bescheid weiß und deshalb auf der Straße zu Amas Haus unterwegs war. Ich glaube fast, dass Janie Soto das Wissen darum, was dem Panter zugestoßen ist, im Blut hatte, so eng sind sie miteinander verbunden.

Dann schweigt sie. Sie braucht nichts zu sagen. Ich weiß, was sie denkt. Es ist, als wäre der Wagen voll von ihren Gedanken. Ich kann sie fast hören. Sie fragt sich, wie ich so etwas tun konnte. Sie fragt sich, warum. Ab und zu sieht sie mich mit einem kläglichen Lächeln an. Sie fingert an ihrer Halskette, an der sie ein goldenes Herz trägt. Sie weiß, was Ama und ich getan haben, auch wenn sie es mir nicht ins Gesicht sagt, aber sie sieht mich mit anderen Augen an als früher, und so wird es immer bleiben, bis an unser Lebensende. Das weiß ich.

An meinem Hals pocht eine Ader. »Was haben sie gesagt? Hat Janie Soto gesagt, was sie hier wollte?« Mehr sage ich nicht. Ich denke mir nämlich, dass sie einen guten Grund gehabt haben muss, sich so nah an den Stadtrand zu wagen. Aber vielleicht ist bei dem Sturm bloß jemand verletzt worden.

»Nein. Sie war nicht sehr gesprächig, aber sie hatte eine Feder bei sich. Eine weiße Feder.«

»Was für eine Feder?« Dabei weiß ich, dass Donna keine Federn bestimmen kann.

»Vielleicht von einem Schwan.« Sie fährt um eine Kurve. »Und dann hatte sie diesen Beutel. Der Beutel kam mir ein bisschen schwer vor. Sie hat kein Wort gesagt, und als wir sie gefragt haben, ob sie dich gesehen hat, hat sie bloß gelächelt. Falls man es so nennen kann. Mama dachte, sie hätte uns vielleicht nicht verstanden, deshalb hat sie versucht, Taiga mit ihr zu sprechen, und ihr viele Fragen gestellt, während wir sie rauf nach Kili gefahren haben, aber Janie saß bloß stumm da, den Beutel auf dem Schoß und die Feder in der Hand. Beim Ein- und Aussteigen hatte sie Schwierigkeiten mit ihrem Bein. Ganz rauf bis Kili haben wir es nicht geschafft, weil überall Bäume auf der Straße lagen. Es fallen nämlich immer noch Bäume um. Kaum ist eine Straße geräumt, wird sie schon wieder durch einen umgekippten Baum blockiert. Wir haben sie abgesetzt, und sie musste das letzte Stück zu Fuß gehen. Ich habe ihr angeboten, ihr zu helfen oder ihr den Beutel zu tragen, aber das wollte sie nicht.«

Ich bekomme kaum ein Wort von dem mit, was Donna sagt, und auch von den vorbeifahrenden Autos höre ich nicht viel. Ich sehe zu, wie die Welt an uns vorüberzieht, die verwüstete, vom Wind zerzauste Welt. Ich denke daran, wie Ama und ich durch die Beinahe-Wildnis gepirscht sind. Was wir getan haben, kommt mir jetzt wie ein Traum vor, wie etwas, was hier niemals geschehen könnte, so dicht bei den rot gedeckten Häusern und den Einkaufszentren, die man einfach auf die Erde gepflanzt hat. Dabei sind wir gar nicht so weit von Amas Haus entfernt. Ich könnte fast vergessen, dass ich das Pferd noch begraben muss und dass Methusalem, der sich jahrhundertelang an das Leben geklammert hat, umgestürzt ist.

Dann sagt Donna: »Was meinst du, was sie so nah bei der Stadt gesucht hat?« Sie verstellt den Spiegel, als ob Janie Soto hinter uns auf der Straße zu sehen ist.

»Vielleicht ist jemand verletzt worden.«

Aber wenn ich es genau bedenke, weiß ich, dass das nicht der Grund sein kann. Wann haben die Leute aus dem Kili-Sumpf je fremde Hilfe gebraucht? Ich stelle mir vor, wie die alte Janie über Äste, tote Vögel und an Land geworfene Fische stieg.

Donna macht die Scheinwerfer an, obwohl es noch nicht Abend ist. Aber es fühlt sich fast so an. Es ist, als müsse sie versuchen, ein Dunkel zu durchdringen. Auf der kurzen Strecke nach Hause sehe ich, was aus der Welt geworden ist. Alles liegt in Trümmern. Die Straßenschilder sind verbogen, die Bäume umgestürzt. Von einem Haus ist nur noch eine spritzende Wasserleitung übrig. Zäune sind niedergemäht, Balkone abgerissen, Autos zu Wracks verbogen. Über dem Zuckerrohrfeld hängt eine Rauch- oder Nebelwolke, und die Häuser der Arbeiter, die sowieso nicht sehr stabil gebaut waren, sehen nach dem Sturm wie ein einziger Schutthaufen aus. Die Sonne bringt die Verzweiflung der verwüsteten Welt, des nackt glänzenden, entblößten Kalksteins, des Wassers und der zerstörten Obstbäume an den Tag. Männer, die emsig wie Ameisen an der Beseitigung der Schäden arbeiten, halten kurz inne, um sich mit einem Lappen die Stirn abzuwischen oder eine Zigarette zu rauchen. Schwitzend mühen sie sich in Jeans und weißen T-Shirts, obwohl man meinen möchte, alle Arbeit sei zum Erliegen gekommen.

In der schwülen Hitze fliegt ein Reiher vorbei, die Flügel nach hinten gebogen, den Hals abgeknickt. Ich sehe ihm nach, wie er gespannt in der Luft hängt, die Beine weit ausgestreckt.

Wir kommen durch die Gegend, die gerodet und trockengelegt wurde. Bis zu Amas Haus sind es nur wenige Kilometer, die ich in kürzester Zeit laufen könnte, aber es ist eine völlig andere Welt. Das Indianerland ist noch feucht und fruchtbar.

Das übrige Land ist reines Gift, wie die Plage in Mutters Bibel, die in die Häuser drang, um das Leben der Erstgeborenen zu fordern.

In der Straße, wo meine Mutter wohnt, hat sich die grüne Reihe alter Bäume hinter den Häusern gelichtet. Als wir in die Einfahrt einbiegen, sehe ich, dass Mutter und Herm den Tornadokeller auslüften, und ich muss lächeln, trotz des Sturms. Es war Herms Idee, in dieser regenreichen Gegend einen Keller zu bauen, was wegen des feuchten, immer wieder überschwemmten Untergrundes eigentlich unmöglich ist. Er hat ihn selbst ausgeschachtet und die Wände betoniert. Die anderen benutzen ihn, weil Herm sie dazu drängt, er erinnert sich an die Wirbelstürme und Tornados in Oklahoma und ist überzeugt, dass sie dort sicherer sind. Aber er muss ihn manchmal leer pumpen. Und immer wieder dringen Baumwurzeln ein. Trotzdem ist es das Einzige, was mir an ihm gefällt, dass er wenigstens hin und wieder um Mutters Sicherheit besorgt ist, so unsinnig der Keller auch sein mag.

»Gott sei Dank«, sagt meine Mutter und nimmt mich in den Arm, als ich hereinkomme. »Wir haben dich überall gesucht.«

Hinter der Tür liegen eine Zeitung und ein Handtuch, damit wir nicht im ganzen Haus Fußspuren hinterlassen. Sie hat sich nie an den Schmutz, Schlamm und Lehm in dieser Gegend gewöhnt, obwohl sie nie woanders gelebt hat. »Zieh die Schuhe aus. Sonst trägst du mir noch den Dreck ins Haus.« Das sind ihre nächsten Worte, auch wenn sie Angst um mich hatte. Reinlichkeit ist gottgefällig, sagt Mutter immer. Sie ist eine gottgefällige Frau, und ihr Haus ist blitzsauber, blank wie eine Messerklinge.

Die Welt hat mich so schnell wieder, dass mir schwindelig wird. Im Haus meiner Mutter läuft die Waschmaschine. Die Lampen brennen, obwohl es draußen hell ist, als ob etwas Dunkles über uns hereingebrochen ist, das wir nicht sehen können, obwohl alle wissen, dass es da ist. Die gleiche Dunkelheit, die Donna dazu gebracht hat, am helllichten Tag die Scheinwerfer anzumachen.

Ich setze mich aus Gewohnheit in die Küche meiner Mutter, blicke auf die grauen Linoleumfliesen und sage kein Wort. Aber die Luft ist schwer von Unausgesprochenem. Hinter dem Küchenfenster ist Verwüstung, Verzweiflung, nackte, entblößte Zerstörung. Die Obstbäume sind ruiniert, die Orangen liegen auf dem Boden, aber das Haus selbst scheint unversehrt geblieben zu sein, nicht wie andere, mit eingedrückten oder herausgerissenen Wänden, deren Dächer der »Leibhaftige« geholt hat, wie meine Mutter sagt.

»Ich war krank vor Sorge um dich«, sagte sie. Nun, da ich in Sicherheit bin, kann sie ihren Ärger herauslassen.

Ich sage nichts. Ich nicke bloß leise mit dem Kopf, aber das hat eigentlich nicht viel mit Mutter zu tun, sondern damit, dass ich mich in dem Haus umblicke, in dem ich schon immer gewohnt habe. Nichts darin kommt mir vertraut vor, weder der Fernsehapparat noch der helle Couchtisch noch die Schulfotos von Donna und mir. Ich kann mich kaum auf das konzentrieren, was sie sagt, weil für mich alles neu aussieht, wie noch nie zuvor gesehen.

Ich blicke mich im Haus meiner Mutter um, und nichts darin ist mir vertraut. Als ob ich nie hier gewohnt habe. Ich sehe die Welt, aus der es gekommen ist. Ich sehe die Wände des gefallenen Waldes, den Boden aus Lehm, der sich mit der Zeit auflöst.

»Der Sheriff hat mir erzählt, was passiert ist«, sagt Mutter fast freundlich. Sie mustert mich, und mir wird klar, wie ich aussehe. Ich bin schmutzig und verwahrlost, und ich trage Amas Sachen, weil mein Kleid immer noch im Baum hängt. Meine Arme sind zerkratzt, die abgebrochenen Fingernägel starren von schwarzem Dreck. Und so etwas in ihrer sauberen kleinen Küche. Aber gleichzeitig denke ich auch an Janie Soto, die sich mit nur einem gesunden Bein über Bäume, Äste und Schutt bis zum Tankstellentelefon durchgekämpft hat. Und ich denke an das spanische Pferd und überlege, wie und wann ich es begraben soll, und dass ich wieder zurück muss, um Amas Ziegen und Hühner zu versorgen.

»Warum?«, fragt meine Mutter.

Sie will wissen, warum ich es getan habe.

Dieses Haus kommt mir einsam und traurig vor. Ich sehe Mutter an und versuche, ihr zuzuhören. Was sie mir sagt, was ich schon weiß. »Es ist verboten, es gibt ein Gesetz dagegen.«

»Ich weiß.«

»Dir steht das Wasser bis zum Hals.« Ihre Stimme wird schrill. »Weißt du das? Weil ihr den Panter getötet habt.«

Ich nicke.

»Es war doch nicht deine Idee, oder? Es war ihre. Es muss Amas Idee gewesen sein. Kein Mensch würde dir so etwas zutrauen. Aus dem ganzen Land kommen sie angereist, um die Geschichte zu untersuchen und darüber zu schreiben. Elf Mal waren sie schon hier und haben nach dir gefragt. Sie wissen, dass du dabei warst.«

Ich frage nicht, woher sie es wissen.

»Der Panter ist doch eine bedrohte Tierart.«

Ich nicke.

»Du wusstest es also. Das dachte ich mir.«

Es sind sogar Leute da gewesen, die ihr sagen wollten, was für ein böser Mensch ich bin. Es steht alles in der Zeitung, riesig aufgebauscht, mit Fotos. Mein Bild haben sie sich unrechtmäßig in der Highschool verschafft, Amas wurde nach ihrer Verhaftung gemacht, als sie ins Gefängnis eingeliefert wurde.

»Ich verstehe nicht, dass sie dein Bild in die Zeitung bringen durften. Du bist noch so jung. Ist das nicht verboten?«, fragt meine Mutter. »Das dürfen sie doch nicht, oder? Ich dachte, das wäre nicht erlaubt.« Sie ist so nervös, dass sie immer weiterredet.

Ich sitze in der Küche meiner Mutter und blicke zu Boden.

»Ich kann nicht glauben, dass du das getan hast«, sagt Mutter. »Du hast so ein weiches Herz. Du regst dich doch schon darüber auf, wie Herm angelt.«

Das ist wahr. Ich rege mich auf, weil er die Fische auf eine Schnur aufzieht und so lange am Leben hält, bis sie in der Spüle liegen. Für mich ist das Tierquälerei.

Sie sagt: »Genauso gut könntest du jetzt mit deinem Boot auf dem Grund eines Kanals oder Sees liegen. Und der Fluss ist so reißend, dass er dich Gott weiß wohin hätte abtreiben können.«

Und Herm, mein Stiefvater, sagt: »Diesmal hast du dir echt was geleistet. Du kommst in die Zeitung, und es war schon ein Reporter hier, der mit dir reden wollte.«

Er sagt nicht, wie sonst üblich: »Ich müsste dir eine runterhauen.«

Meine Mutter: »Das hätten sie nicht machen dürfen.«

»Das ist ein Verbrechen«, sagt er.

Dann sagt Mutter zu mir: »Du konntest nichts dafür. Aber du solltest auf deinen Vater hören.«

»Er ist nicht mein Vater«, sage ich. Es klingt wütender, als ich mich fühle.

Jetzt sagt er es doch: »Ich müsste dir eine runterhauen. Euretwegen habe ich auf neue Schuhe verzichtet. Wegen euch Mädchen habe ich meine alten Schuhe zusammengeleimt. Und dafür ziehst du uns in den Dreck.«

»Ama hat einen schlechten Einfluss«, sagt meine Mutter, als ob damit alles erklärt wäre.

Ich kann es ihr nicht sagen – sie würde es nie verstehen –, dass es eine alte Geschichte gewesen sein muss, der wir folgten, dass wir wie unter einem Bann standen. Das, dem ich gefolgt bin, war nicht Ama, und das, dem Ama gefolgt ist, war auch nicht sie. Ama wollte nichts, aber etwas wollte Ama. Sonst hätte Ama es nie getan, und ich auch nicht. Es war noch nicht einmal damit getan zu sagen, dass wir dem Panter den Gnadentod gegeben hätten, obwohl das Grund genug gewesen wäre, so wie er aussah. Normalerweise glaube ich nicht an solchen Unsinn wie Geschichten oder dass irgendwelche Kräfte sich eines Menschen bemächtigen, aber wahrheitsgetreuer und vernünftiger kann ich es nicht ausdrücken. Ama wurde gelenkt. Draußen beginnt es wieder zu regnen, der Regen rinnt über dieses kleine quadratische Haus hinweg und beginnt mit dem langen, langsamen Prozess seiner Auflösung, seines Verrottens. Darüber freue ich mich.

Ohne ein weiteres Wort zu sagen, stehe ich auf und lasse mir ein Bad ein, und dabei merke ich erst, wie zerschlagen ich bin. Ich habe Muskelkater. In meinen Augen brennen Müdigkeit und unvergossene Tränen. Ich hole meinen Bademantel vom Haken an meiner Zimmertür, schließe hinter mir ab und steige in die Wanne. Ich sehe die Kratzer an meinen Armen und Beinen, schließe die Augen, strecke mich in dem heißen Wasser aus und frage mich, wie es wohl war, in der alten Zeit mit Panterkrallen gekratzt zu werden. Ich bleibe so lange in der Wanne, bis es Zeit wird, ins Bett zu gehen. Ausnahmsweise klopft niemand an die Tür oder beschwert sich.

Ich trockne mich ab und reibe mich mit Talkumpuder ein, unter den kleinen Brüsten und unter den dünnen Armen, dann binde ich den Bademantel zu und gehe in mein Zimmer, ohne Gute Nacht zu sagen, und als ich mich ins Bett lege, dufte ich nach Lilien, den kleinen Blumen, die nur einen Tag blühen, bevor sie verwelken und die Blätter samenlos zu Boden fallen.

Ich höre, dass die anderen im Wohnzimmer sitzen und fernsehen. Sie sind zusammen, als ob sie mir zeigen wollen, dass ich nicht mehr zur Familie gehöre. Ich bin die Ursache für ihre Probleme. Ich habe sie enger zusammengeschweißt, sie in ihrem Urteil über mich verbunden. Ich drehe mich auf den Rücken. Mein Bett ist schmaler, als ich es in Erinnerung habe, das Haus ist kleiner, als ob ich aus ihm herausgewachsen bin. Ich sehe mir die unruhigen Schatten der Bäume an, die von einer der wenigen, wie durch ein Wunder im Sturm heil gebliebenen Straßenlaternen an die Wand geworfen werden. Die Schatten tanzen über mich hinweg. Ich kann den Panter noch riechen, den beißenden Geruch, das feuchte Fell, das zerschnittene Fleisch und das Blut, alles ist da, wie eine Haut, in der ich schmore. Ringsum sind überall Häuser, wo Leute fernsehen und Snacks essen, aber ich bin in den Bäumen.

Später, mitten in der Nacht, wache ich auf. Mein Schatten liegt auf der Wand dieses Hauses, des Hauses meiner Mutter. Ich stehe sofort auf und sehe in die Büsche hinaus, die im Nachdunkel des Sturms wie Irrlichter leuchten. Wie der brennende Dornbusch in Mutters Bibel. Ich bin unsagbar müde, und ich schwitze, obwohl sich meine Haut kalt anfühlt, ich wickele mich warm ein, lege mich wieder hin und schlafe ein. Schlaf ist ein anderes Versinken, und es ist ein tiefer Schlaf, in dem ich von Menschen träume, die noch nicht wissen, dass sie Menschen sind. Vielleicht werden sie eben erst geboren. Ich gehöre dazu, bin eine von ihrem Schlag, und da sind auch die vier singenden Frauen, und sie sind die Zukunft, nicht die Vergangenheit, wie ich zuerst dachte. In dem Traum bin ich ein grüner Ast, der zu blühen beginnt, aus dem etwas Starkes, Menschliches, Lebendiges wächst.

Als ich noch jünger war, bin ich einmal nach draußen gegangen, habe mich unter den Himmel gesetzt, hinaufgesehen und ihn gebeten, mich zurückzuholen. Dabei hätte ich lieber den

Sumpf und das Moor bitten sollen, mich wieder aufzunehmen, denn, wenn überhaupt, sind Schlamm und Morast die Ursprünge des Lebens. Nun denke ich an den Sturm, der das Chaos brachte, und glaube, dass er eine Tür geöffnet hat. Er wollte die Welt neu machen, so wie er sie haben wollte. In der Schule habe ich gelernt, dass Stürme Leben erschaffen, dass der Blitz mit seinem Stickstoff ein Anfang ist; aus der Fäulnis in Dunkelheit und Wasser bringen Bakterien und Enzyme neues Leben hervor. Dort hinein möchte ich fallen, in Morast und Schlamm und Matsch, und es kommt mir so vor, als ob es auf der Welt nichts Natürlicheres gibt als zu fallen, denn die Schwerkraft braucht keinen Treibstoff, keine Flügel. Sie braucht nur Stille, Warten und Zeit.

Am frühen Morgen, als es noch nicht einmal hell ist, stehe ich vor allen anderen auf und ziehe mich rasch an. Geräuschlos schlüpfe ich in meine Jeans. Als ich aus dem Haus gehe, ziehe ich vorsichtig die Tür hinter mir zu. Ich nehme die Abkürzung hinter den Häusern, durch die Bäume. Manche sind umgestürzt, und ich komme kaum vorbei. Ich will zurück zu Amas Haus, bevor mich jemand vermisst. Ich muss doch noch das Pferd begraben.

Die Welt ist so chaotisch und durcheinander gewirbelt, dass ich mir leicht einen Knochen brechen könnte. Ich sehe mich vor heruntergerissenen Leitungen vor. Die Vögel singen und rascheln noch nicht. Der Himmel ist bedeckt, und ich denke an den Sturm und daran, dass ich erst vor zwei Tagen im stillen Auge des Sturms die klare Nacht und die Sterne gesehen habe, dass ich an einem Ort von überirdischer Ruhe war, der mich hätte töten können, wenn er gewollt hätte.

Unter den schwarzen Bäumen sehe ich Amas Haus, das nicht viel mehr als eine Hütte ist, morscher als je zuvor. Sie ist nicht zurückgekommen, aber das wusste ich bereits, weil sie die Kaution nicht aufbringen kann und keinen Bürgen hat, auch wenn Mutter gesagt hat, dass man sie zu ihrer eigenen Sicherheit dabehält. Manche Leute hassen sie für das, was sie getan hat.

Ich bin überrascht, dass bei dem spanischen Pferd die Verwesung kaum eingesetzt hat. Die ersten Schlingpflanzen kriechen bereits darüber hinweg. So gierig sind sie, diese fremdländischen Pflanzen, so schnell wachsen sie. Ich wickele ein Stück Stoff um den Stiel der Schaufel, weil er splittert und noch nass ist. Dann fange ich wieder an zu graben. Weil es noch früh am Tag ist und die Nacht kühl war, umbrummen nur ein paar träge Fliegen das Pferd.

Auch Willards Schimmel ist noch bei Amas Haus. Er kommt unter den Bäumen hervor und beobachtet mich. Er ist ein wahrer Zeuge, der einzige. Unter seinem Blick fühle ich mich schuldig. Ich höre kurz auf zu graben, stelle die Schaufel weg und gehe zu ihm. Er ist so schmutzig, dass ich den Eimer hole, in dem Ama sich mit dem Wasser aus der kleinen Zisterne gewaschen hat. Ich gieße ihm das Wasser über den Rücken und wasche ihm mit den bloßen Händen die Flanken. Er biegt den Hals herum und atmet mich an, und sein Atem duftet nach gekautem Gras. Seine dunklen Augen mustern mich. Er will nicht wieder zu Willard zurück. Vielleicht ist er weggelaufen, weil er nicht so dumm ist, wie man von den Pferden meistens glaubt, aber ich beschließe, ihn trotzdem zurückzubringen, weil ich weiß, dass sie Ama dafür verantwortlich machen werden. Von nun an werden sie Ama die Schuld an allem geben, an jeder Kleinigkeit.

Ich führe das Pferd zu Willard zurück. Es kommt mir sehr nah vor, nachdem dieser Raum zwischen den Orten noch vor ein, zwei Nächten nicht enden wollte. Ich richte Willards umgestürztes Tor auf, damit der Schimmel nicht mehr weglaufen kann. Dann kehre ich um und grabe weiter an dem Loch, grabe mich durch die Jahrhunderte hindurch, zu dem, was verloren und zugedeckt ist.

Ich frage mich, wer dieses Pferd wohl vermisst. Vielleicht glauben sie, dass es noch lebt, dass es in panischer Angst davongerannt ist und in den Sümpfen verwildern wird, so wie der Spanier Cabeza de Vaca, der Forschungsreisende, der jahrelang in dieser Gegend umhergeirrt ist. Aber bis jetzt hat sich noch niemand gemeldet, der es zurückhaben will.

Das Loch ist noch nicht tief genug, und ich bin schon müde. Ich grabe durch Wurzeln, Kalkstein und Lehmschollen. Das Loch füllt sich mit Wasser, doch ich steige hinein und grabe in der kalkig braunen Brühe weiter. Es ist nicht tief genug, aber ich bin so müde und nass, dass ich versuche, wenigstens so viel Erde unter dem Pferd wegzuscharren, dass es ein Stück weit herunterfällt, damit ich es zuletzt mit einem Steinhaufen zudecken kann. Meine Jeans sind nass und schlammig. Ich klettere wieder hinaus und fange an zu schieben, als ob ich den Verstand verloren habe, als ob ich so stark bin, aber das schlammverkrustete Pferd rührt sich nicht vom Fleck, es ist so hart wie Holz, obwohl es schon längst verwesen müsste. Ich grabe um das Pferd herum, ganz dicht daneben, weil ich denke, ich kann das Loch größer machen, bis es von selbst hineinfällt, und ich schwitze, und als die Sonne aufgeht, kommen Schwärme von Fliegen, und ich höre das Geräusch von Schaufel, Stein und Wasser.

Als ich die nasse Erde rieche, weiß ich aus irgendeinem Grund, dass die Polizei das Loch später wieder öffnen wird, weil sie denken, dass Ama hier die Flinte versteckt hat oder den Panter. Vielleicht merken sie, dass das Loch frisch ist, und denken sich, dass ich es gegraben habe, und dann glauben sie, dass ich mitgenommen habe, was hier versteckt war, dass ich die Beweise gestohlen habe. Und obwohl ich das weiß, grabe ich weiter, bis mir der Rücken wehtut.

Als ich schließlich denke, dass das Loch nun groß genug ist, bricht die Kante ab, und das Pferd fällt mit mir hinein, auf mich. Ich schreie, und in meiner Eile, mich zu befreien und aus dem Wasser zu kommen, verliere ich einen Schuh unter dem Pferd, das so hart ist wie Holz. Ich setze mich hin, schnappe nach Luft und sehe mir die aus dem Boden gerissene Welt an, während die Sonne über dem Land immer höher steigt. Ich sitze bloß da, mehr nicht, nur lebendig. Wie eine Eidechse in der Sonne, die Augen geschlossen, lebendig. In den wenigen Augenblicken, bevor ich mir den Schlamm mit Wasser von den Armen spüle, bleibe ich still sitzen. Dann wachen plötzlich alle Vögel gleichzeitig auf, und sie veranstalten einen solchen Lärm, ein solches Geräusch des Lebens, dass ich sie, obwohl ich seit dem Sturm nicht mehr gut höre, hell und deutlich vernehme, ihre Lieder, die zu mir heruntersteigen, um mich zu berühren. Ich gehe ins Haus, stelle meinen Schuh neben die Tür und ziehe Amas Stiefel an. Das Haus ist dunkel, es riecht nach Erde, Wurzeln und Verfall.

Es gibt zwei Welten. Vielleicht ist es immer so gewesen, aber ich trete in beide Welten ein, als ob ich zwei Menschen bin. Oben und unten. Land und Wasser. Damals und heute.

Urteil

Am folgenden Sonntag nimmt mich meine Mutter mit in ihre Kirche, weil sie will, dass mir vergeben wird. Weil ich folgsam bin, gehe ich mit. Um ihretwillen, nicht um meinetwillen, weil sie geweint hat und mir Leid tut. Aber ich glaube nicht an Vergebung. Ich finde, Vergebung ist immer zu viel verlangt, auch wenn es dabei um mich geht.

Während sie fährt, sagt meine Mutter: »Du kannst wirklich nichts dafür«, als ob sie sich selbst davon überzeugen muss, aber ich weiß, dass sie es nicht glaubt, warum müsste ich sonst mit in die Kirche und um Vergebung bitten? Vergebung heißt, dass man seine Sünde nicht noch einmal wiederholt, ganz egal, was man begangen hat, und dass einen die anderen dafür nicht mehr verurteilen. Vergebung heißt, sie verzeihen dir, und du siehst deine Fehler ein. Es ist eine Gabe, ein Geschenk. Aber es ist eine selbstsüchtige Gabe, weil sich die anderen dadurch hinterher besser fühlen als du selbst.

Aus dem Chevy sehe ich die Bulldozer, die die vom Sturm gefällten Bäume wegräumen, und die Häuser mit den abgedeckten Dächern. Was einmal stabil schien, ist zerbrochen wie ein Zahnstocher. Was der Mensch erschafft, kann sich mit dem Wind nicht messen. Deshalb weiß ich, dass es etwas gibt, was größer ist als der menschliche Wille. Und obwohl es eine Tragödie ist, geht es mir besser, wenn ich sehe, wie klein wir sind. Denn mir kommt der Gedanke, dass all unsere Verbrechen gegen die Welt von einem einzigen wütenden Wind, einer einzigen Flut getilgt werden können.

Die Kirche, in die meine Mutter geht, ist vom Sturm verschont geblieben. Sie ist eine Gerettete, genau wie die Gemeinde. Ein gutes Zeichen, denken alle. In dem altersschwachen, braun gestrichenen Gebäude wohnt nicht nur Gott, sondern auch der Prediger. Als wir ankommen, stellt Mr. Kedson gerade die Klappstühle auf, ein Halbrund von wenigen Reihen. In der Ecke steht ein altes Klavier mit abgenutzten Tasten. Dahinter ein schwarzes Brett. Gespendet, wie alles andere auch. Es riecht nach Kaffee. Die Vorhänge an den Fenstern sind aus orangefarbenem Sackleinen. Die Vasen mit den Plastikblumen stehen hinten, die mit den frisch gepflückten vorn. Sie wurden von einer Frau gespendet, deren Blumengarten den Sturm überstanden hat. Ich sehe mich um. Es sind zum größten Teil Frauen im Alter meiner Mutter da, und ich glaube, wenn die Kirche ein Mensch wäre, wäre sie wie sie. Zu stark geschminkt, zu bunt gekleidet.

Hier bekommen die Frauen eine andere Art von Liebe als die, die sie sich zu Hause wünschen. Nach ihren Versammlungen bekommen sie auch Doughnuts, obwohl die meisten von ihnen die fettigen Kalorienbomben nie in der Öffentlichkeit essen würden. Sie sparen sie sich für die Heimfahrt auf. Es sind gute Frauen, nette Frauen, aber trotzdem will ich hier nicht sein, an diesem düsteren Ort, der sich so um den Anschein von Fröhlichkeit bemüht, wo alle auf die »Verzückung« warten.

Als meine Mutter singt, klingt ihre Stimme verräterisch und falsch. Ich glaube nicht, dass sie schon immer so geklungen hat. Das ist erst seit einigen Jahren so, und manchmal habe ich fast den Eindruck, dass sie in dieser Kirche an gar nichts mehr glaubt, sondern nur so tut, so, als ob ich all ihre Zweifel für sie empfinde. Auf jeden Fall lügt sie sich selbst etwas vor. Über Herm. Über uns. Vielleicht ist das mit ein Grund, warum ich das Vertrauen verloren habe, in sie, in ihren Gott, in mich selbst. Anfangs tue ich nicht so, als ob ich mitsinge oder Halleluja sage. Ich höre mir »What friend we have in Jesus« bloß an. Während die anderen gemeinsam singen, denke ich daran, was für eine Enttäuschung ich für meine Mutter bin und für ihre Freunde, Indianer wie Weiße. Ich bin sowohl eine Taiga, ein Geschöpf dieses mit Füßen getretenen Landes, als auch die kluge Tochter, die eines Tages allen zeigen wird, dass wir es auch zu etwas bringen können. Ich sollte beweisen, dass wir nicht der Bodensatz der Welt sind. Sie dachten, ihre Kinder würden mir folgen. Nun hoffen sie, dass sie es nicht tun werden.

Die Kirche ist voll. Mr. Kedson, der Prediger, hat ein frisches Gesicht und lockige Haare. Er wohnt in der Kirche. Er wirkt jungenhaft und wie frisch geschrubbt, nicht viel älter als ich. Für einen Mann, der so sauber aussieht, ist er sehr unordentlich, aber seine Unordentlichkeit ist das Einzige, was ich an ihm mag. Mrs. Kedson und er haben zwei Katzen, die immer in derselben Stellung neben der Tür sitzen, die eine schläft, die andere starrt ins Gebüsch. Im Hof neben dem Haus stehen tote Pflanzen, ein Kinderschuh liegt neben den Blumentöpfen, ein Stapel alter Illustrierter, durchgeweicht und fleckig, lehnt an der Veranda. Hier ist der Wind nicht hergekommen, es sieht bloß so aus. So haben er und seine Familie sich ausgebreitet, alles ist ungepflegt und unaufgeräumt, nur nicht der Raum, wo sie den Gottesdienst abhalten. Ich finde, er braucht Luftpflanzen, die weder Nahrung noch Pflege nötig haben. Oder Auferstehungsfarne, die wie tot auf den Regen warten, um sich dann in neuer grüner Schönheit zu öffnen, so wie sie es auch jetzt auf den vom Hurrikan gefällten Bäumen tun, als ob sie nicht wissen, dass ihnen die Katastrophe das Leben geschenkt hat. Vielleicht, denke ich, bin ich wie diese Farne. Ama ist wie der Regen.

Heute brauchen sie nicht auf die Auferstehung zu warten, weil sich bereits der nächste Regen ankündigt, den ich hinter dem Fenster heraufziehen sehe. Außerdem kann ich ihn riechen. Alle stehen auf und fangen abermals an zu singen, und nach dem Singen und Weinen und den erhebenden Worten geschieht das, was ich im Hause Gottes nicht anders erwartet habe. Mr. Kedson winkt mich nach vorn. Mrs. Kedson erhebt sich von der Klavierbank, und als ich mich darauf setze, ist sie noch warm von ihrem großen Hintern. Alle Leute stehen auf und kommen nach vorn, um mir die Hand aufzulegen. Einer nach dem andern kommt und berührt mich mit der Hand, und ich sehe sie der Reihe nach an, diese anständigen Frauen, von denen manche weinen, vielleicht sogar um mich, und die wenigen Männer, die so aussehen, als ob sie treu sind, und ich lasse es geschehen, aber innerlich ziehe ich mich zurück, obwohl es großzügige Frauen sind, freundliche Frauen. Aber ihr Gott ist ein dürftiger Gott, arm an Liebe, karg an Mitgefühl, überreich an Strafen. Ihr Gott ist ein gefallener Gott, zumindest in meinen Augen, und eigentlich müsste nicht ich hier sitzen, sondern Mutter, und mir ist nicht wohl bei diesem Opfer, ich habe ein ungutes Gefühl im Bauch – es ist nicht richtig, von all diesen Leuten berührt zu werden, aber ich lasse es mir um meiner Mutter willen gefallen.

»Geht es dir jetzt nicht besser?«, fragt meine Mutter, als wir zwischen den lächelnden, leuchtenden Gesichtern hinausgehen und nach Hause fahren.

»Doch«, sage ich, obwohl ich von dem starken Parfüm einer der Frauen Kopfschmerzen bekommen habe.

»Wirklich?«, fragt sie und sieht mich prüfend an.

Als ich nicke, merke ich, dass sich die Lüge in meinem Bauch dreht, und das Gefühl ist so stark, dass ich glaube, so fühlt es sich vielleicht an, wenn man ein Kind in sich trägt. Vielleicht sind Lügen wie Babys. Sie wachsen von selbst, und früher oder später haben sie ihren eigenen Willen. Aber weil meine Mutter sich über die Lüge freut, lasse ich sie ruhen, während ihr ein Herz und neue Augen wachsen. Aber sie hat noch kein Rückgrat, und sie ist beim Vater im Himmel in Ungnade gefallen.

Als ich am Montagmorgen in dem leeren Haus meiner Mutter aufwache, ist es noch nicht richtig hell. Ich ziehe mich an, bediene mich aus Herms Werkzeugkasten mit Türangeln und Schrauben und stehle mich wieder leise aus dem Haus.

Die Frösche sind laut an diesem Morgen, als ich im ersten Tageslicht zu Amas Haus gehe. Ich nehme die Straße, nicht die Abkürzung, weil es ein schöner Tag ist und ich mich nicht verstecken muss.

Das tote Pferd ist verschwunden, im Schlamm zeichnen sich Reifenspuren ab. Die Spuren führen bis zur Straße, weiter nicht. Es ist mir ein Rätsel, wo das Pferd abgeblieben ist. Vielleicht ist es von seinem Besitzer gefunden und mit einem Truck abgeholt worden.

An diesem frühen Morgen hänge ich die Tür wieder ein. Ich schraube die Angeln ab, stelle die Tür hin, schlage neben den Nagel, mit dem ich die Löcher markiere, wo ich die Schrauben hineindrehen will, und muss die Stellen noch einmal markieren. Die Tür ist schwer, aber es ist einfacher, sie wieder einzuhängen als die Türen zu mir selbst, zu meinem Körper, meinem Herzen, damit Herm nicht mehr mit mir streiten kann.

Als ich nach Hause komme, ist Mutter schon aufgestanden. Nachlässig geschminkt steht sie vor einer Wanne und stärkt Herms Hemden. Sie trocknet sich die roten Hände an einem Geschirrtuch ab. »Wo bist du gewesen?« Sie sieht mich nicht an.

»Spazieren«, sage ich zu ihr. Ich blicke mich um. Kein Herm, keine Donna. »Wo sind denn alle?«

»Dein Vater ist bei der Arbeit«, sagt sie. Sie kann meine Gedanken lesen. »Donna ist bei einer Freundin.«

Da sehe ich, dass der Telefonhörer neben der Gabel liegt, und plötzlich weiß ich, dass sie es so geplant haben. Sie wollen nicht gestört werden, nicht mit mir reden müssen, nicht telefonieren, wenn wieder einmal jemand wegen meines so genannten Verbrechens anruft. Als ob ich mich nicht auch so schon schuldig genug fühle. Es ist der Tag, an dem ich den anderen ins Gesicht sehen muss, und mit einem Mal habe ich Angst. Ich fürchte mich davor, in die Schule zu gehen. Mutter macht mir eine Schüssel Haferflocken. »Damit du was auf die Rippen bekommst«, sagt sie, als ob ich noch ein Kind bin und nichts geschehen ist.

Später bringt sie mich zur Tür und sagt: »Kopf hoch, ja?« Als ob mir Haferflocken und gute Worte durch den Tag helfen könnten.

Eingerahmt in der Tür steht sie da, als ich zur Schule aufbreche. »Du hast nichts Unrechtes getan. Es war Ama. Also, lass dich nicht unterkriegen.«

Ich sehe sie an und sage ihr nicht, dass ich doch etwas falsch gemacht habe. Ich hätte die Tat verhindern müssen, aber ich konnte es nicht. Sie glaubt sowieso, dass mir vergeben wurde und dass ich wieder in die Gemeinde aufgenommen worden bin. Aber ich belasse es dabei und gehe zur Tür hinaus, ohne etwas mitzunehmen, kein Heft, kein Pausenbrot, keinen Stift. Dabei habe ich die Sachen nicht einmal vergessen.

Als ich mich nach ein paar Schritten umdrehe, steht Mutter immer noch da und sieht mir nervös nach, die Stirn angestrengt gerunzelt. Ich habe große Angst. Ich kann das Gefühl nicht abschütteln, dass alles nur ein Traum ist. Wenn ich aufwache, wird meine Mutter Hemden stärken, bügeln und kochen, und alles wird wieder genauso sein wie vor einer Woche. Aber das Schlimmste an der Zeit ist, dass sie sich nicht zurückdreht. Man bekommt in diesem Leben keine zweite Chance.

Meine beste Freundin Jewel nimmt mich nicht mit dem

Auto mit, wie sie es sonst immer macht. Ich habe es auch nicht erwartet, aber gehofft. Ich hoffe es immer noch. Bei jedem Wagen, der vorbeifährt, horche ich, ob er wie ihrer klingt. Ich weiß jetzt schon, dass ich zu spät kommen werde. Wenn ich in die Klasse komme, werden sich alle Augen auf mich heften, und alle werden meine Schuld sehen. Nachrichten verbreiten sich schnell; ich bin Amas Komplizin.

Jewel und ich haben noch nie Geheimnisse voreinander gehabt. Früher oder später hätten sich unsere Welten sowieso trennen müssen. Auch wenn sonst nichts zwischen uns gestanden hätte, war da immer noch die Geschichte, die uns schon trennte, bevor wir geboren wurden. Jede von uns war von Anfang an für ein anderes Leben bestimmt, Jewel für das College, ich für Gott weiß was. Trotzdem sehne ich mich danach, dass sie mich nicht verurteilt. Ich habe es mir so sehr gewünscht, aber diese Sache, meine »Tat«, war der letzte Stein in der Mauer, die zwischen uns steht. Jewel mit den blauen Augen, ich mit meiner dunklen Haut, Jewel mit ihrer »guten Familie«, ich nur mit meinem Verstand und mit der Gier, mir von ihren Stunden erzählen zu lassen, Klavier, Ballett und andere Sachen, die ihre Mutter für sie organisiert und um die ich sie beneide. Obwohl ich auch lachen muss, wenn ich mir vorstelle, dass sie in diesem sumpfigen, von Moskitos geplagten Land, wo sich jedes Klavier vor Feuchtigkeit verzieht, einen rosa Gymnastikanzug und rosa Spitzenschuhe trägt. Aber sie machen es trotzdem, viele Leute machen es, auch Jewel und ihre Familie. Darum beneide ich sie. Ich habe mir immer gewünscht, zu einer Familie wie ihrer zu gehören. Jewel mit ihrem Vater, der ihr etwas hinterlassen wird, einen Platz in der Welt. Ich nur mit dem, was ich aus mir selbst hervorbringen kann. Niemand und nichts auf Gottes großem Planeten wird mir einen Platz in der Welt bereiten. Ama hätte es gekonnt. Daran habe ich geglaubt. Und deshalb bin ich enttäuscht.

Einen Augenblick lang überlege ich mir, wieder nach Hause zu gehen, um meine Bücher und Hefte zu holen, aber ich entscheide mich dagegen. Es ist ein gutes Gefühl, mit leeren Händen dazustehen, mich nackt zu fühlen, als ob mir der Sturm ein ganzes Leben vom Rücken gerissen hat. Ich gehe die Straße hinunter, vorbei an Feuerhydranten und Zäunen. Ich gehe an dem frisch gestrichenen Haus des Sheriffs vorbei, und dann ist es bald soweit, dass ich die betonierte Auffahrt hinaufgehe und die Schule aus kalksteinfarbenen Ziegeln betrete, mit ihrem Geruch nach Bohnerwachs, Schimmel und Radiergummis, dem Geruch junger Menschen, mitten auf einen ehemaligen Sumpf gepflanzt. Es ist eine Welt von Football, Schulglocke und Büchern, wo wir lernen, Geschichten und Zahlen zu analysieren, und ich hasse den Geruch der Schule, aber ich war gut in dieser Welt, wo wir den Krieg studieren und die Zahlen, die vereint Leben zerstören.

Als ich die Schule betrete, sehe ich, dass diese ehemals so große Welt kleiner geworden ist, genau wie das Haus meiner Mutter. Für mich ist darin kein Platz mehr.

Vor meinem Spind bleibe ich stocksteif stehen. Ungläubig starre ich auf das Wort »Killer«, das mit schwarzer Farbe darauf gemalt ist. In mir stürzt etwas eine lange Treppe hinunter und prallt im Fallen gegen die Wände. Einen Augenblick lang bleibe ich davor stehen. Die Halle ist leer, es sind keine Schüler zu sehen. Ich knalle den Spind zu, als ob es mir egal ist, und gehe in meine Klasse, obwohl ich genau weiß, dass sich dort alle von mir abgewendet haben. Als ich hereinkomme, sehe ich, dass es wahr ist. Ich höre, wie sie über mich reden. Sie reden mit Absicht so laut, dass ich es hören kann. Wir sind in dem Alter, wo wir die Spreu vom Weizen trennen, wo wir Urteile fällen, wo wir Unterschiede machen. »Da ist sie. Das Katzenkillerin.« Der Panter ist unser Highschool-Maskottchen. Das Bild des Panters wird geliebt, auch wenn das Tier selbst verhasst und unerwünscht ist. Geliebt und gleichzeitig gehasst. Sie senken die Stimme nicht und halten nicht einmal die Hand vor den Mund, auch wenn ich sie höre, als ich den Raum betrete. Sie werden noch jahrelang über mich reden, das stille Mädchen, das Mädchen, das sich für so clever hielt, das mit der verrückten Ama Eaton auf die Jagd ging und ein vom Aussterben bedrohtes Tier getötet hat, eine der letzten kranken Katzen, die es auf den Lichtungen und in den Sümpfen noch gibt.

Die Lehrerin sorgt für Ruhe in der Klasse, aber sie ist verlegen, und sie sieht mich nicht an, jedenfalls nicht direkt.

Ich setze mich, innerlich ganz still, als ob ich träume. So sitze ich da, bis die Lehrerin kommt und ein aufgeschlagenes Buch vor mich legt, aber ich denke daran, was ich in der Schule gelernt habe, dass es im Himmel keinen Platz für das Himmelreich meiner Mutter gibt und dass in der Mitte der Erde kein Platz für die Hölle ist. Ich werde nach neuen Welten suchen müssen. Ich sitze da und sehe das Buch nicht an.

Für die nächste Stunde wechseln wir den Raum, und als die Lehrerin meinen Namen aufruft, kann ich nicht sprechen. Ich bin nicht im Stande, »Hier« zu sagen oder auch nur die Hand zu heben. Ich kann nichts tun, um zu beweisen, dass ich diesen Raum betreten habe. Ich schweige. Als ob ich nicht da bin. Die ganze Zeit rede ich in Gedanken mit mir selbst. Ich bin keine Wolke, die fallen muss, sage ich mir. Ich bin kein Baum, den der Wind umgeknickt hat. Ich bin kein Gebäude, das im Sturm eingestürzt ist. Ich bin keine zusammengebrochene Backsteinmauer. Ich blicke mich unauffällig um und weiß, dass ich auch keiner von diesen Menschen bin, die sich wie Schlingpflanzen in diesem Land breit machen und es ersticken.

Dies ist der Raum, wo wir den Schweinefötus untersuchen, und ich frage mich, welches Leid ihn hierher verschlagen hat. Wo wir die Anzahl der Staubgefäße und Stempel von Pflanzen aufschreiben, die wir auseinander schneiden, um sie durch das

Mikroskop zu betrachten und die Wunder kleiner Dinge zu sehen. Hier und jetzt bin ich das Untersuchungsobjekt, und alle beobachten mich, um sich keine meiner Bewegungen entgehen zu lassen.

Nur allzu bald sitze ich im Speisesaal, wo mich die Schüler ansehen, als ob ich vom Himmel gefallen bin, als wäre ich doch eine Wolke oder ein umgeknickter Baum. Ich sehe meine Schwester Donna mit ihren Freundinnen, den weißen Mädchen, und Donna scheint zwischen mir und ihnen hin und her gerissen zu sein. Ich werde sie teuer zu stehen kommen. Sehr teuer. Aber sie ist so lieb, die anderen stehen zu lassen und mich leise anzulächeln, und ich bin erleichtert, dass sie zu mir hält. Sie kommt herüber und setzt sich neben mich, in den leeren Raum, der den langen Tisch umgibt. Ich sitze so aufrecht da, als ob niemand über mich redet, als ob es keine Rolle spielt, als ob ich keine Angst im Bauch habe. Donna gibt mir eine Tüte Milch und ihren Keks, den ich nicht essen kann. Aber ich lächle und tue so, als ob alles in Ordnung ist. Meine selbstbewusste Schwester, die sich nach den Illustrierten aus dem Drugstore selbst erschaffen hat, beugt sich vor, um mir in die Augen zu sehen, und sie sagt zu mir: »Lass sie nur reden, Sis. Das vergeht schon wieder.« Ich zwinge mich zu nicken. Sie drückt meinen Arm, steht auf und lässt mich allein.

Es wird wieder vergehen. Davon bin ich überzeugt. Ich glaube an die Zeit. Aber das ist ein Fehler. In diesem grauen Backsteingebäude hat sich die Zeit verändert, und die Schule dauert ewig. In Biologie sehe ich mir ein Blatt mit Azeton an, die perfekte natürliche Struktur, die Säfte, die durch das grüne Geflecht dünner Äderchen fließen. Blatt, denke ich, wie einfach, ein Blatt zu sein. Menschen sind nicht wie Blätter. Wir sind das Wrack von einem Tier.

Aber wie kommen sie dazu, mich oder Ama zu verurteilen? Ich kenne ihre Mütter. Ich sehe sie im Lebensmittelgeschäft mit Lockenwicklern im Haar. Ich weiß, womit ihre Väter sich die größeren Fernseher für die Football-Übertragungen und die Klimaanlagen oder Rasenmäher für daheim verdienen, wo sie beten, streiten und essen.

Ich war gut in dieser Welt, die dich schlägt, wenn du geboren wirst, und dich als Erstes zum Weinen bringt, sodass das Weinen deine erste Sprache ist. Ich habe gelernt, was ich lernen sollte, doch nun kommt es mir so vor, als ob ich dabei andere Dinge verlernt habe. Ich habe mein Gespür verloren, ich kann nichts mehr spüren. Ja, wir sind ein Wrack. Und vielleicht hat Ama den Weg gefunden; sie fand ihn, als Ströme, die vom Himmel fielen, alle Pfade wegspülten, als der Atem Gottes alle Gebäude umblies. Für einen Tag, nur jenen einen Tag, hat sie einen Ausweg aus dem Wrack gefunden, einen Weg darum herum. Und den möchte auch ich finden. Doch nun führt für sie kein Weg mehr zurück, die Umkehr ist ihr unmöglich geworden, selbst wenn sie hier sein wollte, in diesem Amerika. Sie wird immer fern von dieser Welt leben, in einem Zwielicht, das nichts Halbes und nichts Ganzes ist, nicht die eine Zeit und nicht die nächste. Sie lebt auf einem Punkt, einem kleinen Punkt zwischen zwei Gewichten, und diese Waage wippt immer hin und her, hin und her.

Ich blicke mich um, und zum ersten Mal sehe ich die Dinge so klar, wie sie sind – zumindest glaube ich das –, kristallklar, die reichen weißen Mädchen sind in einer Gruppe, die dunklen, schwarzen, indianischen Mädchen sind in anderen. Die Kubanerinnen in ihren prächtigen Kleidern sehen immer schön aus, diese acht Schülerinnen, die Mädchen mit dem wiegenden Gang, der mir gefällt. Aber die weißen Jungen denken, so wie sie gehen, sind sie leicht zu haben. Vielleicht ist alles so leicht misszuverstehen. Ich sehe auch, dass ich nie mehr dieselbe sein werde, nachdem meine Augen nun geöffnet sind.

Als die Glocke läutet, gehe ich aufrecht den Korridor hinunter, damit sie wissen, dass es mir nichts ausmacht, wenn mich sogar die Lehrer anders ansehen, nicht mehr direkt wie früher, sondern von der Seite, mit einer Frage im Blick. Ich habe sie enttäuscht. Ich, das vielversprechende Taiga-Mädchen, das den Indianerkindern, die sich nichts aus der Schule machen, ein leuchtendes Beispiel sein sollte. Omishto, die Ausnahme. Fast kann ich durch die Wände und Türen des Lehrerzimmers hören, wie sie reden.

Jewel ist es gelungen, mir den ganzen Tag aus dem Weg zu gehen, aber als die Schule aus ist und ich gehen will, kommt sie an, um mit mir zu reden. Plötzlich erscheint sie mir sehr jung, jünger als ich, so wie sie ihre Bücher und Hefte an die Brust drückt. Und ich sage mir, ich bin kein Kind. Ich bin keine Weiße. Ich bin nicht diejenige, die sich getäuscht hat.

Jewel kommt ganz nah auf mich zu und sagt: »Es stimmt, was über dich erzählt wird, nicht wahr? Ihr habt den Panter getötet? Du und Ama Eaton.« Es sind eher Aussagen als Fragen.

Ich sehe sie an, zu einer Antwort nicht fähig. Es steht ihr ins Gesicht geschrieben, dass sie mich verurteilt. Und nicht nur das. Ich habe sie verraten, das lese ich ihr an den Augen ab. Ihre kleinen blauen Augen machen mir Vorwürfe.

Ich sage bloß: »Ja.«

Mehr gibt es nicht zu sagen, aber ich sehe sie immer noch an, ruhig und stetig.

Sie dreht sich um und geht.

Ich drehe mich um, damit ich nicht sehen muss, wie sie mich verlässt.

Draußen streicht ein leiser Wind über meine Haut. Ich richte mich so groß auf, wie ich kann. Sollen sie ruhig reden. Sie glauben an meine Schuld. Irgendwie haben sie Recht. Was sie glauben, ist wahr.

Ich verlasse die Schule allein, mager, wie ich bin, aber so aufrecht und stolz wie möglich. Doch als ich zu Hause bin, stelle ich mich vor den Spiegel und sehe mir in die Augen, und dann hole ich mir die Schere aus der Küchenschublade und schneide mir die Haare ab, als ob diese Tat einen tieferen Sinn hat und etwas verändern kann, mich verändern kann. Wenn ich am nächsten Tag in die Schule gehe, kann ich vielleicht an den Leuten vorbeigehen, ohne dass sie mich erkennen.

Vor dem Essen kommt Donna herein und sieht die schwarzen Haare auf dem Boden liegen. »Was hast du mit deinen Haaren gemacht?«

»Mein Gott«, sagt meine Mutter und ruft eine Freundin an, die Friseuse ist, um mir einen Termin geben zu lassen. »Vielleicht kann sie es wenigstens gerade schneiden.«

Für den Englischunterricht müssen wir einen autobiografischen Aufsatz schreiben. Mehr aus alter Gewohnheit fange ich an zu schreiben. Ich sage Folgendes:

Ich bin eine Taiga. Wir sind Sumpf-Indianer. Es gibt nur noch dreißig von uns. Ich heiße Omishto, und mein Name bedeutet »Die Beobachtende«. Meine Mutter erinnert sich nicht an meine Geburt, deshalb kann sie mir nichts darüber erzählen, und manchmal habe ich sowieso das Gefühl, als ob ich noch nicht geboren bin, nicht wirklich.

Ich wohne mit meiner Mutter, ihrem Mann und meiner Schwester Donna zusammen. Ich bin ein Mitglied des Panterclans. Ich bin sechzehn Jahre alt. Meine Schwester ist siebzehn. Letztes Jahr ist mein Bruder bei einem Brand ums Leben gekommen. Ich vermisse ihn immer noch, auch wenn meine Mutter sagt, wir sollen nicht trauern, weil er im Himmel ist, also versuche ich, nicht an ihn zu denken. Manchmal glaube ich, nachts seine Stimme zu hören. Jerry. Er hat immer gesagt, er könnte die Gedanken der Tiere lesen, doch wenn ich ihn gefragt habe, was sie denken, hat er gesagt, das dürfte er nicht verraten, aber sie würden mich mögen. Ich weiß, dass das nicht wahr sein kann, wieso sollte man die Menschen mögen?

Meine Mutter hat mir früher oft von den alten Taiga-Leuten erzählt, die oberhalb des Kili-Sumpfes wohnen, dort, wo die Straße eng wird. Sie hat gesagt, dass ich eines Tages dorthin zurückgehen würde, aber das sagt sie jetzt nicht mehr. Einmal habe ich dort eine Zeit lang mit ihr gelebt, nachdem mein Vater uns verlassen hatte. Ich kann mich kaum noch daran erinnern. Und einmal hat sie mich mitgenommen, als sie Pflanzen für Medizin holen wollte, zu den Leuten, meinen Verwandten. Vielleicht gehe ich irgendwann allein dorthin. Vielleicht bleibe ich sogar für immer da.

Inzwischen hat wohl jeder gehört, dass ich eine Freundin habe, die einen Panter getötet hat. Vielleicht haben Sie es in der Zeitung gelesen, dass ich dabei war, als die Frau den Panter getötet hat. Ama Eaton. Ich glaube, sie konnte auch die Gedanken der Tiere lesen. Wir Taiga haben eine Geschichte über die Panterfrau. Und ich denke, Ama hat sich in dieser Geschichte verirrt, auch wenn Sie das vielleicht nicht glauben können. Es ist eine alte Geschichte über einen Panter und eine Frau. Ich habe sie von Ama, und Ama hat sie von Janie Soto, dem ältesten Mitglied unseres Stammes.

Die Geschichte geht so: Vor vielen Jahren ging der Panter auf zwei Beinen. In jener Zeit lebte eine Frau in dem dunklen Sumpf jener frühen Welt. Sie war von wilden Tieren aufgezogen worden, weil ihre Menschenfamilie sie verstoßen hatte, aber die Tiere waren ihr wohlgesinnt. Dieser Frau war es gegeben, die Welt im Gleichgewicht zu halten. Sie war der Mensch, der am Morgen die Sonne herbeisang, und wenn sie dies vermochte, blieb die Welt am Leben. Sie war wie die Erinnerung, stets da, um unsere Gedanken zu erfrischen und unsere Handlungen zu erneuern.

Das war lange, bevor es Autos gab. Lange, bevor die fremdländischen Samen sich öffneten und wuchsen. Es war einige Zeit nach dem Entstehen der Taiga, als die Welt schon gealtert war. Und es entstand diese Welt, und die Menschen hatten die Harmonie und das Gleichgewicht dieser Welt zerstört, in der wir heute leben. Eines Tages blies ein Sturm mit solcher Kraft, dass sich zwischen den Welten eine Öffnung auftat. Die Panterfrau erblickte die Öffnung und folgte dem Panter in die andere Welt. Sie ging hindurch und trat ein, wo niemand freiwillig eintritt. Was sie sah, waren Ströme von Feuer, dahinsiechende Tiere und fremdländische Schlingpflanzen. Sie sah, dass die Welt im Sterben lag.

Doch dann geschah das Unglück, dass die Tür hinter ihr zufiel, und sie musste einen Weg finden, sie wieder zu öffnen.

»Du musst einen von uns töten«, sagte der sterbende Panter zu ihr. »Nimm mich. Ich bin nicht der Älteste und nicht der Schwächste, aber ich bin der, den du am besten kennst.«

Ein Opfer musste gebracht werden, und wenn es recht getan wurde, würden alle Tiere und auch der Panter wieder zurückkehren, gesund und heil. In jener Zeit glaubten die Menschen, dass alle Gejagten wieder zurückkehrten, wenn die Jagd recht war. Opfer heißt auf Taiga »fortschicken«. Das Tier kehrt in die Geisterwelt zurück.

Und nachdem sie den Panter getötet hatte, legte die Frau seinen Schädel in einen Baum, damit er sich selbst sehen konnte, wenn er zurückkehrte, damit er seinen Pfad und den Rückweg erkannte. Er würde wissen, dass sie ihn aus diesem Grund getötet hatte, und diesem einstmals so schönen Ort das Leben zurückbringen.

Als der Panter zurückkehrte, ging die Frau dorthin zurück, woher sie gekommen war, und verwandelte sich selbst in eines der katzenartigen Geschöpfe. Sie ging mit ihm fort, um an dem Ort zu leben, den noch niemand betreten hat, wo ein Mensch jahrelang umherirren kann, ohne die Richtung auch nur zu ahnen. Denn es ist die Öffnung zwischen den Welten, aufgerissen von einem Sturm. Unter dem Himmel.

Aber es ist eine alte Geschichte in einer Welt neuer Menschen, und an Geschichten glaubt heute kaum noch jemand. Und nun ist der Panter bedroht, und er wird durch Staats- und Bundesgesetze geschützt. Womöglich gibt es noch weniger von ihnen als von uns.

Die Alten sagen, dass der Panter unsere ältere Schwester ist. Ich denke über diese Geschichte nach. Ich denke über die Alten nach.

Obwohl ich jung bin, kann ich mich daran erinnern, wie das Wasser noch süß war und man die Fische essen konnte. Es ist noch gar nicht lange her.

Der wichtigste Mensch in meinem Leben ist Ama, die Frau, die den Panter getötet hat. Meine Mutter sagt, es war ein Unglück, dass ich dabei war, bei dieser schlimmen Sache, aber es sei der Tag des Hurrikans gewesen, und ich hätte wahrscheinlich unter Schock gestanden und sei nur deshalb mitgegangen.

Aber es war nicht so. Ich glaube nämlich, dass die Katze Ama Eaton gerufen hat, genau wie in der alten Geschichte. Und ich bin mitgegangen und habe alles gesehen, aber wenn ich beschreiben will, warum es passiert ist, finde ich keine Worte. Nicht ein einziges Wort. Aber ich glaube, dass Ama Eaton durch die Öffnung gegangen ist und dass ich ihr gefolgt bin, und ich weiß, dass niemand freiwillig dort hingeht.

Ich lese mir durch, was ich geschrieben habe, reiße das Papier in kleine Schnipsel und werfe sie weg. Ich war immer ein braves, folgsames Mädchen, aber morgen werde ich zum ersten Mal keine Hausaufgabe abliefern.

Wieder verlasse ich am nächsten Tag das Haus, um zur Schule zu gehen, vorbei an den Häusern rechts und links von der Straße. Es ist die Jahreszeit der Stürme. Ich habe mein Heft dabei, aber ich nehme die falsche Richtung und gehe zu Amas Haus statt in die Schule. Der Weg zur Schule ist zu weit, und der Weg nach Hause sogar noch weiter. Ich nehme den schwierigen Weg, den Pfad durch die Bäume hinter der Siedlung, und während ich gehe, hoffe ich, dass sie dort ist, obwohl ich genau weiß, dass sie nicht da sein wird. Sie hat kein Geld für die Kaution, und es gibt auf der ganzen Welt keinen Menschen, der für sie bürgen würde. Aber ich kann nicht verstehen, aus welchem Grund sie Ama im Gefängnis festhalten wollen, es sei denn, weil sie eine dunkelhäutige Frau ist, die sie unheimlich finden. Hätte ein Mann eine Katze erschossen, ein weißer Mann, dürfte er sich frei bewegen. Sie würden ihn einen Jäger nennen.

Es regnet Tag um Tag. Sturzbäche von Regen. Es hat kleine Fische geregnet. Jetzt sind die Fische schon zwei Mal an Land gewesen. Ich habe schon früher gesehen, wie es Fische geregnet hat. Ama sagt, die Fische schlüpfen in den Wolken und wachsen heran. Wenn sie schwer genug sind, fallen sie herunter. Dann wimmelt es auf der Erde nur so von ihnen, silbern und zappelnd. Sie geben einen guten Dünger ab, sagt Herm, aber ich kann den Gedanken nicht ertragen, dass Wasserwesen aus dem Himmel fallen und in der Luft ertrinken.

Ich kann nicht schlafen. Ich kann nicht atmen. Ich setze mich hin, schnappe nach Luft wie ein Fisch und versuche, tief durchzuatmen. Aber als ich mich wieder hinlege und mein Atem abermals aussetzt, lasse ich den Schlaf Schlaf sein und setze mich ans Fenster, wach und von Angst erfüllt. Es ist die Nacht vor der Verhandlung, und ich sage mir, dass es ein

Traum ist, nur ein Traum, als ob träumen weniger ist als wach sein. Ich höre dem Regen zu und sehe die Blätter im Blitz silbern aufleuchten. Herm schnarcht nebenan. Als ob ich noch immer schlafe, sehe ich plötzlich schiffbrüchige Männer, die ans Ufer kommen, die vom Meer an Land schwimmen. Auf mich zu.

Als wir am ersten Verhandlungstag aufbrechen wollen, grollt und donnert es in der Ferne, und der westliche Teil des Himmels ist dunkel. Mutter nimmt den Regenschirm mit.

Auf dem Weg in die Stadt kommen wir an der Stelle vorbei, wo, von Bäumen verdeckt, Willards Wohnwagen steht. Eine weitere Wand hat sich gelöst. Ich blicke mich nach dem mageren Schimmel um, den die Moskitos um den Verstand gebracht haben, aber ich sehe keine Spur von ihm. Doch dann wird mir klar, dass das Pferd wieder zu Amas Haus gelaufen ist. Andere Spuren von Leben gibt es; ein Rotschulterstärling sitzt neben der Straße auf einem Rohrkolben, und eine Schildkröte, verletzlich trotz ihres Panzers, hat es fast bis auf die andere Straßenseite geschafft.

Es ist Regenzeit, wenn die Erde das Wasser nicht mehr fassen kann. Eine aufgeschwemmte Welt, in der sogar das Holz der Häuser aufquillt, bevor es zu faulen anfängt. Das Grollen kommt näher, es zieht mit den tief hängenden Wolken heran, und dann bricht mit Macht ein Hagelschauer über die Erde herein. Durch das Fenster sehe ich, wie die großen Hagelkörner vom Himmel fallen und auf die Welt einschlagen. Sie prallen so heftig auf das Dach von Mutters Auto, dass man meinen könnte, es wäre ein Krieg ausgebrochen. Wir halten unter einem Baum an und warten ab. Die Hagelkörner springen von der Erde nach oben. Äste krachen herunter, fallen auf die Scheibe.

»Großer Gott«, sagt Mutter. »Es schlägt uns das ganze Auto kaputt. Hoffentlich hält das Glas.«

Aber mir ist es egal. Ein Wind kommt auf, der Hagel lässt nach, ich öffne die Tür, um den Ast herunterzunehmen, und werfe ihn auf die Straße. Es riecht frisch. Als wir weiterfahren, liegt der Hagel wie Schnee am Straßenrand, so kommt es mir zumindest vor, obwohl ich noch nie Schnee gesehen habe, nur auf Bildern. Ich mache mir Sorgen um die Ziege und das Zicklein und die Hühner, aber der weiße Schnee sieht schön aus, obwohl er den Wagen zerbeult hat, den Mutter so sorgsam pflegt, und obwohl die Windschutzscheibe einen Sprung hat. Die Straßen sind mit abgebrochenen, nackten Ästen übersät, und bei den Hütten der Zuckerrohrarbeiter sehe ich einen toten Hund und zerstörte Dächer, die diesmal dem Hagel zum Opfer gefallen sind.

Die kleinen, viereckigen Hütten der Zuckerrohrarbeiter und der Bohnenpflücker sind rosa und zartblau gestrichen, als ob sie das Leben der ausgebeuteten, unterbezahlten Menschen hinter ihren Mauern schönfärben wollen, und die Pflanzen sehen aus wie in Stücke gerissen.

Während das Land vorübergleitet, blicke ich auf den Tag zurück, an dem ich Ama gefolgt bin. Alles kommt mir wie von Düsternis und Wahnsinn überschattet vor. Ich habe Angst davor, es zu erzählen. Dass die Wolken den Himmel wie Asche bedeckten, dass der Wind wehte und ein schweres spanisches Pferd auf Amas lehmigen Hof jagte, dass eine Schleiereule wie eine Frau schrie. Dass ich mich anstrengte, ein Loch auszuheben, um das Pferd zu begraben, dass es jemand wieder geöffnet hat und die Leiche des Pferdes verschwunden ist. Ich weiß nicht, ob ich erzählen kann, dass Ama vom Wind gegen das Haus gepresst wurde und dass mir alles, was folgte, natürlich und richtig erschien, auch wenn es nach dem Gesetz falsch war, dass aber an jenem Tag ein anderes Gesetz am Werk war, das älter war als die Geschichte der Menschen. Würden sie mich erzählen lassen, dass das Land und das Pantervolk noch vor dem Sturm getötet wurden, von dem Zuckerrohr, den Rindern und den weißen Häusern mit den roten Dächern, die die wahren Verbrecher sind. Dass dieses Verbrechen mit den Rindern und Häusern, an denen wir vorbeifahren, seinen Anfang nahm und dass die dafür Verantwortlichen nicht verurteilt und nicht vor Gericht gestellt werden.

Wir fahren in die Stadt, Mutters blaugraues Auto trägt mich durch die nassen Straßen. In der Stadt ist viel morgendlicher Betrieb. Die Leute fahren zur Arbeit. Alles bewegt sich so schnell und hastig nach dem Sturm, der gerade hindurchgezogen ist. Fremd und fremdartig stehen einige Bäume auf dem Grund, den sie sich bis vor kurzem mit niemandem teilen mussten. Der Grund gehörte ihnen, den Sumpfvögeln und dem Opossum. Ich glaube, sie wundern sich, dass sie überhaupt noch leben, diese einsamen Bäume, von denen in dieser Welt niemand etwas wissen will. Während ich aus dem Autofenster blicke, komme ich mir eingesperrt und unsichtbar vor. Die Geschäfte sind noch nicht geöffnet, aber die erste Markise wird bereits ausgerollt. Wir fahren an Waschsalons und Schnellrestaurants vorbei.

»Hast du Hunger?«, fragt Mutter. Als ob ich etwas essen könnte.

Ich schüttle den Kopf. Nein.

»Ich auch nicht.«

Eine Frau begleitet ein Kind in ein Gebäude, das dunkle Spuren des Verfalls trägt und Gitter vor den Fenstern hat. Es ist schon heiß, obwohl der Wetterbericht Regen vorhersagt. Obwohl ich im Auto meiner Mutter sitze, bin ich im Wasser, so fühlt es sich auf jeden Fall an. Meine Füße stehen im Wasser und versinken im schlammigen Untergrund. Aber da sehe ich Ama vor mir, die mir tief in die Augen blickt und sagt: »Wenn sie dich fragen, erzählst du ihnen einfach, was passiert ist«, und ich bin überzeugt, dass ich keine Stimme mehr habe. Und dann kommen wir zu dem Gebäude, dessen Wände kalter Stein sind.

Der Prozess gegen Ama Eaton zieht ein großes Publikum an, und wir fahren ein paarmal um den Block, ohne einen Parkplatz zu finden. Leute demonstrieren. Weiße. Indianer. Zeitungsreporter sind gekommen. Es ist so viel geredet worden. Die vom Aussterben bedrohte Katze. Die vertraglich abgesicherten Stammesrechte. Nach dem Vertrag durfte Ama die Katze töten. Und das macht die Leute, die die Panter retten wollen, wütend, weil sie sowieso an so vielen Krankheiten leiden, dass sie kaum eine Überlebenschance haben. Und ich bin ihrer Meinung, aber ich bin auch für die Stammesrechte. Wie kann es zwei Wahrheiten geben, die einander widersprechen? Und ich. Ich stehe jetzt auf beiden Seiten; das ist das Schlimmste. Was Ama getan hat, war falsch, und es war richtig. Ich sehe das Blitzlicht der Kameras, als wir vorbeifahren, aber noch hat man uns nicht bemerkt. Ich schäme mich. Obwohl ich im Auto sitze, senke ich den Blick und schaue nicht wieder hoch.

»Am besten lasse ich dich erst aussteigen und suche dann einen Parkplatz«, sagt Mutter. »Wer weiß, wie weit wir sonst zu gehen haben.« Aber sie setzt mich nicht ab. Sie wollte bloß etwas sagen. Sie will nicht, dass ich ganz allein durch die wütende Menschenmenge gehen muss.

Wir fahren weiter, bis wir eine Lücke finden. Wir müssen wirklich ein ziemliches Stück laufen. Wir schließen den Wagen ab und gehen schweigend zurück. Ich fühle mich so klein wie ein Samenkorn, das über eine riesige, weite Welt geweht wird.

Eine Gruppe Menschen beobachtet uns, als wir uns den großen weißen Säulen des Gerichtsgebäudes nähern. Sie wissen, wer ich bin. Sie sehen mich an, verurteilen mich. Es ist so heiß, dass ich schwitze, die Haare kleben mir im Nacken, mein Herz hämmert vor Angst. Mutter geht schneller, eine Hand unter meinen Arm gelegt, schiebt sie mich vorwärts. »Schon gut«, sagt sie.

Aber alle sehen uns, und es ist, als ob ihnen das Urteil mit Großbuchstaben ins Gesicht geschrieben steht. Ama Eaton ist ein Killer, der schöne, bedrohte Tiere tötet. Sie ist die Zerstörerin der Zukunft, des Lebens und der Möglichkeiten. Sie hat die Welt beraubt. Sie ist eine Diebin, die der Welt einen der letzten überlebenden Floridapanter gestohlen hat. Und ich bin das Kind, das ihr gefolgt ist, das stille Ding, das keinen Verstand hat, das aus dem Sturm in den Mördersumpf gegangen ist. Sie haben keine Ahnung, wie es in mir aussieht. Aber ich auch nicht. Während wir wie in Zeitlupe auf die Treppe zugehen, versuche ich zu ergründen, was ich wirklich weiß, was richtig oder falsch ist, doch ich weiß nur, dass die Vögel jetzt über uns sind, zu viele Stärlinge für die zwei Bäume, die es in dieser Straße noch gibt, und deshalb streiten und kämpfen sie um den Platz. Und ich weiß, dass es etwas bedeutet hat, wenn Ama, als sie noch im kleinen, ehemals blauen Haus in der Nähe des Wassers wohnte oder das lehmige Ufer hinunterrutschte, die gelben Gottesaugen zum Wasser gleiten und im Licht leuchten sah, dass es etwas bedeutet hat, was niemand sonst verstehen könnte. Sie würden es nie verstehen. Es ist ihnen nicht gegeben, etwas über diese Dinge zu wissen. Sie würden nie begreifen, was Big Heart Eaton, wie meine Mutter sie früher genannt hat, die Frau, die es kaum übers Herz brachte, eine Fliege zu erschlagen oder einer Schlange den Kopf abzuschneiden, dazu bewog, der kostbaren Welt dieses Leben zu nehmen. Und sie kennen unsere Geschichten nicht.

»Mach dir nichts daraus, dass sie dich ansehen, Omishto«, sagt meine Mutter.

Es ist das erste Mal, dass sie mich bei meinem Namen nennt. Vielleicht das erste Mal in meinem Leben. Und in ihrer Stimme schwingt Angst um mich mit. Ich sehe sie an und frage mich, warum sie sich diesen Tag ausgesucht hat, um mich bei meinem rechtmäßigen Namen zu nennen. Sie hat zu viel Rouge aufgetragen, aber darunter schimmert ihre Haut durch, nicht ganz glatt und sehr blass.

Als wir die Treppe hinaufgehen, tritt ein Mann aus der Menge und will mit mir reden. Er ist gut gekleidet, aber meine Mama sagt: »Entschuldigen Sie bitte.« Sie hebt die Arme, und die Menge teilt sich und lässt uns durch. Eisig schweigend gehe ich an ihnen vorbei, als ob ich sie nicht sehen kann. Ich blicke nicht hoch, aber auch nicht nach unten, aus Angst, durch das Pflaster zu fallen, in die fauligen Abwässer zwischen hier und der Hölle.

Eigentlich dauert es nur einen Augenblick, aber mir kommt es so vor, als ob wir für die Schritte in das Gerichtsgebäude ewig brauchen. Aus der drückenden Hitze und Schwüle treten wir ein. In der Halle steht ein Mann, der sich an eine Aktentasche klammert. Ich sehe ihn kurz an und frage mich, ob er wohl bald Teil meines Lebens sein wird, dieser unbekannte Mann, ob er ein Anwalt ist. Aber dann rufe ich mir in Erinnerung, dass mir nicht der Prozess gemacht wird. Ich bin nur eine Zeugin. Eine Beobachtende, so wie mein Name, Omishto. Sie haben mir bereits gesagt, dass ich nicht angeklagt werde, wenn ich über Ama die Wahrheit sage. Sie nehmen Rücksicht auf mein Alter. Aber ich werde sowieso die Wahrheit sagen, weil sie es so will. Nur nicht, wie krank der Panter aussah, obwohl es auch nicht viel ausmacht, so oder so, es ändert nichts. Ich habe auch gehört, dass sie die Geschworenen gefragt haben, wie sie dazu stehen, wenn die Verteidigung auf Unzurechnungsfähigkeit plädiert. Ich denke, sie wollen beweisen, dass Ama unzurechnungsfähig ist, und es käme mir nicht richtig vor, sie auf irgendeine Weise zu verraten.

Die Innenwände des Gebäudes sind kalter Stein. Die Ecken

sind dunkel. Der Boden ist frisch gebohnert. Obwohl es sich leer anfühlt, ist es voller Menschen. Die hier arbeiten, hasten mit bleichen Gesichtern vorbei. Sie putzen den Boden. Sie betreten die Räume. Gerichtsdiener. Sekretärinnen. Frühmorgens und dann wieder am Abend machen ihre Schuhe tappende, schlurfende Geräusche auf dem Boden. Über mir höre ich die Lampen summen. So scharf ist mein Gehör in diesem steinernen Raum, hinter den großen weißen Säulen des Gerichts.

In der Halle unterhalten sich zwei Männer darüber, dass die Portalofische das Salzwasser verlassen haben und landeinwärts geschwommen sind, als der Wasserstand so hoch war, und wo man sie am günstigsten fangen kann, aber sie verstummen, als sie mich sehen.

Vor dem Verhandlungssaal Nummer vier werden wir nach Waffen durchsucht, dann gehen wir hinein, in den Raum, der Türen hat, die nicht wie Türen aussehen, sondern wie Wände, die sich öffnen, Wände, durch die schließlich der Richter kommt. Jemand sagt: »Erheben Sie sich.«

Wie die Sonne aufgeht, wie der Wind sich erhebt, stehen wir auf.

»Im Jahre des Herrn«, sagen sie.

Ich kann nicht anders, ich flüstere meiner Mutter zu: »Verglichen mit uns hat ihr Herr noch nicht viele Jahre auf dem Buckel.« Ich sage es, weil die Spannung zu groß für mich ist, weil ich ängstlich und wütend zugleich bin.

»Lass das sein«, sagt sie und gibt mir durch einen Blick zu verstehen, wie ernst die Angelegenheit ist und welches Benehmen sie von mir erwartet. Und ich werde mich benehmen.

Sie sagen, dass wir uns setzen sollen. Wie förmlich es ist, wie unmöglich. Dann eröffnet Richter Gracian die Verhandlung. Dieses Gebäude ist eine in zwei Stücke zerschnittene Welt.

Das Gebäude und alles, was es enthält, trennen einen Teil des Lebens von einem anderen. Es schneidet durch Narben und legalen Diebstahl, es hat sogar die Steine der Erde gespalten und hierher gebracht, in das Gericht, und dann deckt es, was zerbrochen ist, mit Worten wieder zu, so wie die Kapoubohne aus der alten Welt dieses schöne Land mit fremdländischen, alles erstickenden Ranken überwuchert.

Ich sitze da in dem Kleid, das meine Mutter mir aus einem älteren Kleid genäht hat. Menschen sehen mich an. Ich bin nicht hübsch, denken sie, ich bin nicht wie sie. Man sieht es gleich. Es steht ihnen deutlich ins Gesicht geschrieben, was sie von mir denken. Und von dem Kleid. Es ist eindeutig selbst genäht, so etwas trägt sonst niemand. Ich habe versucht, wie sie zu sein. Aber jetzt, da ich hier sitze, gebe ich es auf. Ich würde ihnen Hässlichkeit vererben, einen Ort außerhalb ihrer Welt, eine Dunkelheit, in die sie nie ein Licht bringen könnten, eine Erinnerung an etwas, was aus einer Geschichte der Zerstörung entspringt. Sie könnten es nicht wagen, das zu überleben. Sie würden Qualen leiden. Wenn es in dieser Welt nur dreißig von ihnen gäbe, würden sie vor Verzweiflung niedersinken und sich selbst schlagen. Sie würden sich zugleich das Leben und den Tod wünschen.

Auf dem Tisch sehe ich ein Halsband liegen und die Flinte des Jungen, die nicht die Waffe ist, um die es geht, nicht die Waffe, die Ama benutzt hat. In den Gerichtsfilmen im Fernsehen untersuchen sie immer die Kammer, die Kugeln, die Fingerabdrücke, aber offenbar tun sie das hier nicht, denn sie haben keine Kugel, die sie vergleichen können, sie haben nicht einmal eine tote Katze vorzuweisen. Nur das Halsband, und ich verstehe nicht gleich, was es damit auf sich hat. Es sieht steif aus, groß und grau. Es ist etwas verdreht und zerschnitten. Doch dann wird mir klar, dass das Halsband ihr Beweis ist. Es ist ein Halsband, wie es die Biologen benutzen. Jetzt erst begreife ich, dass sie uns wegen des Halsbandes bis zu Amas Haus verfolgen konnten, dass Ama es mit nach Hause genommen hat, weil sie gefunden werden wollte. Mir fällt das Flugzeug ein, das über uns kreiste, und mir wird klar, dass es von der Naturschutzbehörde gewesen sein muss, die die Katze überwacht und beobachtet hat. Dass sie verfolgt wurde und dass wir verfolgt wurden.

Manche, aber nur manche, mögen die Biologen nicht, weil sie die Katzen beschützen. Doch es gibt auch andere, die meinen, dass sie nicht genug tun, um sie zu beschützen. Ich weiß nur, dass sie auch Verluste hatten. Ein Panter ertrank, nachdem er das Betäubungsmittel in den Hals bekommen hatte. Ein anderer wurde zu groß für das Halsband und erstickte. Ein Panter starb an einer Droge.

Dann entdecke ich Ama. Sie muss schon die ganze Zeit da gewesen sein, beinahe unsichtbar in diesem Raum. Sie hat sich klein gemacht an ihrem Tisch, fast durchsichtig. Sie sieht die Leute im Saal nicht an. Sie sieht niemanden. Sie sieht sie einfach nicht. Als wären die vielen Leute gar nicht da, als wäre niemand da, auch ich nicht oder meine Mutter, auch sie selbst nicht. Doch obwohl sie sich so klein macht, wird sie von allen beobachtet, auch von mir.

Nun kommen vier Stammesälteste herein und setzen sich in die hintere Reihe. Von meinem Platz aus kann ich erkennen, wie die Alten sitzen, ruhig und still, fast starr. An diesem Ort, wo Worte lügen können, strahlen ihre Stille und ihr Unbehagen Ehrlichkeit aus, und Schweigen ist eine Art Wahrheit. Meine Mutter hat mir einmal erzählt, als ich noch klein war, hätten die Alten gewollt, dass ich zu ihnen in den Sumpf ziehe und bei ihnen lebe. Wenn ich an sie denke, sehe ich sie immer an der Schwelle zu unserer Welt leben. Die Menschen im Gericht drehen sich nach ihnen um, und es wird leise im Saal, weil sogar die Weißen vor ihnen Respekt haben, wie sollte es auch anders sein, so stark, wie sie sind, so anders, selbst noch in ihren Bewegungen und in ihrer Haltung.

Aber am meisten von allen fällt mir Ama auf. Sie hat nicht viel gegessen. Das sehe ich ihr an. So starkknochig sie gebaut ist, wird sie dahinschwinden, verschwinden, so dünn ist sie geworden. Ihr Gesicht sieht müde aus, die Furchen sind tiefer als früher. Trotzdem huscht manchmal etwas darüber hinweg, und sie sieht gesund und leuchtend aus, als ob sie Licht ist und keine Materie. Manchmal sitzt sie auch nur da, ohne zuzuhören, und schaut an die Wand, ins Dunkle, als ob sie diesen Raum nicht sieht, als ob sie nicht mehr weiß, wer und wo sie ist, in diesem Gerichtssaal. Sie verschränkt die Arme vor der Brust, und ihre Augen blicken durch die Wände nach draußen. Ich weiß, was sie sieht. Sie sieht den Raum nebenan, wo eine andere Verhandlung stattfindet, eine Anhörung vielleicht, ein Verkehrsdelikt, eine Scheidung, ein Sorgerechtsfall. Sie sieht weiter als die Wände, bis dahin, wo die neuen Reihenhäuser gebaut werden, wo die Pferde und Rinder mit gesenktem Kopf auf der Wiese stehen und fressen, so lange fressen, bis sie an der Schlachtbank stehen, betäubt, getötet und ausgeblutet werden. Sie sieht die Zypressen, die Sümpfe mit ihrem Wetterleuchten und den Irrlichtern. Sie sieht direkt in die wilden gelben Augen der Katze, die ihre Verwandte war, und in ihren Augen – daran erinnere sogar ich mich – blickt sie in Tod und Geburt und den Ort, wo die Welt geboren wird, und sie glaubt, dass es dieses Licht ist, das unser Volk am Leben hält.

Mutter hat gesagt, dass ihr Anwalt sie zu der Verhandlung überreden musste. Sie wollte keine. Sie fand, es würde reichen, wenn sie ihre Schuld eingestand. Aber mir wird klar, dass es bei der Verhandlung um mehr geht als nur um eine Sache, um mehr als nur darum, ob sie unzurechnungsfähig ist oder nicht, ob sie die Katze getötet hat oder nicht. Sie fragen einen Biologen, ob es ein echter Florida-Panter war und keine andere Spezies, weil er sonst nämlich nicht zu einer bedrohten Tierart gehört hätte. Dann hätte Ama lediglich gejagt. Es wäre eine Lücke im Gesetz, ein Loch im Gesetz, das dem Schutz gilt. Sie hätte lediglich gejagt. In der Schonzeit vielleicht. Und am falschen Ort, falls es außerhalb des Reservats war. Und ohne Jagdschein. Der Biologe kann nicht sagen, ob die Katze nicht vielleicht aus der Vereinigung eines echten Panters mit einem Puma oder Berglöwen entstanden ist. Wer kann das sagen? Er könnte auch zugewandert sein.

Als ich in den Zeugenstand gerufen werde, fragt man mich nach meinem Namen und nach meinem Beruf. »Ich bin Schülerin und gehe zur Walker High.«

»Bist du eine gute Schülerin?« Der Mann möchte mir die Befangenheit nehmen.

Ich sage nicht, wie gut ich früher war, wie stolz meine Mutter auf mich war. Ich nicke bloß, aber ich werde rot.

»Was für eine Beziehung hattest du zu Ama Eaton?«

Vor dem Gesetz zu stehen verwirrt mich, und ich kann nur hoffen, dass ich es richtig ausdrücke. »Ich bin ihre Freundin.«

»Du bist ihre Freundin.« Er wiederholt meine Antwort, als ob er mir nicht glaubt. »Trotz des Altersunterschiedes?« Es ist eine Suggestivfrage, mit der er bei den anderen Misstrauen gegen unsere Freundschaft säen will, damit sie denken, ich hätte kein Urteilsvermögen und Ama würde Minderjährige beeinflussen. Sie sollen denken, dass sie seltsam ist, weil sie sich mit einem Mädchen abgibt. Und ich sehe, dass es wirkt. Er macht aus mir das Opfer einer Frau, die sich einbildet, neben und über dem Gesetz zu stehen.

Ich sehe ihm in die Augen und sage: »Ja, ihre Freundin.«

»Wie lange kennst du sie schon?«

»So lange ich mich erinnern kann. Seit ich ein Kind war.«

»Erinnerst du dich an den Tag, als der Panter getötet wurde?«

»Ja.« Ich sehe den Staatsanwalt an. Er ist ein schwerer, steifer Mann. Er sucht nach einer Schwachstelle, wo er einhaken kann. Ich sehe Ama nicht an, nicht direkt, aber aus dem Augenwinkel entgeht mir nichts. Sie hört genau zu, obwohl sie es sich nicht anmerken lässt.

Dann sehe ich meine Mutter mit dem stets wehmütigen, verletzten Gesichtsausdruck. Eine Frau, die ich auf keinen Fall werden will. Sie macht sich Sorgen, was sie in der Schule, in diesem Raum, in ihrer Kirche über mich denken.

Er fragt mich nach dem Ort. »Weißt du, wo ihr an dem Tag wart, als der Panter getötet wurde?«

»Nicht genau.«

»Im Reservat?«

»Ja, ich glaube, es war im Reservat.« Aber ich bin mir nicht sicher, und das können sie spüren. Daraus können sie Kapital schlagen.

»Wie kannst du behaupten, dass es im Reservat war, wenn du gar nicht genau weißt, wo ihr wart?«

»Weil wir die Straße und die Kanäle überquert haben.«

»Also wusstest du doch, wo ihr wart?«

»Nein, nicht richtig, ich wusste bloß, dass wir irgendwo auf Taiga-Land waren.«

Ich sehe in das Gesicht meiner Mutter. Sie ist gealtert, wie ich. »Ich bin alt«, hat sie an diesem Morgen gesagt. Ich sah, dass es stimmte, obwohl sie ihr bestes Kleid trug. Sie ist in den letzten Wochen gealtert, und sie sieht traurig aus, und es tut mir Leid, dass ich ihr Sorgen gemacht und sie enttäuscht habe. Sie sieht mich ebenfalls an. Zwischen uns hängt Hilflosigkeit in der Luft, der Wind des Verrats. Ihrer und meiner. Es ist nicht, dass ich sie verraten habe oder sie mich, wir sind von etwas verraten worden, was wir noch nicht benennen können, keine von uns.

»Wusste Ama Eaton, dass der Panter unter Naturschutz steht?«

»Ja, das wusste sie.« Ich sage nicht, dass sie genau wusste, was mit ihr geschehen und dass man sie verurteilen würde. Sie war schuldig, das hat sie selbst gesagt.

»Du auch?«

»Ja.«

Ich denke an die Katzen da draußen, zwischen den Zypressen und Mangroven, in den Sümpfen, die die Menschen nicht betreten sollten, auf jeden Fall die meisten Menschen nicht, obwohl es mir ganz natürlich vorkommt. Und ich denke an die Katzen, die von den Autos getötet werden. Ein Dutzend, seit der Highway gebaut wurde. Die Highschool-Mannschaft ist nach ihnen benannt. Sie sind nur ein Maskottchen, sonst nichts. Niemand will sie in seiner Nähe haben, aber sehen möchte man sie trotzdem. Man will nicht bei jedem Schritt über die Schulter blicken müssen. Sie sagen, die Katzen verfolgen Menschen. Es ist bis jetzt kein Fall bekannt, bei dem sie einem Menschen etwas getan haben, aber sie verfolgen sie. Und niemand will, dass sie Rinder oder Hunde fressen. Die menschlichen Bedürfnisse lassen ihnen keinen Platz zum Leben.

»Du sagst, du hast Ama Eaton geholfen. Was genau hast du gemacht?«

»Ich habe das Wasser und die Sachen getragen.«

»Was für Sachen?«

»Hauptsächlich Wasser. Und eine Zeit lang auch ein Messer.«

»Hast du die Katze zu ihr nach Hause getragen?«

»Nein.«

»Hast du die Katze gesehen?«

Ich sah sie, mager und sterbend. Hungrig. Blassbraun, grau im Gesicht, den dunklen Kreis auf ihrer Flanke. Ich habe sie noch immer deutlich vor Augen. Ich nicke. »Ja, aber nur ganz kurz. Nachdem sie tot war.«

»Hast du Ama Eaton mit dem Fell oder der Leiche der Katze gesehen?«

Ich schließe kurz die Augen. Ich sehe den Polizeisergeant, der gesagt hat, dass es ihm Leid täte, sie festzunehmen. Er kannte sie von früher, genau wie alle anderen. »Ich habe die Katze hinterher nicht mehr gesehen. Nicht, nachdem wir nach Hause gekommen waren. Ich weiß nicht, was mit ihr passiert ist.« Das sage ich, aber vor meinem inneren Auge sehe ich Ama, die sich die Haare kämmte, als sie abgeholt wurde, die sich in einem Topf Wasser wusch, die sich das Kleid glatt strich. Ich sehe, wie sie zum Wagen ging, um sich wegbringen zu lassen. Ich frage mich auch, was sie mit der Katzenleiche gemacht hat, mit dem Gewehr. Beide sind verschwunden.

»Wieso weißt du nicht, wo sie abgeblieben ist?«

Ich sehe das Blut an den Flanken des Pferdes, und mir wird übel. Schlimmer noch, ich kann es riechen. Und ich weiß, dass sie das Halsband absichtlich mit nach Hause genommen hat – weil sie wusste, was es bedeutete –, um sie zu sich zu führen. Aber ich weiß nicht, warum.

»Weil ich eingeschlafen bin. Als ich aufwachte, war nichts mehr da.«

»Nichts?«

Alles, was ich sage, klingt falsch.

Einen Augenblick lang sehe ich Ama mit den Augen der anderen, und ich zweifle an ihr, und ich frage mich, ob sie, wie ein Reporter meinte, das Fleisch der Katze gegessen hat. Ich frage mich auch, was sie mit dem Kadaver gemacht hat und ob die Schnurrhaare, wie man sich früher erzählte, Heilkräfte besitzen, ob es einem Menschen in diesem Leben wirklich hilft, wenn man ihm mit den Panterkrallen über die Beine kratzt, oder ob es wenigstens früher geholfen hat, so wie es Generationen vor uns geglaubt haben. Ich lasse den Blick zu den alten Leuten hinten im Saal wandern. Den Körper kratzen. Ich glaube, man kratzt den Körper mit den Krallen, um das Licht herauszulassen, das menschliche Licht, oder um etwas Besseres als dieses Licht hineinzulassen. Ich frage mich, ob Ama das wohl geglaubt hat, und ich denke, dass es so gewesen sein muss.

Am nächsten Tag streicht Ama sich nicht das Kleid glatt, so wie ich es getan habe, aus Verlegenheit in diesem Saal voller Menschen, oder wie sie selbst es getan hat, bevor sie in den Polizeiwagen stieg. Ihre Schuhe, die sie sonst immer blank wienert, sind abgestoßen. Sie hat sie nicht geputzt, nicht einmal den Staub abgewischt. Sie steht neben allem, auch neben sich selbst. Nichts deutet auf ihre Güte hin, auf ihre Freundlichkeit und Nachsicht. Aber sie hält sich aufrecht. Ihr Haar ist ordentlich frisiert. Sie trägt ein Anstaltskleid; die Gefangenen tragen die gleichen Sachen wie die Patienten in der psychiatrischen Klinik, wie meine Mutter damals, nachdem mein Bruder gestorben war, und später noch einmal, als Herm sie in die Anstalt gesteckt hat und sie einen ganzen Monat ihre dunkle Brille nicht abgenommen hat. Ich frage mich oft, was sie damals niemanden in ihren Augen sehen lassen wollte. Aber anders als meine Mutter wirkt Ama in dem Kleid nicht wie eine gebrochene Frau. Ihr Rücken ist gerade, die Schultern durchgedrückt, und sie strahlt Kraft aus, eine ehrliche Stärke.

Heute scheint die Sonne. Das Licht im Saal ist hell und klar. Es kommt durch ein hohes Fenster und fällt sowohl auf den Boden als auch auf die Schultern des Mannes, der Notizen macht.

Und ich bin wieder an der Reihe. Heute stellt mir ein anderer Mann eine Frage. Ich schlucke, so nervös machen mich meine eigenen Gedanken. »Was?«

»Bist du eine reinblütige Taiga?«

»Ja.«

»Glaubst du, dass Ama Eaton eine reinblütige Taiga ist?«

Für die anderen würde das sehr viel ausmachen, aber nicht für uns.

Ich sehe Ama an und weiß, dass sie zu den Menschen gehört, die ihr Leben geben würden, um die Welt wieder gerade zu rücken. Auch wenn dabei ihre eigene, persönliche Welt zerbricht.

Ich will ihnen sagen, dass die Welt stirbt, genau wie wir, Stück um Stück, mal im Kleinen, mal im Großen, dass Ama an die ältesten Überlieferungen glaubt, dass sie wirklich und wahrhaftig geglaubt hat, jemand müsse es tun, jemand müsse einen Weg finden, die Welt zu erneuern, und ihr bleibe nichts anderes übrig, als es selbst zu tun. Ja, es war gegen das Gesetz, aber ich habe mit meinen eigenen Augen gesehen, dass die Jungen das Land mit ihren rasenden Sumpf-Buggys töten und dass die Männer keinen Finger krumm machen würden, um sie daran zu hindern. Vielleicht hat Ama sich diese Last deshalb allein aufgebürdet. Obwohl niemand mehr daran glaubt. Und das Schlimmste und Traurigste daran ist, dass es nicht funktioniert hat, dass anscheinend alles genauso weitergeht wie bisher, dass der Glaube sie und uns alle im Stich gelassen hat und die Jungen die Welt noch immer zu Tode hetzen.

»Wusste sie, dass der Panter unter Naturschutz steht?«, fragt er mich noch einmal.

»Das war ihr klar.« So viel verrate ich ihnen. Sie hat es selbst gesagt.

»Woher weißt du das? Habt ihr darüber gesprochen?«

»Nein, nicht direkt.«

Ich fühle mich verloren. Es ist nicht nur Einsamkeit, es ist stärker, als wäre man in tiefster Nacht ganz allein und von allen und allem verlassen, vom Meer, von der Natur oder von Gott, und ich frage mich, warum ich bei etwas mitgemacht habe, was so schlimm ist, dass es mich keinen Schlaf mehr finden lässt, wenn mich die dunkle Nacht umfängt. Aber ich weiß auch, dass ich ein Teil von etwas bin, was vielleicht Gott, das Meer oder die Natur ist, und dass sich der Boden, auf dem ich bisher gestanden habe, aufgetan hat und mich verschlucken will.

Sie wusste, was mit der Katze geschehen würde. Sie wusste, was mit ihr selbst geschehen würde. Sie wusste, dass es ein Weibchen war. Sie wusste, dass man sie verurteilen würde. Sie war schuldig. Sie hat es selbst gesagt.

Wie kann ich es ihnen sagen? Da war ein Sturm, die Hirsche flogen durch die Luft, es war mehr Wasser im Himmel als auf der Erde, als wäre die Welt auf den Kopf gestellt, und die Schlangen versuchten, ins Haus zu gelangen. Ich hätte sie getötet, ich schon. Solche Angst hatte ich vor ihnen. Aber Ama nicht, weil sie niemals tötet, wenn es nicht sein muss.

Ich könnte sagen, dass um uns Ascheflöckchen schwebten und es ein unnatürlicher Tag war, aber nicht, dass mir das, was sie an jenem Tag tat, natürlich vorkam, und ich kann ihnen auch nicht sagen, warum. So ist es nun einmal, wenn die Welt die Dinge selbst in die Hand nimmt. Sie tötet. Sie tötet alles. Sie zerstört, um weiter bestehen zu können. Wie kann ich es ihnen erklären, dass in dem Sturm Tag und Nacht eins waren, dass sich sogar die Erde auf die Seite gelegt hatte, was mit ein Grund dafür ist, dass sie es getan hat und dass ich ihr so unbeholfen gefolgt bin, nicht imstande umzukehren, während sie Schlamm und Steine, umgestürzte Bäume und Tierleichen wie im Fluge überwand. Wie könnte ich es sagen, um sie zu überzeugen, dass es sich schon lange vorher angekündigt hatte, sehr, sehr lange, und dass es Teil einer alten Prophezeiung war, einer alten Geschichte. Es war nicht daran zu rütteln, und es gab kein Zurück.

Es war unabwendbar, damals wie heute, obwohl sie die Konsequenzen kannte und vorhersagte und obwohl ich, ohne zu wissen, warum, oder die Bedeutung meiner Worte zu verstehen, zu ihr sagte: »Ama, du hast dich selbst getötet.« Als ob ein anderer durch meinen Mund sprach.

Ich sehe auf die vielen Unterlagen, die vor den Anwälten liegen. Trotz des Sonnenstrahls, der in den Saal fällt, wohnt das Unglück schon lange hier. Unser Unglück. Es ist alt und reicht weit zurück, bis vor Amas und meine Zeit, geradewegs bis in die Zeit, als die ersten Weißen hilflos durch Sümpfe, Gras und Wälder irrten. Wie zwei Augen leuchtete ihnen das Unglück in ihrer dunklen Nacht entgegen.

Es muss vor langer Zeit begonnen haben, als wir in den Sümpfen wohnten, wo das Moos von den Bäumen hing, und uns vor den Soldaten versteckten. Als wir lernten, uns geräuschlos und unbemerkt auf dem Wasser fortzubewegen, um zu überleben. Wir bereiteten unsere Nahrung ohne Feuer zu und hinterließen keine Spuren unserer Anwesenheit. Und vielleicht begann es sogar noch früher.

Aber ich kann die eigentliche Wahrheit nicht sagen; ich kann nur die Fakten sagen. Obwohl ich nicht an dieses Gericht glaube, lüge ich nicht, nicht aus Achtung vor dem Gericht oder den Männern in Robe und Anzügen, sondern aus Achtung vor der Wahrheit.

Ich kann nur noch flüstern. Sie bitten mich, es noch einmal zu wiederholen, und ich sage: »Sie wusste, dass es nicht mehr viele von ihnen gibt.« Ich weiß selbst nicht, warum ich flüstere. Und ich sage, dass sie den Panter in dem Sack mitgenommen hat und dass sie Willards Pferd gestohlen hat.

Sie fragen mich wieder, was sie mit dem Fell gemacht hat.

»Ich weiß es nicht. Ich habe es nicht gesehen, weil ich müde war und eingeschlafen bin.«

»Hat sie dir gesagt, was sie vorhatte?«

»Ja.«

»Und was hat sie gesagt?«

»Sie sagte, dass sich die ganze Welt darum dreht.«

»Was hat sie deiner Meinung nach damit gemeint?«

»Dass unser Leben davon abhing.«

Der Anwalt, der Verteidiger, will beweisen, wie stark Amas Glaube ist. Er fragt: »Ist das deine Religion?«

»Nein. Nicht meine. Ihre.«

»Glaubst du daran?«

»Nein, ich nicht.« Ich schlucke, mir ist heiß. »Ich selbst glaube es nicht. Aber sie.« Ich kann Ama nicht in die Augen sehen, weil ich das Gefühl habe, dass sie meinetwegen wie eine Verrückte dasteht und dass ich sie im Stich gelassen habe, dass ich das verraten habe, was wir sind, was wir waren und was wir nicht mehr sind. Jedes Wort, das ich sage, klingt falsch. Und plötzlich wird mir zu meiner Verwunderung klar, dass ich gelogen habe, denn ich glaube doch an das, woran Ama glaubt. Ich habe gelogen, sogar mich selbst habe ich belogen. Manchmal glaube ich daran, so wie das eine Mal, als ich die vier Frauen sah. Ich sah sie, und sie waren da, ganz egal, ob jemand an sie glaubte oder nicht.

Ich schweige, aber er wartet darauf, dass ich weiterrede.

»Hat sie geglaubt, dass die Götter sich zurückgezogen haben und die Welt aus dem Gleichgewicht war?« Ich denke, ja, sie haben uns verlassen, ja, aber ich sage nur: »Ja, ich glaube.«

»Und dass es ihre Aufgabe war, sie zurückzuholen?«

»Ja, ich glaube. So ungefähr.« Ich bin so müde, dass ich einschlafen könnte.

»Warst du den ganzen Tag mit ihr zusammen?« Schon wieder. Und wieder: »Ja. Ich war die ganze Zeit mit ihr zusammen.«

»Hast du versucht, sie aufzuhalten?«, fragt er.

Wie Ama es wollte, sage ich ihnen die Wahrheit, auch wenn sie ihr zu schaden scheint. »Ja. Zuerst«, sage ich, aber es tut mir

Leid, dass ich es sagen muss, und mir steigen Tränen in die Augen. Und weil es so aussieht, als ob ich gegen sie bin, werfe ich Ama einen Blick zu. Sie lächelt schwach, doch sie sieht mir in die Augen, und ihr Blick ist stark. »Aber sie hat es getan, weil sie es musste. Das müssen Sie verstehen.« Meine Bemerkung verhallt ungehört. Ich schließe die Augen. Ich sehe sie zu Füßen der Katze, zu Füßen des Himmels, zu Füßen der Gerechtigkeit, zu Füßen all der gefallenen Welten.

Dann fragt mich der Verteidiger: »Warum sagst du, dass sie es tun musste? Was meinst du damit?«

Ich sehe ans Ende des Saals, wo die alten Taiga der Verhandlung folgen, so dunkel, als ob sie im Schatten sitzen. Ich hatte sie fast vergessen, so still sind sie. Sie sind ein Schatten in diesem Raum. Sie beobachten mich, ohne mich anzusehen. »Ich meine, sie standen in einer engen Beziehung. Sie kannten sich. Ama kannte die Katze seit Jahren.« An der Art, wie plötzlich alle auf ihren Sitzen herumrutschen und sich ansehen, merke ich, dass das, was ich sage, für die Leute im Saal verrückt klingt. Aber ich sehe die alten Leute an.

»Sie kannte den Panter«, sagt er.

»Ja.« Ich erzähle nicht, dass es eine Geschichte gibt, in der ein Panter getötet und zum Schöpfer geschickt wird, der daraufhin die Welt erneuert, aber ich sage: »Sie hat ihn sogar beschützt. Vor ein paar Jungen. Die Flinte da gehört ihnen. Die da drüben.« Ich zeige darauf. »Ama hat sie ihnen abgenommen.«

»Sie hat den Panter nicht mit dieser Flinte erschossen?«

»Nein.«

Die Stille in diesem Raum aus Stein, Marmor und Holz ist tiefer, als ich je eine Stille erlebt habe. Meine Worte scheinen sich darin zu verlieren. Meine Worte haben sich wie Staub in die Ecken gesenkt. Und niemand kann sehen, wie schön Ama ist. Nur, dass sie die Augen zukneift. Sie, Ama Eaton, wirkt so, als ob sie nicht aufmerkt, nicht zuhört, obwohl sie die Menschen im Saal sieht. Ich weiß, dass Ama sie sieht, und mir fällt wieder ein, wie wir die Frauen auf dem Highway kommen sahen. Aus der Hitze. In ihren Kleidern. Ich habe sie gesehen, das schwöre ich, aber in diesem Raum des schwarz-weißen Rechts kann ich es nicht sagen.

Ich würde gern noch etwas anderes erzählen. Es lebt im Unterholz, in Dornendickicht und Dunkelheit. Es lebt mitten im schwarzen Wasser. Es hinterlässt Spuren, und man kann es nicht sehen, nur spüren. Seine Welt ist so fremd wie eine andere Sprache. Sein goldenes Augenleuchten ist eine Geheimtür. Es folgt den Menschen, aber sie sehen es nicht. Es übersteigt ihre Vorstellungskraft.

Aber auch Ama übersteigt ihre Vorstellungskraft. Die Geschworenen, der Richter und die Anwälte kennen die Wildnis nicht, die Ama gehört. Deshalb haben sie in dieser Angelegenheit nichts zu sagen. Sie können es nicht wissen, so wie man sich nie mit geschlossenen Augen im Spiegel sehen kann. Oder wie man die Sterne bei Tag nicht sehen kann, weil es zu hell ist. Und genauso wenig geht Ama die Welt dieser Leute etwas an. Deren Leben ist zu eng und zu kurz für Ama. Sie kann es nicht verstehen, kennen oder sich vorstellen. Sie hat sich kaum in ihrer bleichen, zahmen Welt aufgehalten. Sie sieht darin so welk und müde wie Herbstgras aus. In den Augen der anderen wirkt sie wie eine Verrückte, aber ich weiß, wie stark und gesund sie ist.

Jetzt scheint die Sonne in den Saal, genau wie gestern, die Nachmittagssonne. Hell breitet sie sich über meine Worte, die zu Boden gefallen sind.

Nun behauptet er, es wäre Ama um Macht gegangen.

»Macht«, wiederhole ich. »Was ist das?«

»In der Geisterwelt.«

»Wozu?«, frage ich unhöflich. »Um etwas zu bekommen,

was sie haben wollte? Sie wollte nichts. Glück im Spiel vielleicht?« Und ich lehne mich nach hinten an die harte Holzlehne und denke an alles, was ich in meinem Leben bis jetzt gelernt habe, die Uhrzeit, Geschichte, Dividieren und Subtrahieren, Sätze und Dokumente, die Lügen waren. Ich erkenne, dass ich die falschen Sachen gelernt habe, und mir ist zum Weinen zumute. Ich denke an die Richtung der Vergangenheit. An die Zeugnisse und Geschichten, die in Straßen aus Fossilien leben. Hier ist die Vergangenheit deutlich zu erkennen. Sie hat überall Spuren hinterlassen. Sie ist unter uns, ein Schatten, und ihre Richtung führt nach unten, unter die Marmortreppe, unter den Fußboden, nicht zu den Knochen der Toten, sondern zu den unbeobachteten Anfängen des Lebens. Ich wage es nicht, nach unten zu blicken, als ob ich sonst womöglich etwas von dieser Vergangenheit erblicken würde. Stattdessen sehe ich die Geschworenen an, und ich frage mich, wer sie sind. Wer sind diese Menschen, die über Ama richten sollen? Ich betrachte das Gesicht des Mannes, der ganz rechts sitzt. Er hat ein verwüstetes, schwaches Gesicht, als ob er das Leben aufgegeben hat. Er wird ihr Richter sein, denke ich. Und die weiße Frau mit der gerunzelten Stirn, die vielleicht gerade an ihr Kind denkt oder an ihren Job, der gewiss schlecht bezahlt ist. Vielleicht denkt sie, dass sie nicht genug verdient, während sie hier sitzt und Zeit verliert. Auch sie wird Amas Richterin sein. Ein schmalgesichtiger Schwarzer mit einem unsteten Blick. Was nennen diese Menschen Leben? Was kann ich ihnen sagen, was wollen sie hören? Dass wir uns durch den Sturm gekämpft haben, zwischen umgerissenen Bäumen hindurch, mit Schlamm bedeckt, dass in den Sümpfen, die sie selbst, ihre Häuser und Kinder umgeben, eine ältere Welt existiert, ein hungriger Panter, eine Frau, die nicht so denkt wie sie? Wir sind überall.

»Wart ihr auf Indianerland?«, werde ich wieder gefragt.

»Ja, ich glaube schon.«

»Wie weit seid ihr gegangen?«

»Es waren vielleicht acht Meilen. Oder auch zwölf. Aber mehr nicht.«

»Woher wusstest du, dass es Indianerland war?«

Wieder. »Weil ich es erkannt habe.«

»Aber du sagst, du weißt nicht genau, wo der Panter getötet wurde.«

»Ja, aber wir sind nicht wieder zurück über den Highway gegangen, und wir sind nur einmal auf dem Hinweg und einmal auf dem Rückweg an Willards Grundstück vorbeigekommen.«

Dabei bin ich mir in Wahrheit über gar nichts mehr sicher.

Als wir am Ende des Tages zum Wagen zurückkommen, haben wir einen Strafzettel bekommen, wegen falschen Parkens.

»Wenn du dich sehen könntest«, sagt meine Mutter. »Was für ein Bild.«

Am nächsten Tag geschieht als Erstes etwas Unerwartetes. Der Stammesvorsitzende, der Mann, der uns Zigaretten und Bingo gebracht hat, hat einen Brief geschrieben, und er kommt in das Gericht, um für Ama auszusagen. Ich kenne ihn, und ich finde es gut von ihm. Die Haare hat er glatt nach hinten gekämmt. Donna nennt das scherzhaft die Stammesvorsitzendenfrisur, weil wir nämlich der Meinung sind, dass alle Vorsitzenden gleich aussehen. Er spricht für Ama; er sagt, sie sei zu ihrer Tat gezwungen worden, gezwungen durch ihre Überzeugungen und ihre Geschichte, und er hoffe, das Gericht werde dies berücksichtigen.

Seine Ausführungen lassen das Gericht tatsächlich nachdenklich werden, sie mustern Ama, mustern uns und sehen, dass wir ein anderer Menschenschlag sind, dass wir nicht sind wie sie, und zum ersten Mal glaube ich, dass das wahr ist. »Es ist unser vertragsmäßiges Recht«, sagt er, und er führt aus, dass das Gesetz auf Amas Seite ist, auf unserer Seite, als ob es überhaupt Seiten gibt.

Er sagt, es sei ihr Recht, vertragsmäßig abgesichert, es sei unser aller Recht. Er spricht auch für sich selbst, es geht ihm um das Prinzip, denn wenn man sie schuldig spricht, ist das womöglich nur der Anfang von weiteren Vertragsbrüchen. Also verfolgt er in dieser Sache seine eigenen Interessen, und auch das ist falsch, obwohl es nach dem geschriebenen Gesetz eine richtige und gerechte Sache ist.

»Denken Sie ...? Nein, lassen Sie mich das umformulieren«, sagt der Anwalt. »Glauben Sie, glauben die Taiga, dass es Macht verleiht, das Fleisch eines Panters zu essen?« Ich sehe sein Gesicht. Seine Miene ist nicht sehr fragend.

Der Vorsitzende setzt sich gerade hin. »Nein«, sagt er. »Das glaube ich nicht.«

»Glauben andere daran?«

»Jeder kann glauben, was er will«, sagt er freundlich und locker. Er sagt nicht, dass die Krallen früher bei Zeremonien benutzt wurden, um Menschen zu kratzen.

Aber an der Frage erkenne ich, was sie denken. Dass Ama etwas für sich haben wollte, dass sie es nur für sich getan hat. Und das macht mich wütend. Trotzdem weiß ich nicht, was sie mit dem Fleisch, den Knochen und der Flinte gemacht hat. Ich sehe in ihr Gesicht. Sie wirkt klein in diesem Saal. Wieder zweifle ich an ihr. Allmählich frage ich mich doch, ob sie den Panter gegessen hat.

Aber dann fällt mir ein, dass sie kaum Beweise haben. Sie können das Blut untersuchen, sonst nichts. Den Jutesack. Die Flinte nicht, denn die, die sie gefunden haben, ist auf den Vater eines der Jungen eingetragen, der behauptet hat, sie wäre ihm aus dem Auto gestohlen worden, aber Tests haben ergeben, dass sie in letzter Zeit nicht abgefeuert wurde. Sie haben keinen Panter. Vielleicht denken sie, sie hat das Gewehr gestohlen, und sie werden sie danach fragen, wie sie an die Flinte gekommen ist, und sie wird ihnen das Gleiche sagen wie ich, dass sie sie den Jungen weggenommen hat, damit sie den Panter nicht töten konnten, den sie auf den Baum getrieben hatten. Sie war seine Beschützerin.

Bald beginnt Amas Befragung. »Was sind Sie von Beruf?«, wird sie von einem Mann gefragt, dessen Rolle ich nicht verstehe. Er hat eine schöne Jacke an. Sie schimmert.

Ama, die sich noch immer klein macht, die das Haar ordentlich gekämmt hat, sagt ihnen, dass sie keine Arbeit hat. Die erste Lüge. Sie erzählt ihnen nicht, dass sie manchmal Fische fängt oder irgendwo einen Tag lang für Mehl, Fleisch oder »sonst was« aushilft, wie sie sagt, dass sie von morgens bis abends zu tun hat. Dass sie beschäftigt ist. Im Haus, im Wald, zu Wasser, zu Land. Und dass sie es schön macht. Aber es ist keine Tätigkeit dabei, die sie als Arbeit anerkennen würden.

Der Raum ist stickig, die Luft verbraucht. Ama sitzt ruhig da, die kleinen Hände im Schoß, stiller, als ich sie je erlebt habe, und sie wirkt überflüssig in diesem Saal. Sie hat noch nie viel um ihr Aussehen gegeben und sieht nun dadurch völlig fehl am Platze aus. »Ja, ich weiß, wie ich auf euch wirke«, scheint sie mit jeder Faser ihres Wesens zu sagen, aber ich finde, ein bisschen Lippenstift hätte ihr nicht geschadet. Im Gegenteil.

»Heißt das, Sie tun gar nichts?«, hakt er noch einmal nach, um sie als Mensch in Misskredit zu bringen.

»Manchmal gehe ich fischen.«

Aus einer Spur kann sie alles ablesen. Sie kennt die Spuren aller Tiere. Sie hat einen anderen Verstand als wir. Aber in diesem Raum kann sie sagen, was sie will, es steigert bloß die

Spannung, die in der Luft liegt, bis ich das Gefühl habe, dass die Wände immer näher zusammenrücken und der Saal zu einem kleinen Schrank wird.

»Beziehen Sie staatliche Unterstützung?«

»Nein, Sir.« Fast kann ich ihren nackten Atem hören, als sie den Blick von dem Mann, der sie befragt, abwendet und stattdessen die Wand ansieht. Sie kommt mir wie eingesperrt vor, aber das gilt für alle in diesem Raum. Vor Gericht reibt sie sich nicht die Oberschenkel, wie sie es zu Hause macht, wenn sie sich für etwas begeistert. Sie schürzt die Lippen nicht, wenn sie nachdenkt, und sie fasst sich auch nicht ans Kinn. Es ist, als ob sie gar nicht wirklich in diesem Raum ist. Nur ihr Körper.

Der Anwalt, der Staatsanwalt, fragt sie: »Glauben Sie, glauben die Taiga, dass sie mit dem Panter verwandt sind?«

»Ja. Das sind wir.« Sie mustert ihn mit ruhigem, klugem Blick, um ihm zu verstehen zu geben, dass es nicht eine Glaubenssache, sondern die Wahrheit ist.

»Würden Sie Ihre Angehörigen töten?«

»Nein, Sir.«

»Was um alles in der Welt hat Sie dann dazu bewogen, den Panter zu töten, obwohl er Ihr Verwandter war? Würden Sie eine Tante oder Cousine töten?«

»Nein.«

»Aber die Katze haben Sie getötet, obwohl Sie glauben, dass sie so etwas wie eine Tante oder Cousine für Sie war?« Er will beweisen, dass sie sich nicht an diesen Glauben hält, nicht im Grunde ihres Herzens.

»Ja.« Sie sieht weg, sieht ihn nicht mehr an.

»Würden Sie sagen, dass Sie nach den alten Traditionen leben?«

Rasch wirft sie einen Blick an das Ende des Saals, wo die Stammesältesten sitzen. Es ist nur ein kurzer Blick. Vielleicht hat ihn außer mir niemand gesehen.

Dann sagt sie: »Ja.«

»Obwohl Sie einen holländischen Großvater hatten?«

»Ja, Sir.«

»Obwohl Sie nicht bei den Traditionalisten leben?«

»Ja.«

Aber sie wohnt nah genug, um sie besuchen zu können, und was Tradition bedeutet, weiß heute sowieso niemand mehr. Manche Leute meinen, es ist das Gleiche wie altmodisch oder abergläubisch.

Die Leute beobachten Ama, mustern sie genau. Sie ist ein Kuriosum. Sie ist ein Mensch von einem anderen Schlag. Ihnen kommen Zweifel, das sehe ich. Sie ist nicht geistesgestört, wie sie gern glauben würden. Sie ist nicht völlig im Unrecht, aber auch nicht im Recht. Je nachdem, wie man es nimmt, würde meine Mutter sagen. Das Wort, das mir in den Sinn kommt, ist »rein«. Der Abschuss war sauber, ihr Verstand klar. Ein lauteres Motiv. Ich sehe sie mir an, jeden einzelnen Menschen im Raum, und den Holztisch. Es liegt an ihnen, wenn Ama einen schlechten, schrecklichen Eindruck macht, an ihnen genauso wie an meinen Worten. Ohne es zu wollen, habe ich sie ebenso verdammt wie sie.

»Ich habe die Katze getötet«, sagt sie, als ob sie die Sache abkürzen möchte. »Ich habe sie ermordet.«

All das viele Papier, und sie sagt es einfach geradeheraus, und schon sind sie überzeugt, dass sie nicht zurechnungsfähig ist. Oder dass sie lügt, um vielleicht mich oder jemand anderen zu schützen, und deshalb schließen sie die Verhandlung noch nicht, weil sie nicht genau genug zuhören.

Dann fragt der Anwalt, der Ama Eaton vertritt, ob es nicht ein Hirsch war, den sie gesehen und in der Dunkelheit verfolgt hat. Sie soll sagen, dass es ein Unfall war. Das sehe ich seinem Blick an, als er sie fragt, ob es nicht der Hirsch gewesen sein könnte, ein Verwechslung. Ob sie nicht gedacht hat, es wäre der Hirsch. Vielleicht haben sie sich auf diese Version der Geschichte geeinigt. Aber er hätte natürlich wissen müssen, dass sie bei einer Lüge nicht mitmacht. Nun wäre es ihm lieber, wenn sie schweigen würde, aber sie schweigt nicht. Er macht ein gequältes Gesicht, als sie sagt: »Nein, Hirsche sehen im Dunkeln anders aus. Sie haben eine andere Augenfarbe. Ich wusste, was ich vor mir hatte, und ich habe es getötet«, sagt sie. So ehrlich. Danach sagt sie vor Gericht kein Wort mehr. Sie will sich nicht verteidigen lassen.

Sein Blick zeigt deutlich, dass er denkt, sie verspiele ihre Chancen.

Und sie sieht ihn an, als ob sie sagen wollte: »Ich weiß.«

Der Anwalt – ihr Anwalt – sagt, alles komme daher, dass sie an das Gleichgewicht im Universum glaubt. So drückt er sich aus. Das hat sie ihm nicht erzählt. Das hat er selbst herausgefunden, bei dem Anthropologen, der uns studiert. Das weiß ich. Jemand hat gesehen, wie er zu ihm ging. Doch er hat gar nicht so Unrecht. Weil in der alten Geschichte eine Frau in die Zypressen ging, um die Katze zu töten, damit die Welt das Gleichgewicht wiederfinden konnte. Aber vor Gericht laut ausgesprochen, klingt es albern und kindisch, überhaupt nicht so, wie es wirklich ist. In marmornen Hallen herrscht eine andere Wahrheit, die sich über alles legt. Das sehe ich.

Ich drehe den Kopf und sehe erst die Alten und dann Ama an.

Ich erinnere mich an den Tag, als Ama zu mir sagte: »Siehst du die Erde hier, den Boden? Siehst du die flachen gelben Steine? Es sind die Zähne eines Größeren. Wir leben in seinem Mund«, sagte sie. »Ich weiß nicht, was es ist. Ich weiß nur, dass wir so klein wie Rüsselkäfer sind.«

Und ich glaube, sie hatte Recht, auch wenn sie nicht wusste, dass ein Teil von dem, was auf uns liegt, das Gesetz ist.

Es gefällt mir nicht, als der Anwalt sagt, »ihre Welt« – die

Welt der Taiga – sei anders als »unsere« – die Welt, die ihn und andere, die ihm ähnlich sind, gemacht hat, in der sie leben. Er will uns als anders hinstellen, als unbegreiflich. Mit diesem Trick, aus diesem Grund, werden sie Ama vielleicht nicht schuldig sprechen. Stattdessen wird sie als verrückt gelten. Und genau deshalb will sie schuldig gesprochen werden, das sehe ich ihr an. Sie wehrt sich gegen seine Worte, obwohl er für sie spricht, aber sie wehrt sich mit jeder Zelle dagegen, so zu sein, wie er sie darstellt. Er steht da mit seinem Anzug, dem weißen Hemd und der grauen Krawatte und redet über uns. Und wenn das Publikum, wie ich die Öffentlichkeit inzwischen nenne, Ama nun immer noch verdammen würde, würde es die Last der eigenen historischen Sünden und der eigenen Vorurteile zu spüren bekommen, die rassistische Einstellung einem Menschen gegenüber, der anders ist.

Und dann der Richter – ich denke, sie muss sein geheimes Ich sein. Seine Augen spiegeln unangemessene Verachtung wider, in keinem Verhältnis zu dem Verbrechen. Dabei stand in der Zeitung, dass er, als die Umweltschützer auch gegen ihn protestierten, gesagt haben soll: »Wozu die Aufregung wegen einer Katze? Was ist denn so wichtig an dieser Katze?« Ich lese in seinem Gesicht, dass er nicht das Verbrechen verabscheut, sondern Ama. Und die Geschworenen beobachten sie, diese Frau, die ihnen so unähnlich ist, dass sie in einer anderen Welt lebt, in einer anderen Zeit. Sie ist ihr Tier.

Eine kalte Macht herrscht in diesem Saal, wie ein eisiger Lufthauch, in Wirklichkeit aber sind es die Menschen, die an Geheimnisse und verdrehte Wahrheiten glauben, obwohl sie nach der Wahrheit rufen. Sie glauben an Schweigen und Auslassungen, aber von uns verlangen sie, dass wir von Dingen sprechen, an die sie nicht glauben, dass wir ihnen Geschichten erzählen, die sie nicht verstehen können. Sie glauben, dass wir ihnen mit dem, was wir sagen, etwas geben, dass wir ihnen einen Blick in eine andere Welt gewähren können, die sie nichts angeht, eine Welt, die sich wie ein Riss durch das Gefäß der Geschichte zieht. Es ist noch gar nicht so lange her, dass wir ihnen in diesem Gebäude der Macht unser Land und unser Leben abtreten mussten.

Ich habe das Gefühl zu versinken. Hüfthoch steht das braune Wasser in diesem Raum, und Ama und ich versinken darin. Ich sehe Ama mit den Augen der anderen, und sie ist eine graue Maus. Dabei war sie nicht immer das struppige Ding, das jetzt vor ihnen sitzt. Sie war nicht immer verloren in einer Welt, die nicht die ihre ist oder die sie sich, wie die anderen denken, selbst ausgedacht hat. Ich erinnere mich an ihr Lachen. An ihr Lächeln. An einen Tag am Wasser. Damals kam sie mir jung vor, fast wie eine Gleichaltrige, mit leuchtenden Augen und sonnenverbrannter Haut. Ich sehe sie groß und stark und tüchtig, nicht so wie jetzt, die Hände leblos im Schoß gefaltet. Ich sehe sie in den schwarzen Wäldern, die Wolken über uns in Fetzen gerissen, die Straße schlammig. Es wird immer stärker, dieses Bild. Ich sehe sie, wie sie damals war, als ich ihr folgte und sie die Spuren las, wie anmutig sie sich im Wald bewegte, während ich hinter ihr herstolperte. Sie war nicht immer das Ding, das sie jetzt vor sich sehen, das Gesicht trocken und schmal. Sie hat sich verändert, so wie ich mich verändert habe. Als ich mich an diesem Morgen im Spiegel betrachtete, sah ich, dass ich um die Augen und um den Mund herum älter geworden war, wie meine Mutter. Vor dieser Sache war ich wie der Wind, ein zierliches Ding, sechzehn Jahre alt, das entschlossen war, eine gute Schülerin, eine gute Tochter zu sein. Vielleicht kommt die Veränderung von den Augen, nach allem, was ich gesehen habe, weil die Augen direkt in die Nerven übergehen, in das Gehirn und in den Körper, und wenn sie sehen, verändern sie alles, Zelle um Zelle. Die eine Nacht der Jagd hat uns verändert, bis in die Knochen, bis ins Mark. Als ob diese Aufgabe uns in ihrer Macht hatte. Ich sehe Ama an und weiß, was passiert ist und was passieren wird. Für mich sieht es so aus, als ob die Zerstörung von Anfang an um sie war, beim ersten Aufkommen des Windes, in den umstürzenden Bäumen und den fliegenden Hirschen, in einer Welt, in der es früher solche Unmengen von Leuchtkäfern gab, dass man sie in der Luft und im Unterholz rascheln hören konnte.

Am Freitag höre ich vor dem Gericht, wie ein Anwalt sagt, dass er nicht geschlafen hat. Sein Haaransatz ist verschwitzt, und er sieht bleich aus. Es ist ein regnerischer Tag, und ich bahne mir einen Weg durch die Demonstranten. Ich muss mich seitwärts hindurchschieben. Meine Mutter hat sich unsichtbar gemacht, wie Glas, Luft oder Wasser. Selbst ich habe sie aus den Augen verloren. Links von uns stehen die Demonstranten, die zur Achtung vor dem Tier zurückgefunden haben, sie sind Amerikaner und wollen, dass Ama ins Gefängnis kommt, und ich würde ihnen gern sagen, dass sie Recht haben, dass es falsch ist, das Land und die Tiere zu töten, dass es falsch war, dies alles und uns zu zerstören, aber sie sind die Kinder derer, die vom Tod anderer lebten, und deshalb sehe ich sie nicht an, obwohl sie Recht haben; sie eignen sich unseren Glauben an und verurteilen uns, und für sie bin ich ein Monster, weil sie es immer leicht gehabt haben, aber sich selbst sehen sie nicht, und sie kennen ihre eigene Geschichte nicht.

Auf der anderen Seite, wie absichtlich voneinander getrennt, stehen die indianischen Demonstranten, die gekommen sind, um für Ama zu sprechen, und auch ihnen würde ich gern sagen, dass sie nicht das Recht hatte, die Katze zu töten, niemand hat das Recht, einem dieser von Gott verdammten Tiere das Leben zu nehmen, und ich möchte sie fragen, ob an diesem Ort nicht irgendjemand die Stimme für den Panter erheben will. Aber sie sind auch mein Volk, und sie wollen sich für unsere Rechte einsetzen. Aber nach dem amerikanischen Gesetz. Dabei hat die Katze nie nach diesem Gesetz gelebt und sich nie an die Grenzlinien der Kartenzeichner gehalten. Wieder haben beide Seiten Unrecht, aber beide Seiten haben auch Recht.

Dann sehe ich meine Mutter, strecke die Hand nach ihr aus und nehme ihren Arm, und wir gehen in das Gerichtsgebäude.

Heute ist der Tag, an dem zwei alte Frauen aussagen sollen, zwei von den alten Traditionalisten vom Kili-Sumpf. Ich sehe, wie sie den Saal betreten. Mit ihnen kommt der Dolmetscher herein, ein junger Mann mit schwarzem Haar. Die erste Alte, die in den Zeugenstand gerufen wird, heißt Annie Hide. Ich kenne sie noch aus der Zeit, als meine Mutter mich manchmal zu den alten Leuten mitgenommen hat, bevor sie an die Verzückung glaubte und an das Kommen des Herrn. Und ich erinnere mich, dass Annie Hide früher samstags bei uns zu Hause mitgegessen hat, Brathähnchen mit Soße.

Annie Hide ist ein Mitglied des Panterclans. Während sie hoch aufgerichtet und gerade zu ihrem Platz geht, sieht sie Ama an, und es springt etwas zwischen ihnen über. Ihre Augen sprechen, es ist wie ein Strom, in den ich nicht eintauchen kann. Der Austausch hat die Farbe von furchtbar trübem Wasser. Ich weiß, dass dort eine Welt wächst, in dem Wasser, in dem Fluss, der zwischen ihnen strömt. Vielleicht ist es ein Fluss des Lebens, oder es ist das tiefe Wasser unseres Stammes, das unsere Schätze birgt.

Die erste Frage lautet: »Sie sind eine Taiga?«

Der Dolmetscher spricht mit ihr und übersetzt dem Gericht ihre Antwort: »Ja, sie gehört zum Panterclan.« Und Annie, die Englisch spricht, sitzt aufrecht da, den Hals gerade hochgereckt.

Es war Annie Hide, die uns am Tisch meiner Mutter erzählt

hat, dass der Kopf des Seminolen Osceola vor dem Bett weißer Kinder aufgestellt wurde. Damit wollte ihr Vater, der Arzt, der bei dem Häuptling war, als dieser starb, erreichen, dass sie sich gut benahmen. Sie weinte, als sie uns das erzählte. Nach den Kriegen mit der Armee ergab sich unser Stamm, aber nicht dem Staat, sondern einem aufkommenden Hass und einer Zerstörungswut, wie wir sie noch nie zuvor erfahren hatten. Doch uns Überlebenden blieben immer die süße Luft, die Winde vom Golf und das Springen der Fische. Es war noch die Welt der Katzen, deren Augen wie Licht leuchteten, die Welt der Hirsche, die ein schönes Geweih schmückte, die Welt der Bären, die wie ein Sturm brüllten, die Welt der Sumpfvögel, deren Zwilling sich auf der Haut des Wassers spiegelte. Wir sahen die Sterne, deren Gesicht wie Feuer strahlte. Wir kannten die runde, hohe Welt der Adler. Und all dies war Speise der Schöpfung, bevor wir Gott und Gewehre hatten, Ordnung und Uhren.

Es war Annie Hide, die mir und meiner Mutter erzählt hat, dass wir, die wir Taiga sind, eine kleine Gruppe, die schon fast unsichtbar, fast verschwunden war, wussten, wie man sich lautlos auf dem Wasser bewegt, weil wir es vom Panter gelernt hatten, und dass es unseren Vorfahren so gelang, in dunklen Nächten und nebligen Tagen die Eindringlinge zu überleben.

Sie stellen ihr viele Fragen, darunter auch die, ob es Unrecht ist, einen Panter zu töten und ob es eine richtige Art gibt, ihn zu töten, nach den Gebräuchen der Taiga.

Sie sieht Ama liebevoll an. Auf ihre Weise ist sie Ärztin. Zumindest nehme ich an, dass man sie so nennen könnte, weil sie früher Leute behandelt hat. Mutter hat gesagt, dass heute wieder mehr Kranke zu ihr gehen. Die Menschen sind kränker als früher, und die anderen Ärzte können ihnen nicht helfen. Das kommt hauptsächlich von den Chemikalien, sagt Ama, von den gleichen Stoffen, die alle Fische vergiftet haben.

Einmal hat Annie Hide mir geholfen, sagt meine Mutter, auch wenn ich mich nicht mehr daran erinnern kann. Als ich noch ein kleines Mädchen war, hatte ich einmal starke Halsschmerzen und Fieber. Meine Mutter brachte mich zu ihr. Sie kochte Kräuter, gab sie mir und sagte, sie sei überrascht, wie schnell sie wirkten. Einige von diesen Pflanzen gibt es nicht mehr. Sie sind ausgestorben.

Annie Hide kennt noch die alten Tänze, bei denen wir mit Panterkrallen gekratzt wurden, und sie weiß noch, wie die Panterkralle Kranke heilte. Bei diesen Tänzen benutzten sie eine Kralle, die seit 1851 im Besitz von Annie Hides Großmüttern gewesen war. Die Kralle heilte die alte Frau von einem Fieber, dem viele andere zum Opfer fielen. Sie ist davon überzeugt, dass die Kratzer an Beinen und Armen die scharfen Wunden des Überlebens sind.

Janie Soto wird ebenfalls aufgerufen. Sie hinkt mit ihrem Holzbein in den Zeugenstand, alt und schön. Janie Soto, die Frau, die immer rote Perlen trägt. Heute ist ihr Hals nackt. Mein Blick ruht auf ihr. Mit ihrem laubgrünen Kleid, der rindenbraunen Haut und dem Bein, aus dem einmal Blätter sprossen, sieht sie aus wie ein Baum, der gekommen ist, um eine Geschichte aus dem Wald zu erzählen.

Es gibt eine Geschichte, wie sie ihr Bein verloren hat. Ich habe sie von Ama gehört, die in Janie Sotos Fußstapfen hätte treten sollen. Als Soto eine junge Frau war, sah sie eine uralte Wasserschildkröte. Während die Schildkröte ihre Eier ablegte, weinte sie, und aus ihren hundertjährigen Augen flossen Tränen in den Sand. In der Nähe warteten einige Männer nur darauf, dass sie wieder ins Meer zurückkehrte, um ihre Eier zu rauben. Dieses Verbrechen gegen das Leben brach Janie Soto das Herz, das tiefe, klaffende Loch zwischen der Schildkröte und ihren

Jungen, mit ansehen zu müssen, dass die Schildkröte keine andere Wahl hatte, als ihre Eier zu opfern. Mit diesem Bild vor Augen lief sie weinend vom Strand weg, bis sie zu einem der ersten von Menschen gebauten Kanäle kam. Sie stieg hinein, tauchte unter und weinte, um sich das Bild aus den Augen zu spülen. Da rollte ein Stein vom Ufer ins Wasser, fiel auf ihr Bein und klemmte es ein. Sie konnte den Stein nicht bewegen, sosehr sie sich auch anstrengte, und schon sehr bald sah sie sich vor die Wahl gestellt, sich entweder mit ihrem scharfen Messer das Bein abzuschneiden oder zu ertrinken. Sie hielt den Atem an, der sie seit Beginn des Lebens getragen hatte, schnürte sich ihr Hemd fest um den Oberschenkel und trennte das Bein ab. Das Schwierigste daran war der Schnitt durch den Knochen, so erzählte sie Ama, obwohl er bereits gebrochen war, was ihr die Arbeit erleichterte. Sie sah, wie sich das Wasser ringsum rot färbte, und wusste, dass sie ertrinken würde, wenn sie das Bewusstsein verlor oder vor Schmerz schrie, deshalb konzentrierte sie sich mit ihren Gedanken und mit ihrem Herzen auf einen einzigen Gedanken: »Ich opfere dieses Bein für das Leben der Tiere.«

Ihr Bein liegt noch immer dort unten, unter einem Stein, nur noch der blanke Knochen, und manchmal scheint es aus seinem Gefängnis aus Wasser und Stein nach ihr zu rufen, wie die Tiere, deren Stimmen sie in ihrem Inneren hört.

Als die Zeit für ihre Aussage gekommen ist, fragt er sie: »Sie sind eine Taiga?«

Der Dolmetscher sagt: »Sie ist eine Stammesälteste. Sie ist das Oberhaupt des Panterclans.«

Unser Clan. Irgendwie ist sie mit mir verwandt. Aber sie sieht mich nicht an, und mein Herz setzt ein paar Mal aus, als ich mich frage, ob ich vielleicht das Falsche gesagt habe.

Wenn sie auf ihr Recht zu schweigen verzichten, müssen die Alten aussagen, obwohl es ein weißes Gericht ist, dem sie nicht vertrauen und an das sie nicht einmal glauben. Janie Soto sagt aus, sie sagt: »Wenn sie den Panter nach unseren Bräuchen getötet hätte, wären die anderen da gewesen.«

»Welche anderen?«

Murmelnd sagt sie etwas zu dem Dolmetscher, was ich leider nicht verstehen kann.

»Welche anderen?«, wiederholt er.

Sie spricht kein Englisch. Der Dolmetscher sagt für sie: »Wir. Die Alten. Die Panterleute.«

»Und was hätte sie dann damit gemacht? Was hätte Ama Eaton dann mit dem Panter gemacht?«

Janie Soto wendet den Blick ab. Sie sieht nicht einmal mehr den Dolmetscher an. »Sie hätte ihn uns gegeben.«

»Das Fell, meinen Sie?«, fragt er. »Das hätte sie mit dem Fell gemacht?«

»Ja. Sie hätte es einem von uns gegeben.« Dann senkt sie den Blick. Sie sieht die anderen Menschen im Saal nicht an. Nur einmal schaut sie kurz zu Ama hinüber, nicht länger als für den Bruchteil einer Sekunde. In ihrem Blick liegt Liebe, die ich eher spüre als sehe, Liebe und Enttäuschung. Sie hat Ama ihr ganzes Leben lang beobachtet. Und ich glaube, sie ist ärgerlich, weil Ama nicht nach ihr gerufen oder ihr den Panter gebracht hat, wie es der Brauch verlangt hätte.

Im gleichen Moment sieht Ama Janie Soto an, und ich lese in ihrem Blick, dass sie sie liebt und fürchtet, aber Ama lässt sich von keinem Menschen Anweisungen geben, nur von der Erde selbst. Sie glaubt an die Erde.

Ich denke zurück an den Tag der Jagd, wie ich träumte oder glaubte, Janie Soto zu sehen, und überlege kurz, ob sie uns wohl gefolgt ist. Wie die Katze. Ohne dass wir etwas von ihr wussten oder sahen.

»Wann wurde zuletzt ein Panter getötet?«, fragt er.

Der letzte Panter, sagt sie, wurde in den vierziger Jahren getötet.

Es war Janie Soto, bei der Ama in Kili gewohnt hat. Sie lebt für unsere Zukunft. Ihr Vater war der bekannteste Medizinmann. Er wurde von den USA gefangen genommen. Janie Soto ist die Geschichte selbst. Ein leiser Zorn erfüllt sie, aber es ist ein Zorn, den ich verstehe. Zorn auf das, was aus ihr geworden ist, und auf das, was wir heute sind.

Ich sehe zu Annie Hide hinüber. Ich kenne sie besser als Janie Soto, weil sie eine Cousine meiner Mutter ist. Und weil sie nicht so streng ist.

Die Aussagen der beiden alten Frauen reichen weder aus, Ama zu verurteilen, noch, sie zu entlasten. Doch der Riss in dem Gefäß der Geschichte öffnet sich, und das Glas bricht. Der Spalt zwischen den beiden Hälften einer Welt wird breiter. Und nun spüre ich, dass nur noch der Bruch übrig ist, sonst nichts. Ich bekomme es nicht mehr aus dem Sinn, nichts von dieser ganzen Sache, und auch ich bin zerbrochen und zweigeteilt.

Ama ist mittlerweile so erschöpft, dass sie sich selbst nicht mehr ähnlich sieht. Ihre Augen sind dunkel und müde, ihre Haut ist stumpf. Ihr zerrissenes Herz sieht man nicht. Sie beharrt so entschieden auf ihrer Schuld, dass der Richter an ihr zweifelt. Ich sehe ihm an, dass er sie für verrückt hält, diese arme, hässliche Frau, die allein lebt.

Aber schließlich ist es vorbei. Sie denken, dass es nicht genügend Beweise gibt, um jeden berechtigten Zweifel auszuschließen, nur das zerschnittene Halsband und meine Zeugenaussage, nur meine, und ich könnte lügen. Unter Umständen könnte Ama mich sogar decken. Willard konnte nicht sagen, womit genau wir sein Pferd beladen haben. Und der Tatort, das Reservat, fällt nicht unter ihre Amtsgewalt. Außerdem hat der Biologe bei der Befragung ausgesagt, dass die Katze eine Kreuzung gewesen sein könnte, und in dem Fall hätte sie nicht zu einer bedrohten Tierart gehört. Sie hatten nicht alle Beweise zur Hand, nicht das Gewehr, nicht das Fell, nicht das Fleisch.

Das Verfahren wird eingestellt, mit einem Richter, der nicht auf der Seite des Panters ist, und mit einer Jury, die nicht glaubt, dass die Beweise für eine Verurteilung ausreichen. Und manche Leute sind wütend, dass eine Frau ungeschoren davonkommt, die, wie sie meinen, wenigstens in eine Anstalt gesteckt werden müsste.

Aber in Wahrheit will sich nur niemand an den Ort zwischen den Gesetzen vorwagen. Und weil Ama verurteilt werden wollte, verurteilen sie sie nicht.

Ich glaube, sie war im Unrecht. Was sie getan hat, aus welchem Grund auch immer, war falsch. Doch auch sie ist ein Lebewesen, ein Tier. So eng ist sie mit dem Panter verbunden. Er hat sich ihr gezeigt. Es schien so, als ob wir gegen unseren Willen handelten, und wer bin ich, dass ich mir ein Urteil anmaßen darf, ich, die ich so sehr Teil dieser anderen Welt bin, dieser beiden anderen Welten?

Aber es ist vorbei. Es ist vorbei, so wie ein Mensch einfach aus einem Sturm heraustreten kann, so wie der Wind die Welt peitscht und verschwindet. So ist es, so einfach.

Ich bleibe noch ein Weilchen sitzen. Ich sehe die beiden alten Frauen an, aber ich kann nicht sagen, was sie denken. Sie stehen auf und gehen mit dem jungen Mann zur Tür hinaus. Dann sehe ich sie nicht mehr.

Ich sehe Ama an. Sie triumphiert nicht. Ich stehe auf und gehe zu ihr. Die Verhandlung ist vorbei, und ich lege meine Hand auf die ihre. Nur für einen Augenblick. Ohne Worte. Ich lege ihr nur die Hand auf den Arm.

Sie schaut mich an. »Es ist noch nicht vorbei«, sagt sie.

Und als die Leute den Gerichtssaal verlassen, sagt sie: »Sieh sie dir an.«

Ich sehe sie mir an. Einige sind enttäuscht, dass sie nicht schuldig ist. Sie blicken mit Hass zu ihr zurück. Sie ist alles, was sie verachten. Und ich weiß, dass ich der sterbenden Welt in ihren Augen den Todesstoß mit versetzt habe und dass sie mich deshalb hassen, und ich spüre ihren Hass, und ich muss fast schreien. Es ist so einfach, was sie sehen, so eindeutig und einfach.

»Sie warten alle darauf, dass Jesus kommt und sie erlöst.«

Wie gut alle gekleidet sind, vor dem Gericht. Ich sehe sie mir an. Meine Mutter, die sich frisch parfümiert hat und deren Lippenstift leuchtet, legt den Arm um mich. Ich schaue sie an, und ich sehe sie. Nicht weit hinter ihr stehen die Stammesältesten. Im Gericht hat Mutter nicht mit den Alten gesprochen. Jetzt sieht sie sie nicht einmal an. Vielleicht fühlt sie sich schuldig, weil sie sie nicht mehr besucht. Die Alten sehen sie nur kurz an, weil es ihnen jetzt nur noch um Ama geht, aber in ihrem Blick liegt Liebe. Sie ist die Verlorene. Nicht Ama, sondern meine Mutter, die ihre Entscheidung längst getroffen hat, ohne Rücksicht auf den Stamm, ohne Rücksicht auch auf mich. Ich weiß ganz genau, dass ihr ein Mann immer wichtiger wäre als alles andere. Das ist ihre Schwäche, nicht, dass sie liebt, sondern dass sie nicht sieht, was ich sehe, wo wir in der Geschichte stehen, was wir zu verlieren haben. Trotzdem ist sie eifersüchtig auf Ama. Einen Augenblick lang schäme ich mich für sie. Aber auch meine Scham kennt keine Treue, denn genauso plötzlich schäme ich mich ebenso für Ama und mich.

Während wir zum Auto gehen, sehe ich, dass Busse die Stadt verlassen. In den Schaufenstern der Geschäfte sind Kleider ausgestellt.

Niemals hätte ich auch nur einem von ihnen von dem Tag erzählen können, an dem das tote Pferd auf dem Hof saß, so friedlich, als ob es schliefe, noch nicht von den stumpfen Farben des Todes gezeichnet, obwohl es mit Wasser, Schlamm und zerfetzten dunklen Blättern bedeckt war.

Im Auto sagt meine Mutter: »Weißt du, ich glaube überhaupt nicht an dieses Zeug.« Und dann sagt sie mir, dass ich müde aussehe und ein bisschen schlafen soll. Ich schließe die Augen und tue so, als ob ich in die grüne Welt des Schlafes eintauche, wie in eine Unterwelt, die der Welt darüber genau entspricht, aber ich tue nur so. Ich erinnere mich, ich denke daran, dass Ama einmal zu mir gesagt hat: »Was weißt du, und was glaubst du bloß?« Ich kann nicht schlafen, wenn ich daran denke, was ich alles nicht weiß.

Zu Hause, am Abend, im Bett, sind die Fenster dunkel. Obwohl es wieder regnet, ist es drückend heiß. Die Hitze lastet auf mir. Zuckend geht ein Blitz nieder, wie ein Gedanke, er verzweigt sich, will weiter reichen, als es ihm möglich ist, und dann folgt eine große Woge Dunkelheit, die an den Rollos vorbei ins Zimmer schwappt und die Wände berührt. Nebenan schläft meine Mutter neben ihrem Mann.

Als der Regen gegen Morgen nachlässt, habe ich das Gefühl, dass ein leichter Wind geht, aber als ich hinausblicke, rührt sich kein einziges Blatt. Die Nässe hält alles still, aber ich bin wach.

Am Samstagmorgen ist es draußen sonnig. Meine Mutter lässt die Sonne nicht durch die Fenster herein. Sie ist ihr Feind. Sie bleicht die Möbel und den rostfarbenen Teppich, den Herm ihr gekauft hat. Und was noch schlimmer ist, sie zeigt ihre faltigen, müden Augen. Deshalb bleiben die Vorhänge geschlossen. Es klopft an der Tür. Meine Mutter lacht und ist fröhlich, als sie ins Zimmer kommt, einen jungen Weißen an ihrer Seite.

»Schatz, hier ist ein Nachrichtenreporter. Er möchte mit dir sprechen.«

Ich sehe sie an. Dann mustere ich ihn. Er ist jung und trägt eine hellblaue Jacke, ein schlanker junger Mann, dessen Augen so blau sind wie seine Jacke. Ich sehe ihm in die Augen und sage: »Ich habe Ihnen nichts zu erzählen.«

Da mischt sich Mutter ein. Sie fragt ihn: »Möchten Sie vielleicht ein Glas Limonade?«

Meine Mutter trägt eine glänzende blaue Bluse. Sie hat sich geschminkt, wie sie es sonst macht, wenn sie Besuch erwartet, als ob sie wusste, dass er kommen würde. »Ja?«, fragt sie.

Er beachtet sie nicht. Er sieht sanft aus, und seine Stimme ist jung, jungenhaft. »Das war ein wichtiger Fall«, sagt er zu mir, um mich zu überreden, er tritt näher und streckt mir seine schmale, kalte Hand hin. »Und die Menschen möchten wissen, was wirklich geschehen ist. Sie sind die Einzige, die es uns sagen kann.«

»Nein«, sage ich. Ich bewege mich nicht. Ich sehe ihn an, als meine Mutter mit einem Glas eisgekühlter Limonade zurückkommt. Ich drehe mich zu ihr um. »Was hast du dir bloß dabei gedacht? Wie konntest du ihn hereinlassen?«, sage ich. Und ich stehe da und zittere so heftig, dass ich nicht einmal mehr weiß, ob ich imstande bin, sie einfach stehen zu lassen.

»Ich finde, du solltest mit ihm reden, Sis. Vielleicht bringt es dir sogar etwas.«

»Was denn? Geld?« Ich bin grausam. »Du würdest meinen Körper verkaufen, wenn damit ein Gewinn zu machen wäre.« Aber ich weiß, dass sie nicht an Geld gedacht hat. Sie meinte, ich könnte meinen befleckten Namen wieder reinigen, meinen beschädigten Ruf aufpolieren.

Sie sieht mich an, als ob ich sie geschlagen hätte, doch sie wendet sich ihm zu. »Diese Angelegenheit war eine große Belastung für uns.«

»Für mich, Mama. Nicht für euch. Für mich.« Und ich gehe zur Tür hinaus, aus dem Haus, vorbei am Grill, den Mutter schon für das Mittagessen angeheizt hat.

In der schweren Hitze der Sonne und den flachen, heißen

Winden vertrocknet bereits das Gras. Das bedeutet, dass sich die Wurzeln der Gräser in den allzu warmen, schrumpfenden See zurückziehen und Lebewesen in einen einfachen, unsichtbaren Tod gehen werden.

Ich setze mich auf Amas Treppe. Es wird Nacht. Bald werden die Sterne herauskommen.

Meine Geschichte, denke ich. Das ist alles, was sie wollen, das Gericht, meine Freunde, als ob sie etwas enthält, was sie brauchen oder haben müssen. Selbst Mutter will die Geschichte.

Die Stätte des alten Rechts

Ich warte unter dem Baum am Straßenrand, neben dem Briefkasten, als ich das Auto kommen höre. Ein Kaninchen läuft über die Straße und verschwindet auf der anderen Seite im grünen Unterholz. Die beiden Männer in dem hellblauen Wagen kommen meinetwegen, sie wollen mich zu den Stammesältesten bringen, damit ich ihnen von Ama und der Katze erzähle. Die beiden jungen Männer sind pünktlich. Ich bin bereit, aber auch nervös, ich habe kalte Hände, obwohl es ein schwüler, stickiger Tag ist. Ich stehe auf dem Boden und bewege mich ein Stück zur Seite, als ob ich dem Wagen Platz machen will, damit er noch näher an den Straßenrand fahren kann. Meine Mutter beobachtet mich von ihrer Treppe aus. Als ein Mann aussteigt, um sie zu begrüßen, wird sie nervös. Sie fasst sich in die Haare. Obwohl sie weder ihn noch den Fahrer ansieht, der im Wagen sitzen geblieben ist, gilt ihr Lächeln dem jungen Mann und dem anderen, den man durch die beschlagene Scheibe kaum erkennen kann, denn glücklich kann sie heute bestimmt nicht sein, an diesem Tag, an dem sie mich zu den Alten holen, als ob ich es nun bin, die vor Gericht gestellt wird. Meine Mutter kommt die Treppe herunter, wischt sich die Hände am Rock ab und stellt sich neben mich. Einer der Männer steigt aus, und nachdem er meine Mutter begrüßt hat, bleibt er vor der Verandatreppe stehen, die Hände in den Hosentaschen. Er ist hoch gewachsen, und er hat einen runden Rücken und hängende Schultern, wie manche Männer, die zu dünn und zu groß geraten sind.

»Ich würde gern mitkommen«, sagt sie zu dem jungen Mann, obwohl sie nicht vorbereitet ist.

Er ist höflich, aber er wendet den Blick ab und sieht schnell zum Auto. »Sie wollen allein mit ihr sprechen«, sagt er. Dabei sieht er mich an.

Das wusste sie bereits. Sie widerspricht nicht. Sie nickt ihm zu und weicht zurück, als er mir die Wagentür öffnet, damit ich hinten einsteigen kann. Die Tür fällt zu, und sie sieht uns nach, als wir losfahren. Der Wagen rumpelt die Straße entlang, und meine Mutter winkt halbherzig hinter uns her. Sie wendet sich kurz ab, als ob sie nach der Wäsche auf der Leine sehen will, als ob sie mit einem Blick ermessen kann, wie nass oder trocken sie ist. Sie hat Angst um mich, aber obwohl ich noch so jung bin, sehe ich, wie es ist; die Alten wollen mit mir allein sein. Sie müssen die Wahrheit wissen. Auch sie wollen meine Geschichte. Aber sie kennen meine Mutter. Sie kennen sie besser als ich. Sie kannten sie schon, als sie noch ein zartes, unbeholfenes Kind war, das Tag und Nacht weinte, weil es einen Kummer auf der Seele hatte, von dem nie ein Mensch je erfahren hat, auch ich nicht. Einmal hat sie mir erzählt, dass eine der Frauen zu ihr kam und sagte, sie solle aufhören zu weinen, sonst werde sie sich noch zu Tode weinen. Anderen Kindern sei es auch schon so ergangen. Loni Merton hatte ein Kind, eine Tochter, die ihre Seele verlor, weil sie zu viel weinte, und nun heißt es, dass das Land der Mertons noch immer mit der Stimme dieses Kindes weint; man kann es hören, und es ist nicht der Wind, es ist das Weinen des Landes.

Ich blicke zu der Frau zurück, aus deren Körper ich komme, deren Körper ich entsprungen bin. Sie ist traurig und lächelt doch. Da hebe ich die Hand und winke ihr. Obwohl ich mich vor dem fürchte, was mir bevorsteht, versuche ich zu lächeln. Sie denkt, ich verlasse sie. Sie denkt, ich komme nicht wieder nach Hause. Heute Morgen hat sie gesagt, dass sie das Gefühl hat, ich würde nicht wieder zurückkommen. Ich wusste selbst nicht genau, ob sie Recht oder Unrecht hatte, denn ich würde für immer gehen, wenn ich könnte, aber ich habe sie nicht getröstet, denn wenn ich etwas gesagt hätte, hätte sie mir angehört, ob ich lüge. Sie hätte es noch vor mir selbst gewusst, denn sie kannte meine Stimme schon, als ich noch keine hatte. Doch nun ringt sich meine Mutter ein Lächeln ab und legt so etwas wie Hoffnung und Zutrauen hinein.

Irgendwie hat sie Recht; manchmal geht ein Mensch und kann nicht mehr zurück. Genauso fühle ich mich, als ich zu unserem Haus zurückblicke. Ich sehe den schmutzig weißen Zaun, der wieder einmal gestrichen werden müsste, das schief in den Angeln hängende Gartentor, die verwitterte Leiter mit der zerbrochenen Sprosse, die am Haus lehnt, als ob sie sich gegenseitig stützen. Hier ist nichts, was ich brauche. Ich brauche kein Haus, das mir Halt gibt. Ich brauche keine Leiter, weil ich nirgendwo hinklettern möchte. Nicht weit vom Haus liegt ein vom Sturm gefällter Baum. Seine Wurzeln ragen in die Höhe, die Äste sind abgebrochen. Ich nehme alles in mich auf, denn eines weiß ich genau – wenn ich zurückkehre, werde ich nicht mehr dieselbe sein. Eine Tür hat sich geschlossen, eine Tür, die sich nie wieder öffnen wird, die Tür zu einem Haus, in dem ich nie wieder ganz sein und nie wieder wohnen will. Was ich zurücklasse, ist nicht nur die Kindheit, nicht nur das Haus meiner Mutter. Aber was es ist, kann ich mit Worten nicht erfassen, und deshalb kann ich nur versuchen, dieses traurige Bild mitzunehmen und mir einzuprägen, wie meine Mutter in ihrem geblümten Kleid neben dem schiefen Gartentor steht, meine Mutter, die sich all die Jahre bemüht hat, als Weiße durchzugehen. Ich sehe ihre kräftigen Waden und ihre weißen Söckchen, aber die gelbe Küche ist vor meinem geistigen Auge bereits verblasst. Ich kann mich kaum noch an mein Zimmer erinnern, obwohl ich es erst vor wenigen Minuten verlassen habe, das Zimmer, in dem ich sechzehn Jahre lang geschlafen habe, mein ganzes Leben, in dem Bett mit der blauen Chenilletagesdecke, den Kopf immer auf demselben Kissen mit dem frisch gewaschenen, weißen Bezug – meine Mutter schwört auf saubere Bettwäsche – und dazu die Vase mit den künstlichen Blumen, die meine Mutter so liebt, dass sie sie sogar ins Freie pflanzt, neben der Haustür.

Während wir fahren, verschwimmt mein Leben vor meinen Augen, selbst meine Mutter, die dort noch steht und winkt, wird schon kleiner, bis sie hinter einer Kurve ganz verschwindet. Ich stehe am Anfang oder am Ende eines langen Weges. Was für ein Weg es ist, kann ich nicht sagen. Aber es ist ein Weg, der bei mir endet und beginnt.

Einen Augenblick lang glaube ich, auf der gegenüberliegenden Straßenseite in der staubigen Luft einen Panter sitzen zu sehen, und mein Herz schlägt schneller, mein Blick wird schärfer. Doch es ist nur ein umgestürzter Baum und ein hellbrauner Felsen.

»Ich kenne deine Cousine LeeAnn«, sagte der große Mann. Er sieht mich über die Schulter an.

Ich nicke ihm zu. Ich schlucke. Wir fahren an Bäumen vorbei, deren Blätter reglos in der schwülen Nachmittagshitze hängen. Ich denke an LeeAnn und ihre dick getuschten Wimpern und daran, wie gern sie tanzt.

»Das mit deinem Bruder Jerry tut mir Leid«, sagt er.

»Ja, mir auch.« Dann verfallen wir in ein anhaltendes Schweigen, das schwer auf uns lastet. Während der schweigenden Fahrt sehe ich durch die Scheibe die vorbeigleitenden Bäume und den Briefkasten eines Menschen, der Harper heißt, die rote Flagge hochgeklappt, als Zeichen dafür, dass ein Brief oder eine Rechnung gekommen ist. Ich versuche, nicht an Jerry zu denken, der mit mir auf Stelzen gegangen ist, die er selbst für uns gebaut hatte, und mit dem ich mich über ein selbst gebasteltes Telefon aus zwei Blechbüchsen und einer weißen Schnur unterhalten habe. Ich will seinen großen, schweren Körper nicht sehen, gebaut wie ein Ochse, wie Donna immer sagte, und ich will mich nicht an den Brand erinnern oder an den Kanister Benzin, von dem aus das Feuer in einer geraden Linie auf ihn zuführte, wie man sich erzählte. Als ob es jemand von der Straße aus angezündet hat, so erkläre ich es mir. Auch an das Warum will ich nicht denken. Ich war immer der Meinung, dass daran etwas nicht stimmte, auch wenn Mutter bloß sagen konnte, dass uns Zweifel nicht zustehen. Ich denke jetzt an ihn und daran, dass mein Leben ein Loch hat, wo er früher war. Und dann denke ich an die Katze und daran, dass ich Ama seit dem Tag unserer Rückkehr weder gesehen noch gesprochen habe, obwohl ich ständig nach ihr Ausschau halte. Ich suche in den Wäldern nach einer Spur von ihr. Wenn ich dem Feuer folge, ist es nur die Sonne. Wenn ich dem Rauch folge, sind es nur tief hängende Wolken in den Bäumen. Aber ich will sie finden.

Seitdem waren ihre letzten Worte an mich: »Sie warten auf Jesus.« Ama ist ein bisschen verrückt, aber das erklärt auch nicht alles, was passiert ist, das weiß ich, denn was immer es war, was über uns kam, es zog auch mich mit hinein, und ich hätte um mein Leben nicht umkehren oder die Sache verhindern können, obwohl ich fand, dass es falsch war, was wir taten. Und es war nur ein Augenblick im Lauf der Zeit, der sich zwischen uns und den Rest unseres Lebens stellte. Ein Augenblick, der alles veränderte. Und ein Schuss. Mehr nicht.

Wir biegen nach links ab, und am Ende einer immer schmaler werdenden Straße, an einer Stelle, die so aussieht, als ob hier seit langer Zeit kein Mensch mehr gewesen ist, halten wir an. Ich schwitze, ich klebe am Sitz des Wagens fest. Wir steigen aus, schließen leise die Türen und gehen los. Der große Mann – eigentlich eher ein Junge – lässt mir auf dem ausgetretenen Weg, der durch die Bäume führt, den Vortritt. Ich trage meine kleine weiße Handtasche so, als ob sie mehr enthält als Kleingeld, Bleistift und Notizbuch, eine Haarbürste, Vaseline und Kleenex. Es ist eine billige Tasche, das ist mir klar. Darin ist alles, was ich zur Stätte des alten Rechts mitbringe, Münzen mit den Gesichtern von Präsidenten und der Aufschrift *In God We Trust*, ein paar Dollar. Es sind die kleinen Teile meines müden Lebens, Stücke einer bedauerlichen Zivilisation, die sich rings um mich durch ihr halb geformtes, kaum gelebtes Leben auflöst.

Der Weg, den wir gehen, ist abgetretene Erde. Diese jungen Männer wohnen zeitweise bei den Alten, um ihnen zu helfen. Ama würde sagen, es sind gute Jungen.

Hier ist es trocken, mitten in diesem Land, dessen Erde überall sonst mit Feuchtigkeit durchtränkt zu sein scheint, mit Regenwasser, Grundwasser, Moorwasser und Sumpf. Aber diese Stelle oberhalb des Kili-Sumpfes ist seltsam ausgedörrt. Ich sehe mich um. Die Blätter sind grau von Staub, als ob hier auch die Luft trocken ist und ein anderer Wind weht. Ich sehe mich um, weil ich wissen möchte, wo wir sind, und weiß doch nur, dass wir irgendwo oberhalb von Kili sind, aber an einem Ort, den ich bisher noch nicht kannte, an der Stätte des alten Rechts, von der mein Onkel Ray mir erzählt hat, bevor er krank wurde und Leute sah, die es gar nicht gab. Dieser Ort gehört zum Revier des Panters. Es ist ein Ort, wo Entscheidungen getroffen werden, wie er sagte.

Wir sind auf der Lichtung, wo die Alten wohnen, zwischen der Tradition und ihren Erinnerungen, die, wie Ama sagte, bloß noch die Knochen von etwas Wirklichem und Heilem sind. An der Stätte ihres Rechts leben die Alten noch fast wie in einem Paradies, obwohl es von Verwüstung umgeben ist. In der Nähe liegt ein Schrottplatz mit ausrangierten Sachen, wo es nach Fäulnis und Moder riecht. Es ist ein Ort für Altes und Weggeworfenes; das sieht man selbst an den Hunden. Es sind knochige alte Hunde, die im Müll graben und nach Essensresten suchen. Trotzdem ist es so, als wären die Menschen aus einer hässlichen Welt herausgetreten und hätten sich weit von ihr entfernt, unter einem blassblauen Himmel, der Erinnerung heißt. Hier hören sie, was der Schöpfer sie hören lassen will, und sie hören es gut, weil an diesem Himmel keine Flugzeuge brummen, weil dieses Land nicht mit dem Lärm von Autos und Fernsehern verschmutzt ist. Hier tun sie, was der Schöpfer ihnen zu tun aufgibt, trotz der Welt der Lumpen und Scherben, die aus der zerstörten Welt, die sie umgibt, herausgefallen sind. Deshalb haben sie sich bis heute ihre »schöne Haltung« bewahrt, wie wir es früher nannten: »die schöne Haltung«. Es ist eine Art zu leben, die an Erinnerungen, an der Schöpfung und der Erde festhält. Wie gut dieses Leben ist, kann man ihnen an den Gesichtern ablesen, an ihrer Haut, auch wenn in der Nähe alte, verrostete Autos liegen. Ich habe das Gefühl, nach Hause gekommen zu sein. Als sich die jungen Männer entfernen, wird mir klar, dass ich ohne sie den Rückweg vielleicht nicht wiederfinden werde. Sie gehen, und ich bleibe zurück, blinzelnd im hellen Licht. Aber die Sonne streicht mir mit ihrer schweren Hitzehand über das Haar, und allmählich finde ich mich wieder zurecht. Überall um mich herum schweben Staubflöckchen im Licht, in einer Flut von Licht, in der nichts verborgen bleibt, in der jede Falte in Annie Hides Gesicht deutlich zu sehen ist. Denn es ist Annie Hide, die mich als Erste begrüßt. Sie ist eine aufrechte Frau. Sie lächelt mir zu, diese Frau, an die ich mich aus meiner Kindheit erinnere. Damals war sie eine große, imposante Erscheinung. Heute sind ihre Beine alt, aber sie sind noch immer kräftig. Annie Hide ist eine würdevolle Frau, die noch immer sehr groß wirkt, obwohl sie klein ist, kleiner als ich.

Obwohl es so ein heißer Tag ist, brennt ein Feuer, von dem eine dünne Rauchsäule aufsteigt. Darüber wabert die Hitze, wie bei einer Luftspiegelung, wie an dem Tag, an dem ich die vier Frauen in der flirrenden Hitze auf der Straße sah, und einen Augenblick lang, länger nicht, sehe ich sie wieder vor meinem geistigen Auge, und ich höre sie singen, höre ihre Rasseln aus Schildkrötenpanzer.

Und Ama ist da, sie sitzt hinter dem dünnen Rauch des Feuers. Als ich sie erblicke, will ich zu ihr gehen, aber ich tue es nicht, nicht hier, nicht jetzt. Sie freut sich, mich zu sehen, doch das verraten mir nur ihre Augen. Sie kann noch nicht lange hier in Kili sein, aber woher ich das weiß, vermag ich selbst nicht zu sagen. Vielleicht liegt es an der Art, wie sie dasitzt, nicht ganz daheim, nicht mehr vertraut mit diesem Ort. Ihre braunen Arme sind dünn, aber kräftig. Sie trägt ihre besten Sachen, die ihr inzwischen zu groß geworden sind. Normalerweise hat ihre Kleidung die Farbe von Erde, Wasser oder Bäumen, aber heute hat sie die Farbe von Blumen, Rot und Weiß, als ob sie etwas zu feiern hat. In dem roten Rock und der weißen Bluse, die sie sich, wie ich mir denke, von zu Hause geholt haben muss, wirkt sie dürr und viel älter als früher, aber nicht so angespannt und farblos wie im Gericht, und ich finde, dass sie hier viel besser aussieht, nicht so fehl am Platz oder verloren, sondern mehr wie eine Blume, kurz bevor die Blütenblätter vertrocknen und abfallen. Trotzdem kommt mir ungewollt der Gedanke, dass sie für diesen feierlichen Anlass falsch gekleidet ist. Sie sieht so unerschrocken und unbefangen aus wie jemand, der nie gesündigt oder das Gesetz gebrochen hat, oder wie jemand, der sich von der Kraft der eigenen Überzeugungen täuschen lässt. Sie begrüßt mich nur mit einem kurzen Nicken.

Annie Hide bedeutet mir mit einer Handbewegung, dass ich mich vor das Feuer auf den Boden setzen soll, auf eine ausgefranste Matte, dann nimmt sie mir gegenüber auf der Erde Platz, sodass wir das Feuer zwischen uns haben. Sie hockt auf einer zusammengefalteten Decke. Als ich mich setze, fallen mir meine Turnschuhe auf, und ich werde verlegen, weil sie mir für diesen Ort so unpassend vorkommen, obwohl ich weiß, dass Annie Hide auch schon Turnschuhe getragen hat. Ich habe es selbst gesehen. Heute aber ist sie barfuß, und als sie sich hinsetzt, sehe ich ihre Füße. Sie sind schmal und schön.

Ich hocke mich auf meine Füße und stelle die weiße Handtasche neben mich, als ob sie mir jemand stehlen will.

Janie Soto schürt das Feuer. Es knistert. Ich rieche es, Holzrauch und Pech. Zuerst sehe ich die anderen Leute nicht an, als ob ich Angst davor habe, was sie von mir denken. Stattdessen blicke ich mich um, sehe die Bäume mit den dünnen Stämmen am Rand der Lichtung, die Steine, die gefegte Erde. Es kommt mir so vor, als ob ich diesen Ort schon einmal gesehen habe. Vielleicht erinnere ich mich daran, dass meine Mutter mich als kleines Mädchen hergebracht hat. In meiner Verlegenheit, allen Blicken ausgesetzt, sehe ich mich genau um, und es gibt keine Laube mit Schatten spendenden Bäumen und keinen Topf mit Kaffee auf dem Feuer, nur das nackte, volle Licht der Sonne, in dem die schadhaften Kanten der Dinge aufscheinen. Es zeigt nicht nur die zerschlissenen Fäden von Matten und Kleidern und das modernde Holz auf dem Boden, sondern auch den glatten Stiel eines alten Besens, dessen Stroh bis auf einen schmalen, steifen, schmutzigen Rest abgewetzt ist, so kräftig hat man die Erde gefegt, um Steinchen, Blätter und Zweige zu entfernen.

Durch den Boden, durch den starken Zug der Schwerkraft hindurch, fühle ich das tiefe Wasser unter der Erde. Darüber die heiße, helle Sonne und der frische Geruch der sonnenwarmen Welt. Ich versinke.

Wir sitzen auf der Erde, die so sauber ist wie Haut, ich auf der zerfransten Matte, Annie Hide auf der Decke, und schließlich sehe ich mir die Leute doch noch an, wenn auch erst nur halb verstohlen. Am weitesten von mir entfernt sitzt eine dunkelhäutige, weißhaarige Frau, die ich noch nie gesehen habe, obwohl mir ihr Gesicht vertraut vorkommt. Natürlich sind wir uns alle irgendwie vertraut, weil wir aus der gleichen Welt gekommen sind, aus der gleichen Öffnung im Himmel, vor so langer Zeit. Außerdem sind dies die Menschen, die meine Mutter früher manchmal besucht hat. Heute kommt kaum noch jemand her, aber ich sehe die Ähnlichkeiten.

Eine andere Frau hockt auf ihren Fersen, rundlich und weich, die dunklen Knie abgewinkelt. Ich kenne diese Leute nicht. Nach allem, was ich weiß, leben einige von ihnen tief in den Wäldern und Sümpfen. Andere, wie Annie Hide und Janie Soto, leben ständig hier in Kili, und ich nehme an, dass dies ihr Versammlungsort ist, ihr Hof, ihr altes Gebiet. Und dann fällt mir zu der rundlichen Frau etwas ein, und zwar, dass sie Annie Hides Tochter ist. Sie heißt Mara.

Die anderen sind alt und verstaubt, so verblichen wie die Erde, auf der wir sitzen. Trotzdem haben die alten Leute ein Leuchten in den Augen, nur einer nicht, ein zaundürrer alter Mann. Joseph Post. Er wird auf einer Leinentrage in den Kreis der um das Feuer Sitzenden getragen, die Hände über der mageren Brust gefaltet, als ob er für den Tod probt, die Haut so dünn, dass man meint, sie würde zerfallen oder reißen. Er wird auf eine Decke auf den harten, sauberen Boden gelegt. Die Ränder seiner Augen sehen rissig und weiß aus, als ob sie zu viel Sonne gesehen haben oder andere Dinge, die er nicht hätte sehen dürfen. Er ist einer von den beiden Männern, von denen es heißt, sie könnten Stürme herbeirufen. Meine Mutter hat mir von ihnen erzählt. Die Stürme gehorchten ihren Stimmen, hat sie gesagt, und ich habe ihr nicht geglaubt. Man erzählt sich, dass Joseph Post früher beim Einatmen singen konnte, nach innen gewandt. Dieser Gesang zog die Welt in ihn herein, und wenn er ausatmete, sandte er die Welt verändert wieder hinaus.

Ama hat mir erzählt, dass er Lieder kannte, die den Jägern die Tiere schickten, Liebeslieder und Lieder gegen Krankheiten, die den Körper zersetzen, zerfressen und versteifen, nur gegen die Krankheit des hohen Alters nicht, die dem Körper alle drei Dinge antut und nicht so leicht aufgelöst werden kann.

Es gibt Lieder, die das Wetter verändern, und Lieder, die einen Bann verhängen und wieder aufheben. Auf der ganzen Welt ist diese Kraft der Lieder so vielen Menschen und Stämmen bekannt, dass es nur Dummheit und Unwissenheit wäre, nicht daran zu glauben.

Während ich ihn ansehe, frage ich mich, ob er wohl der Grund für den Hurrikan war.

Dies sind die Menschen, die meine Mutter besucht hat, bevor sie in die First Sanctified Church of the Holy Ghost eintrat, wo manche Leute im glühendsten Erweckungswahn eine Schlange in die Hand nehmen, um ihren Glauben an Gott zu beweisen. Diese alten Leute gehörten zum Leben meiner Mutter, bevor sie im Traum Gott zu sich sprechen hörte, bevor er mit ihr redete, als ob er für eine einzige Frau unendlich viel Zeit erübrigen könnte.

Ama, die neben der alten Janie Soto sitzt, macht ein Gesicht, als ob sie über ein ruhiges, geheimes und gerechtes Wissen verfügt. Einen Augenblick lang kommt mir die Frage in den Sinn, was sie für ein Recht hat, so auszusehen. Aber dann erinnere ich mich daran, dass sie dieselbe Ama ist, die ich wie eine Mutter geliebt habe, obwohl sie die Katze getötet hat. Und ich war ihre Komplizin, und ich habe mit dunklem Blick gesehen, was ich lieber nie gesehen hätte, und ich bin dieses Bildes müde, und ich glaube, die alten Leute hier sind es auch. Sie haben alles gesehen, die trockengelegten Sümpfe, die rasenden Autos, die fast vollständige Zerstörung ihrer Welt, alles miteinander vermengt, gleich neben der alten, dunkelblättrigen Welt, an die sie sich klammern, als ob die sie retten kann. Vielleicht wird sie es tun. Vielleicht suchen wir im Grunde alle das Gleiche, und wir könnten es Erlösung nennen.

Ich sehe die drei anderen Menschen an, die ich nicht kenne, einen zahnlosen, scharfäugigen Mann mit einer hängenden Schulter und zwei Frauen, die eine rundlich und nicht so alt wie die anderen. Janie Soto, das Oberhaupt des Panterclans, hat ein rötlich braunes Fell auf den Knien, das ich nicht genau erkennen kann, aber ich glaube, ich habe dieses Fell oder ein ähnliches schon einmal gesehen, vielleicht erinnere ich mich noch aus meiner Kindheit daran. Genau in diesem Augenblick fällt mir auch wieder ein, dass ich früher einmal mit einer Kralle gekratzt worden bin, nicht fest genug, um die Haut zu ritzen, aber ich kann es noch spüren. Oder habe ich es geträumt, dass sie das mit allen Kindern tun, die in den Panterclan hineingeboren werden, und dass es hier passiert ist, an diesem Ort?

Ich sehe, wie aufrecht und stolz sie in der Mitte dieses Lebens sitzen, und plötzlich strömt etwas aus mir heraus, und ich hoffe, dass etwas anderes an seine Stelle tritt, aber vergeblich; da ist nur der nicht nachlassende Schmerz, der mir die Augen dafür geöffnet hat, dass sie die Bewohner einer untergegangenen Welt sind. Sie wollen sie zurückhaben, wie ein Lebensrad, das sich drehen und wieder aufrichten kann, und ich frage mich, ob das wohl in diesen Zeiten möglich ist.

Annie Hide, die Verwandte meiner Mutter, die früher zum Essen zu uns kam und schwieg, während sie aß, beobachtete mich so lange, bis ich alt genug war, mich unter ihrem Blick zu winden und einen feuerroten Kopf zu bekommen, als ob ich etwas falsch gemacht hätte.

Links neben Ama sitzt die einbeinige Janie Soto. Auch sie war im Gericht, und ich erkenne sie wieder, obwohl sie hier so anders aussieht, während sie sich mit einem weißen Schwanenflügel Luft zufächelt, das dunkle Haar vornehm hochgesteckt. Mit ernstem Gesicht hängt sie ihren Gedanken nach. Sie beugt sich vor und schürt mit einem Stock das Feuer. Dann rafft sie ihren Rock um sich, wie eine Dame, obwohl der Rock nicht ganz sauber ist. Hier sind ihre Bewegungen von einer Anmut und Eleganz, die ihr im Gerichtssaal fehlten. Sie ist eine hoch gewachsene Frau, geschmackvoll gekleidet, bis auf ihren abgewetzten Schuh, aber den zieht sie aus. Ihr anderes Bein trägt sie nicht. Einen Augenblick lang frage ich mich, wo es wohl abgeblieben ist, das Holz, der Baum, der ihr das Gehen ermöglicht. Sotos Augen sind nicht richtig braun. Sie sind eher wie Amas Augen und haben die Farbe von bernsteindunklem Wasser. Sie hat große, trockene, aber feingliedrige Hände, auch wenn ich sehen kann, dass es schon immer Arbeitshände waren. Ich habe einmal gehört, dass sie als sehr junge Frau, als Teenager, den Bruder meines Großvaters geheiratet und mit ihm zusammen in den weiter nördlich gelegenen Bayous schwarzgebrannten Schnaps verkauft hat. Wenn man sie heute sieht, mit ihrer ruhigen, würdevollen Art, würde man das kaum für möglich halten, so unzweifelhaft ist sie das Oberhaupt des Clans.

In der Ferne bellt ein Hund. Der ganze Ort scheint zu leben. Es ist, als hätte hier sogar das Land sein eigenes Geräusch, das sanfte Streicheln einer Brise. Und die Sonne – wenn die Sonne sich wie Schnee auftürmen könnte, würde sie sich wie eine Wand an mich pressen und an die Bäume, an die alten Leute.

Annie Hide beugt sich vor und legt einen runden Stein auf

den Boden, dann zündet sie eine Zigarette an und reicht sie dem dürren alten Mann, der wie ein umgestürzter Baum auf der Erde liegt, das Gesicht zum Himmel gerichtet. Er nimmt die Zigarette. Sie lächeln sich an, obwohl er halb blind ist. Sie öffnet einen Schirm und gibt ihn dem Alten, der hält ihn über sich und ist nun der Einzige, der Schatten hat. Ich sehe ihn mir an, wie er da in seinem Schatten liegt, und dann sehe ich Ama an, ihre kleinen Hände mit der großen Kraft. Ich fühle mit ihr. Früher haben die Schulkinder Big Ama hinter ihr hergerufen und sie ausgelacht. Dabei ist sie gar nicht groß; sie ist schmal geworden, und das in kurzer Zeit. Auch Ama ist schön, mit ihrem knochigen Gesicht und den scharfen, seelenvollen Augen. Früher habe ich mir oft gewünscht, sie wäre meine Mutter. Ich habe sie immer gefragt: »Ama, kann ich bei dir wohnen?« Dann hat sie gelacht und gesagt: »Ich bin deine äußere Mutter. Die andere ist deine innere Mutter.«

Ama sitzt ein Stück entfernt von den anderen, knapp außerhalb des Kreises. Ich versuche, ihren Gesichtsausdruck zu deuten, aber ihr Blick sagt, dass sie bereits mit allem, was kommen wird, ihren Frieden gemacht hat. Sie hat sich damit abgefunden. Ich glaube, das Ergebnis der Verhandlung durch das Stammesgericht ist ihr egal, aber wenn man sie ansieht, würde man meinen, sie sei überzeugt, freigesprochen zu werden. Sie werden Ama anhören, sie werden mich anhören, sie werden über ihre Unschuld oder Schuld entscheiden und beschließen, was aus ihr werden soll. Hier spielt es keine Rolle, was in dem Marmorgebäude in der Stadt beschlossen wurde. Es spielt keine Rolle, was auf dem Papier geschrieben steht. An diesem Ort, in dieser Welt, sind es die Alten, die die Gesetze kennen, Gesetze, die mächtiger und älter sind als Amerika.

Ich werde im hellen Sonnenlicht sprechen, wo nichts verborgen bleibt, und sie werden zuhören, reglos wie Steine. Sie werden meine Worte wichtig nehmen.

Was die Alten brauchen, ist meine Geschichte, obwohl es mir so vorkommt, als könne man sie nicht erzählen. Deshalb haben sie mich herbestellt, damit ich ihnen erzähle, was nicht erzählt werden kann, um die Worte an einen Ort zu schicken, wo noch nie ein Wort gewesen ist, um sie auf einen Boden fallen zu lassen, den sie noch nie bestellt haben. Und wenn die Geschichte richtig ist, wenn die Geschichte tiefgründig ist, wenn die Geschichte gehaltvoll ist, wenn sie Rettung verspricht, werden sie alles aufnehmen, bedenken, beurteilen.

Ich sehe Annie Hide an, und sie lächelt mir zu. Ich schlucke krampfhaft, vor Angst. Ich sehe in das Feuer und entdecke Dinge darin, die Gesichter von Schlangen und Vögeln, Hirsche mit flammenden Geweihen.

Ama will mir mit den Augen etwas sagen. Ich weiß, sie will, dass ich die Wahrheit sage. Ich kann mir nicht vorstellen, warum, weil die Wahrheit nicht nur belastend ist, sondern weil hinter dieser Wahrheit auch noch so viel anderes liegt, andere Wahrheiten; die Geschichte, der Glaube und sogar die Erzählung von dem Panter, der der rechtmäßige Besitzer dieses Ortes ist. Aber ich werde die Wahrheit sagen, die ganze Wahrheit, nur den Teil nicht, den ich auszulassen versprochen habe, und ich kann nur hoffen, dass es nicht dasselbe wie eine Lüge ist.

Ich denke an Ama, aber die Alten sehen mich an. Ihnen liegt etwas an mir, das weiß ich. Sie denken über mich nach, wer ich bin, wo ich herkomme. Sie haben meine Mutter immer geliebt.

In ihrer Mitte bin ich heimisch und fremd zugleich. Ich bin hier heimischer, als ich mich fühle; so heimisch wie ein kleiner Baum, dessen Wurzeln mit denen der größeren, älteren Bäume verwachsen sind, die sich dem Wasser und den Mineralien tief entgegenstrecken, und diese großen Bäume um mich herum sind nicht die, die der Sturm gefällt hat. In ihren Augen bin ich die Zukunft, und ich bin nicht fremd oder wild oder schön auf eine Weise, wie sie es nicht sind, die sie in den leeren Regionen einer ungeliebten Welt leben. Genauso wenig wie Ama. Ich weiß, dass die Alten sich die Zivilisation am liebsten abwaschen und auf Ama übertragen würden, so wie es auch die Anwälte und der Richter versucht haben, die ihre eigene Wildheit an sie abgeben wollten.

Ich weiß, dass unser Überleben davon abhängt, wer ich bin und wer ich sein werde. Aber es ist zu viel für mich. Am liebsten würde ich davor weglaufen, und vielleicht ist das der Grund, warum meine Mutter versucht, als Weiße durchzugehen.

Aber ich bin auch fremd hier, weil ich fast nichts verstehe, was in der alten Taigasprache gesagt wird. Ich bin unbeholfen und kenne unsere Bräuche kaum. Ich bin linkisch und verlegen wegen meiner Schuhe und der weißen Tasche, und es tut mir Leid, dass ich so unwissend bin, wo es nur noch so wenige von uns gibt, dass niemand sagen kann, was aus unserem Volk werden soll. Das macht die Alten traurig, das weiß ich. Und nun macht es plötzlich auch mich traurig, und mir steigen Tränen in die Augen.

Annie Hide merkt mir an, wie fehl am Platz ich mir vorkomme. Sie beugt sich vor, sagt etwas, sieht mich an und lächelt. Sie macht ein freundliches Gesicht. Ich erwidere ihr Lächeln nicht. Ich versuche es, aber ich kann nicht lächeln. Ich versuche zu fühlen, was sie meint, was ihre Absichten sind. Sie sagt es noch einmal und spricht mich mit meinem richtigen Namen an. »Omishto, wir wollen uns nur anhören, was du zu sagen hast. Hab keine Angst zu sprechen.«

Die anderen wirken ernst. Ich versuche, ihre Mienen zu lesen. »Lesen« ist das Wort, das mir in den Sinn kommt, als ich von einem Gesicht zum anderen blicke. Es ist eine nutzlose Beschäftigung, aber ich kann nicht anders. Ich lese Menschen, Schulbücher, Tafeln, ob Mutters Mann schlecht gelaunt ist oder nicht. Von Ama habe ich gelernt, den Himmel, das Wasser und das Land zu lesen. Nun kommt mir meine Arbeit, das Lesen, sinnlos und unnütz vor, aber ich tue es trotzdem, als ob ich unter allem anderen etwas Wahres finden muss, so, wie ich oft versucht habe, Ama zu lesen, auch jetzt, da sie still und furchtlos dasitzt, so klar, als ob sie nie die Form der Dinge zerbrochen hätte. Sie sieht ruhig und geheimnisvoll aus, als ob sie mehr weiß, als wir anderen je wissen können, etwas, was sie jeden Augenblick von ihrem Platz am Boden emporheben könnte, hoch in die flirrende Luft über dem Feuer, so sicher wie die vier Frauen, die ich an jenem Tag vor dem Sturm sah, die Frauen, die so aussahen, als gingen sie, ohne die Erde mit den Füßen zu berühren.

Und wieder erzähle ich meine Geschichte. Jedes Mal wenn ich sie erzähle, möchte ich weinen, um Ama und mich, um das Pantervolk, um die Zukunft und die Vergangenheit. Es ist ein Gefühl, als ob ich aus dem Himmel gefallen und zu Füßen des Sturms gelandet bin, schwebend und sterbend auf lehmigem Grund.

Ich erzähle die Geschichte anders als im Gericht. Es ist die gleiche Geschichte, aber ich erzähle sie wahrheitsgetreuer. Ich füge hinzu, dass Ama wusste, dass ich kommen würde, obwohl sie mich nicht gehört hatte, dass sie mir erzählte, dass sie am Tag zuvor von der Katze geträumt hatte. Ich erzähle ihnen, dass sie den Panter kannte und ihn vor den Jungen gerettet hatte. Ich erzähle, dass wir die vier Frauen gesehen haben. Ich habe sie selbst gesehen. »Sie kamen auf uns zu, und sie sangen. Ich habe gehört, wie sie mit ihren Rasseln aus Schildkrötenpanzer rappelten.«

Ich erzähle ihnen, wie der Sturm kam und dass »die Hirsche am Himmel flogen«. Dies erzähle ich den Alten, und ich sehe, dass es nicht einfach ist, wie die Welt sich an jenem Tag auf den Kopf stellte, als ich durch ein Loch in dem Sturm nach oben blickte und den klaren Nachthimmel sah, schwarz und voller

Sterne. Ich erzähle ihnen, dass der Wind so stark war, dass er mir die Kleider vom Leib riss, dass mein Kleid in einem Baum hing und ich nackt war, noch etwas, was ich vor Gericht nicht erzählt habe. Und ich erzähle, wie schwer und müde mein Körper war, nachdem ich losgelaufen war, um das algengrüne Boot an Land zu ziehen, so schwer und müde, dass ich glaubte, nicht mehr weitergehen zu können, aber ich konnte, ich ging weiter, und ich folgte Ama und dem Hirsch mit dem gebrochenen Bein, und ich wusste nicht, dass wir eigentlich auf der Jagd nach der Katze waren.

»Der alte Baum, Methusalem, fiel.«

Sie bedenken es gründlich, der älteste Baum, und wie er fiel, wie die Jahrhunderte vor uns gefallen sind, als sei das Ende all jener Zeit gekommen. Es ist ihnen wichtig. Ich will ihnen nicht erzählen, wie ich zwischen den Sturm- und Windböen zum Haus zurückgeblickt habe und sah, dass Ama vom Wind an die Wand gepresst wurde, aber ich erzähle auch das, dass ich sah, wie sie noch den Hammer hielt, mit dem sie in letzter Sekunde die Fenster zugenagelt hatte. Ich erzähle, dass die Schlangen, vom Überlebenswillen getrieben, auf die Bäume und die Treppe kletterten, dass manche ganz nah bei ihr waren, wo sie stand. Und ich sehe, dass dies ein Zeichen ist, das für sie spricht.

Sie nicken und hören zu. Der alte Mann, der auf der Erde liegt, sieht aus, als ob er schläft, aber ich fühle, dass er zuhört. Wenn ich spreche, scheinen selbst die Bäume zu lauschen. Ich kann mich kaum überwinden, es zu sagen, die Geschichte noch einmal zu erzählen, wie stark der Wind war, dass er mich mit seinem festen, starken Körper zu Boden warf, wie die Bäume brachen, wie eines der spanischen Pferde vor Amas einstmals blauem Haus starb und wie ich es unbedingt beerdigen wollte, und wie ich mit ihm in das Loch fiel, aber wie es mir schließlich doch noch gelang, es mit Erde zu bedecken, nur um am nächsten Tag sehen zu müssen, dass das Grab geöffnet und die Leiche des toten Pferdes verschwunden war.

»Und während ich noch hinsah, fielen die Hirsche vom Himmel«, erzähle ich den Alten. »Und einer von ihnen hatte ein gebrochenes Bein.« Dann halte ich inne.

»Weiter«, sagt Annie Hide, ohne sich zu bewegen, ohne mir auch nur zuzunicken. »Erzähl uns einfach, was du gesehen hast.«

»Es war kalt nach dem Sturm. Ama hat mich in eine Decke gewickelt.« So gut, so fürsorglich.

Und dann erzähle ich ihnen von der Pirsch, dass ich fast glaubte, alles hätte mit ihren Füßen angefangen, als ich sah, wie sie einen Fuß in die Fährte der Katze stellte, und dass sich auf dem Boden, wo vorher Vögel gegangen waren, Sterne abzeichneten, und dass es wegen der umgestürzten Bäume unmöglich war zu sagen, wo wir waren oder auch nur, wer wir waren. Und der Ort war auf die gleiche Weise verwandelt wie die Zeit. Da war nichts Vertrautes mehr, nicht einmal wir selbst.

Annie Hide und Janie Soto tauschen einen Blick aus. Sie reden mit den Augen. Ich höre die Stille, sie ist laut und beängstigend. »Zu der Zeit kam es mir nicht falsch vor, was wir taten; es war, als ob wir keine andere Wahl hätten, als ob es in die Geschichte von der Panterfrau gehörte, wie ein Zauber. Sie, Ama, hat der Katze immer wieder zugerufen: ›Großmutter, ich komme.‹ Ich hatte fast den Eindruck, dass sie verrückt geworden war, aber ich habe schließlich auch mitgemacht, und ich hätte nicht umkehren können, um nichts in der Welt, auch wenn es mich das Leben gekostet hätte, und ich glaube, sie hätte es auch nicht gekonnt, auch wenn es uns beiden das Leben gekostet hätte. Und es war so, als ob alles schon einmal passiert wäre. Es kam mir irgendwie vertraut vor. Und nachdem sie die Katze getötet hatte, habe ich zu ihr gesagt: ›Ama, du hast dich selbst getötet.‹ Und Mama hat später das Gleiche gesagt. Sie sagte: ›Ama Eaton hat ihr eigenes Haus niedergebrannt.‹«

Dann erzähle ich, wie der Sheriff und der Mann von der Naturschutzbehörde kamen. Ich hörte ihre Autos, bevor ich sie sah, ich glaubte, es sei Abend, aber jetzt weiß ich, dass es genauso gut Morgen oder sogar Mittag hätte sein können. Und ich sah zu, wie sie Ama mitnahmen.

Während ich spreche, sehe ich es wieder vor mir, wie sie in dem Wagen saß, aufrecht und groß. Ich sehe die Frösche im Scheinwerferlicht. Und ich erzähle ihnen, dass die Polizei das Fell haben wollte, es aber nicht finden konnte, und das Gewehr auch nicht. Ich hatte geschlafen und wusste nicht, was zwischen unserer Rückkehr mit der Katze und der Ankunft der Polizei passiert war. Ich weiß nur, dass sie nichts gefunden haben. Sie haben alles abgesucht, aber das Einzige, was sie gefunden haben, war die Flinte der Jungen und das Halsband.

Ich kann die Hitze des Tages nicht ertragen. Vielleicht liegt es am Einfallswinkel des Lichts, an der Hitze der Sonne, an einem Geruch, jedenfalls wimmelt es plötzlich von Fliegen, obwohl ich sie vorher gar nicht bemerkt habe. Es sind so viele, und sie quälen einen alten Hund, der in der Nähe auf den Hinterpfoten hockt. Der Hund steht auf und wandert langsam an einen dunkleren, kühleren Platz im Schatten. Über uns rascheln die Vögel. Es ist ein Tag, den man gelöst nennen könnte, aber hier, in diesem Kreis, ist er schwierig.

Sie stellen mir Fragen, einer nach dem anderen. Janie Soto möchte wissen, wo wir den Panter gefunden haben.

»Sie hat ihn aufgespürt. Obwohl es geregnet hatte. Sie kann nämlich jede Fährte finden. Sie hört die Tiere, sie riecht sie.«

Ama sitzt still und wartet. Sie hat alles akzeptiert, was ich gesagt habe, und auch jetzt will sie meinen Worten weder etwas hinzufügen noch etwas von ihnen zurücknehmen, und plötzlich wird mir klar, daß Ama auch diesmal nichts zu ihrer

Verteidigung sagen oder tun will. Sie will ihnen ihre Gedanken nicht abnehmen, und auch ihr Urteil nicht. Sie sollen ihre eigenen Schlüsse ziehen. Ich bin enttäuscht; ich weiß, dass die Alten sie anhören würden. Sie könnte ihnen ihre Tat begreifbar machen. Es ärgert mich, dass es sie so wenig kümmert, was aus ihr werden soll.

Den alten Mann auf der Trage scheint es ebenfalls zu stören. Er sieht sie an und sagt: »Du hast uns den Körper der Katze nicht gebracht.« Es ist ein Vorwurf, keine Frage. Aber genau das hätte sie tun müssen. Selbst ich weiß das, und ich bin nur ein Mädchen. Weil der Panter ein heiliges Tier ist und sie die Ältesten des Panterclans sind, und weil alles, was mit der Katze zu tun hat, sogar das Abhäuten, durch ihre Hände gehen muss, besonders durch die von Janie Soto.

Ich sehe Ama an, als ob sie antworten und ihnen ihre Absicht erklären müßte. Aber sie sagt nichts.

Dann fragt er: »Wusstest du, dass du uns die getötete Katze bringen musstest?«

»Ja«, sagt sie, mehr nicht.

Janie Soto und Annie Hide tauschen einen Blick aus. Die Älteste, Janie, verlagert ihr Gewicht. Sie ist die Frau, die Ama von der Katze erzählt hat, die alten Geschichten. Sie ist die Frau, die Ama ihr ganzes Leben lang beobachtet hat.

Aber Ama ist stark. Die Hände des Todes oder die drohende Verbannung lassen sie kalt. Wie gern würde ich denken können, dass sie nicht daran glaubt, genauso wenig wie an die Gesetze, aber ich weiß es besser. Ama sagt nichts mehr, sie schlägt auch nicht den Blick nieder, was ihr der alte Mann als Trotz und Aufsässigkeit auslegt, und das stört und verärgert ihn noch mehr.

Ich finde, ich sollte ihnen erzählen, dass die Katze, der wir folgten, krank war, daß man ihre Rippen sehen konnte, dass sie nicht mehr lange zu leben hatte. Aber ich habe ihr versprochen, kein Wort davon zu sagen, und ein Versprechen ist heilig. Ich fühle mich so hilflos wie mein Kleid im Baum, wie an Fäden hänge ich an all den Dingen, die ich in diesem Leben nicht erzählen kann, und das Schlimmste ist, dass ich glaube, Ama retten und ihr helfen zu können, wenn ich es erzähle. Aber plötzlich weiß ich oder glaube doch zu wissen, warum sie ihnen den Panter nicht gebracht hat und warum sie mir das Versprechen abgenommen hat, nichts zu erzählen. Ich bin mir ganz sicher. Und ich weiß, warum ich ihr gehorche und diesen Teil der Geschichte auslasse. Weil der Panter für die Alten so ungeheuer wichtig ist. Seit Tausenden von Jahren schon. Sie sind unauflöslich und aufs Engste mit ihm verbunden. Und ich sehe, dass es ihr unmöglich war, das Richtige zu tun, dass sie ihnen die Katze nicht hätte bringen können, weil sie es nicht zulassen durfte, dass sie das arme Ding sehen. Ich will, aber ich kann ihnen nicht sagen, dass die Katze halb verhungert war, obwohl sich die halb toten Hirsche nur langsam fortschleppen konnten, dass mit der Katze etwas nicht stimmte. Ich erspare es ihnen. Es würde ihre Welt entzweischneiden. Es würde ihnen das Herz und das Leben brechen. Es würde ihnen alles nehmen, was ihnen auf dieser Welt geblieben ist. So arm war das Tier. Wenn sie den Panter zu ihnen gebracht hätte, wäre es genauso gewesen, als ob sie ihnen Krankheit und Tod gebracht hätte. Der Anblick hätte ihnen die armen alten Herzen gebrochen, die schon so viel Elend gesehen haben. Es wäre alles andere als ein Segen gewesen, deshalb hat sie es verschwiegen, das weiß ich, weil es auch mir das Herz entzweigebrochen hat, das arme Geschöpf zu sehen, mit seinem struppigen, von Flöhen zerbissenen Fell und den abgebrochenen Zähnen. Das setzt Ama ins Recht. Denn die Katze war heilig, auch wenn sie krank war.

Es ist der Glaube, der die Alten im Leben so weit gebracht hat, bis in ihr hohes Alter. Wenn sie das Gesicht des Panters gesehen hätten, das abgemagerte Tier, tot im schwarzen Gras, würden sie ihren Glauben und ihre Hoffnung verlieren. Sie würden sich auf die Erde legen und nie wieder aufstehen, nicht in dieser Welt, die von Straßen zerschnitten ist, auf denen Autos fahren, und wo das Brüllen von Maschinen inmitten der sterbenden Fische durch die Sümpfe hallt. Wenn ich es erzähle, werden die Bäume hier Früchte tragen? Werden die Fische zurückkommen? Ich denke, nicht.

Ama, die mich kennt, sieht mir an, dass ich begriffen habe, dass ich es eben noch erzählen wollte, aber nun schweigen werde. Sie ist erleichtert. Ihr sanfter Blick berührt mich, ein Blick des Trostes, der Verwandtschaft.

Ich hoffe, dass mein Gesicht nicht verrät, was in mir vorgeht, und ich sehe die alten Frauen an, und als mich der Mann noch einmal fragt, warum sie ihnen die Katze nicht gebracht hat, lüge ich und sage, dass ich es nicht weiß.

»Warum bist du mit ihr gegangen?«

»Das weiß ich auch nicht. Ich konnte nicht anders. Der Panter hat sich uns gezeigt«, sage ich. »Er wusste, dass wir da waren. Er wusste, dass wir kamen.« Ich sage, dass ich seine Augen sah und dass sie im dunklen Unterholz leuchteten, bevor sie ihn tötete. Wenigstens Annie Hide versteht, was ich meine, dass ich keine andere Wahl hatte, als Ama wie ein Schatten zu folgen.

»Wie hat sie ihn getötet?«

Ich sage ihm, dass sie einmal auf ihn geschossen hat und dass ich damals den Eindruck hatte, sie hätte ihn zum Schluss erwürgt, so, als ob sie sein Fell nicht verletzen wollte, dass aber ich nun eher denke, sein Hals hätte deshalb so komisch ausgesehen, weil er das Funkhalsband trug, das Halsband, das ihm die Biologen angelegt hatten. Mehr sage ich nicht.

Der Mann glaubt mir nicht. Er fragt mich noch einmal: »Du weißt nicht, was sie damit gemacht hat?«

Ich sage die Wahrheit, dass ich nichts gesehen habe. »Ich bin eingeschlafen. Ich war müde. Was sie auch gemacht hat, sie muß es getan haben, während ich schlief.«

Vielleicht ist Ama ein Sündenbock. Ja, das ist sie. Vielleicht wird sie der Grund dafür sein, dass es keine Fische mehr gibt. Sie wird die Sünde sein, und sie wird sie auf ihrem Rücken tragen, die ganze Last all dessen, was geschehen ist. Ich sehe Ama an, und sie ist so friedlich, dass ich nichts sage, obwohl meine Worte sie vor der Verurteilung bewahren könnten, denn ich erkenne, dass es so sein soll. Dies ist kein von Menschen gemachter Plan, er wurde von etwas gemacht, was ich nicht kenne, was niemand kennt. Es ist ein Plan des Unsichtbaren.

In der alten Zeit wäre Ama verbannt oder getötet worden. Wie Abraham Swallow, der Mann, der seine Frau geschlagen hat, der verurteilt und getötet wurde, ohne eine Waffe, nur mit Hilfe des Unsichtbaren, das die Alten kannten, das Flügel hatte, die niemand sehen konnte, mit einem Wirbelwind, den sie ins Leben sangen. Ich habe es mit eigenen Augen gesehen und wollte es trotzdem nicht glauben. Worte, Gesang und Luft haben den alten Swallow getötet, ohne die Spur eines Beweises zu hinterlassen. Ich erinnere mich aber, dass sich die Leute nach seinem Tod wieder vor den alten Gesetzen fürchteten, selbst die jungen Leute, die die alten Bräuche als Aberglauben abgetan hatten. Vorher haben sie darüber gelacht, was die Alten sagten. Aber wenn ihnen hinterher ein alter Mensch in die Augen sah oder auf sie zukam, wandten sie den Blick ab und fürchteten sich, weil sie vielleicht doch an die Macht der alten Gesetze glaubten. Und nach Abrahams Tod besannen sich viele jungen Leute auf das Leben nach den alten Gesetzen. Auch die jungen Männer aus dem Auto. Deshalb kehrten sie zurück.

Es ist still geworden. Niemand spricht. Und obwohl Abraham gestorben ist, weil Gedanken und Worte mächtig sind, glaube ich, dass Ama an dem Schweigen sterben könnte, auch an meinem eigenen Schweigen, und die Stille macht mir Angst.

Wir trinken Wasser aus einer Kelle, die wir herumgeben. Ich nehme einen Schluck in den Mund. Es ist kühl und frisch.

Dann überrascht mich Annie Hide. »Omishto«, sagt sie. Sie spricht mich mit meinem Namen an.

Ich sehe sie an. Aber etwas an ihr kommt mir schwach und dünn vor. Sie sagt nichts und wendet den Blick ab. Sie weiß, dass ich etwas zurückhalte. Und ich glaube, auch sie hält etwas zurück. Es liegt eine Entscheidung in der Luft, die sie nicht treffen will, und sie denkt, ich bin die Lösung. Sie ist Amas Verwandte. Sie ist zu sanft, um andere zu verurteilen. Vielleicht wurde sie deshalb erwählt, weil sie so ein großes Herz hat. Ich sehe sie an, aber ich kann nichts sagen. Und sie will, dass ich spreche. Sie will, dass Ama zurückkehrt, dass sie auch weiter zu uns gehört, falls sie denn je eine von uns war. Aber ich kann das Ende nicht erzählen, den Grund für alles, den ich eben selbst erst begriffen habe. Mir ist schwindelig, als ob alles ins Taumeln geraten ist. Aber trotz der Hitze spüre ich die Luft im Gesicht, und es geht eine leichte Brise, der Atem von etwas Lebendigem, von etwas Großem, das uns umgibt.

Ama kennt das Urteil bereits, den Schuldspruch, der mit Sicherheit kommen wird, aber sie sieht den Alten noch immer in die Augen, geradeheraus und ohne Scham. Sie bedauert ihre Tat, doch sie schämt sich ihrer nicht.

Die Alten sind noch ernster als zuvor, sie hocken nebeneinander in der Hitze und beraten sich in meiner Sprache, der Sprache, die ich nicht verstehe. Ich habe das Gefühl, dass mir das Herz bricht. Ab und zu sieht Annie Hide mich an und sagt etwas – sie weiß, dass ich etwas zurückhalte –, und ich denke, dass es falsch war, was Ama getan hat, auch wenn sie es nicht weiß und es nicht glauben will. Sie hat eine furchtbare Tat begangen, sie hat sich gegen die Erde versündigt, gegen die Tiere, die unsere Verbündeten sind, gegen sie, die unsere Ahnin war. Sie hat gegen das Gesetz der Natur verstoßen.

Ich frage mich, wie ich sie überhaupt noch ansehen kann, wie es möglich ist, dass ich immer noch das Gute in ihr spüre. Aber ich kann es. Ich kann es, und ich tue es, auch wenn es mir anders lieber wäre. Ich will sie mit strengem Blick mustern, sie verurteilen und es endlich hinter mich bringen. Aber auch das Herz hat ein Auge, und ich sehe mit dem Auge des Herzens, und ich weiß, dass ihr Leben noch jetzt von etwas anderem bestimmt wird, was auch mein Leben geformt hat und sogar das der Alten, die im Kreis sitzen. Sie hat es geträumt, und ich weiß nicht, ob ein Traum falsch ist. Einen Augenblick lang frage ich mich, wie es wäre, wenn es wahr wäre, wirklich wahr, dass wir dem Tod geweiht waren, dass die Welt dieses Opfer brauchte, um sich weiterdrehen zu können, wenn sie doch Recht hätte? Niemand von uns würde wissen, dass die Welt weitergeht, auch wenn ihre Bahn zerbrochen ist.

Und dann beginnt Janie Soto zu sprechen, ruhig und würdevoll, in Worten, die ich nicht kenne. Ich fühle mich wie ein Versager, weil ich nicht Taiga spreche, obwohl sogar meine Mutter in einem ihrer hellsichtigeren Momente einmal gesagt hat, dass die Geschichte versagt hat und nicht wir, als ob die Geschichte ein Mensch wäre, der uns gepackt hat und entscheidet, wer überleben und wer sterben soll, wer heil sein soll und wer nicht. Dabei weiß ich, dass die Geschichte in Wahrheit nur die Schockwelle menschlicher Angst und Wut ist, und der Kriege, die durch diese Gefühle ausgelöst werden. Sie ist eine Flutwelle, die ganze Welten verschlingt und nichts von ihnen übrig lässt.

Während Janie Soto spricht, meine ich den Zorn und auch den Schmerz über den Verrat herausklingen zu hören. Sie liebt Ama und ist voller Zorn auf sie, die Frau, die ihre Nachfolgerin sein sollte, die Frau, die sie verlassen hat. Als Ama ging, bekam die Welt einen Riss.

Vielleicht ist Ama nicht anders als alle anderen Frauen oder Männer in der Geschichte eines jeden Volkes, denke ich. Wie andere ist auch sie zu Taten von Schönheit, Grauen und Verhängnis fähig. Und wenn sie dazu fähig ist, dann bin ich es auch, in dem länger werdenden Licht, den schmalen Resten des Tages, dieser vergehenden Zeit, in der namenlose Vögel über uns hinwegziehen, von denen Ama sagt, sie seien nur Vögel, nur sie selbst, keine Namen, sondern heile, zarte, lebendige Vögel. Und vielleicht ist auch Ama nur sie selbst, ohne Namen, Urteil oder Schicksal.

Schließlich fragt mich Annie Hide: »Omishto, hast du sonst nichts zu erzählen?«

Ohne es zu wollen, sehe ich zu Ama hinüber, und unsere Blicke treffen sich, nur für eine Sekunde oder zwei, obwohl es mir viel länger vorkommt.

Ich sehe die alte Frau an.

»Nein«, sage ich zu Annie Hide, der dieser Blickwechsel nicht entgangen ist.

Mit einem Stock über das Feuer gebeugt, den Blick in die rote Glut gerichtet, schweigt Janie Soto. Ihre Miene ist nicht mehr streng. Sie sieht Ama nicht an. Sie sieht mich nicht an. Sie beobachtet das Feuer, als ob es ihr etwas offenbaren wird. Vielleicht versucht sie, in den Kohlen und der Asche die Zukunft zu erkennen. Vielleicht sind wir wie Holzrauch oder Wasser, nur eine Welle auf der Oberfläche, eine winzige Bewegung, ein Aufscheinen, das schon verschwunden ist, wenn ein Mensch danach sucht. Dann hebt sie den Kopf und sieht mich lange an. Sie wartet. Ich begegne ihrem Blick, aber nur für einen Moment, und ich habe Angst, im Bauch und im Herzen.

In der Stille rafft Annie Hide ihren Pullover um sich, als ob sie friert, obwohl es in der Sonne noch immer heiß ist. Sie trägt keine Schuhe, und ich habe noch nie so alte Füße gesehen, die dunkle Haut rissig und zerfurcht, aber schön und elegant, die starken Zehennägel fast oval.

Sie sehen einander nicht an, keiner den anderen. Dann beginnt Annie Hide leise zu sprechen, und ich möchte wissen, was sie sagt.

»Ama«, wispere ich. »Was sagen sie?«

Ama mahnt mich zum Schweigen. Sie hebt den Finger: Hör zu.

Die Alten flüstern miteinander, und ich habe das Gefühl, dass es ein vernichtendes Flüstern ist, ein Flüstern des Todes, aber ich kann nichts verstehen. Ich bin unterhalb der Geräusche, unterhalb der Sprache. Der alte Mann sieht aus, als ob er schläft, aber er hört zu, das weiß ich. Er hört so angestrengt zu, dass die Flammen des Feuers auf ihn zukommen. Plötzlich friere ich. Dann sagt er etwas. Es klingt zornig. Ama versteht, was sie sagen, aber sie sagt es mir nicht. Es klingt, als ob sie streiten.

Ich zittere. Vielleicht vor Angst. Ich sehe Ama an, doch ihr Gesicht ist ausdruckslos. Genauso wie der Wind sich an mich gepresst hat, ist auch diese Kälte ein lebendes Etwas. Und in der Hitze des ausgehenden Tages fühle ich, wie es mich berührt, als ob es Hände hat. Wenn es Hände hat, sind sie so dünn und tödlich wie Geisterhände.

Die Vögel am Himmel sehen zu uns herab und beobachten uns.

Die Alten wägen ab, das sehe ich ihnen am Gesicht an. Was sie abwägen, ist hart und kalt, die eine Seite schwerer als die andere. Was sie zu beurteilen haben, gefällt ihnen nicht. Ama hat etwas auf die Probe gestellt. Sie war die Probe.

Annie Hide, die mit dem, was gesagt wird, nicht zufrieden scheint, gibt noch eine Erklärung ab. Dann schweigt alles, auch die Vögel und Insekten.

Amas Gesicht ist noch immer so offen, dass ich nicht erkennen kann, was vor sich geht. Ich kann es nur fühlen, dunkel und abweisend. Plötzlich ist die Luft so tot und kalt wie in einem Brunnen, ich höre das Wort »töten« und denke, dass sie Ama töten wollen. Ich gerate in Panik, doch dann fällt mir ein, dass in unserer Sprache das Wort für »töten« und »verbannen« das Gleiche ist. Wir haben nur ein Wort dafür, weil nach dem traditionellen Glauben die Verbannung das Gleiche ist wie der Tod. Es kommt dem Tod gleich, vom eigenen Volk, vom eigenen Ich abgesondert zu werden, fortgehen zu müssen von dem Ort, den man liebt. Das ist das Wort, das sie sagen.

Dann sieht Ama alle an, die im Kreis sitzen, jeden Einzelnen und zuletzt mich. Sie ist ruhig, ihr Blick ist gefasst und sanft. Nur Annie Hide schlägt die Augen nieder. Nur sie ist unsicher. Sie sieht furchtbar aus, so müde wie nach einem verlorenen Kampf, weil sie Ama nicht vor der Verbannung bewahren konnte.

Als die Sonne untergeht, erhebt Ama sich und richtet sich auf. Langsam entfernt sie sich von dem Kreis, der gefegten Erde, den Menschen. Sie macht ein paar langsame Schritte.

Ich stehe auf, um ihr zu folgen. »Ama. Warte«, rufe ich.

Sie dreht sich halb um, blickt zurück und geht ohne Eile weiter, so, als ob sie nur in den Laden gehen oder einen Nachbarn besuchen will.

Ich stehe noch da, um ihr zu folgen, und sehe kurz zu Annie Hide zurück.

»Omishto, du musst dich jetzt setzen«, sagt Annie Hide, in einem Ton, der mich zwingt, ihr zu gehorchen. Ich setze mich hin und schlage die Hände vor das Gesicht, sodass alles dunkel wird, alles still, und ich versuche, das Bild der fortgehenden Ama aus meinen Gedanken zu löschen, und meine Schuld.

Ich merke ihnen an, dass es ihnen Leid tut, den alten Leuten. Es liegt so schwer in der Luft wie ihre Schatten auf der Erde, im schräg einfallenden Licht der Nachmittagssonne, wie Trauer.

Ich drehe mich zu Ama um, die am Rand der Lichtung steht. Ein Schluchzen erfasst mich. Ich werde geweint, wie es früher hieß. Es scheint, als ob die Bäume miteinander sprechen, einer mit dem anderen. Ich bleibe sitzen. Als Ama zurückschaut, sagt Annie Hide etwas zu ihr, was wohl »Geh« bedeutet. Sie macht eine Geste, eine kleine Handbewegung, wie, um einen Schmerz zu vertreiben, und dann blickt Annie Hide, die nun ebenfalls weint, zu Boden, als ob ihr das Herz stehen bleiben will, und sie sagt es noch einmal, so leise, dass Ama es nicht hören kann.

Annie Hides Augen stehen voller Tränen. Die Entscheidung, die gefällt wurde, behagt ihr nicht. Es behagt ihr nicht, dass die Alten, und damit auch sie selbst, die Macht haben, über Tod oder Verschwinden zu entscheiden.

Ama steht da, mit dem Rücken zu uns. Nur einen Augenblick noch bleibt sie still stehen, einen Augenblick, der sich dehnt und mir wie eine Ewigkeit vorkommt. In diesem Augenblick, der so lange dauert, habe ich Angst, mich zu bewegen, während ich von Annie Hide zu Ama sehe, und ich rühre mich nicht vom Fleck, obwohl ich ein Gefühl in der Brust habe, das mir befiehlt, ebenfalls zu gehen. Ich bleibe sitzen, als ob die Kraft der Alten ein Magnet ist, der mich in dem Kreis festhält, den Generationen erschaffen haben und das Leben und das Sterben, dessen Grenzlinien zu stark sind, um gezeichnet oder in dieser Welt fassbar gemacht zu werden, und in dem ich nur ein Körnchen bin, woran alle Gotteslehren meiner Mutter oder dieser Welt nichts ändern können.

In diesem Augenblick bin ich mehr als nur ich selbst. Ich bin die anderen. Ich bin die Alten. Ich bin das Land. Ich bin Ama und der Panter. Das ist alles, was ich bin. Und ich habe keine Angst mehr vor der Zukunft oder vor der Vergangenheit. Aber ich bin immer noch zerrissen. Ich bleibe sitzen und kann mich nicht bewegen.

Der Mann, der auf der Erde liegt, hebt zittrig den Finger. Er stemmt sich unter seinem Schirm hoch, hebt den Kopf und zeigt auf Ama.

Ich sehe die Leute an, die auf dem gefegten Boden sitzen. Dann sehe ich Ama an, noch immer reglos in diesem letzten Augenblick, in dem auch die Zeit still steht. Dann geht sie, in ihren besten Sachen, ohne ihr Messer, mit leeren Händen, ohne einen Pullover, taucht sie in die Abendschatten. Sie folgt keinem Pfad, sondern geht geradewegs zwischen den alten Bäumen hindurch, auf alten Wegen, die nicht mehr zu sehen sind. Die Vögel rufen nicht mehr. Es ist still geworden. Ich höre wieder mein Herz schlagen. Das ist das Letzte, was ich von ihr sehe. Mein Herz fühlt sich an, als ob es zerbrechen will. Und als die Sonne auf den Horizont niedersinkt, ist es vorbei.

Es ist Abend geworden. Hinter mir im Kreis wird gesprochen. Obwohl hier der Ort ist, wo noch keine Worte gewesen sind. Und die Menschen stehen langsam vom Boden auf.

Ich denke, sie glauben, dass Ama Macht wollte. Ich sehe sie an; sie haben Hoffnung, sie haben Glauben, sie haben, was man braucht, um lange bestehen zu können. Zum Teil auch deshalb, weil Ama diese Welt nicht mit der Wahrheit zerschmettert hat.

Bald ist es dunkel, die jungen Männer sind zurückgekehrt, und die Leute, die nicht hier wohnen, packen einen Kessel in eine Kiste und legen ihre Sachen in das blaue Auto der jungen Männer. Sie kochen Kaffee. Niemand redet viel. Der Mann auf der Trage, Joseph Post, wird in eines der kleinen Häuser gebracht.

Jetzt erst, in der Dunkelheit, laufe ich los, hinter ihr her, doch sie ist fort. Unter den Bäumen suche ich nach einer Spur von ihr, nach einem Zeichen, dass sie hier gewesen ist, aber ich finde nichts, und nach einer Weile kehre ich wieder um. Ich verabschiede mich von Annie Hide, aber nicht von den anderen, und obwohl ich weit weg von zu Hause bin, möchte ich nicht mit dem Auto fahren, und keiner zwingt mich oder sagt mir, was ich tun soll. Ganz allein suche ich mir die Straße, die von Kili wegführt. Von den Vögeln ist nichts mehr zu hören, nur Stille. Sobald sie mich nicht mehr sehen können, renne ich los, auch wenn es so weit bis nach Hause ist, ich renne, so schnell ich kann, wie auf der Flucht, bis mir die Luft ausgeht, dann bleibe ich stehen, ruhe mich aus und verstecke mich im Unterholz, bis ich wieder zu Atem gekommen bin. Als es völlig dunkel geworden ist, gehe ich heim zu meiner Mutter, zwischen den geraden jungen Bäumen hindurch, die den Sturm überstanden haben.

Es wetterleuchtet am Himmel.

Meine Mutter macht mir die Tür auf. »Was haben sie gesagt?«, will sie wissen.

Ich antworte nicht. Ich ringe nach Luft.

Meine Mutter lässt nicht locker. »Was ist passiert?«, will sie wissen. Ihre Stimme wird schrill.

»Ich weiß es nicht.«

»Was soll das heißen, du weißt es nicht?«

»Sie ist fortgegangen. Ich habe die Alten nicht verstanden.«

»Wohin ist sie gegangen?«

»Ich weiß es nicht. Das sage ich doch.« Ich bin in meinem Zimmer, wühle Sachen aus den Schubladen und stopfe sie in einen weißen Kopfkissenbezug.

»Was soll denn das?«

Ich schweige.

Aus Verzweiflung, weil ich nicht antworte, schlägt sie mich. Ihre Faust landet auf meiner Schulter. Sie versucht, mich zu sich herumzudrehen.

Abwehrend hebe ich den Arm. »Ich weiß es nicht, ich weiß es nicht«, schreie ich, immer und immer wieder, und dann laufe ich davon, ohne meine Sachen, und obwohl ich mir die Ohren zuhalte, höre ich sie immer noch fragen: »Was ist passiert?« Sie schreit mich an: »Wo willst du hin? Was soll das?«

Ich antworte nicht. Ich renne weg.

Sie schreit hinter mir her: »Du bist nicht meine Tochter! Hörst du? Du bist nicht mein Kind.«

Ich laufe. Ich laufe ins Gebüsch und kauere mich hin, um mich zu verstecken, und frage mich, ob sie mich wohl in den Arm nehmen und trösten wird, wenn ich nachgebe, umkehre, ins Haus zurückgehe. Aber ich weiß, dass sie es nicht machen würde. Ich bin einsam und hungrig, und ich kann sie immer noch nach mir rufen hören. »Sissy, Sissy, komm zurück. Ich hab es nicht so gemeint. Komm nach Hause.«

Schwer atmend verberge ich mich in den Büschen, bis es wieder still ist und mich keine Worte mehr hetzen. Ich will zu Amas Haus. Ich laufe hinunter zum Boot, schiebe es ins Wasser. Ich ziehe mich in seinen Schutz zurück und paddele in die Mitte des sumpfigen Wassers hinaus, wo mich niemand sehen kann.

Es geht ein leichter Wind. Ich bin so erschöpft, dass ich im Boot einschlafe. Als ich aufwache, rieche ich die säuerliche Süße eines entfernten Zuckerrohrfeuers. Einen Augenblick lang sehe ich mir die Welt an. Die Oberfläche des Wasser ist weich wie Satin, hoch darüber leuchtet der Vollmond. Ich nicke wieder ein, und plötzlich ist es früher Morgen.

Ich beschließe, das Boot an Land zu ziehen und nach Ama zu suchen. Behutsam lasse ich das Paddel durchs Wasser gleiten.

Langsam versuche ich zu erfühlen, wo sie gewesen ist. Es müsste doch Spuren geben. Und was ich vom Fährtenlesen weiß, hat mich schließlich Ama selbst gelehrt. Aber ich finde nichts, und schon nach wenigen Schritten bleibe ich stehen und blicke mich um, ich horche, bis ich das Gefühl habe, dass es mir in den Ohren dröhnt, und seien es auch nur mein eigener Herzschlag und das leise Geräusch, mit dem meine Haut von mir abfällt, sich erneuert und auflöst. Ich spüre die Stille der Luft und gebe mich geschlagen.

Ich drehe mich um und gehe zurück zum Boot, ich setze mich hinein und strecke mich aus, um zu weinen und mit mir selbst zu reden, hier draußen, wo niemand meine sinnlosen Worte hört, die nicht wirklich die meinen sind, aber das Einzige, woran ich mich klammern kann.

Ich werfe in dem alten Boot den Anker aus und bleibe mitten auf dem See und in dem Sumpf, an dem wir früher gelebt haben.

Ein Vogel kreischt, als ob sich ein größeres Tier in sein Nest geschlichen und ihn gepackt hat. Die Nacht ist voll von solchen Dingen.

»Ich hasse dich, Gott«, sage ich. Aber ich kann nicht nach oben sehen. »Von nun an bist du auf dich allein gestellt.« Aber den letzten Satz sage ich zu mir, nur zu mir, und ich denke, warum bin ich ein Mensch? Warum habe ich diesen Daumen, diese Worte? Warum krieche ich nicht auf allen vieren durch den Wald oder Sumpf?

Ich will mich rückwärts entwickeln, das Lesen verlernen. Ich will das Land kennen lernen, es fühlen, ins Wasser gehen. Mehr will ich nicht.

Es gibt so etwas wie einen wandelnden Tod. Wenn ein Mensch geht und nicht weiß, wohin. Wenn er geht, bis von ihm nur noch nackte Knochen übrig sind, und trotzdem immer weitergeht. Von dort kommt nie jemand zurück. Vier Jahre Wanderschaft. Dazu haben sie Ama verurteilt, und wenn ich die Augen schließe, sehe ich, wie der alte Mann mit seinem zittrigen Finger auf sie zeigt.

Etwas klettert in den Bäumen herum. Der Affe vielleicht. Ein Hund kommt ans Wasser, aber er bellt nicht. Ich sehe ihn an. Als ob das Boot mit Steinen beschwert ist, die es unter Wasser ziehen, sinke ich in den Schlaf.

Oni: Was sie glauben

Die feuchte Luft schmiegt sich im Boot an mich, während ich wie blind im Nebel sitze. Ich bin ohne Orientierung, verloren zwischen den Elementen Luft und Wasser. Wenn ein Mensch in einem Boot sitzt, umgeben von Wasser und dichtem, zähem Nebel, kann es vorkommen, dass ihm schwindelig wird. Es ist, als ob sich das Boot umgedreht hat und aufsteigt, immer höher in den Himmel hinauf, wie eine verschwindende Wolke. Oder es sinkt in neue Tiefen der Welt hinab, um in einen unterirdischen Strom zu fallen und sich davontragen zu lassen.

Ohne Orientierung verliert diese Person ihren Platz in der Welt. Sie muß still sitzen bleiben, ohne in Panik zu geraten, und warten, bis etwas aus dem Nebel auftaucht. Vielleicht lichtet er sich, und sie kann einen Ast sehen oder eine blaue Himmelsscherbe, ein Loch im Nebel, so wie damals in der Frühzeit die Öffnung, durch die der Panter in diese Welt kam und durch die ihm all die anderen Menschen folgten. Vielleicht kommt von unten das Quaken der Frösche oder von oben das Krächzen einer Krähe, vielleicht treibt der Duft eines blühenden Baums heran, ein Duft wie aus dem Paradies, der dich aus der Mitte von Wasser und Nebel zu sich zieht. Oder ein Watvogel taucht aus dem dichten Weiß auf, und da seine Füße den Grund berühren, weißt du, wo oben, wo unten ist. Du weißt, wo die Schwerkraft wohnt. Und dann, erst dann, kannst du glauben, dass es in der Welt noch etwas Festes gibt.

So sitze ich hier in Nebel und Luft und warte, dass etwas sichtbar wird.

Zur Zeit der ersten Menschen war der aufkommende Wind der erste Atem eines ungestümen Gottes, so erzählen sie. Der Name dieses Gottes war Oni. Sie sagen, dass dieses Wort der Besitzer des Windes war und dass der Panter der Erste war, der es aussprach.

»Oni. Das ist das Wort«, sagte Ama immer, wenn wir zusammen im wehenden Wind saßen.

Oni ist zuerst und vor allem das Wort für Wind und Luft. Es ist eine Kraft, die allemal so stark ist wie die Schwerkraft, so stark wie eine Sonne, die man nicht ansehen kann und von der man doch weiß, dass sie da ist. Es erzählt eine Geschichte. Die Luft überträgt Worte und Stimmen.

Normalerweise ist es unsichtbar. Nur heute kann ich es sehen. Es bewegt die Schatten. Seine Hände liegen auf allem Lebenden. Die Pflanzen, die es erschaffen, werden in ihm gehalten und von ihm bewegt. Wo die Luft anwesend ist, wird alles Lebende bewegt.

Es ist Größe, sagen sie. Es ist immer überall, genau wie andere Götter. Es kommt mit dem Wind von der Sonne, dem Mond und den Planeten herunter, an diesen kleinen Ort, der von etwas Unbekanntem und Rätselhaftem ins Dasein gehaucht wurde.

Es ist ein atmender, unermüdlicher Gott, eine Macht, die das Pantervolk kennt und hütet. Es durchdringt uns, geatmet, gesprochen und unsterblich. Es ist, was uns zum Leben erweckt.

Es ist der Atem des Lebens, übertragen von den Bäumen. Seinetwegen gibt es in unserer Welt keine Leere, nur die Fülle des Ungesehenen. Es ist das Meer der Schöpfung, in dem wir leben. Seine Strömungen werfen uns hin und her, zusammen mit dem Panter, dem dunklen, geschmeidigen Otter und dem wilden Truthahn, dessen Spuren ich auf dem Boden gesehen habe.

Manchmal hat Oni die Stimme einer Frau, sagen sie, zärtlich kosend und drängend, und manchmal hat es die tiefe, brüllende Stimme eines Sturms.

Was gesprochen wird, bewegt sich durch die Luft fort, und die Alten sagen, dass sich auch die Gedanken fortpflanzen und von der Luft mitgenommen werden, und deshalb rufe ich in meinem Boot den Wind an, in einem Nebel, in dem jede Richtung unten sein kann, deshalb sage ich dem Wind, dass ich Hilfe brauche, und schicke meine Bitte in die vier Viertel der Welt, von der meine Vorfahren sprachen, und ich erinnere mich daran, dass es ein kalter Wind war, der unseren Vorfahren sagte, dass die Europäer kommen würden, bevor sie aus dem dichten Nebel auftauchten, mit Schiffen und zu Pferd, wie wohlgestalte vierbeinige Menschen, die falsche Geschichten glaubten, dass die Seekühe Meerjungfrauen waren, dass sie Reichtum und ewige Jugend finden würden, wenn sie nur weit genug und lange genug suchten.

Alle Geister der Welt versammeln sich in der Luft, und ich fühle, dass es wahr ist. Sie sind alle hier, in diesem Nebel und der nassen Luft, sie umringen mich, während ich darauf warte, das Land auftauchen zu sehen. Ich atme sie, und ich fühle sie. In meinem Atem ist der Gesang der Ahnen, die an den Rändern des Himmels wohnen. Wie ferne Wellen wälzen sie sich an die Küste der Lebenden.

Es muss wohl auch der Wind gewesen sein, der uns erklärt hat, wie wir uns an den Europäern vorbeistehlen konnten, unsichtbar und lautlos, durch Gräsermeere, auf dunklen Pfaden und in den Labyrinthen zwischen den Bäumen.

In der Schule habe ich gelernt, dass Darwin, während wir an Land und in den Untiefen getötet wurden, zu den großen Wasserschildkröten segelte. Wenn er es vermocht hätte, auf die Luft zu hören, die ihn dort hintrieb, wenn er unsere Geschichten, Gebete und Schreie hätte hören können, hätte er dann seiner Wissenschaft den Rücken gekehrt und wäre zu uns gekommen? Wäre die Welt heute anders, wenn jemand geglaubt hätte, dass unser Leben genauso wichtig war wie Theorien und Gold?

Manchmal zeigt sich die vom Atem der Pflanzen und Tiere getränkte Luft nur im leisen Kräuseln des Wassers oder im Wogen des niedergedrückten Grases. Aber heute herrscht dichter, weißer Nebel, und der schwere weiße Himmel legt sich auf die Welt, von der das Wasser aufsteigt, ihm entgegen, um sich von ihm aufnehmen zu lassen.

Und so sitze ich auf dem Wasser, von Oni geschaukelt, erfüllt und umfangen, bis sich irgendwann ein Lüftchen regt. Es bläst den Nebel nicht aus der Welt, noch nicht, und in dieser weißen Luft bin ich so verloren und verborgen, dass mich nicht einmal der Geist des Sumpfes, das Herz der Lichtungen, die Ohren des Wassers und die Augen der Bäume wahrnehmen, dass sie mich und mein bemoostes Boot nicht ausmachen können.

Ich erkenne nicht, was es ist, das durch die nasse, schwere Luft gefallen ist, die von den Rändern eines Landes kommt, wo die Winde wohnen, schrecklich, sanft und stetig. Vielleicht ziehen jenseits des Wassers Gewitter heran, vielleicht decken Wirbelstürme die Dächer der Häuser ab. Aber hier ist es still.

»Was willst du?«, frage ich den Wind, der mich umschließt, aber ich fürchte, er will mehr, als ich geben kann. Ich bin in dieses Luftwesen gefallen. Es ist stärker als ich, und ich werde ihm gehorchen, ob ich will oder nicht, weil es mich und mein Herz und meinen Geist erschaffen hat; mein Körper ist nur eine Wohnung für den Atem, ihm ausgeliefert wie ein altes Kleid, das in einen Baum geweht werden kann. Denn schließlich war es der Wind, der all diese Dinge in Bewegung versetzt hat.

Während ich im Boot liege und sich die Welt um mich dreht, sehe ich in den dichten weißen Nebel und denke an die Menschen an der Stätte des alten Rechts, an meine Mutter und Schwester. Ich denke an Worte und Lieder, an die lebensbewahrende Macht eines jeden Atemzugs, und ihre Gedanken bewegen sich mit dem Wind auf mich zu, so wie man den Alten zufolge die Geister herbeiruft.

Ich denke an den Kreis der Alten an dem aschefarbenen Ort, der das ist, was vom Feuer übrig bleibt, an die, die im Verborgenen leben, wo die Straße enger wird und verschwindet, an die Leute, die über Ama und vielleicht auch über Abraham Swallow gerichtet haben. Es kommt mir so vor, als ob der Wind ihre Gedanken zu mir weht, während ich dahintreibe. Als ob eine kleine Stimme in meinem Ohr ist, die mir sagt, was mein Volk glaubt.

Ich erkenne, dass Annie Hide glaubt, Heilkräfte zu besitzen. Ein Lichtwesen schlüpfte in ihren Körper und trug ihre Haut. Noch heute strahlt es voller Leben aus ihren Augen heraus, so dass das Leuchten, das von ihr auszugehen scheint, nicht ihr eigenes ist. Sie glaubt, sie wurde von etwas umfangen, was wie Liebe ist, die vom Meerwasser und vom Land wie ein Blitz aufsteigt. So ist es immer gewesen, seit sie damals am Gelbfieber erkrankte, einem Virus, der von der widerwilligen Luft getragen wurde, von Oni, der uns das Leben gibt, einer Krankheit, die so viele Taiga getötet hat. Und sie glaubt, dass sie überlebt hat, weil sie die Stimme des Lichtwesens in ihrem Körper hörte, die zu ihr sagte: »Sei gesund. Geh in die Sümpfe.« Und das, was sie nicht verstand, dem sie aber trotzdem gehorchte, muss ihr das Leben gerettet haben, als sie, krank wie sie war, auf einem Floß durch das Mangrovenlabyrinth stakte.

Sie weiß, dass Worte ein Teil ihrer Kraft sind. Auch sie sind ein Wesen; sie entspringen den Geburtswehen von Träumen und Gedanken. Ausgesprochen stehen die Worte kerzengerade vor ihr, wie dünne Götter, und wenn sie der Tradition so treu ist, als wäre diese ebenfalls ein Wesen, wird immer etwas Neugeborenes, Lebendiges in der Luft, im Wasser, in dieser Welt sein. Dieses Etwas wird in Zeiten der Not da sein. Wenn es sich bewegt, werden es die Menschen so deutlich spüren wie das Schlagen von Flügeln oder wie den Atem eines Unsichtbaren auf ihrer Haut. Es wird auf uns zukommen und den Arm um uns legen, und es wird die alte Umarmung sein, von der Annie Hide ahnte, wusste, dass es Liebe war. Es wird uns Kraft geben. Sie klammert sich an den Gedanken, dass dieses Leuchten nie vergehen wird, wenn sie lange genug lebt, um ihr Wissen an einen jüngeren Menschen weiterzugeben, ein Faden Licht, der unzerrissen aus der Vergangenheit, als wir noch schön waren, herüberreicht und einen Bogen bis in die Gegenwart schlägt. Und in einer anderen Umarmung wird es die Zukunft umschließen, um sie wieder heil und ganz zu machen. Sie weiß, dass sie stark sein muss in dieser unruhigen Zeit, die ebenso beängstigend ist wie die unserer Vorfahren.

Am stärksten glaubt Annie Hide an die Wörter. Sie werden uns beistehen, denkt sie. Gesang, Gebet und Wind sind nur ein Wort, Oni. Oni war das Wort, das der Panter sprach, um dem Schöpfer zu helfen, uns das Leben einzuhauchen, damals, in der ältesten Zeit, als alles nur Luft und Wasser war. Es war das Wort, das Sisa, der Panter, der als Erster in diese Welt kam, den Menschen geschenkt hat. Der Panter, der vor uns kam, war eines der Wesen, die der Schöpfung halfen, den Menschen das Leben einzuhauchen. Obwohl sie so schön war, unsere ältere Katzenschwester, fand sie in diesem großen Rund aus Luft Gefallen an uns und machte sich daran, uns diese Welt und ihre Bräuche zu lehren. Es ist das Wort, das der Panter noch heute ausstößt, wenn die schrecklich schöne Nacht am tiefsten ist, wenn die kleinen Tiere in den Zweigen rascheln, huschen und sich verbergen.

»Ich weiß nicht, was aus unserem Volk geworden wäre ohne das, was seit der Schöpfung passiert ist«, hat Annie Hide einmal zu meiner Mutter gesagt. »Aber ich weiß, was wir diesen Dingen zum Trotz geworden sind; wir sind schön und stark, und wir sind ein Teil des Windes, weil das Wort für Wind noch immer das Wort für Leben ist.«

»Über die grüne, sumpfige, von Leuchtkäfern erhellte Welt höre ich sie flüstern, über Raum, Erinnerung und Zeit hinweg. Wenn einer von uns geboren wird, Omishto«, flüstert Annie Hide, und ihre Stimme wird von der Luft zu mir getragen, »tritt der Wind in uns ein und haucht uns durch das Leben, durch unser erstes Lachen, unsere ersten Worte, wenn wir gehen, kochen oder pflanzen, ist er bei uns. Erst im Tod verläßt er uns und vereint sich wieder mit der übrigen Luft und dem übrigen Wind.«

Annie Hide glaubt, dass Ama eine rechtschaffene, unschuldige Frau ist, die nach Onis Regeln gelebt und die Welt gemieden hat, die uns mit ihrem Treiben verletzt. Wann immer sie Ama ansieht, die selbst wie eine Katze ist, sieht sie etwas Schönes und Starkes, eine Frau, die ihrem Herzen folgt, eine Frau, die es vermag, nach tierischen Regeln zu leben und in einem Kreis des Seins zu bleiben, der, wenn er offen bliebe, selbst zerbrechen würde, zu Augen, die in der Nacht sehen, zu Pfoten, Fell, Geweih, Kralle, Sehne, Blatt, zu all den Lebewesen, die die lebende Luft hervorbringt.

»Ich werde dich nach Hause bringen«, glaube ich Annie Hide über den Wind hinweg zu mir sagen zu hören, »wenn du mich lässt.«

Die Luft lässt das Boot leicht schaukeln, und ich habe immer noch das Gefühl, umgedreht zu sein, aber in der Ferne höre ich einen Vogel rufen. Seine raue Stimme erinnert mich an die der einbeinigen Janie Soto, und dies ist es, was die Luft mir erzählt. Sie glaubt, dass die Tradition zerbrochen ist, dass wir bestraft werden, weil wir uns an den alten Bräuchen vergangen und die Welt zerstört haben, dass die Seele des toten Tiers die Menschen verfluchen wird, wenn man sie nicht besänftigen kann, dass sie dem Schöpfer unsere Verbrechen vortragen wird, auch wenn sich die Seelen der geopferten und »fortgeschickten« Tiere in der alten Zeit beim Schöpfer für uns verwendeten. Aber in dieser veränderten Welt wird sie Vernichtung und Hilflosigkeit wie einen dunklen Regen auf uns herabrufen, und wir – wir alle – werden sterben, wenn wir gegen den Willen der Natur verstoßen, wie wir es bereits getan haben, bevor dieses Verbrechen von Ama begangen wurde, ein Verbrechen, dessen Ursache die Geschichte ist, nicht die Tradition. Janie Soto, Panterclan, weiß, dass die Gesetze der Natur schon von Anbeginn der Erde an galten, noch bevor die Menschen am ersten Ort der Morgendämmerung den ersten Atemzug taten und die erste Bewegung machten. Es gab bestimmte Mächte, Sitten und Bräuche, nach denen die Menschen ihr Leben ausrichten sollten. Es gab eine Ordnung, ein Geheimnis, die das Zusammenwirken der einzelnen Dinge mit dem Ganzen regelten, bis sie wie in einem einzigen großen Körper ineinander griffen.

Sie weiß, dass das Aufreißen der Erde für die neue Straße Teil des schrecklichen Bruchs war, der vor langer Zeit begann, des Bruchs der am Anfang festgelegten Regeln. Regeln, denen selbst die Sterne und die Sonne gehorchen. Janie Soto glaubt und weiß, dass manches von dem, was wir tun, zum Himmel aufsteigt und dass manches in die Erde sickert, um sich zu verbergen, bis alle Dinge an ihren Anfang zurückkehren. Sie glaubt, dass alle unsere Taten, Worte und Gedanken im Rund der Welt von großer Bedeutung sind und Folgen nach sich ziehen. Deshalb haben wir nicht das Recht, so zu leben, wie wir wollen; unser Weg wurde von den geschickten Fingern der Schöpfung aus Lehm für uns geformt, aus dem Laubbett ihres Schlamms, aus der Luft und dem, was darin lebt. Sie glaubt auch, dass der Geist des Wassers immer bei uns ist, genau wie der unseres ersten Vorfahren, der Katze, die die Zähne fletscht. Nun, da die Katze verschwunden ist, ist ihr Lebensraum hier, überall um uns herum, und er schreit vor Leere. Sie kann diesen Phantomschmerz fühlen, so wie sie die Schmerzen in ihrem abgeschnittenen Bein fühlt, dem Bein, von dem sie glaubt, sie habe es geopfert, um der Tierwelt das Weiterleben zu sichern.

Sie glaubt, dass die ganze Schöpfung ihre Worte des Verlustes gehört hat: »Ich gebe dieses Bein für das Leben der Tiere«, genauso, wie sie die Stimmen der Tiere hören kann. Und es ist ihre Pflicht, der gesamten Schöpfung beizustehen, für sie zu sprechen und zu planen. Die Welt hat Schmerzen, hat sie gesagt, im Osten, Süden, Westen und Norden, wo so viele Leben zu beklagen sind. Und es gibt keine Ausnahmen. Die Regeln, die uns zu Anbeginn der Schöpfung auferlegt wurden, dulden keine Ausnahme.

Janie Soto glaubt, dass Ama die Geister erzürnt hat. Sie hat der Welt einen Panter geraubt, auf eine Weise, die nicht recht war. Ama hat die Welt ärmer gemacht, und weil Janie das wohl erkannt hat, glaubt sie, dass sie gegen Ama sprechen musste, und sie hat es bei der Gerichtsverhandlung getan, während sie von den zeckenzerbissenen Hunden die Fliegen wegscheuchte. In ihren Augen war Ama wie ein Loch, durch das das Leben der Katze, des geliebten Tiers, dessen Ruf sie in der Nacht nach dem Sturm vernommen hatte, diese Welt verlassen hat, um zu einem Geist zu werden, dem nur die Trauer blieb, dass es einst

Fleisch gewesen war, wie seine Blutsverwandten. Dabei hätte Ama ihre Hoffnung sein sollen, unser aller Hoffnung.

Joseph Post, Schildkrötenclan, der alte Mann, der steif auf der Trage lag, das Gesicht so alt wie das Land, glaubt, dass wir geheimnisvolle Kräfte besitzen und dass diese Kräfte einen Menschen ausmachen. Er ist der Sänger der Lieder, als ob der Klang schon immer seine Spezialität war. Er glaubt noch, dass zornige Geister ein Feuer entfachen und die Tassen zerschlagen können, aus denen manche der Alten bei den überlieferten Zeremonien die kostbare schwarze Flüssigkeit trinken. Er hat es mit seinen dunklen, schmalen Augen selbst gesehen.

Früher konnte Joseph Post sich in die Welt unter uns oder in die Welt über uns singen. Er konnte sich in andere Menschen hineinsingen und sie zwingen, das zu tun, was er ihnen befahl. Sein Körper, so sagte er immer, sei unwichtig; er bestehe nur aus Gesang. Er glaubt, dass es noch immer möglich ist, das Böse fortzusingen, das sich so frei bewegt wie Rauch in der Luft. Er glaubt, dass der Wille und die Stimme des Menschen die Kräfte der Natur beeinflussen können, so wie damals, als er zusammen mit drei anderen alten Männern vier Stürme heraufbeschwor, um Eindringlinge daran zu hindern, Bäume zu fällen, und womit sie eine Zeit lang Erfolg hatten.

Joseph Posts Stimme soll so stark sein, dass sie einen Menschen zittern, lieben oder zu Boden stürzen lässt. Ich habe ihn einmal gehört, und es klang so herrlich, dass es schien, als hielte die ganze Welt inne, um ihm zu lauschen. Noch jetzt kann ich seine Stimme hören, die durch die Luft zu mir getragen wird.

Aber sie sagen, wenn ein Mensch krank wird, hat etwas seinen Atem geschwächt. Und nun verliert Joseph Post seinen Atem und seine Stimme. Nun hat etwas seine Lieder und ihre pralle Lebenskraft zermürbt. Es ist etwas, was von außen kommt, nicht von den Leuten am Kili-Sumpf, denn die Macht der Menschen hängt von der Macht der Erde ab, und wo einst Erde war, sind heute nur noch Farmen und sterbendes Wasser. Joseph Post glaubt, dass es etwas Zerstörerisches ist, wie die Eier einer großen Termite mit durchsichtigen Flügeln oder auch einer goldgeflügelten Motte, die alles töten, worauf sie wachsen, das Laub dieser Welt. Doch er glaubt auch, dass die Dinge durch die Kraft eines Liedes wieder so werden können, wie sie früher waren, und dass diese Kraft die Erde verändern kann, ohne Hammer, Bulldozer oder Schwimmbagger, wenn er nur wieder wie früher wäre, bevor die Schmerzen, die er weder fortsingen noch fortreden kann, seinen Körper steif werden ließen. Er weiß, dass es etwas geben muß, was die Sehnsüchte und Bedürfnisse des Volkes, zu dem er gehört, erfüllen und auch den Panter stärken kann, der die Fähigkeit hat, uns bedauernswerten Menschen zu helfen. Wenn er dieses Lied singen könnte, würde Sisa uns ihre Hilfe nicht versagen, sie würde nicht fortgehen und uns Menschen ganz allein auf der Welt zurücklassen.

Trotzdem hat auch er seine Zweifel. Nicht, weil er ein Zweifler oder ein Ungläubiger ist, sondern weil er sich unter der Last der Geschichte und der Behandlung, die er sich von den anderen Männern gefallen lassen musste, klein und ohnmächtig fühlt. Aber in Ama glaubte er einen Weg gefunden zu haben, einen Ausweg, und das glaubt er noch heute. Ama, die Frau, die sich eine so schwere Last aufgebürdet und gegen das Stammesgesetz verstoßen hat.

Doch er glaubt, dass durch Amas Sünde, wenn man ihre Tat mit diesem christlichen Begriff bezeichnen kann, Buße getan werden kann. Sie ist das Zwischending, wie eine Wand, die zwischen dem steht, was ist, und dem, was hätte sein können. Wenn er diese Wand niederreißen könnte, so wie früher, als er noch stark genug war, würde die Welt wieder zusammenwachsen und all das werden, was sie hätte sein können. Er denkt, dass Ama das Opfer ist, mit dem sich die erzürnten Geister besänftigen lassen. Mit seinem gestreckten Finger lenkte er etwas auf die Frau, die selbst fast wie ein Sturm ist, kein Wirbelwind, nichts, was das Herz eines Mannes wie Abraham jagt, nicht die übermächtige Zerstörungskraft, unter der ein Haus zerbirst und in der Luft zersplittert, sondern ein Sturm, der Donner, Blitz und Regen bringt – Erneuerung. Ama ist wie dieser Regen, und Joseph Post muss daran glauben, so wie der Regen fallen muss, um Erquickung zu spenden. Und wenn der Regen fällt, kann die Welt wieder auferstehen und wachsen.

Er denkt an den Wind, der seine Kreisbahn zieht. Er ist ein Mensch, würde er sagen. Seine Stimme ist der Donner. Er kam vor uns aus der Erde, und weil er niemals enden wollte, strömt er im Kreis, wie ein Fluss, der immer wieder zurückkehrt.

Während ich in dem Boot liege und die Welt sich um mich dreht, sehe ich in den dichten weißen Nebel und denke an diese Menschen. Ich denke an Worte und Lieder, an die Macht des Atems. Der Wind scheint diese Gedanken zu mir zu tragen, so wie man nach den Erzählungen der Alten die Geister herbeiruft. Ich habe das Gefühl, dass auch die Gedanken meiner Mutter zu mir finden, nicht aus der Richtung des Kili-Sumpfs, sondern aus der Stadt. Meine Mutter glaubt, dass das Heil kommt, wenn sie sich einem fernen Gott hingibt. Wenn sie lange und stark genug daran glaubt, wird sie eines Tages vor der Gemeinde stehen, und eine heilige Zunge wird aus ihrem profanen Mund sprechen, und sie wird, von deren Macht überwältigt, zu Boden stürzen und in der Sprache Gottes sprechen, damit er sie endlich erhört. Sie glaubt, dass sie gefahrlos eine Giftschlange in die Hand nehmen kann, die Verkörperung alles Falschen, Bösen und Erdgebundenen auf dieser Welt. Das ist das Heil, das die First Sanctified Church verheißt. Und mit dem Auflegen der Hände wird sie einen Weg finden, Diabetes, Unfruchtbarkeit und Tuberkulose zu heilen, und auch ihre geschwollenen Finger, von denen sie den Trauring nicht mehr abziehen kann, weil sie, wie sie glaubt, mit dem Gift dieser Welt erfüllt ist und mit negativen Gedanken, von denen sie sich befreien muss. Sie glaubt an die Worte »Vater unser, der du bist im Himmel«, was bedeutet, dass sie trotz allem noch immer an die Luft glaubt. Sie ist überzeugt, dass es die alten Götter nicht gibt. Wenn es sie gibt, haben sie uns enttäuscht, als sie es zuließen, dass man uns tötete und krank machte. Sie liebt sich nicht, das weiß ich, denn sie glaubt an das, was man ihr in der Kirche sagt, dass es unser Schicksal war, von denen, die stärker und mehr im Recht waren als wir, vernichtet zu werden. Sie glaubt, dass Menschen, Sümpfe und Tiere von Natur aus böse und unwissend sind und dass wir uns vor diesem Zustand retten müssen.

Sie glaubt auch, dass ihr Leben, das ohne Jesus nichts wert ist, von Güte und Gnade bestimmt werden wird, dass sie erlöst wird und dass ich mich noch ändere, dass einiges wieder so gut werden kann, wie es früher war. Meine Mutter glaubt an ein Leben nach dem Tode und daran, dass sie, wenn sie in den Himmel kommt, für ihre irdischen Leiden entschädigt werden wird. Sie hat die Hand Gottes auf sich gespürt und glaubt, dass wir in der Zeit der Offenbarung leben. Sie glaubt, dass Gott sie vor Sturmböen und Wirbelwinden beschützen wird, vor einem Mann, dem sie nichts recht machen kann, vor jedem neuen Tag. Sie glaubt, wenn ein Gebet die Toten zum Leben erwecken kann, kann es auch ihr Leben wieder in die richtige Bahn lenken, wenn sie es nur ernst und ehrlich genug meint. Sie glaubt, dass sich das Gebet, das Gute in der Welt erheben wird, wenn nur ihr Glaube stark genug ist, wenn sie nur lange genug auf den Knien liegt und zu ihrem Freund im Himmel sagt: »Vater unser, der du bist.« Und das bedeutet wohl, dass sie letztlich doch noch an die Macht und den Besitzer des Atems glaubt, an Oni, wenn auch mit anderem Namen.

Sie glaubt auch, dass ich Ama mehr liebe als sie – nicht anders, sondern mehr – und dass Ama eine Diebin ist, die anderen Menschen ihre Kinder und Tiere raubt, eine Frau, die völlig mittellos war, zuletzt aber Willards Pferd, Abrahams Ziegen und mich besaß.

In der Tiefe ihres Herzens fürchtet sie Ama, weil sie glaubt, dass Ama ihr zeigt, was für finstere Wilde wir doch noch sind, genau wie in der alten Zeit, obwohl sie mit ihren abgestoßenen Schuhen jeden Sonntag in die Kirche hätte kommen können, um ihr Heil zu suchen. Doch auch wenn sie es nicht wahrhaben will, ich weiß, dass meine Mutter eine von uns ist. Und ich weiß auch, dass sie Ama liebt, wie eine ungeratene Schwester, und dass es, wenn sie betet, Oni ist, der sie durchströmt.

Allmählich hebt sich der Nebel. Hier und da bewegt er sich; er zieht ab, so heimlich wie ein Tier, das sich vom Wasser davonstiehlt. An der Art, wie er sich bewegt, erkenne ich, wo in der Welt oben und unten ist, und am östlichen Himmel zeigt sich die erste Wärme der Sonne. Es ist, als ob ich Amas Träume träume, mit ihren Augen sehe, als ob ich weiß, was sie weiß. Und ich denke an Ama, die Frau mit den Bernsteinaugen, die glaubt, uns gerettet zu haben, die glaubt, dass die Tiere der Weg zwischen Menschen und Gott sind. Sie stehen der Wahrheit einen Schritt näher als wir. Sie sagt, die Haut war nie eine Grenze, an die man sich halten musste oder die man nicht überschreiten durfte; es gibt keine Grenzen zwischen dem einen und dem anderen, zwischen einer Zeit und einer anderen. Die alten Geschichten leben in der Gegenwart fort. Sie glaubt an die Sterne und ihre Gaben, dass der Wind in vernunftbegabten Bäumen spricht, die für den, dessen Augen offen sind, so hell leuchten wie ein Feuer. Für Ama ist die andere Welt sichtbar. Sie lebt neben uns in den Bäumen und Steinen. Ama kann sie sehen, wie eine Lichtspur auf dem Wasser, sie kann sie nachts in den Sümpfen hören. Sie hat sie berührt. Die seltsamen Besucher aus der Vergangenheit, die sie sieht, sind der Beweis, dass die Zeit keine gerade Linie ist, dass der Lauf der Zeit eine Lüge ist und dass die Erde noch immer wächst, wie vor einer Million Jahren. Und sie glaubt, dass jede ihrer Bewegungen und jeder ihrer Gedanken, und seien sie noch so unbedeutend, nicht nur von den Geistern gelenkt wird, sondern auch von den Wünschen und Träumen der Tiere, die Menschen sind wie wir, nur in einer anderen Haut.

Das ist es, was Ama sieht, wenn sie die Augen schließt und in der Stille singt, sie sieht, dass die Welt verdorrt. Und sie glaubt, dass sie ihre Beschützerin getötet hat, die heilige Katze, die uns das Wort für Wind gelehrt und immer lang ausgestreckt auf der Erde geschlafen hat, dass sie Sisa getötet hat, um unserem Volk das Weiterleben zu ermöglichen, dass sie ihr Leben für unser Leben eingetauscht hat und dass die Katze zurückkehren wird, neu und gesund, genau wie die Welt unseres Volkes.

Ich hörte noch, wie sie den Panter Großmutter nannte. »Großmutter, ich komme«, sagte sie. Ich weiß nicht, ob er in der verborgenen Welt oder hier auf der Erde eine Großmutter für sie war, aber ich weiß, Ama glaubt, dass sie getan hat, was hier ihre Pflicht war; sie wurde dazu berufen, vielleicht sogar dazu geboren, auch wenn sie es nicht wollte. Sie hat ihr Schicksal erfüllt. Sie glaubt, dass sie der Katze auffiel, dass die Katze sie liebte und sich ihr hingab und dass dadurch die zivilisierte Welt, die keine Seele hat, von uns abfallen wird, so wie Lehm im grellen Sonnenlicht von einem Felsen. In diesem Fallen wird unser Leben offenbar werden, und wir werden uns vor der wahren, klaren Macht von Leben und Tod nicht mehr verbergen können, auch wenn wir es wollen.

Sie wußte, dass diese Zeiten einer Tat bedurften, egal wie verzweifelt, egal wie ungesetzlich, um die Welt wieder ins Gleichgewicht zu bringen, um die jungen Leute heimzuholen aus den leeren Tagen in der Schule und den Abenden vor dem Fernseher, hinaus aus den weißen Holzbetten und fort von dem Rasen, der Wasser braucht. Ein grobes, viereckiges Leben, vertraut mit allen Tötungsgeräten, die der Mensch je ersonnen hat. Und auch wenn sie und Sisa dafür geopfert werden mussten, glaubt sie, die Menschen und die Götter wieder zusammengeführt zu haben, vereint in einem Reich, diese Welt und die unsichtbare Welt zu einer Einheit zusammengefügt zu haben, und dass wir sie, wenn wir still sind, so still wie ein Baum, sehen und zusammensetzen können, dass wir sie hören können, wie ein Lied aus den Sümpfen in einsamen, windigen Nächten, dass wir sogar die Stimmen der winzigsten Ameisen hören können.

Deshalb hat sie den gleichen Glauben wie die Katze.

Und auch die Geschichte und die Welt des Panters scheint Oni zu mir zu tragen. Panter. Von jenseits der Wasserfläche erinnere ich mich an die Augen der Katze, die die Farbe des letzten Lichts auf den Gräsern hatten, die Farbe des Feuers und der Planeten am schwarzen Nachthimmel. Mit den Augen des Panters war es immer eine goldene Welt. An lauen Abenden ziehen leichte Wolken dahin, und der Himmel wird gelb. Sisa beobachtet es aus dem stillen Zentrum ihres Atems. Der Panter glaubt und erinnert sich daran, dass in der wilden Luft und dem morastigen Wasser seiner Existenz, in dem einstmals süßen Wind, sie, die Katze, Sisa, dem Tode geweiht ist, dass die Menschen ihren Bund mit den Tieren aufgekündigt haben, ihr ursprüngliches Wort, ihr eigenes heiliges Gesetz.

Ich sehe es mit Sisas Augen.

Der Panter vermisst seine Gefährten, das blaugrüne Krokodil, die Fische mit den silbernen Flanken, den Bären und den anmutigen Ibis, alle fast verschwunden. Er möchte glauben, dass sie wiederkehren werden. Sisa sieht jetzt, dass der rote Wolf und das feuchte Fell des Bären nicht mehr sind, dass die Welt gerodet und leer ist, ein Ort, wo die armen, plumpen Rinder keinen Schatten finden, der sie schützt, nur ihren eigenen; sie ducken sich an den Boden, achtbeinige Doppelwesen mit ihren vom Menschen gezüchteten Schatten. Sisa weiß, dass sie getötet wird, wenn sie sie frisst, auch wenn sie hungrig ist, aber trotzdem sind sie nur Nahrung für sie, sonst nichts.

Die Welt, in der Sisa lebt, ist klein geworden. Die Welt hat ihre Macht verloren, und wo einst Wälder, Wiesen und Wasser waren, sind heute Highways und Straßen. Die Welt ist ärmer geworden durch diese Verluste. Aus diesem Grund haben die Menschen die Chance verloren, ganz und froh zu sein, ehrfürchtig und lebendig. Sie leben auf quadratischen Parzellen, einer vom anderen getrennt. Was sie vergessen haben, ist groß und gewaltig, und was sie noch wissen, ist kleine, schmale Hoffnungslosigkeit.

Die Katze glaubt, dass Gott Augen hat, die in der Nacht leuchten, dass Gott Schuppen und Fell hat, Klauen und scharfe Zähne, einen langen Schwanz. Gottes Schatten legt sich wie Staub auf den Boden. Der einstmals süße Duft der Luft ist ein verschwundener Wind. Sisa weiß, wie sich die hohen Gräser neigen, dass die Liebe ein Klagen in der Nacht ist, dass das Leben in einem geschmeidigen Körper wohnt, in der Stille und in der Jagd. Sisa glaubt, wenn sie, die Katze, im Schatten der Bäume bleibt, ist sie für ihre Feinde so unsichtbar wie ein Staubkörnchen, etwas Kleines und Verborgenes in der Dunkelheit, die unser ausgeleuchtetes Leben umgibt.

Nach dem, was Ama sagt und was nun auch ich sage und empfinde, wenn ich durch Oni, die Luft, reise, weiß ich, dass die Katze sich noch daran erinnert, wie schön und ganz die Menschen einmal waren, so schön und ganz, dass selbst die Panter sie beneideten und sein wollten wie sie. Sie bewunderten die Menschen, dafür, dass die Zweibeinigen unter den Bäumen stehen konnten, deren Blätter sich über sie neigten, während sie reife Früchte pflückten, dafür, dass ihre Augen weit geöffnet waren. Wie aufrecht sie gingen! Wie schön die Perlen waren, die sie um den Hals trugen, wie herrlich der Stoff, aus dem die Frauen die Kleider nähten, dunkelgrün wie die Bäume und leuchtend bunt wie Blumen. Wie raffiniert die kleinen Muscheln und Holzschüsseln waren, aus denen sie aßen, wie gut sie sich darauf verstanden, nur mit Knochen und Metall Fische zu fangen oder sich einen Pfad durch das Unterholz zu bahnen. Wie anmutig und selbstsicher ihre Haltung war, wie schön ihr Gesang; daran erinnert sie sich, wie sie sangen. Die ganze Welt erfreute sich an ihren Stimmen. Ihr Atem und ihre Stimmen waren wie der Wind. Oni, das ist das Wort, das Sisas Ahnen diese Menschen lehrten. Atem. Der Panter glaubt, dass er sich durch das Blut daran erinnert, wie sein Volk die Menschen umringte und ihnen Leben und Macht gab, Medizin für die Heilung und für die Jagd und die Fähigkeit, Blitze und Gewitterwolken von ihren schönen, dunkeläugigen Kindern fortzulenken. Sie waren Sisas kleine Geschwister, die sie nie gejagt hat, bis heute nicht. Es war ihre Aufgabe, ihnen zu helfen, auf sie aufzupassen, Gefahren von ihnen abzuwenden. Doch nun haben sie sich gegen sie gewandt. Und da sie Sisa nicht mehr brauchen, verlässt sie sie. Voll Trauer und Kummer gehen sie fort, Sisa und ihr Volk, der Panter.

Nun gibt es nur noch wenige Menschen, die Lieder oder Ausstrahlung besitzen. Viele haben eine solche Schwere in sich, dass sie kaum gehen, sich bewegen oder morgens aus dem Bett aufstehen können. Sisa glaubt und sieht, dass die Welt im menschlichen Elend enden könnte und dass sie selbst bis zum

Ende ausharren muss, dass die Menschen jämmerlich, klein und gebrochen sind und auch das Pantervolk hungrig und krank ist.

In ihren Visionen und Träumen hat Sisa die Frau mit den kleinen Händen gesehen und das Mädchen, das sie begleitete, um ihr den Tod zu bringen. Das war die Frau, die noch so mit ihr sang und sprach, wie es sich für einen Menschen gehörte, die Frau, die sich daran erinnerte, dass sie, Sisa, die Großmutter war, die älteste Schwester dieser beiden und aller anderen. Sie begegneten einander, in einer Welt, die nicht mehr die ihre war, und sie waren das Opfer, sie drei, an diesem Ort, von dem die rostigen Nägel und die Ölfässer im Schatten der Gebäude nicht viel übrig gelassen haben. Aber sie, die Katze, hofft, dass sich die Welt das goldene Abendlicht bewahrt hat, dass es eines Tages wieder leuchten wird, dass die Taiga und der Panter sich erholen und wieder atmen werden, dass wir alle irgendwann wieder des Nachts in den Sümpfen singen können.

Das alles denke ich, während ich in dem Boot liege, die Nachwirkungen unseres Lebens, gebündelt im Holz untergegangener Wälder. Und irgendwo jenseits des schweren weißen Nebels sind Menschen, die dösen, fernsehen und essen, den Abwasch machen, wie meine Mutter nach dem Abendessen, die Hände im Spülwasser, die Kinder in leichten Pyjamas bereits im Bett. Glaube ich an die alten Geschichten, die Dinge, die ich gehört habe? Glaube ich, was ich nicht sehen kann, von dem ich aber trotzdem weiß, dass es da ist, so wie die Fische im tiefen Wasser? Glaube ich, dass ich aus Muskeln, Nerven, Haut bestehe oder dass ein Herz, das ich nie gesehen habe, in meiner Brust schlägt? Jede einzelne Frage ist eine Frage des Vertrauens und des Glaubens.

Ich glaube an Propheten, alte Männer, alte Frauen, an eine

Welt, in der es am Morgen regnet, so wie jetzt, da ein leichter Regen allmählich den Nebel wegwäscht.

Aus dem Wasser und dem Boden steigt Kälte auf. Als es aufgeklart hat, paddele ich mit dem Boot, das der Sturm verschont hat, während er das Land mit Fischskeletten übersät hat, ans Ufer. Ich gehe zu Amas Haus, dem kleinen, sterbenden Haus, wo noch alles so ist, wie sie es zurückgelassen hat.

Der krähende Hahn ist der Einzige, der über diese Zeit und diese Welt nicht den Überblick verloren hat.

Und als ich zu dem Haus komme, höre ich, dass jemand darin ist und sich darin zu schaffen macht, aber als ich die Tür öffne, ist alles still. Niemand ist da. Ich gehe zum Fenster, mache es auf und sehe hinaus, aber da ist nichts. Ich versuche, etwas zu erkennen, aber es bewegt sich nichts. Eine kühle Brise streicht durch das Fenster. Es ist der Wind.

Im Haus ist nichts durcheinander gewühlt oder gestohlen worden, aber ich bleibe die ganze Nacht im Dunkeln sitzen und lausche, manchmal voller Angst, dass es ein Eindringling ist, dann wieder hoffend, es sei Ama.

Sie kommen zu mir

Amas Veranda ist nackt und abgetreten. Ich beschließe, zu bleiben und mich um Amas Haus zu kümmern, mein Haus. Ich fege die Blätter weg. Ich knie mich hin und schrubbe den Boden. Endlich lassen sich die Fenster wieder schließen. Der Duft nach Nacht, Blumen und Nässe kommt zur Tür herein. Und am Tag die Sonne. Hier finde ich Frieden. Der Regen kommt und geht, und die Welt blüht, und die Flügel der Vögel sind nass, als ob der Regen von ihnen kommt. Regen mit einer Brise, ein Seufzer der Erleichterung, ein Ausatmen der Welt, die den Atem angehalten hat.

Noch nie hatte ich Zeit für so viel Stille, für das, was aus Einsamkeit und Lauschen entspringt. Ich sitze auf einem Stuhl, die Füße auf einem anderen. Hier, wo die Stürme über das Land fegen und die Blitze Leben bringen, dringt Stickstoff in die Erde ein. Wo die Schlingpflanzen über die Welt kriechen und alles zudecken, Wände, Bäume und alte Autos, die vor den Häusern stehen.

Hier, wo Fossilien, wo Kalkstein aus dem Meer gestiegen ist wie eine Wasserleiche, die an die Oberfläche kommt, suche ich nach Ama, obwohl ich sie nicht wiedersehen werde, weil sie überzeugt ist, dass ihre Rückkehr uns das sichere Verderben bringen würde, so wie der Sturm die Hirsche aus ihrem angestammten Lebensraum auf der Erde in die Luft gehoben und wie er Süßwasser mit Meerwasser gemischt hat. Ich suche sie in den Bäumen. Ich suche nach Rauch, doch ich finde nur grauen Nebel, Wolken, eine graue Regenwand, der Welt geraubte Farbe. Ich suche nach Feuer und finde schräg einfallendes Licht in der Abenddämmerung. Aber Ama ist irgendwo da draußen.

Eines Tages kommt ein Mann, groß und blaß. Er rechnet nicht damit, dass hier jemand wohnt. Er will das Haus kaufen. Ich nehme die Füße vom Stuhl, sehe ihn an und lache. Er macht ein überraschtes Gesicht, hält den Hut in der Hand. Ich sehe die rankenden Schlingpflanzen an, die das Haus halb überwuchert haben. Man würde es für ein verlassenes Gebäude halten, an dem die Pflanzen nach dem Sturm wieder emporklettern, langsam und zielstrebig.

Er sieht Parzellen. Ich sehe Leben. Er weiß, was etwas kostet, aber nicht, was es wert ist. »Es ist mein Haus. Es ist nicht zu verkaufen.«

»Dein Haus? Bist du nicht ein bisschen jung dafür?«

Und mir wird klar, wie ich auf ihn wirke, wie jung und wenig überzeugend, und ich spüre, wie meine Kraft schwindet.

Nachdem er gegangen ist, gehe ich hinein und warte, dass mich die Schlingpflanzen zudecken, mich und das Haus, bis niemand mehr weiß, dass ich hier bin.

Die Zeit vergeht langsam. Wenige Tage sind wie eine Woche. Ins Bett gekuschelt, höre ich nachts den Insekten zu, einem Tier, das unter dem Fenster raschelt, unter dessen Hufen oder Pfoten Zweige knacken. In dem morschen, verfallenen, in sich zusammensinkenden Haus schlafe ich in Amas Bett, und es ist, als ob ich ihre Träume träume. Ich träume von Männern mit langen Fingernägeln, die den Toten das Fleisch von den Knochen kratzen, und wenn ich aufwache, glaube ich, dass ich jahrhundertelang geschlafen habe und von mir nur noch nackte Knochen übrig sind. Aber wenn ich die Decke zurückwerfe und mich im Mondschein betrachte, bin ich wie ein Neumond, der im Zunehmen begriffen ist. In diesem Licht bin ich jung, blassgrün und leuchtend. Der Mond, der durch das Fenster auf meine Haut fällt und sich auf meine Arme und Beine legt, ist wie aus ungeborenem Licht gemacht. Ich bin überrascht, wie jung und geschmeidig ich bin, denn ich fühle mich alt.

Ich stehe auf und gehe nach draußen, um auf das erste Licht zu warten, das durch die Bäume kommt. Ich fühle mich wie dieses Land. Etwas ist verschwunden, hat sich von mir gehoben, und ich bin zurückgeblieben, kühl und klar. Und wenn die Morgendämmerung kommt, setze ich mich auf die Treppe und sehe in die Bäume. Ich höre Insekten, einen lärmenden Vogel im dunklen Laub.

Das ist die Zeit, wenn die Tagtiere den Schlaf abschütteln und sich die Nachttiere in schattigen Schlupfwinkeln und im Geäst zur Ruhe begeben, während sich die Welt in einer Meereswoge aus Dunkel und Sonne auf die andere Seite dreht.

Wenn die Sonne aufgeht, glänzen die nassen Baumstämme schwarz im Morgenlicht.

Nicht der leiseste Lufthauch streicht über den Boden. Über mir die Wolken. Ich wasche meine Wäsche in einer Wanne, die Seife riecht gut, der frische, saubere Geruch nach Ivory, dann gehe ich nach draußen und hänge die Sachen auf, obwohl es so schwül ist, dass sie wie leblose Körper auf der Leine hängen werden, während das Wasser wie süßer Regen aus den Säumen tropft, so wie aus meinem Kleid, das noch immer in dem Baum hängt. Weil es die Regenzeit ist, wird es auf sie regnen. An ihren hölzernen Wäscheklammern aufgehängt, werden sie tagelang nicht trocknen.

Dann setze ich mich hin, sehe in die Ferne und lausche der Luft, die vom Zirpen der Heuschrecken und Grillen erfüllt ist.

Sie alle kommen zu mir, nicht nur die Träume, sondern auch die Menschen. Sie kommen, als ob ich im Zentrum all dessen stehe, was passiert ist, wie die Nabe eines Rades, wie das ruhige Auge eines mächtigen Sturms, in dem alles umhergewirbelt, zerbrochen und zerschlagen wird, während ich hinaufsehen kann, in die friedvolle Schönheit des Nachthimmels.

Sie kommen zu mir, und es ist, als ob ich sie nicht kenne. Gestern kam die Schildkröte, die Sonne auf ihrem Panzer. Ich wollte verstehen, was sie wollte. Ich saß da und beobachtete sie, doch es gab keine Brücke zwischen uns.

Ich kenne meine eigene Mutter nicht, wenn sie mich besucht, genauso wenig wie den Sheriff. Sie wollen wissen, was ich weiß, aber das Einzige, was ich mit Sicherheit sagen kann, ist, dass die Welt einen Bruch hat, eine Kluft zwischen Ama und denen, für die die Welt still und tot ist. Ich suche nach Worten oder Gedanken, um diese Kluft zu überbrücken, um die Hälften zusammenzuheften, wie mit einem Faden, der zwei nicht zueinander passende Stücke Stoff zu einer Bahn verbindet. Es geht nicht darum, dass sie unschuldig war, möchte ich ihnen sagen, es geht darum, dass sie nicht schuldig war.

Ich sitze auf dem Stuhl und versuche, meinen Vater zu beschwören, ihn zu verstehen, ihn um Hilfe zu bitten.

»Komm her, Papa«, sage ich laut. »Komm zu mir. Zeige dich mir.« Ich warte darauf, dass sein Geist erscheint. Ich brauche ihn jetzt.

Ich kann mich kaum noch an den Mann erinnern, der mir den Namen Omishto gab. Wenn ich an ihn denke, sehe ich den schönen dunklen Mann aus meiner Erinnerung, mit den großen Augen und der Taigahaut, mit einer Spur Gold darin, wie bei mir. Ich spüre seine großen warmen Hände auf meinem kleinen Rücken, sein sanftes Lächeln. In dieser Erinnerung bin ich ein kleines Mädchen, das er hochhebt und mit dem er tanzt. Er wirbelt mich im Kreis herum, bis ich lache und mir so schwindelig wird, dass ich rückwärts ins Gras falle, mitten hinein in die Blüten und den Geruch nach Feuchtigkeit. Dort endet meine Erinnerung.

Er war ein schöner Mann, sagen die Leute, und so erinnere ich mich an ihn, bis er fortging, zuerst zu einer anderen Familie und dann in den Tod, bei dem ich nicht dabei war. Manchmal steigt sein Bild vor mir auf, wie ein Fisch, der im stillen Wasser plötzlich an die Oberfläche kommt. Aber meistens blickt mir sein Bild aus meinem Gesicht entgegen, wenn ich in einen Spiegel sehe. Ich habe ihn im Blut. Vielleicht kommt er auf diese Weise doch noch zu mir.

Als er uns verließ, sagte Mutter zu mir: »Was gibt es da zu weinen?« Damit meinte sie wohl, dass da eine weiße Frau auf ihn wartete, der sie sich unterlegen fühlte, und dass bereits ein anderes Kind geboren worden war. Er hatte die ganze Zeit zwei Leben geführt. Ein doppelter Mann, wie meine Schwester ihn heute noch nennt, als ob sie sich um ein Jahr besser an ihn erinnert als ich. Später verließ er auch diese Frau und ihre beiden gemeinsamen Kinder und lief mit einer anderen davon. Ich weiß, dass er kein schlechter Mensch war. Aber er glaubte seine eigenen Liebeslügen. Trotzdem blieb er für uns ein Geist. Mutter hat den Leuten immer erzählt, er sei an Herzversagen gestorben. Das hat sie behauptet. Und heute erkenne ich, dass es die Wahrheit war; sein Herz hat versagt. Aus allen möglichen Welten wählte er immer das Unglücklichsein, obwohl er glaubte, dem Glück auf der Spur zu sein.

Jahre später hat mir meine Großmutter erzählt, dass er losgezogen war, um die Höhlen am Ende der Keys zu suchen, die berühmten Schlangenhöhlen, in denen sich, wie die Weißen sagten, Indianer versteckten, in denen unsere Vorfahren Schutz gesucht haben, um sich vor den Eindringlingen zu verbergen. Ich träume gern von diesem Ort, von den dunklen, kühlen Winkeln, weit fort von allen.

Einmal habe ich ihn noch gesehen, nachdem er uns verlassen hatte. Ich war erst zwölf, aber ich wußte, dass er es war. Er ging die Straße hinunter, der schöne Mann, an den ich mich kaum noch erinnern konnte. Er hatte einen Pferdeschwanz, trug ein schickes Hemd, und sein Lächeln war warm und einladend. Er wandte sich um und sah mich an, mit einem traurigen, hilflosen Blick aus geheimnisvollen Augen, einem Blick, der mir vertraut und fremd zugleich war, und ich wusste sofort, dass er mein Vater war. Ich fragte mich, ob er mich ansah, weil er wusste, dass er mein Vater war, oder ob ich nur irgendein Mädchen für ihn war, nicht so hübsch wie seine anderen Frauen. Er wirkte leblos und leer. Der eine Blick genügte, und mit meinen zwölf Jahren wusste ich, dass ich stärker war als er, obwohl ich nur ein Mädchen war. Dann stieg er in einen alten grauen Ford und fuhr davon, wie immer.

Aber jetzt rufe ich ihn, in meiner Stille und Einsamkeit, als ob er im Tod ein besserer Mensch geworden ist, der zu mir kommen wird, weil ich ihn brauche, weil ich einsam bin und mich fürchte. »Komm zu mir, Papa«, sage ich. Doch er löst sich nicht aus der Welt der Toten.

Dafür kommen Autos, die sich die Straße entlangwälzen. An manchen Tagen höre ich sie, wenn ich das Dach repariere, oder ich beobachte sie, die Hände im Schoß, von meinem Stuhl auf der Veranda. Ich sehe in die Richtung, aus der an jenem Tag die vier singenden Frauen kamen, auf dem Weg vom Kili-Sumpf in die Stadt. Die Luft riecht satt und frisch, nach Pflanzen, Lehm und altem Regen. Ich könnte immerzu schlafen, auch jetzt, als ich sehe, dass die Polizei zu mir kommt. Aber ich sitze, beobachte, warte. Zu den Bäumen hin wirkt das alte Land offen. Auch der Himmel ist weit und offen. Ganz in der Nähe liegt die Weide, obwohl man es kaum ahnen würde. Und die Tankstelle, wo mein Bruder früher die Autoscheiben gewaschen hat, wo er saubere Handtücher auf den Armlehnen der alten, zerschlissenen Couch liegen hatte, auf der die Kunden rauchend vor dem Fernseher saßen und darauf warteten, dass ein Reifen repariert oder ein Keilriemen ausgewechselt wurde.

Ich sehe die Tankstelle vor mir, die Fenster sind dunkel. Ich sehe das Schild mit den schwarz verschmierten Fingerabdrücken. Wenn sie daran gedacht haben, es umzudrehen, steht heute »Geschlossen« darauf, weil Sonntag ist.

Und dann kommt die Polizei. Der Sheriff schreibt sich etwas auf, bevor er die Autotür öffnet und zu mir kommt, um mit mir zu reden. Ich weiß, was er will. Herm oder meine Mutter haben ihn geschickt, damit er mich überredet, nach Hause zu kommen. Ich weiß, dass Mutter in ihrer Kirche für mich betet: »Komm zu mir nach Hause, Kind.« So, wie ich meinen Vater beschwöre. Weil sie mich liebt, liegt sie auf den Knien und sagt: »Schick sie nach Hause, Jesus.« Und sie versucht, Jesus zu sehen, so wie ich versuche, das Bild meines Vater zu sehen. Das weiß ich genau. Ich habe sie oft weinen hören, wenn sie neben ihrem Bett kniete und um Erlösung flehte.

Die Autotür knallt hinter ihm zu. Aber während der Sheriff

auf mich zukommt, beschäftigen ihn noch andere Dinge als nur, mich nach Hause zu bringen. Das sehe ich. Der Sheriff baut sich vor mir auf, einen blank gewienerten Stiefel auf der unteren Stufe aus Löschbeton. »Wie geht es dir?«, fragt er freundlich. Er ist ein großer, schwerer Mann, der vor Hitze schwitzt. Er ringt sich ein Lächeln ab. Es sieht so künstlich aus, dass ich mir das Lachen verbeißen muss. Ich habe schließlich Manieren, aber deshalb stehe ich noch lange nicht auf. Ich halte mir schützend die Hand vor die Augen, als ich ihn unter dem blendenden Himmel ansehe und zurückfrage: »Wie geht es Ihrer Familie?«

Darauf antwortet er nicht. Stattdessen sagt er: »Ich suche Ama Eaton. Weißt du, wo sie ist?«

Ich sehe ihn nur eine Sekunde lang an. Ich schließe den Mund und schüttele den Kopf.

»Jemand hat erzählt, dass sie das letzte Mal oben in Kili gesehen wurde. Bei den alten Leuten. Weißt du was darüber? Es hieß, du wärst auch da gewesen.« Er setzt sich auf den Stuhl, der vor mir steht, auf Amas Stuhl, als ob er ein Freund wäre, die langen Beine im Knie scharf abgeknickt. »Man hat dich dort gesehen.«

Ich würde gern wissen, wer mich gesehen hat, aber ich sehe ihm nur gerade in die Augen. »Nein«, sage ich ehrlich. »Ich habe sie nicht gesehen.« Ich wundere mich, dass er nicht zu den Alten geht und sie fragt, was sie mit ihr gemacht haben, aber ich kann mir denken, warum er es nicht tut; er müsste sich einen Dolmetscher suchen, und wenn er jemanden fände, der dolmetschen könnte, würde er ihm nicht trauen. Selbst die, die Englisch beherrschen, tun so, als ob sie es nicht könnten.

Ich fühle mich klein neben ihm. Er macht sich breit auf dem Stuhl. Er wirkt übergroß. Dass er eine Brille trägt, passt irgendwie nicht zu seiner Uniform.

Schweigend wartet er ab, ob ich noch etwas zu sagen habe.

Selbst die Insekten sind verstummt, als ob sie lauschten. Als ob die Natur selbst eine Antwort wollte. »Sie ist oben in Kili in den Wald gegangen. Mehr habe ich nicht gesehen.«

Ich sehe wieder vor mir, wie Ama auf die Bäume und das Wasser zuging. In meiner Erinnerung geht sie zu dem alten Pfad, der nicht mehr benutzt wird, das letzte Tageslicht auf dem Haar, die Schultern hell vor dem Dunkel der Bäume, und sie blickt noch einmal zu uns zurück, als ob wir sie rufen würden.

»Mehr habe ich nicht gesehen. Ich habe sie seitdem nicht mehr gesehen.«

Er glaubt mir nicht.

Es gibt Gerüchte und Spekulationen. Manche Leute sagen, dass sie fortgeschickt wurde, dass die alten Leute sie für vier Jahre in die Wildnis verbannt haben, obwohl ich glaube, bei ihr wäre es dasselbe wie Wasser ins Meer tragen, denn dort gehört sie von Natur aus hin. Andere sagen, dass sie wie Abraham Swallow durch das Stammesgesetz oder Magie getötet wurde, durch den zum Fluch ausgestreckten dünnen Finger, durch ein Lied, an das sich außerhalb von Kili niemand erinnert. Ich nehme an, dass es das ist, was der Sheriff wissen will. Deshalb ist er gekommen, um mit mir zu reden. Er will wissen, ob sie getötet oder verletzt wurde. Doch selbst wenn es wahr wäre, wen könnten sie verhaften? Es war nur der zaundürre Mann, so steif wie Holz, der sich hochgestemmt hat, um sie zu verurteilen, der mit dem Finger auf sie gezeigt hat. Sie haben keine Leiche, keine Beweise. Es gibt keinen, den sie verfolgen können, keinen, der reden würde, außer mir, und wieder einmal hängt alles von meinen Worten ab. Alles.

Als ob es sich unauslöschlich in meine Gedanken eingeprägt hat, sehe ich wieder Abraham Swallow vor mir, der auf der Straße an Donna und mir vorbeirennt. Ich erinnere mich, dass ich Ama gefragt habe, wie er gestorben ist, und dass sie sagte:

»Er ist an seiner Angst gestorben.« Aber Ama kennt keine Angst.

Das alles erscheint mir nun so lange her, dass ich größere Angst habe.

Und selbst wenn sie Ama durch Zauberei getötet hätten, würde die Polizei die Alten nie verhaften.

Der Sheriff wartet, dass ich etwas sage.

Doch stattdessen stelle ich ihm eine Frage. »Wer hat Ihnen gesagt, dass Ama vermisst wird?« Aber ich weiß die Antwort schon. Es war Herm, der zum Sheriff gegangen und Ama als vermisst gemeldet hat. Nur er konnte es wissen oder melden. Er wusste es von Mutter. Ich kann sogar Herms Stimme hören, wie er zum Sheriff sagt, dass die verfluchten Indianer das Gesetz mal wieder selber in die Hand genommen haben, als ob ihre Hände besser sind als das Gesetz, und dass er bei Gott glaubt, sie könnten Ama sogar getötet haben.

Und nun will der Sheriff versuchen, mich zur Vernunft zu bringen. Das sehe ich ihm an den Lippen an. Er spricht mich mit meinem richtigen Namen an. »Omishto«, sagt er. »Du musst mir die Wahrheit sagen.«

Ich wende den Blick ab. Omishto. Das bedeutet, dass ich alles beobachte. Es ist wahr, dass mir nichts entgeht, auch wenn ich nicht viel rede. Das stört die Leute am meisten an mir, dass ich nicht viel sage, auch wenn ich muss, sondern nur die Augen offen halte. Aber meinen Augen entgeht nicht, wie traurig Mutter ist, und mir entgeht nicht, dass ich den Sheriff nervös mache, auch wenn ich nur ein Mädchen bin. Und mir entgeht nicht, dass es mir gefällt, ihn so verunsichert zu haben, dass er mit seinen Schlüsseln klimpert, weil er es kaum erwarten kann, wegzukommen.

Dann steckt er die Schlüssel ein. »Fehlt hier im Haus etwas?«, fragt er. »Ist sie da gewesen, um ihre Sachen zu holen?«

Ich sehe mich um, als ob ich noch nicht bemerkt hätte, dass

alles noch genauso ist, wie sie es nach der Jagd zurückgelassen hat, der Wassereimer vor dem Haus, nun voll mit Regenwasser, toten Insekten und Algen. »Nein. Sie war nicht hier.«

Ich sehe, dass der Sheriff mir noch immer nicht glaubt. Er denkt, ich weiß, wo Ama ist. Er denkt, ich wohne jetzt hier, weil ich auf sie warte oder weil sie da gewesen ist, dass ich mit ihr in Verbindung stehe, dass sie wenigstens ihre Sachen geholt hat, aber es ist mir egal, was in seinem Kopf vor sich geht. Soll er mir ruhig hinterherspionieren, wenn er will. Soll er sich doch zwischen Blättern und Schatten in seinem Auto verstecken und auf sie lauern. Er wird sehen, wie ich einen Garten anlege, das Haus repariere und die Kapoubohnen herausreiße, damit die anderen Pflanzen wieder wachsen können.

»Es ist die Wahrheit. Ich habe sie nicht gesehen«, sage ich noch einmal.

Er schlägt einen leisen, sanften Ton an. »Ist sie zu den Alten gegangen?«, fragt er mich.

Ich sehe ihn lange an. »Sie meinen, für immer?«

Er sagt nichts. Er blickt in die Bäume, als ob er dort eine Spur von ihr entdecken kann. Aber ich schüttele nur den Kopf. Nein. Vielleicht ist es eine halbe Lüge, je nachdem, was er meint. Ich erzähle ihm nichts über die Verhandlung nach den alten Gesetzen, und ich bemühe mich nicht besonders, ihn zu überzeugen, obwohl mir ein Dutzend Gedanken durch den Kopf gehen. Ich bin froh, dass er mir nicht glaubt. Ich wünsche mir genauso sehr wie alle anderen, dass sie gefunden wird. Ich möchte, dass sie losgehen und sie aufstöbern und nach Hause bringen. Ich freue mich sogar, dass er nach ihr suchen will, dass er mit seinen Männern die Sümpfe durchkämmen und die rückständigen Leute, die dort in kleinen Hütten und Wohnwagen hausen, fragen will, ob sie eine Frau gesehen haben, die ungefähr so groß ist – und er wird mit der Hand Amas Größe andeuten –, eine Frau mit dunklem Haar und alten Kleidern.

»Ich möchte ihr helfen«, sagt er noch einmal. »Ich muss wissen, wo sie ist.«

Ich sage die Wahrheit. »Ich weiß es nicht.« Und endlich sieht er ein, dass er nicht mehr aus mir herausbekommen wird.

Die Luft um uns herum ist regenschwer und voll von Mücken.

Der Sheriff streicht sich die Haare nach hinten und sagt, dass er meiner Mutter sagen muss, wo ich bin und wie es mir geht. Er sagt: »Deine Mutter möchte, dass du nach Hause kommst.«

»Sie weiß, wo ich bin.« Sie weiß es. Davon bin ich überzeugt. »Ich gehe nicht zurück.« Ich sehe ihn an und sage: »Ihr Mann ist immer hinter mir her. Er tut mir weh. Es ist schlimm.« Und dann sehe ich an ihm vorbei, in die Eichen und die Dunkelheit des Sumpfs.

Der Sheriff presst die Lippen zusammen, aber er fragt mich nicht, wie ich das meine. Er sagt nicht, dass er ihn daran hindern wird. Allerdings scheint er nicht sehr überrascht zu sein.

Einen Augenblick später frage ich: »Was wollen Sie dagegen machen?«

»Weiß deine Mutter davon?«

Ich glaube, sie weiß es – ich weiß, dass sie es weiß –, auch wenn ich ihr nie etwas davon gesagt habe. Ich konnte es nicht über die Lippen bringen, aber sie müsste blind sein, um es nicht zu merken. Es offen auszusprechen würde sie zerbrechen, und sie war schon immer so verletzlich, selbst ihre Haut ist so dünn wie die einer Puppe, die Hände zittrig, der Blick unstet. Mutter würde es leugnen, weil ein Teil von ihr Herm braucht. Sie würde es leugnen müssen. Sie belügt sich selbst. Früher ist mir nie aufgefallen, wie schwach sie ist. Es ist, als ob ich jetzt nicht nur den Sheriff sehe, sondern auch meine Mutter. Trotzdem nicke ich, obwohl ich weiß, dass sie zwischen mir und Herm hin-

und hergerissen sein wird. Sie wird gezwungen sein, mich als Lügnerin hinzustellen und die Welt nach ihren eigenen Bedürfnissen neu zu ordnen, so wie sie es immer tut.

Der Sheriff kennt Herm. Sie sind befreundet. Herm ist ein Mann, den andere Männer mögen. Er kann mit ihnen reden. Breitbeinig steht er neben ihnen und redet drauflos. Während sie sich unterhalten, sehen sie sich nicht an, sondern lassen den Blick in die Ferne schweifen.

Ich ermahne mich, es nicht auf die Spitze zu treiben. Nicht jetzt. Ich weiß, dass mich ihr Gesetz nicht beschützen wird, dieses Wissen, das ich in mir trage, stürzt wie ein Stein in die Tiefe. Nichts in dieser Welt ist für mich da. Sie ist leer. Sie ist ein untergehender Stein, aus einem sinkenden Boot ins Wasser geworfen. Und plötzlich überkommt mich die Wut auf diese Welt, die mir nichts zu bieten hat und doch so viel von mir verlangt. Ich sehe ihn direkt an, so gerade wie ein Lichtstrahl, ich betrachte sein Gesicht, und ich sage: »Was wollen Sie jetzt machen, nachdem Sie es wissen?«

Es kommt mir so vor, als ob es das erste Mal ist, dass ich jemanden ansehe, dass ich einen anderen wirklich sehe, und ich fasse ihn fest ins Auge, ohne den Blick zu senken. Ich sehe in seinen Augen, dass er ein schwacher Mann ist, wie Herm, wie mein Vater. Er hat auf seinem Weg etwas verloren, seine Stärke, seine Willenskraft oder die Fähigkeit zu lieben. Er tut, was man ihm aufträgt. Er wohnt am Stadtrand, in einem kleinen Haus, das früher auf meinem Schulweg lag. Er ist ein Mann, der jedem zuwinkt, der vorbeiläuft.

Das Haus ist heruntergekommen und hat einen mickrigen Garten, in dem kaum etwas gedeiht. Die schlecht gepflegten Pflanzen müssen um das Überleben kämpfen, halb erstickt von Ackerhahnenfuß und wilden Gräsern, die das Land für sich beanspruchen. Morgens steigt er aus dem Bett, das nach seiner Haut riecht und vielleicht nach seinen Begierden, zieht die Uniform an und lässt sich von seiner Frau zur Tür bringen, wenn er zum Dienst geht.

Ich sehe auf seine geputzten Schuhe, die Pistole in ihrem Lederholster, die Pistole, nach der er immer tastet, auch wenn er sie gar nicht trägt, weil sie ihm ein Gefühl von Sicherheit gibt. Ich sehe, wie sich die Haut um seine Augen kräuselt, alles andere als unschön, sehe die Falten in Lippe, Wangen und Stirn, vom Schlafen. Ich sehe seinen Bauch, die vom Sitzen schweren Hüften, und ich denke, das ist der Mann, der Frieden stiftet und das Gesetz hütet, und er kann nichts machen. Gewiss wird er meiner Mutter sagen, wie es mir geht und wo ich bin – was sie bereits weiß, auch wenn sie sich ahnungslos stellt –, weil er selbst Kinder hat, die er liebt, und sich in Mutters Lage versetzen kann. Ich habe sein Mädchen und seinen Jungen vor dem Haus spielen sehen, die immer ein finsteres Gesicht machten, wenn sie mich sahen, so mager und dunkelhäutig, als ob ich eine Fremde wäre, eine Ausländerin im Land meiner Vorfahren.

»Also, was soll ich denn deiner Mutter nun sagen?«, fragt er, als ob er nicht als Gesetzeshüter gekommen ist, sondern als Freund.

»Sie können ihr sagen, dass ich hier bin. Ich bleibe hier.« Das sage ich mit solcher Entschlossenheit, dass er nur noch nicken kann. Ihm bleibt nichts anderes übrig, als zu gehen, aber bevor er seinen Wagen erreicht, bleibt er noch einmal kurz stehen und sieht mich an. Er bleibt stehen und dreht sich um. »Warum hat sie es überhaupt getan?«, fragt er. »Die Katze getötet, meine ich. Sie wusste, dass es gegen das Gesetz war. Das verdammte Vieh hatte sogar ein Halsband um, und das Flugzeug war keine halbe Meile entfernt, aber trotzdem hat sie das Halsband mit nach Hause genommen. Warum hätte sie das tun sollen?«

Ich sehe in seine grauen Augen. Und ich erinnere mich an

den Tag zurück, als das Riedgras blühte, als der Himmel zu kämpfen hatte, und ich sehe die Hirsche durch den dunkelgrauen Himmel fliegen und wie Ama gegen das kleine, halb eingesunkene Haus gedrückt wurde, vom Wind zerzaust und mit Zweigen bedeckt, die Augen geschlossen, und ich denke an die starken Regengüsse, das warme Wasser silberner, wilder Flüsse, die plötzlich überall das Land überzogen. Ich sehe die vom Wind zertrampelte Welt, die Macht des Windes. Ich denke an den Jagdgrund, das gerodete Land, die vergifteten Fische, die an Land geworfen wurden und hilflos auf der Erde zappelten, und dann sehe ich die Rauchwolken von den Zuckerrohrfeuern, die sich an manchen Tagen bis zu fünfzehn Meilen weit über dem Land ausbreiten. »Sie müssen an Gott denken«, sage ich zu ihm. »Sie müssen an die Geschichte denken.«

Er sieht mich an, als ob ich in einer fremden Sprache gesprochen hätte. Dann steigt er in den Wagen und lässt den Motor an. Als er fort ist, gehe ich ins Haus, stelle mich hinter die geschlossene Tür und höre zu, wie das Geräusch des Autos immer leiser wird und schließlich ganz verklingt.

Ich bleibe lange so stehen. Obwohl die Luft so heiß und drückend schwer ist, friere ich. Ich weiß, dass er davonfährt, vorbei an der Tankstelle mit ihrem Geruch nach Motoröl und dem ramponierten, bekritzelten Telefonbuch mit den herausgerissenen Seiten.

Später, als der Himmel grau und dunkel wird, sage ich mir, dass ich nicht mehr so bin, wie ich aussehe, kein sechzehn Jahre altes Mädchen mit glattem, dunklem, kurz geschnittenem Haar. Kein mageres Mädchen, an dessen Haltung die Mutter immer etwas auszusetzen hat. Ich bin eine alte Frau. Die Frau in mir ist alt, und sie trägt ein Kleid aus alter Zeit, geschmückt mit Bändern und Krokodilzähnen. In meinem Haar hängt eine Schwanenfeder, weiß und weich. Mein Gesicht trägt die Spuren eines ganzen Lebensalters. Vielleicht ziehen sich die Flüsse, Kanäle und Sümpfe nicht nur durch das Land, sondern auch durch mein Blut.

Ich zünde eine Laterne an und sehe zu, wie die Schatten an den Wänden tanzen.

Ich warte nicht auf Ama. Sie kommt nicht zurück. Das weiß ich. Ich warte auf nichts. Ich lebe.

Der Himmel hängt tief, als ich am Morgen aufwache. Es nieselt. Ich gehe in den Regen hinaus und atme ihn ein.

Ich sitze den ganzen Tag nur da und sehe die Kapoubohnen an, die die Welt bedecken und die einheimischen Pflanzen nicht hochkommen lassen. Ich blicke auf und sehe zu, wie die Vögel beim Fliegen die Hälse einziehen, und während ich sie beobachte, frage ich mich, ob wir wohl auch beobachtet werden, wie an dem Tag, als ich die Blicke im Rücken spürte, an dem Morgen, bevor Ama die Katze verfolgte, am Morgen des Hurrikans.

Als es Abend wird und die Sonne wie flüssiges Metall hinter den Bäumen versinkt, türmen sich Wolken auf.

Am Abend kommt Herm, mein Stiefvater. Ich höre seinen Wagen und sehe ihm entgegen. Er hat Überstunden gemacht. Er trägt eine graue Hose, ein blaues Hemd. Er riecht nach Haarcreme.

Ich öffne die Tür und gehe hinaus, um ihn daran zu hindern, das Haus zu betreten, das ich als mein eigenes betrachte.

Er ist ungeduldig und angespannt. Er vergeudet keine Zeit, keine Worte. Er sagt: »Mädchen, du musst erzählen, was passiert ist, und dafür sorgen, dass dieser ganze Unsinn aufhört.« Die ersten Worte aus seinem Mund.

Ich zucke mit den Achseln. »Es gibt nichts mehr zu erzählen. Ich habe alles gesagt.«

Ich sehe zu den Kapoubohnen, die die Bäume am Rand von Amas Hof überwuchern und auf das Haus übergegriffen haben.

»Du lügst«, sagt er. »Ich kenne dich. Du würdest dich eher umbringen, als die Wahrheit zu sagen. Sie war hier, nicht wahr? Gib es doch zu.« Er steht kurz vor einem Wutanfall. Seine Miene verdüstert sich, seine Augen glänzen, seine Halsmuskeln treten hervor. »Sieh mich an, wenn ich mit dir rede.«

Um ihn nicht zu reizen, beschließe ich, lieber gar nichts zu sagen. Stattdessen greife ich nach dem Eimer mit dem Hühnerfutter und der Schaufel, nehme den Deckel ab, nehme den Schlüssel aus meiner Jeanstasche und gehe zum Stall, als ob ich die Hühner füttern will. Er kommt hinter mir her. Es macht ihn nur noch wütender, dass ich ihn einfach stehen lasse.

»Komm zurück«, sagt er. Er will mich am Arm packen.

Ich weiche ihm aus und sperre das Vorhängeschloss auf. Ich gehe in das Gehege aus Maschendraht, das die Raubtiere fernhält, und schließe mich ein, damit Herm mir nichts anhaben kann. Die Hühner gackern und trippeln vor meinen Füßen herum, die schwarze Henne, der rote Hahn, die gelben Küken. Aus dem hohen Käfig sieht alles fremd aus, sogar Herm.

Er kommt an den Zaun, greift mit den Fingern in die Maschen und starrt mich aus nächster Nähe an. »Verflucht noch mal«, sagt er. »Deine Mutter heult sich schon seit Tagen die Augen aus. Ich sollte dir eine runterhauen.« Er rüttelt am Zaun, aber ich weiß, dass es ihm lieber wäre, wenn er mich zwischen die Finger bekommen könnte. Er würde mich schlagen, wenn er könnte.

Aber ich richte mich zu meiner vollen Größe auf und sehe ihm in die Augen.

»Du wirst mir nie wieder etwas tun«, sage ich. Ich gehe auf ihn zu, als ob ich keine Angst hätte. »Niemals wieder. Und ich komme nie wieder zurück.«

Er weicht zurück und wird ganz klein, kleiner, als ich es je für möglich gehalten hätte, mit seinem dicken Bauch und dem schwachen Rücken. Das überrascht mich. Aber er sagt: »Warte nur.« Er dreht sich um und geht. Er steigt in den Wagen und knallt wütend die Tür zu. Er ist geschlagen, auch wenn er es nicht wahrhaben will. Ich stelle mich in den Schatten und sehe zu, wie er davonfährt. Ich bin größer.

Während der Wagen auf der Straße immer kleiner wird, wird mir klar, dass Herm meine Mutter liebt, auf seine eigene kleine Art. Es macht ihm etwas aus, dass sie weint, dass ich sie verletzt habe. Es dauert nur einen Augenblick, aber ich habe ein schlechtes Gewissen, dass ich mich zur Wehr gesetzt habe, weil es mir plötzlich Leid tut, ihn so erniedrigt zu sehen. Mir kommt der Gedanke, dass er vielleicht doch nicht so ein schlechter Mensch ist. Aber dann fällt mir wieder ein, wie er mich einmal gezwungen hat, mich nackt auszuziehen und an die Wand zu stellen, um mich mit dem Gürtel zu verprügeln, und wie ich versucht habe, mich mit den Händen zu schützen, die Brüste zu bedecken, meine intimen Stellen, während mir die Gürtelschnalle die Haut aufriss und darauf ein Schlangenhautmuster hinterließ, und da glaube ich, dass ich ihn noch viel zu gut behandelt habe.

Ich bleibe noch lange bei den Hühnern, sehe auf die weichen Federn, die im Schmutz liegen, und in die gelben Augen der Hühner, die unruhig pickend hin und her laufen, als ob sie im Boden verschwinden oder die Eierschale der Erde aufknacken und etwas Schönes daraus entschlüpfen lassen könnten.

Die Dunkelheit senkt sich herab, ab und zu kommt ein Auto vorbei, und ich bleibe die Nacht über bei den Hühnern, ich weiß selbst nicht, warum. Es erinnert mich an die Geschichte aus Mamas Bibel, wo sich der junge Mann zu den Hunden legt, die seine Wunden lecken, worauf er wieder gesund wird.

Ich schlafe wie ein Tier, zusammengerollt in einer Ecke des Käfigs, und manchmal schreit ein Huhn in der Nacht, und wenn ich es höre, frage ich mich, ob es von fliegenden Vögeln träumt, ob seine Vorfahren schön und wild waren.

Als meine Mutter zum ersten Mal zu mir kommt, ist es später Nachmittag, und ich spüle gerade das Geschirr. Sie kommt herein, ohne anzuklopfen. Sie sieht sich das Zimmer an, den Boden, die Ecken, die ich auf Händen und Knien geputzt habe. Sie blickt neugieriger um sich, als sie es zu Amas Zeiten je gewagt hätte. »Wahrscheinlich hat sie nicht nur Termiten, sondern auch noch Kakerlaken. Ich begreife nicht, wieso das Haus überhaupt noch steht.«

Es ist wahr. Die Wände sind schief, der Boden ist schräg. Das Haus ist alles andere als sauber. Obwohl ich es gefegt und geschrubbt habe, kann man es einfach nicht sauber halten. Mutter öffnet einen Schrank und sieht hinein. Gierig, fast taxierend lässt sie den Blick über das Geschirr wandern, als ob etwas das Mitnehmen lohnen könnte. Das mag ich an meiner Mutter nicht.

»Unterhalten wir uns lieber draußen«, sage ich. »Da ist es kühler.« Was gelogen ist. Seit ich die neuen Palmwedel auf das Dach gelegt habe, ist es drinnen so angenehm wie an einem windigen Tag im tiefen, kühlen Schatten der Bäume. In Wahrheit will ich nur nicht, dass sie in Amas Haus eindringt, denn es ist mein Zufluchtsort geworden, und Mutters Anwesenheit stört den Frieden.

Sie sieht mich an. »Warum kannst du nicht nett sein?« Sie geht hinaus, die Handtasche fest an sich gepresst, und nachdem ich ihr ein Glas mit Wasser gefüllt habe, folge ich ihr.

Ich kann das Wort »nett« nicht leiden.

»Warum kannst du nie nett sein?«, sagt sie noch einmal.

Wir setzen uns nach draußen, auf die beiden Stühle, und sehen in die Bäume. Ich frage mich, wie wohl der Affe den Hurrikan überstanden hat. Ich habe ihn seither nicht mehr gesehen. Es ist so viel passiert, dass ich ihn tatsächlich vergessen habe.

»Sicher ist sie irgendwo da draußen«, sagt meine Mutter, während sie auf der kleinen, vergänglichen Lichtung sitzt und in die Welt der Zypressen, Eichen, Palmen und Sümpfe hinausblickt. »Sicher lebt sie noch, meinst du nicht auch?« Sie dreht sich zu mir um und mustert mich.

Ich habe das Gefühl, dass sie weiß, was mit Ama passiert ist.

Ich nicke, dabei würde ich am liebsten losziehen und selbst im dichten Wald leben, da draußen, von wo der erste Hauch des Abenddunkels auf uns zugeweht kommt.

Sie sieht mich nicht an, als sie fragt: »Wann gehst du wieder zur Schule?«

»Ich weiß es nicht.«

»Du kannst nicht ewig die Schule schwänzen.«

Dabei hat sie sich nie sehr dafür interessiert, wie es mir in der Schule ergangen ist. Plötzlich ist es wichtig.

Dann fragt sie: »Wann kommst du nach Hause?«

Jetzt, da ich zum ersten Mal ich selbst bin, will sie mich festhalten und mir das Gefühl geben, erwünscht zu sein. Es muss schwer für sie sein, dass ich mich völlig in einen anderen Menschen verwandele, dass meine Haut, die aus ihrer Haut ist, eine Grenze ist, die sie nicht überschreiten kann, auch wenn sie es plötzlich will.

Dabei habe ich gar nicht beschlossen, nicht mehr zur Schule zu gehen. Es hat sich so ergeben. Ein Tag ging in den anderen über. An irgendeinem Tag erschien es mir einfacher, nicht hinzugehen. Es hatte auch nichts damit zu tun, dass die anderen mich nicht mögen. Das hätte ich aushalten können. Ich musste lediglich daran denken, was ich dort lernte: gleichschenklige Dreiecke, Pronomen, die falsche Geschichte. Diese Gedanken brachten mich dazu, eines Tages nicht mehr hinzugehen. Weil es keine Bedeutung mehr für mich hatte. Am nächsten Tag war es das Gleiche und am übernächsten wieder.

»Du darfst dich nicht von den anderen Kindern vertreiben lassen. Gerede wird es immer geben. Es wird immer geklatscht und getratscht. Solange du lebst. Es ist besser, wenn du dich schon einmal daran gewöhnst.«

Für Mutter wäre das Gerede der Leute das Schlimmste gewesen, aber nicht für mich. Es hat mir auch nichts ausgemacht, wie ich angesehen wurde oder dass mich die Kinder Katzenkiller oder Sumpfnigger riefen. Mich störte etwas anderes, wofür ich keine Worte hatte, aber ich sehe Mutter an und sage zu ihr: »Von Anfang an habe ich das Leben einer anderen gelebt, Mama. Das Leben anderer Leute. Jetzt lebe ich mein eigenes. Von nun an gehört es mir.« Und als mir diese Worte, die ich meines Wissens nie gedacht habe, über die Lippen kommen, erkenne ich, dass es wahr ist. Es ist wahr. Von Anfang an habe ich in ihrer Welt gelebt, in einer Welt der Ordnung und Reinlichkeit und der vielen anderen Instrumente der Verzweiflung. Das war mein Leben. Und nun will ich nichts mehr damit zu schaffen haben.

Ich bin eben erst geboren, in der Abendstille erstanden.

Wir sitzen in der frühen Abendstille. Sie zündet sich eine Doral an. Ihr Ton wird wütend. »Herrgott, und was willst du essen? Wie, um Himmels willen, willst du je eine Arbeit finden?«

»Lass mich in Ruhe, Mama.«

Sie traut ihren Ohren nicht. »Wie bitte?« Ihr bleibt der Mund offen stehen.

»Du hast mich gehört. Ich bin müde. Es wird Zeit, dass du nach Hause kommst.«

Schweigend presst sie die Lippen zusammen.

Und plötzlich ist es wahr, was ich sage. Ich fühle, wie Schwerkraft und Erschöpfung an mir zerren, ich möchte mich hinlegen und schlafen. Mehr will ich nicht. Die Luft ist nass und schwer, wie ein Körper, und ich möchte mich in ihr niederlegen.

Jetzt weint sie. »Das glaube ich einfach nicht.« Um mich zu überreden, sagt sie etwas, was nicht stimmt. »Du warst doch immer so ein glückliches Kind.«

»Du musst gehen, Mama.«

»Was soll ich machen? Dir noch einmal deinen Vater schicken?«

»Er ist nicht mein Vater.«

Sie wird schrill vor Wut, weil ich sie verletzt habe. »Du denkst, sie konnte nie etwas falsch machen. Deine Ama. Du denkst, der Boden unter ihren Füßen war heilig. Aber sieh dir doch an, was sie getan hat. Sie hat den Panter getötet!«

»Nein«, sage ich. Es stört mich, dass sie die Vergangenheitsform benutzt, als ob Ama bereits tot wäre. »Was sie getan hat, war falsch, das weiß ich. Aber ich verstehe es. Mehr sage ich nicht dazu, mehr habe ich nie behauptet. Ich verstehe, warum sie es getan hat.«

»Warum also? Sag mir, warum.«

»Darüber reden wir ein andermal. Nicht jetzt, Mama. Ich bin zu müde.«

Nicht jetzt, nachdem ich gerade erst geboren worden bin.

Ich stehe auf und gehe ins Haus. Ich weiß, dass Mutter am liebsten an die Tür hämmern und laut schimpfend von Fenster zu Fenster laufen würde, doch diesmal tut sie es nicht.

Ich höre, wie die Autotür zuschlägt, wie der Wagen mit quietschenden Reifen davonfährt.

Und dann versuche ich selbst zu ergründen, warum. Die Wahrheit ist, ich kann es nicht sagen. Ich habe noch keine Worte dafür, noch nicht.

Zwei Tage später kommt Donna zu mir, mit Daves Auto. An dem Tag, als sie kommt, rieche ich den Sommer, als ob sie ihn mitbringt, einen heißen Wind, der sie bis zur Tür begleitet. Wie immer ist sie in Eile. Sie trägt das blaue Kleid und ein goldenes Medaillon, und sie ist gekommen, um mir Bescheid zu sagen, was für eine schreckliche Tochter und Schwester ich bin. »Die arme Mama weint sich die Augen aus. Sie weint und betet, und dann wischt sie sich mit dem Taschentuch ganz schnell die Augen ab, damit keiner sieht, dass ihre Wimperntusche verlaufen ist.«

Ich lache, als Donna das erzählt. Ich kann nicht anders.

Sie sieht mich einen Moment an, und dann lacht sie auch, ein ehrliches Lachen, das mich wissen lässt, dass sie mir zumindest teilweise verzeiht. Donna lehnt sich nach hinten, wenn sie lacht, sie wirft den Kopf in den Nacken, und man kann ihre eckigen weißen Zähne sehen. Das habe ich schon immer an ihr geliebt, wie sie sich dem Glück ganz hingeben kann, als ob es sich an sie anschleicht und sie hinterrücks überfällt.

Ich fände es schön, wenn es zwischen uns wieder so wie früher wäre, wenn ich mit ihr zusammensitzen und laut lachen könnte und sie sich vor Lachen auf die Schenkel schlagen würde. Ich möchte daran glauben, dass unser Lachen etwas verändern kann, aber plötzlich habe ich Angst, dass ich mich nicht mehr beherrschen kann und weinen muss, dass ich der Kraft dessen, was ich lerne und was ich in dieser Welt werde, nicht gewachsen bin, deshalb lächle ich bloß und sehe sie an. Ihr Haar ist frisch gewaschen, hübsch frisiert, und es duftet.

Sie sagt: »Der Prediger hat die Kirchengelder gestohlen. Er ist verhaftet worden.«

»Das gibt es doch nicht.« In Wahrheit ist es mir gleich, aber ich weiß, dass es für Mutter ein schwerer Schlag sein wird – die Abgabe des Zehnten ist ihr ungeheuer wichtig –, deshalb werde ich nach dem Lachen wieder ernst. »Wie hat er das angestellt? Wer hat ihn erwischt?«

»Es stand gestern in der Zeitung.«

Das Gelächter verklingt. Donna wechselt das Thema und macht ein ernstes Gesicht. »Du kannst nicht hierbleiben, Sis.«

Donna hat ihre Grenzen, strikte Regeln und Normen für das Benehmen.

»Warum nicht?« Mehr kann ich dazu nicht sagen.

Eingehend betrachtet sie einen abgebrochenen Fingernagel. Dann wirft sie mir einen verdutzten Blick zu. Hinter ihr zieht eine Wolke über den Himmel. Ich sehe die Schwitzflecken auf ihrem blauen Kleid, unter den Armen, auf dem Rücken, und einen kleinen Essensfleck, an dem sie mit einem Kleenex oder Taschentuch herumgerieben hat. Sie ist nicht vollkommen, obwohl sie es, weiß Gott, versucht, getrieben von der Angst, nicht weiterzukommen, so zu werden wie Ama, die nicht hübsch oder heiter ist, oder wie unsere Mutter, die sich nicht einmal an unsere Geburt erinnern kann. »Sis, ich muss dir etwas sagen. Sie glauben, dass du verrückt bist. Sie wollen dir einen Arzt schicken.«

Das Licht auf ihrem Haar ist leuchtend rot.

Es ist so heiß, dass mir übel geworden ist. Jetzt lächle ich nicht mehr. »Einen Arzt?«, frage ich leise. »Sie wollen mir einen Arzt schicken?« Ich denke an die Anstalt in Consodine, das weiße Gebäude, in dem meine Mutter untergebracht war, mit ihrem aufgequollenen Gesicht, und an all die anderen Frauen, die rauchend vor dem Fernseher saßen, an die Frau, die sich auszog und splitternackt durch den Korridor wanderte, die kahl rasierte stumme Stripperin, an die Frauen, die ununterbrochen hin und her gingen, die Arme vor der Brust verschränkt, als ob sie sich schützen müssten.

Ich weiß, was sie machen, wenn sie einen in die Anstalt stecken wollen. Ich habe es gesehen. Sie haben es mit meiner Mutter gemacht. Der Sheriff bekommt die Anordnung. Er kommt zu dir nach Hause. Er legt dir Handschellen an und nimmt dich mit. Weil es Vorschrift ist, ketten sie dir, wenn du als gefährlich eingestuft wirst, im Krankenhaus die Beine zusammen.

Donna legt mir die Hand auf das Bein und sieht mich an. »Du musst nach Hause kommen. Du kannst nicht hierbleiben. Sie weisen dich ein. Herm will einen Gerichtsbeschluss erwirken.«

Ich sehe sie an, als ob sie die Verrückte von uns beiden ist. »Ist das heutzutage nicht verboten?« Ich überlege. Es wäre einfach für sie, mich wegzusperren. Sie könnten mich als das minderjährige Opfer von Ama Eaton hinstellen, das Mädchen, das mitgeholfen hat, den vom Aussterben bedrohten Panter zu töten, und anschließend gegen ihre Freundin aussagen musste, das Mädchen, das geächtet, fotografiert und gehetzt wurde. Es wäre kein Wunder, wenn ich verrückt geworden oder wenigstens von Schuldgefühlen zerfressen wäre.

Aber ich sage: »Ich komme nicht mit zurück, Donna.«

»Und was ist mit der Schule? Du musst doch zur Schule gehen.« Im Sitzen stemmt sie die Hand in die Hüfte.

»Nein. Das muss ich nicht. Ich breche die Schule ab.«

Ich merke, dass es kein Seelenschwätzchen mit meiner Schwester geben wird, die ich als Kind bewundert habe und der ich ständig nachgelaufen bin, obwohl sie so tat, als ob sie mich nicht kannte. Schon damals hat sie sich meinetwegen geschämt.

»Ich kann von der Schule abgehen. Ich bin sechzehn. Das ist erlaubt.«

Als sie sieht, dass sie mit Worten nichts ausrichten kann, hat sie es eilig, wegzukommen. Sie ist immer in Eile. Ama nennt es die Zeitkrankheit, eine Seuche dieser Zeit und dieser Welt. Die Menschen verpassen vor Eile das Leben. Aber vielleicht besteht die Welt ja aus Schichten, und die gesamte Zeit ist stets zugegen; ich bin meine Ahnen, und sie haben mich vorhergesehen. Sie haben auch vorhergesehen, dass ihre Nachkommen eines Tages Teil einer feindlichen Welt sein würden.

Sosehr mir vor einem Augenblick noch zum Lachen zumute war, sosehr ist mir jetzt zum Weinen, vor Einsamkeit und Kummer, vor Verwirrung über meine beiden möglichen Schicksale, jedes anders, jedes real. Ein Schicksal existiert in der Welt der Weißen, das andere existiert in der älteren Welt meines eigenen Volkes. Unser aller Leben kann zerbrechen und in jede nur mögliche Richtung auseinander fallen, aber Menschen wie ich haben nur zwei Richtungen.

Sie spielt mit dem Medaillon, das sie an einer Kette um den Hals trägt, so wie immer, wenn sie nervös ist. Manchmal dreht sie auch an ihrem Ring. Mir kommt der Gedanke, dass es das Gold war, das eine der beiden Welten und eine der beiden Bestimmungen hervorgebracht hat, dass die Amerikaner unser Land des Goldes wegen erobert haben.

Mir steigen die Tränen in die Augen. Ich möchte Donna mein Herz ausschütten, ihr sagen, wie einsam ich bin, welche Angst ich letzte Nacht hatte, als die Schleiereule wie eine sterbende Frau schrie.

Und ich möchte ihr sagen, dass ich vielleicht bis ans Ende der Straße gehen will, zu der Stelle oberhalb des Kili-Sumpfs, wo die Alten auf uns warten, wo sie immer darauf gewartet haben, dass wir heimkommen, um das zu sein, was wir sind, dass sie mitgehen soll und wir so leben könnten wie früher, wie es uns bestimmt ist, friedvoll und stark. Aber sie würde niemals mitkommen, das weiß ich, und vielleicht will ich auch selbst gar nicht gehen, aus Angst, die Alten so zu enttäuschen, wie es wohl auch Ama getan hat, aus Angst, zu schwach zu sein, zu unreif um zu singen oder von ihnen zu lernen, und aus Angst, dass ich vielleicht doch nicht auf Coca-Cola und Kino verzichten kann.

Das alles staut sich in mir an, trotzdem bringe ich irgendwie die Kraft auf zu sagen: »Nimm Mama für mich in den Arm, ja?«

Bevor sie geht, dreht sie sich noch einmal um und legt den Arm um mich. Es tut gut. Ich möchte weinen, um die weiche menschliche Haut, um die warme Berührung einer Hand. Ich kann mich nicht erinnern, wann mich ein Mensch das letzte Mal so berührt hat, und nun denke ich daran, wie einsam ich bin. Ich möchte mein Gesicht an Donnas Schulter verbergen, aber ich stehe da wie festgewurzelt, und mit der Erde verbunden fühle ich mich groß, obwohl sie von uns beiden die größere und fraulichere ist, voller an Brust und Hüfte.

»Du kannst nicht ständig auf der Flucht sein.« Das sind ihre letzten Worte an mich.

Ich sage ihr: »Ich bin nicht auf der Flucht. Das ist jetzt mein Haus. Ama hat immer gesagt, dass es irgendwann mir gehören soll.« Obwohl ich so stark und unerschütterlich klinge, möchte ich Donna festhalten und lachen und sie fragen, wieso die Kirche überhaupt Geld im Schrank hatte, und mein Herz klopft, so groß ist meine Angst vor dem, was ich tatsächlich sage, und davor, dass meine Stärke falsch oder unecht ist oder mich in dem Augenblick verlassen wird, wenn Donna mit Daves Auto wegfährt. Ich habe Angst, dass ich tun muss, was ich sage, dass ich zu meinen Worten stehen muss.

Und dann ist sie fort. Ich sehe Daves Auto nach, wie es die Straße hinunterrumpelt.

Es ist noch hell. Ich lege mich auf das Bett, höre zu, wie das Haus zur Ruhe kommt, und frage mich, ob ich wirklich verrückt bin, wie die anderen glauben. Es stimmt, dass ich eine unbekannte Größe bin. Ich bin das X in der algebraischen Gleichung, und ich wünsche mir fast, wirklich verrückt zu sein, mir alles, was geschehen ist, nur eingebildet zu haben; Geschichte, Gott, ausgeführte Befehle, ein Leben, das sich genau an der vorgegebenen Linie des Erwarteten orientiert, gehorsame Leute, die zusehen, wie andere getötet werden, die wegsehen, wenn man sie um Hilfe bittet, der Kelch des Elends, den sie sich ausgesucht haben und mit anderen teilen wollen.

Alle Hoffnungen und Ängste, die ich der Welt abringen konnte, dringen jetzt in mich ein. Kann ich die Frau in mir verraten, die Frau, zu der ich werde? Nur eines weiß ich genau, dass ich eine Taiga bin und dass auf irgendeine Weise die Zukunft von mir abhängt. Wir waren die Opfer, jeder Einzelne von uns; nun gibt es auf dieser Welt nur noch dreißig von uns, eingeschnürt von Traurigkeit und von dem Leben in einer Welt, die uns fremd geworden ist.

Ich ruhe mich auf dem Bett aus, und obwohl es erst Nachmittag ist, sinke ich in einen tiefen Schlaf, und es fühlt sich an wie in einer langsamen, warmen Wasserströmung.

Plötzlich fahre ich hoch, ich bin schweißgebadet, und mein Herz schlägt viel zu schnell. Im Haus zirpen die Heimchen. Ich setze mich aufrecht hin. Janie Soto hatte das Fell der Katze auf dem Schoß. Das weiß ich mit Sicherheit. Ich erinnere mich an den flauschigen Pelz, an den dunklen Fleck, so rund wie ein Kreis. Dieses Wissen ist mir im Schlaf gekommen. Es brach durch die Decke meines Schlafes und stürzte in diesen Raum. Ich erkenne die dunkle Markierung auf der Flanke der Katze. Das war es, was an jenem Tag auf Janie Sotos Schoß lag. Ich frage mich, wie sie an das Fell gekommen ist. Hat Ama es ihr gegeben oder ihr gesagt, wo sie es holen kann? Ich glaube nicht. Ich erinnere mich daran, dass ich geträumt habe, sie am Tag nach dem Sturm gesehen zu haben, und ich glaube jetzt, dass sie den Schrei der Katze gehört hat und uns gefolgt ist. Donna hat erzählt, dass Janie Soto an jenem Tag vom Telefon kam. Sie trug einen Sack, eine weiße Feder. Sie muss das Fell mitgenommen und den Sack ganz allein nach Hause geschleppt haben. Mein Herz pocht wie wild. Ich stehe aus dem Bett auf. Mir fällt wieder ein, dass Janie diejenige war, die sich an der Stätte des alten Gerichts gegen Amas Freiheit ausgesprochen hat. Janie, die Traditionalistin, die sich gegen Ama gestellt hat. Janie, die Frau, die dem Panter am nächsten steht. Sie konnte nicht wissen, dass er krank war und Ama deshalb nicht das Richtige tun konnte. Sie muss gedacht haben, dass sie das Richtige tat, indem sie das Fell mitnahm, sie, die Älteste unseres Stammes, das Oberhaupt des Panterclans.

Später, als die Sonne schon tief am westlichen Himmel hängt, ist die Welt rings um das kleine Haus erfüllt von Leben. Ich sehe die Schatten der Bäume, die ein Lufthauch bewegt, und die Welt ist schön. Still und ruhig genieße ich den Sonnenschein auf meiner Haut, bis in einem langen, breiten Streifen die Dämmerung hereinfällt und das Land schläft. Ich lasse den Blick über den Abendhimmel wandern. Ich denke daran, dass sie mit den Ärzten reden, dass mich der Sheriff holen wird, genau wie damals meine Mutter, wie eine Verbrecherin. Mein Verbrechen, meine Sünde ist, dass ich in eine ältere Welt gefallen bin, in eine Wildnis, in die Welt, in die Ama gegangen ist, um ihr Schicksal zu suchen.

Die untergehende Sonne verbreitet ein orangefarbenes Licht. Ich beobachte, wie sich die Welt verdunkelt, bis vom Himmel nichts mehr zu sehen ist.

Als ich ins Bett gehe, träume ich von dem Panter – krumme

Beine, schlechte Zähne. Er riecht so stark, dass mir schwindelig wird, von seinem Geruch und dem Geruch nach Blut. Auch diese Eindrücke kommen zu mir. In dem Traum steht er gespannt witternd im hohen Gras, und seine Augen leuchten in der Nacht. Schlank und gesund ist er jetzt, in der Heimat, die mein Verstand ihm bietet, eingeschlossen von allem, was ich bin, wozu ich gehöre, der schrumpfenden Welt, ihrer zunehmenden Kleinheit.

Ich sehe aus dem dunklen Haus zum Nachthimmel hinaus, voller Sterne, voller Stille, als ich den Wagen kommen höre, das Radio so laut aufgedreht, dass es der Welt einen Schlag versetzt. Ich höre ihre Stimmen. Jemand ruft: »Heh, du Hexe!« Ich stehe im Haus, dicht hinter dem Fenster. Es sind die drei Jungen. Im Mondschein und im Licht der Scheinwerfer, die das Haus anstrahlen, sehe ich, dass einer der Jungen einen Stein in der Hand hat. Sie suchen Ama, den Sündenbock, eine Frau, die sie steinigen wollen. Nicht dafür, dass sie die Katze getötet hat, sondern dafür, dass sie sie erniedrigt hat. Zwei von ihnen haben die Hände in den Taschen ihrer Schuljacken, und es kommt mir so vor, als ob sie bewaffnet sind.

»Da ist sie«, sagt einer von ihnen, und er zeigt auf ein Fenster, und wie alle anderen sieht auch er nur, was es nicht gibt, an keinem von Amas Orten.

Leise klettere ich aus dem hinteren Fenster in die Dunkelheit hinaus und schlüpfe zwischen die Bäume, barfuß, trotz der Schlangen. Wo die Erde den Himmel berührt, wo ich alles berühre, hocke ich mich hin und beobachte sie aus dem schwachen Schutz der Blätter. Ich sehe sie, wie uns der Panter gesehen haben muss, so unbekannt, fremdartig und exotisch wie ein neues Element, wie ein aus dem Weltraum auf die Erde gestürzter Meteor.

Ich sehe den Jungen mit der Baseballmütze, hinter dem Licht, unheimlich angestrahlt, die Autoscheinwerfer auf das Haus gerichtet. Er zeigt auf ein Fenster und wirft einen Stein. Glas splittert.

Die Jungen können nicht wissen, dass Ama fort ist; sie erfahren nicht, was bei uns passiert. Unsere Welt ist von ihrer getrennt.

Ich kenne sie aus der Schule. Einer ist in der Football-Mannschaft. Seine Freundin weint, wenn er keine Punkte macht, wenn ihm ein Gegner die Beine wegreißt. Gewinnen ist ihm wichtig. Deshalb ist er wieder hier. Der Jüngere, der mit dem Stein in der Hand, ist erst in diesem Jahr an unsere Schule gekommen. Der andere ist der Freund eines Jungen, für den ich einmal geschwärmt habe. Das scheint schon ewig her zu sein. Und ich habe Angst vor ihnen, vor jedem Einzelnen. Sie haben Familien, gute Noten, Freunde, und aus irgendeinem Grund, der sich mir nicht erschließen will, können sie gut und ehrlich, böse und gefährlich sein, alles in einer Person, zur gleichen Zeit, in einer Haut.

»Du Hexe! Wir sehen dich«, sagt er noch einmal.

Ich bekomme kaum Luft.

Sie kommen nicht hinter das Haus, wo es dunkel ist, noch nicht. Sie bleiben bei ihrem Auto, damit sie schnell wegfahren können. Sie bleiben bei der Straße, wo sie sicherer sind, einer im Blickfeld des anderen. Sie teilen sich nicht auf.

Ich kann die ganze Nacht nicht schlafen, auch nicht, nachdem ich gehört habe, dass ihr Wagen davongerast ist. Ich sehe aus dem Fenster, halte Wache, zur Flucht bereit, überzeugt, dass die Jungen zurückkommen werden.

Als ich am Morgen losgehe, um noch einmal nach Amas Flinte zu suchen, zittern mir noch die Hände. Jemand hat in der

Erde gegraben, das erkenne ich daran, wie die Winden die aufgewühlte Stelle überwuchern. Ich ziehe an ihnen und an den Kapoubohnen, und nachdem ich die Ranken mit den Händen aus dem Boden und von den Bäumen gerissen habe, nehme ich die Schaufel mit dem splitterigen Stiel und fange an, nach der Flinte zu graben. An einer Stelle verströmt die dunkle Erde einen würzigen Geruch, doch darunter ist nur Stein. Die Polizei hat bereits vergeblich danach gesucht, aber ich hoffe, dass sie die Flinte übersehen haben. Plötzlich klingt es an einer Stelle dumpf, ich bin auf Holz gestoßen. Vorsichtig grabe ich weiter. Ich finde, was ich erwartet habe, den Gewehrkasten, leer, schon halb verrottet. Mir ist jemand zuvorgekommen. Aber unter den Schlingpflanzen finde ich Janie Sotos rote Perlenkette, ich hebe sie auf und halte sie in der Hand. Dass ich sie gefunden habe, lässt mich frösteln. Ich rätsele darüber nach, auf welchem Weg sie hierhergelangt sein könnte, und mir wird klar, dass Janie Soto die Beweise weggeschafft hat. Sie, die sich so entschieden gegen Ama gestellt hat, hat auch versucht, sie zu beschützen. Ich sehe mir die Kette an und ziehe vorsichtig die Stränge gerade. Rote Korallen. Vor langer, langer Zeit bei einem anderen Stamm durch Tauschhandel erworben. Rot wie Feuer, rot wie Blut. Ich setze mich auf die Erde. Janie Soto war die Einzige, die diese Kette je getragen hat. Sie ist ein Erbstück aus längst vergangener Zeit. Ich lege sie mir um.

Ich bleibe neben dem Loch, das ich gegraben habe, sitzen, sehe mir die freigelegten Wurzeln der Pflanzen an und fühle, wie die kalte Luft aus der Erde steigt. Unter mir sind viele unterirdische Ströme, die nach Westen ins Meer fließen. In der Erde ist Kraft, da sind Bewegungen und Umwälzungen. Es riecht nach nassen Bäumen.

Als Mutter ein paar Tage später zum zweiten Mal kommt, denke ich, sie ist der Sheriff, der mich in die Anstalt bringen will. Ich verstecke mich zwischen den Bäumen, bis der Wagen geparkt ist, dann erst sehe ich, dass sie es ist. Als sie aussteigt, erkenne ich sie nicht. So kommt es mir vor. Sie sieht gebückt aus. Ich kenne meine eigene Mutter nicht, mit den Füßen in engen gelben Schuhen. Sie hat einen steifen Gang. Ich gehe zu ihr, um sie zu begrüßen, und obwohl ich ihr gern etwas anderes sagen würde, sage ich bloß: »Hallo.«

»Hallo«, sagt sie. Mutter und ich hocken uns draußen auf die Treppe, sie sitzt eine Stufe tiefer als ich, sodass ich auf ihre Haare sehen kann, die an den Wurzeln grau sind.

»Du bist ja ein schöner Anblick«, sagt sie.

Ich kann es mir vorstellen. Zu wenig geschlafen. Schmutzig. Hellwach und immer daran denkend, dass Janie Soto nur einen Teil der Geschichte hat und ich den Rest.

»Du siehst müde aus.«

Sie beugt sich vor. »Wartest du immer noch auf Ama? Sie kommt nicht mehr nach Hause, Kind. Sie ist verbannt worden, sie hält sich an die alten Gesetze, und du siehst sie in den nächsten vier Jahren nicht wieder.«

»Nein, Mama, ich warte nicht auf sie. Ich weiß, dass sie nicht zurückkommt.«

Ich weiß es, weil Ama den Alten glaubt und ihr Urteil, ihren Richtspruch akzeptiert.

Dann sagt sie, das Gesicht in den Händen verborgen: »Ich weiß, warum du nicht nach Hause kommen willst. Ich kann es dir nicht verdenken.«

Mutter kann der Welt nicht in die Augen sehen, aber mir wirft sie rasch einen nervösen Blick zu. Es liegt etwas darin, was ich nicht deuten kann, was ich nicht kenne.

»Ich weiß, dass er dich geschlagen hat. Ich wusste, dass er ein Auge auf dich geworfen hatte. Ich wollte es bloß nicht wahrhaben.« Dann sagt sie lange gar nichts mehr. Stumm sitzen wir da. Irgendwann sagt sie: »Du hast vom Baum der Erkenntnis gegessen.«

Ich schweige, weil ich nicht genau weiß, was sie meint.

»Das Wissen kann etwas sehr Trauriges sein. Es kommt über dich, und dein Leben verändert sich für immer.«

»Mama, ich komme nicht nach Hause. Ich bin hier zu Hause. Ich bin aufgewacht, Mama.« Ich habe keine anderen Worte, um auszudrücken, wie ich mich fühle, seit sich die Welt um mich herum ausbreitet.

»Ja, ich weiß.«

Ich sehe in ihr Gesicht, erstaunt, dass sie überhaupt etwas über mich weiß, und ich denke daran, wie wenig ich von ihr weiß. Sie wollte nie, dass ich sie kenne.

»Ich wünschte, ich wäre an deiner Stelle«, sagt sie.

Ich schweige, aber ich sehe sie an. Wir sind jetzt beide milder gestimmt. Nach einer Weile sagt sie: »Ich habe einmal in Kili gewohnt. Das wusstest du bestimmt nicht, oder?«

»Ich kann mich schwach daran erinnern.«

»Du warst erst drei oder vier.«

Dann klappt die Mutter, die ich kenne, einen Spiegel auf und zieht ihre Augenbrauen nach. Die Feuchtigkeit hat ihr Makeup verschluckt. »Ja, ich war da«, sagt sie, während sie in ihrem Gesicht nach Fehlern sucht, von denen es viele gibt. »Ich wollte bei den Alten leben. Du warst noch klein. Wir waren zu dritt, Donna, du und ich. Die Alten haben uns das Leben gerettet. Als du klein warst und wir nichts zu essen hatten und dein Vater hinter uns her war, sind wir zu ihnen gegangen. Dein Dad war verrückt. Er wollte uns umbringen. Sie haben uns gerettet. Janie Soto hat gesagt, wenn ich bleibe, würde sie mich unterrichten. Hauptsache, wir würden bleiben. Sie hat uns praktisch angebettelt, und das ist gar nicht ihre Art, überhaupt nicht ihr Stil, aber sie hätte alles getan, um uns zu halten.

Sie wollte Ama. Sie hat sie praktisch großgezogen. Es hat ihr fast das Herz gebrochen, dass Ama nicht geblieben ist. Aber ich verstehe, warum. Sie verlangen so viel.«

Das höre ich heute zum ersten Mal. Ich sehe sie aufmerksam an, diese Frau, deren Leben ich nicht kenne, die Frau, die mich geboren und mir gesagt hat, dass sie sich an meine Geburt nicht mehr erinnern kann, weil die Frauen damals vor der Geburt betäubt wurden und manchmal jahrelang nicht mehr aufwachten. Wir, meine Mutter und ich, haben noch nie richtig miteinander gesprochen. Zum Beispiel darüber, wer wir wirklich sind. Als Menschen, meine ich.

»Ich wäre auch fast bei ihnen geblieben, aber dann bin ich eines Tages aufgewacht und habe gedacht, was soll uns das in dieser Welt nützen? Was haben wir davon? Wir wären fremd in dieser Welt, man würde uns anstarren, vielleicht sogar hassen. Deshalb bin ich gegangen. Aber sie haben uns gerettet.«

Wir sprechen es beide nicht aus, aber wir wissen, dass ich jetzt diejenige bin, die in der anderen Welt fremd ist. Ich werde angestarrt, verdächtigt, gehasst.

Ich berühre den Arm meiner Mutter. Das Herz ist voll von geraubten Träumen. Wie die Erinnerung bewahrt es untergegangene Welten und Straßen und aufgegebene Wege. Meine Mutter hat ihre Träume und Erinnerungen. Sie bleibt und redet. Ich stehe auf und hole ihr ein Glas Tee. So, wie sie ihn mag. Das Tageslicht schwindet. Als es Nacht wird, versinkt sie in der Dunkelheit. Ich kann nur noch die Umrisse der Bäume erkennen. Im Dunkeln, zu der Tageszeit, wenn ich lebendig werde, sehe ich nur noch ihr Halstuch, ihre Hand. Ich sitze auf der Stufe über ihr und beobachte das Wetterleuchten in der Ferne, und ich habe Flügel, und ich weiß, dass ich fliegen werde, und ich verstehe etwas, was Mutter nicht begreift.

Sie nimmt die Hände vom Gesicht. »Das ist hier nicht der

beste Ort für dich, Schwester. Ich weiß nicht, ob du hier sicher bist.«

Doch, denke ich, ich bin am Rand der Welt, an der äußersten Kante und könnte jederzeit hinunterfallen.

»Donna hat mir das mit der Anstalt erzählt«, sage ich. Aber von den drei Jungen sage ich nichts.

Sie spielt nicht die Überraschte. »Das ist Herms Idee. Ja, er hat mit ihnen geredet. Sie denken, nach seinen Worten, dass du in Schwierigkeiten bist, in Gefahr.«

Psychologisch, meint sie. »Sie werden mich nicht finden, wenn sie kommen, Mama«, sage ich. Vielleicht kann ich mich an derselben Stelle verstecken, die Ama verbirgt.

Ich nehme ihre Streichhölzer, zünde eine Duftkerze an und sehe zu, wie sie auf der Stufe flackert. Willards Pferd steht neben dem Haus, so wie es an jedem Abend kommt, leicht lahmend, und ich sehe, dass es befreit den Kopf schüttelt.

»In ernsthaften Schwierigkeiten. Das waren ihre Worte. Du sollst wissen, dass ich nicht ihrer Meinung bin und Herms Meinung auch nicht.«

»Sie kriegen mich nicht, das weißt du.«

»Ich weiß. Dich hat noch niemand und nichts festhalten können.«

Nach einer Weile schweigt Mutter, und ich bin ihr dankbar dafür. Sie steckt sich eine Zigarette an. Ich höre das Pferd schnauben. Im Kerzenlicht sieht Mutter erschöpft aus. Sie hat den stets traurigen, verletzten Ausdruck im Gesicht. Dann steht sie auf, weil sie gehen will, und es ist immer noch dunkel. Die Luft ist schwer und riecht würzig. Ich lege den Arm um sie. Ich bringe sie zum Auto.

Sie fragt: »Brauchst du etwas? Geld oder etwas anderes?«

»Nein, ich komme schon zurecht.« Ich halte ihr die Autotür auf.

»Ich verlasse ihn, wirklich«, sagt sie, als sie einsteigt. Die Beleuchtung im Wagen funktioniert nicht. Ich schließe die Tür und warte, bis sie den Zündschlüssel herumdreht. Der Wagen springt an, die Scheinwerfer flammen auf, und sie ist fort. Ich sehe den Rücklichtern hinterher und weiß, dass sie Herm nicht verlassen wird, ich stehe da und sehe ihr nach, und ich denke an Erlösung. Die Kirche erlöst Mama, die alten Bräuche erlösen die Leute aus Kili. Ama erlöst eine Welt. Aber ich erlöse mich selbst, indem ich hier bin, und durch all diese Erlösungen verändert sich der Lauf der Dinge für immer. Ich kann nicht anders, ich denke daran, dass Mama an Gott glaubt, aber dass es die Alten waren, die uns gerettet haben.

Am Morgen steht die Sonne zu heiß und zu hell am Himmel, aber ein Wirbelwind huscht über die Erde, hebt die toten Blätter und Gräser und den Abfall von der Straße auf und trägt sie im Kreis herum.

Ich erinnere mich an eine Geschichte über meinen Großvater. An einem Tag, der so heiß war wie heute, während einer Hitzewelle, bei der Tiere und Menschen starben, zog Grandpa mit einem Armeegewehr los und wollte die Sonne ausschießen, um es dunkler und kühler zu machen, um es Nacht werden zu lassen.

Es ist eine stehende Hitze. Ich setze mich unter die Bäume, fächle mir mit Amas Fächer Luft zu und sehe zum Himmel, um die Wolken zu mir zu rufen, als ich plötzlich die Frau sehe. Es ist Annie Hide, eine Verwandte meiner Mutter. Von der Straße aus kommt sie langsam auf mich zu, mit den schweren Schritten einer alten Frau kommt sie näher, aus der gleichen Richtung wie die vier Frauen damals, und in der flirrenden Hitze der Straße sieht es so aus, als ob sie auf Wasser geht, so, wie es auch bei den anderen war, und ihr weiter blauer Rock bauscht sich, wie das Meerwasser im Golf in einer sanften Brise. Sie erscheint mir so unwirklich, dass ich mich frage, ob sie nicht nur eine Luftspiegelung ist. Ich stehe auf, und mir schwindelt vor Hitze, ich winke ihr und gehe auf die weiße Straße hinaus, ich winke ihr und gehe ihr entgegen. Der Weg ist nicht weit, aber er kommt mir lang und weit vor, als ob ich die Zeit durchquere und nicht nur in der aufwallenden Hitze eine kurze Strecke zurücklege. Sie hat einen weiten Weg hinter sich. Ich sehe sie an, und es kommt mir so vor, als ob eine Welt zwischen uns liegt, aber in Wahrheit ist es nicht so. Die Kluft beträgt nicht mehr als eine Generation, die Generation, in die meine Mutter fiel, wie in einen Riss in der Erde. Ich frage mich, wer und was ich heute wäre, ohne diesen Riss in der Welt, ohne die Generation meiner Mutter, die zwischen uns liegt.

Annie Hide oder ihr Geist trägt das alte Kleid, über der Brust das Band mit der kreisförmigen Perlenstickerei, und sie sieht aus wie ein Geheimnis, das die Hitze des Tages hervorgebracht hat, doch der Bann ist gebrochen, als mein Blick auf ihre Tennisschuhe fällt, in denen jeder andere lächerlich aussehen würde. Ich sehe auch, dass sie Zuckerrohr kaut und dass an der Stelle, wo sie auf das Rohr beißt, ein Zahn faul ist, der Zahnschmelz kreisrund zerfressen.

Ich lächele sie an, das erste Lächeln seit langer Zeit.

Sie ist die Heilerin, die sich um die Wunden der Menschen und um zerbrochene Dinge kümmert. Annie ist die Friedenstifterin, die Schlichterin, eine Frau mit einer anderen Mission als Janie Soto. Ich fürchte mich nicht so vor ihr wie vor Janie Soto. Vielleicht kommt sie deshalb zu mir.

Als ich bei ihr bin, sagt sie nur: »Es ist heiß.« Mehr nicht. Schwer atmend wischt sie sich mit einem roten Taschentuch die Stirn ab. Sie nimmt meine Hand und umschließt sie fest mit ihrer harten, alten Hand, als ob ich davonlaufen würde, wenn sie mich losließe, und so drehen wir uns um, Hand in Hand, und gehen zu Amas Haus.

Ich sehe sie verstohlen von der Seite an. Sie ist nicht staubig in ihren alten Röcken, wie ich dachte, sie riecht frisch und sauber, und ich fühle mich ruhig neben ihr.

Vor dem Haus sagt sie: »Komm, gehen wir aus der Sonne.«

Ich brauche nichts zu sagen, sie weiß auch so, dass die Palmwedel des Haus kühl halten. Ihre Stimme ist alt, dünn. Ich helfe ihr die Treppe hinauf, und sie ist schwerer, als sie aussieht. Ihr hochgestecktes Haar ist an den alten Spitzen dunkler, nahe der schwitzenden Kopfhaut grau. Ihre Stirn ist braun und runzlig.

Sie setzt sich an Amas Tisch und ordnet ihre Röcke. Ich hole ihr ein Glas Wasser. Sie nimmt es mit beiden Händen entgegen. Ich setzte mich ihr gegenüber, auf Amas blauen Stuhl. Ich betrachte ihre alten Fingerknöchel, während sie durstig das Wasser hinunterstürzt und sich mit dem Handrücken über den Mund wischt. Ich nehme ihr das Glas ab und fülle es erneut. Sie muss sich ausruhen. Mit geschlossenen Augen sitzt sie leise atmend da. Das gibt mir die Gelegenheit, das Gesicht der alten Frau zu betrachten, der ich angeblich ähnlich sehe. Ihr steht der Schweiß auf der Stirn und der Oberlippe, ihre Haut ist welk. Sie atmet die Luft, Oni, die sie bis zu ihrem nahen Ende durch das Leben getragen hat.

Dann öffnet sie die Augen, legt ihre alte Hand auf meine. Ihre Hand ist warm. »Du sollst wissen, was ich denke.« Ein Vogel fliegt über das Haus und stößt einen langen, weinenden Schrei aus, eine Klage über die Hitze. »Ich denke, dass wir sie weggeworfen haben.« Ihre Augen sind traurig. »Sie war stark. Sie war wichtig. Wir haben sie weggeworfen.«

Ich spüre etwas wie Hilflosigkeit in ihr. »Ich weiß«, sage ich. Und ob ich es weiß. Wieder sehe ich, wie Ama geopfert wurde, wie sie schweigend davonging. Keine Spur habe ich mehr von ihr gesehen, nicht einmal das Aufblitzen ihres roten Rocks zwischen den Bäumen oder im Unterholz.

Ich trinke einen Schluck Wasser.

Dann sagt sie: »Ich glaube, ich habe sie gesehen.« Sie sagt es leise, doch mir fällt das Glas aus der Hand. Es zerbricht. Ist das der Grund, warum sie zu mir gekommen ist? Ich versuche, die Glasscherben aufzuheben. Annie Hide fängt meinen Blick auf und lächelt, und ich sehe, dass sie eine freundliche Frau ist. »Ja, ich glaube, ich habe sie gesehen. Es war vor zwei Tagen. Sie hatte neue Schuhe und einen Hut.«

Meine Hoffnung schwindet. Ich weiß, dass es nicht Ama war, die sie gesehen hat, nicht mit neuen Schuhen und einem Hut. Aber alle wollen Ama sehen. Als ob sie zu einem Geheimnis geworden ist oder für etwas Besonderes steht. Irgendjemand hätten sie am Fenster dieses Hauses gesehen. Ich denke daran, wo sie überall sein könnte, dass ich in Wald und Sumpf nach ihr gesucht habe, obwohl ich bis in die Knochen und ins Blut wusste, dass ich sie nicht finden würde, und dass ich noch immer nach ihr Ausschau halte. Oder wenigstens nach einer Spur von ihr. Herm glaubt, dass sie tot ist. Alle Menschen haben ihre eigene Theorie. Aber es sind nur ihre Geschichten, und sie brauchen Geschichten, selbst wenn sie nicht wahr sind. Geschichten sind für die Menschen, was das Wasser für die Pflanzen ist. Und wenn jemand wirklich weiß, wo Ama ist, bewahrt er Stillschweigen darüber. Ama ist eine Frau in der Wildnis. Vielleicht hat sie sich auf den Boden gelegt und in den Lehm gegriffen, einen Fuß hineingestellt, sich hingekniet. Knie und Handflächen hineingedrückt, eine Hüfte, eine Schulter, bis sie im Schlamm und in der Erde versank, vielleicht hat sie im glänzenden Lehm die Augen geschlossen und ihren Atem angehalten, bis zu einer anderen Zeit, bis in vier Jahren, wenn sie wieder auftauchen kann. Ich glaube, das könnte sie, auf diese Weise zu Erde werden, und es wäre mir lieber, als denken zu müssen, dass sie in einer Stadt ist und mit einer Zeitung in der Hand eine Straße hinuntergeht. Ama ist immer das gewesen, was verborgen ist.

Ich sage ihr nicht, dass es nicht Ama war, die sie gesehen hat, so, wie ich auch nichts über den Zustand des Panters erzählt habe. Auch sie braucht Hoffnung und Glauben.

Dann fragt mich Annie Hide: »Kommst du hier gut zurecht, Omishto?« Und sie berührt noch einmal meine Hand.

Da fällt meine Stärke von mir ab. Ich fange an zu weinen. Sie legt den Arm um mich, und ich lehne mich an sie und weine. Sie riecht vertraut, nach Holzrauch und menschlichem Leben. »Na komm«, sagt sie. »Na komm.« Und es klingt wie ein Ort. »Na komm.« Als ob sie mir zeigen will, dass in mir doch noch etwas ist und dass es so und nicht anders sein soll. Es kommt und geht blitzschnell, aber einen Augenblick lang ahne ich wieder, was ich bin. Das muss der Grund sein, warum Annie zu mir gekommen ist, um mich daran zu erinnern.

Wir sitzen zusammen, während sich die Schatten der Nachmittagssonne auf uns senken. Bald bricht draußen die Dunkelheit herein, erfüllt vom Lärmen der Frösche und Insekten.

Annie Hide bleibt über Nacht. Ich richte mir auf dem Boden eine Lager her, der Erde ganz nah. Ich bin eine Ahnung in meiner Erinnerung. Ich weiß, nicht einmal der Verstand der Welt oder das Herz des Wassers kann die Form dessen bestimmen, was sich auf mich gesenkt hat, die Form, die mir wie ein Geschenk verliehen wurde.

Während Annie Hide im Bett schläft und atmet und leise schnarcht, kommen sie zu mir mit ihren Geräuschen, ihren wortlosen Stimmen, ihren Bedürfnissen, das Wasser, die Bäume, die Tiere, wie angezogen durch Annies Anwesenheit. Auf dieser Seite der entwurzelten Welt gehen die Tiere, und die Schildkrötenfrau, die in einer früheren Welt, einem Universum von Welten, mit uns schwamm, legt ihre Eier am Rand des Kanals ab, kriecht weiter und legt noch mehr Eier ab, genau wie die Schildkröte, die ich von der Straße aus gesehen habe. Ich träume und beobachte. Ich träume, dass ich schwimme, wie die

Schildkröte, und als ich verschwitzt und müde aufwache, tun mir die Arme weh.

Am Morgen, als das erste Sonnenlicht durch die Bäume kommt, stehe ich auf und setze Wasser auf. Annie Hide kriecht mit steifen Gliedern aus dem Bett und lächelt mich freundlich an, ihre Haare sind zerwühlt. Ich gebe der alten Frau heißen Tee. Ohne dass noch ein Wort gesagt wird, schnürt sie ihre Schuhe, und kurz bevor die Hitze des Tages uns erreicht, begibt sie sich wieder auf die Straße und geht davon, nach Hause, vor der Tageshitze her. Ich sehe ihr nach. Sie braucht nicht zurückzublicken, um zu wissen, dass ich ihr nachsehe, und sie winkt mir zu, ohne sich umzudrehen.

Was ich zurückgelassen hatte

Ich träume, dass die Alten zu mir hereinschauen und mich mit Maispollen bestäuben, dass ich wachse, wie die Wurzeln und Stiele der Pflanzen, nach der dunklen Jahreszeit aus dem Boden ans Licht, dass ich eine neue Haut bekomme, wie eine Eidechse oder Schlange, und eine alte abstreife.

In der alten Zeit hieß es, dass die glänzenden Fische im Wasser hochstiegen, nur um in unsere Gesichter zu schauen, wenn wir uns wuschen. Der Wind spielte im Schilf ein Lied, nur um uns zu sich zu locken. Die ganze Erde liebte das Menschenvolk. Nun weicht sie vor uns zurück und verbirgt sich.

In der alten Zeit, als wir schön und geschmeidig waren, baten wir die Tiere, ihr Leben für uns hinzugeben, im Tausch für unsere Verwandtschaft, unsere Achtung, unsere Worte in der nächsten Welt, unsere freundliche Behandlung.

In der alten Zeit hieß es, wir seien Menschen.

Die Leute irren sich, wenn sie glauben, dass es nicht mehr so sein kann.

Tagelang sitze ich nur da und spüre dem Gefühl in meinem Bauch und Herzen nach. Solange es Tag ist, bin ich wach und leicht, ohne den Schatten eines einzigen Gottes.

Im goldenen Licht der Abenddämmerung sitze ich da und blicke mich um. Die Blätter sind blau im Mondschein. Die Blüten der Erde sind wie die Spiegelungen der weißen Sterne am dunkler werdenden, tief hängenden Himmel. Einsam sitzen sie in den Bäumen. Licht strömt in meinen Körper und wieder hinaus. Da ist der Duft von Blumen, dahinter die schwarze Nacht mit einer leise wehenden Brise. Umgeben vom Singen der Frösche und Insekten, sitze ich unter den Armen der Bäume, während sich etwas in mir bewegt, dann gehe ich ins Haus, zünde die Laterne an und lausche den Bäumen.

In manchen Nächten schlafe ich nicht, und die Fledermäuse fliegen über dem schwarzen Wasser hin und her. Ich bin wach, wenn die Morgensonne den Mond vom Himmel vertreibt. Ich höre ein Flüstern. Ich denke, da draußen ist sie oder die Katze, heil, gesund und lebendig. Ich drehe mich um, und das Geräusch ist verschwunden, und wenn ich genau hinsehe, kann ich im Mondschein die Bäume ausmachen und darüber den Vollmond, der das Wasser der Erde anzieht und stärker ist als alle Deiche und Kanäle, die diese Welt verändert haben.

Am Morgen erwache ich wie neugeboren, voller Leben, obwohl ich noch nicht sagen kann, was in mir ist, als ob mein Körper ein heiliges Gefäß für Geschichten ist, für erinnerte Stürme, für die glatten Zähne der Tiere und die Worte der Ahnen. Scharf und ungeformt ist das, was in mir ist, was sich noch glätten wird, wenn ich älter werde.

Ich denke, dass es irgendwo im Norden schneit. An einem anderen Ort regnet es. Ein Dieb flieht vom Ort des Verbrechens. Zahllose Häuser werden gebaut. Die Planeten bewegen sich durch den Himmel wie Eizellen durch den Körper einer Frau. Weiter draußen ist die Welt der Sterne, Schwarze Löcher, andere Universen, aber keine Katze, keine Ama, nichts mehr von dem, was uns Kraft geben könnte, obwohl ich weiß, dass es zurückkommt, alles kommt wieder, denn die Zeit ist wie Wellen, Dunkelheit wird Licht, und das Licht wird Dunkelheit. Die Welt ist wie eine Meereswoge, die den Schutt unseres Lebens vor sich herträgt, bevor sie sich umdreht und zurückkommt.

Eines Morgens wälzt sich der Nebel aus dem Sturm, und ich sehe fünf schwarze Otter, die die Straße überqueren. Sie richten sich auf und kommen eine kleine Anhöhe herauf, auf zwei Beinen, wie Menschen auf dem Weg in die Mitte des Lebens.

In der Schule haben wir etwas über implodierende Sterne gelernt, über Sterne, die in sich zusammenstürzen, so wie ich, doch wenn man nach innen fällt, findet man keinen Halt mehr, kein Ende des Stürzens, und obwohl ich die Vergangenheit, das Gewesene nicht zurückverfolgen kann, weiß ich eines: Diese Erde, der Sumpf, ist das Gleiche wie Gnade, erfüllt von den intelligenten Seelen von Katze, Hirsch und Wind. In der Natur bin ich stärker. Hier ist etwas, was lebendig und großzügig ist. Das ist es, in das ich eintrete, in der Nacht, da ich nach Kili gehe.

Der Mond macht alles sichtbar. Da ist etwas auf der Straße. Zuerst denke ich, es ist Blut, ein Tier ist verletzt worden, aber als ich näher komme, sehe ich, dass es ein roter Schal von meiner Mutter ist, aus dem Auto gefallen, eine rote Masse auf der weißen Straße. Ich hebe ihn auf.

Da ist etwas. Ich spüre es beim Gehen. Eine Präsenz, friedlich und stark. Nackt und enthüllend.

Während ich nach Kili gehe, denke ich, dass in Kili, in den Erinnerungen der Alten, tausend Stürme sind. Dort erinnern sich die Menschen noch, wie man sich und andere heilt. Sie erinnern sich an das Wissen, mit dem sie geboren wurden. Bei ihnen ist nichts ersetzt oder ausradiert worden wie bei mir. Denn ich bin ein aufgelöster Mensch, wie Salz in Wasser.

Ich habe bis jetzt ein enges Leben geführt, geprägt von Angst und dem Verlust dessen, was schön und stark war. Aber am Ende der Straße liegt eine andere Geschichte. Die Menschen auf dem kleinen Fleckchen Land oben hinter dem Sumpf sind Menschen geblieben. Die Welt, in der sie leben, lebt noch. Sie erinnern sich an die Geschichten, die Lebenskraft sind, wie die von der Panterfrau, die in die schwarzen Bäume ging und schließlich mit magischen Worten zurückkehrte, die sie bis zu der Zeit für sich behielt, da die Welt an der Klippe des Todes stand, und erst dann sprach sie sie aus.

Vielleicht ist diese Zeit heute. Nun, da die Welt im Sterben liegt. Nun, da das Land hinter uns verschwindet, nicht wie die Mangroven, die Schöpfer und Bewahrer des Lebens, die, wenn sie sich zurückziehen, Land hinterlassen, Erde, Süßwasser, zahllose Fische und Insekten und Pflanzen, sondern wie ein Sturm, der Chaos hinterlässt.

Letzte Nacht habe ich von Schlangen und Eidechsen geträumt. Ihre neuen, frischen Häute glänzen schön und hell. Während ich, vom Mondlicht berührt, weitergehe, flüstere ich: »Ich verlasse diese Welt. Ich lasse Krieg und Angst zurück, Erfolge und Niederlagen, Besitztümer und Räume, die ein Licht erhellt, das einst ein Fluss war und nun geschwächt ist. Ich lasse das Radio zurück, eine ganze Lebensweise.« Und um dies alles zurückzulassen, brauche ich all meinen Mut, all meine Kraft.

Und indem ich sie verlasse, werde ich zu ihrer Feindin. Für den, der flüchten wollte, war es schon immer so. Ich werde ihre andere Seite sein, der Schatten, den sie werfen, unsichtbar, dunkel, gefährlich. Aber es tut mir nicht Leid. Sie wird zu mir kommen, diese Welt, und an mir zerren. Sie wird sich mir aufdrängen. Sie wird da sein, überall um mich herum. Aber ich werde kein aufgelöstes Salz mehr sein.

Im Licht des Vollmonds gehe ich nach Kili. Annie Hide und Janie Soto wohnen in einem roten Haus. Ich stehe davor. Es hat die Farbe von Blut. Ich stehe da und beobachte die Wolken, die sich über dem Haus zusammenballen, die in den klaren, schwarzen Himmel vorrücken, und ich möchte mit Annie

Hide reden, aber mir klopft das Herz im Hals. Ich bleibe eine Weile stehen, sehe mich um und beobachte die Wolken, die stillen Häuser dort in der Nacht, das Mondlicht an den Wänden. Aber ich kann mich nicht entschließen weiterzugehen; die Alten brauchen ihren Schlaf, sage ich mir. Ich werde zurückkommen. Ich drehe mich um und gehe nach Hause. Mein Zuhause, so nenne ich es, Amas Haus. Meine Schuhe machen ein lautes Geräusch auf der Schotterstraße. Wieder ist da etwas. Ein Stück weiter höre ich etwas im Unterholz, und ich bleibe reglos stehen und starre so lange und angestrengt in die Bäume, dass sie vor meinen Augen verschwinden.

»Ama?«, sage ich. Ich hoffe es so. Ich gehe auf das Geräusch zu, ohne Angst, und die Bäume kommen wieder, und dann sehe ich sie. Sie steht da und blickt sich nach mir um, die große, goldene Katze, das hellbraune Fell weich und gesund, der Körper schlank und kräftig. Ich bewege mich nicht. Sie könnte mich töten, mich verschlingen. Sie denkt das Gleiche von mir. Wir stehen reglos da und sehen uns im Morgengrauen an, und dann sage ich: »No shi holo.« Ich tue dir nichts, Tante, Großmutter. Ich denke, sie ist die Gefährtin des Panters, den Ama getötet hat. Oder es ist so, wie Ama sagt, es ist derselbe, der zurückgekehrt ist, ausgewachsen und schön, oder der Panter, der neben mir geboren wurde, als ich zur Welt kam. Während ich ihn beobachte, während die Bäume Ohren und Augen öffnen, um zu lauschen und zu schauen, geht plötzlich eine Brise, und der Bann ist gebrochen. Der Panter dreht sich um und geht langsam davon. Er hat keine Eile, und am liebsten würde ich sagen: »Lauf, wir sind ein gefährliches Volk, jeder Einzelne von uns.«

Und dann ist er fort, und ich drehe mich um und gehe nach Hause, und als die Sonne aufgeht, taucht die Morgendämmerung alles in rote Farben.

Ich lege mich ins Bett, und als ich aufwache, steht die Sonne hoch am Himmel. Es ist heiß und schwül, die Wände sind feucht, Mücken sirren durch den Raum. Draußen schimpfen die Hühner, sie haben Hunger, weil ihre Morgenfütterung ausgefallen ist, und als ich aufstehe, sticht und brennt die Haut auf meinem Rücken und den Rückseiten meiner Arme und Beine. Als ich nachsehe, stelle ich fest, dass ich von oben bis unten zerkratzt bin, rote Linien wie von Krallen, getrocknetes Blut, und einen Augenblick lang überkommt mich das Grauen. Das haben sie früher bei den Zeremonien gemacht, die Rückseiten der Beine zerkratzt. So war es früher. Ich stehe auf und schließe die Fensterläden, als ob ich jeden Augenblick einen Sturm oder Eindringling erwarte, doch es kommt niemand, und ich ziehe mir ein Kleid von Ama über. Ich habe Angst, als ich mit brennender Haut die Straße hinuntergehe, zum Telefon in der Tankstelle. Ich werfe meine letzte Münze ein, höre, wie sie fällt, und wähle die Nummer meiner Mutter.

Donna meldet sich, sie klingt verschlafen.

»Donna?«

»Ja.« Sie ist noch müde. »Wer ist das?«

»Ich bin es. Du musst dir Herms Truck leihen und Amas Hühner und Ziegen holen,ja? Ich komme nach Hause.«

»Aber klar. Gut«, sagt sie etwas lebhafter. »Und wie geht es dir?«

»Ich stecke dir die Hühner in die Kisten.«

»Okay. Gut. Es ist wirklich besser so.«

Sie denkt, ich meine etwas anderes. Ich verbessere sie nicht. »Ich weiß«, sage ich.

Dann gehe ich zu dem baufälligen kleinen Haus zurück, um meine Sachen zu holen. Ich stecke die Hühner für Donna in die Kisten, setze mich auf die Veranda und sehe mir noch einmal diese Welt an. Ich sitze immer noch auf der Veranda, als ich die vier Frauen auf der Straße kommen sehe, singend in der Hitze. Ihre Rasseln sind viel lauter als die Insekten. Ich sehe sie so deutlich in ihren alten Kleidern und höre ihre alten Lieder, dass ich weiß, ich könnte sie mit den Händen greifen, ich könnte sie riechen, ein Geruch nach klarem Wasser und nasser Erde, und dann nehme ich die Tasche mit meinen Sachen und gehe dorthin, wo sie sind, ich biege auf der Straße nach links ab und begleite sie ein Stück auf dem Weg zu den alten Leuten, doch weil ich weiß, wohin ich will, überhole ich sie irgendwann, und als ich mich noch einmal umblicke, weil ich sehen will, ob sie mir folgen, sind sie noch da.

Ich werde nicht müde, trotz der Hitze. Ich gehe an den jungen Bäumen vorbei, die der Sturm verschont hat. Hupend kommt mir ein Auto entgegen, und ich gehe zur Seite und sehe, wie der Fahrer plötzlich bremst und sich nach den vier Frauen umdreht.

Ich gehe auf Kalkstein, der vor gar nicht einmal so langer Zeit vom Meeresgrund aufgestiegen ist. Die Spanier hatten Fußböden aus Silber, aber ich denke, nein, ich weiß, nichts ist wertvoller als der Boden des Meeres.

Die vier Frauen und ich gehen nach Kili. Die vier Frauen gehen wie auf Wasser. Sie bewegen sich ebenso leichtfüßig und anmutig wie Ama am Tag der Jagd.

Obwohl wir nicht mehr in der Nähe des großen Sees sind, seit das Wasser abgeleitet und geraubt wurde, spüre ich seinen Wind. Der Wind ist schwermütig, er sucht nach seinem Wasser, seinem Heim, er sucht nach den Fischen und Tieren, denen er den Atem des Lebens eingehaucht hat.

Und ich gehe auf sie zu. Sie warten auf mich, als ob sie gewusst hätten, dass ich komme. Annie Hide und Janie Soto sitzen einander gegenüber, auf Baumstämmen. Als ich bei ihnen bin, hocke ich mich neben Annie Hide auf die Erde, und sie lächelt zu mir hinunter. Ich kann kaum atmen, und bald höre ich eine Trommel, die jungen Männer trommeln, und ich stehe mit den Frauen auf, und ich bin verlegen, und Janie Soto nimmt das Panterfell von ihrem Schoß und kommt zu mir und reicht mir einen Fächer aus schönen weißen Federn, die so makellos und rein sind, dass ich weiß, dass er eben erst angefertigt worden ist, und sie sagt: »Tanz damit«, und ich tanze, und als der Wind durch die Bäume geht, singt jemand das Lied, in dem es heißt, dass die Welt weiterleben wird.